André Heller

Das Buch vom Süden

Roman

Paul Zsolnay Verlag

1 2 3 4 5   20 19 18 17 16

ISBN 978-3-552-05775-3
Alle Rechte vorbehalten
© Paul Zsolnay Verlag Wien 2016
Satz: Eva Kaltenbrunner-Dorfinger, Wien
Druck und Bindung: CPI books GmbH, Leck
Printed in Germany

*Für meine schöne und wundersame Mutter,
Elisabeth Heller, der ich an ihrem 101. Geburtstag
aus dem Manuskript zu diesem Roman vorlesen
durfte. Ihr Urteil lautete: »Ich hoffe, du hast all
dies ursprünglich mit einer Füllfeder geschrieben.
Die Buchstaben lieben nämlich Füllfeder.«*

Erster Teil

Julians Vater hieß Gottfried Passauer, roch immer nach Tabak und war Doktor der Philosophie und Zoologie. Wenig im Leben vermochte ihn trauriger zu stimmen als der Ausgang des Ersten Weltkriegs im Jahre 1918, denn damals hatte Österreich die Zypressen verloren. Eine Heimat ohne südliche Landschaft, ohne die sich tausendfach überlagernden Geräusche des Hafens von Triest, ohne die herablassenden Gesten der Kellner in den Weinschenken von Cattaro, ohne die Frühlingsgewitter über dem Gardasee bei Riva oder die seidenbespannten Sonnenschirme eleganter Damen auf den Tribünen der Galopprennbahn von Meran war nicht mehr seine Heimat, und so gab es auf Erden nirgendwo mehr Heimat für den Doktor Passauer. Dass seine geliebten Orte und Gegenden nicht auch der Welt abhandengekommen waren, sondern lediglich Österreich, konnte ihn nicht im Geringsten trösten, denn Grenzen waren ihm in der Seele zuwider. Und, dass man fortan von ihm auf den Wegen nach Abbazia und Fiume einen Pass verlangte und Zolldeklarationen – ihn also ausgerechnet in den vertrautesten Gefilden zum Fremden ernannt hatte, verwandelte seinen Respekt gegenüber den für den Krieg und dessen katastrophalen Verlauf verantwortlichen Kaisern Franz Joseph und Karl derart, dass es ihm zur Gewohnheit wurde, sich mit kleinen fotografischen Bildnissen der Majestäten die Virginiazigarren anzuzünden.

So wuchs Julian mit einem Vater auf, der ein Meister der Melancholien und des unstillbaren Heimwehs war und der trotz all des Glücks, das ihn beruflich zum stellvertretenden Direktor des Naturhistorischen Museums in Wien und privat zum Haupt einer erstaunlich facettenreichen kleinen Familie bestimmt hatte, doch häufig bei seinen Freunden und Bekannten den Eindruck erweckte, die Traurigkeit sei ein mächtiger eigener Staat und er dessen Botschafter oder zumindest Generalkonsul in Wien. »Nur im Süden ist Rettung«, sagte er bei jeder Gelegenheit, die nach Ratschlägen verlangte. »Ihr habt die Zypressen der Monarchie nicht mehr gekannt. Geht und lebt, wenn irgend möglich, frohen Herzens bei den italienischen oder slowenischen. Alles ist leichter im Süden. Im übertragenen und auch im wirklichen Sinn. Eines Tages wird man wissen, dass sich die Physiker irren, wenn sie behaupten, zehn Kilogramm in Salzburg sind gleich zehn Kilogramm in Assisi. Allein der Gesang der Orpheusgrasmücke, jenes schwarzköpfigen Vogels übermütiger Melodien, könnte das spezifische Gewicht der Dinge in der Landschaft des heiligen Franziskus auf das Erstaunlichste verringern. Zehn Salzburger Kilo wiegen in Assisi wahrscheinlich höchstens ein Drittel. Nur im Süden ist Rettung.«

Diese merkwürdigen Theorien verfehlten auf Julian nicht ihre Wirkung. Das Österreich der Zweiten Republik, in das er kurz nach der Niederringung der Nationalsozialisten geboren wurde, erschien ihm, sobald er es nur einigermaßen kennen gelernt hatte, mit seinen neun Bundesländern als Reich des Bleiernen und des Fröstelns. (Napoleon soll ja einmal seinem Generalstab geklagt haben: »Sechs

Monate Kälte und sechs Monate Winter, das nennen die Älpler ihr Vaterland.« Und Ähnliches meinte wohl auch der alte Graf Eltz, als er im Café Wunderer über das Klima im steirischen Altaussee räsonierte:»Das Gute an den dortigen Sommerfrischen ist, es regnet für gewöhnlich nur zweimal in der Saison: zunächst von Anfang Juni bis Anfang August und dann erst wieder von Mitte August bis Ende Oktober.«)

Immer wieder lebten die Passauers in einer Wolke aus bitterer Sehnsucht, die sich nur während der großen Ferien ganz auflöste, wenn sie, am Abend nach Julians Zeugnisverteilung, in dem nach Kohle und nassen Zeitungen riechenden Schlafwagencoupé nach Venedig fuhren. Die Mama wusste, dass zwischen dem Wiener Südbahnhof und der Endstation Santa Lucia genau 126 größere und kleinere Tunnel zu durchfahren waren, und die ganze Nacht wachte sie, um jeden einzelnen davon mit einem Kopfnicken der Erleichterung zu begrüßen. Sie empfand die Strecke nämlich als musikalisches Phänomen, als reich instrumentierte Partitur, worin Niederösterreich, die Steiermark und Kärnten unterschiedliche elegische Themen bedeuteten, die eins ins andere und zuletzt in das breite Furioso von Julisch-Venetien mündeten. Bei der allgemein bekannten Neigung vieler Eisenbahner zur Unachtsamkeit musste man aber ihrer Meinung nach stets um die sozusagen werkgetreue Aufführung der Strecke besorgt sein. Dies besonders, seitdem sie mehrmals geträumt hatte, dass herrenlose Lokomotiven mitsamt den Waggons imstande waren, bestimmte geographische Abschnitte einfach zu überspringen.

Gottfried Passauer schien die Besorgnis seiner Frau zu

teilen, allerdings in der Variante, dass heimtückische Sadisten den Zug nach Norden umleiten könnten und man des Morgens das Panorama von Göteborg oder Helsinki vor Augen hätte anstatt jenes der wundersamen Stadt in der Lagune. Julian schlief auf der Reise unter diesem Baldachin elterlicher Angespanntheit, und wenn er erwachte, sah er für gewöhnlich einen schnurrbärtigen, in tintenblaues Uniformtuch gekleideten Kondukteur, der behände mit Schokoladesplittern und Zimt bestreuten Milchkaffee und Kipferln, die mit Erdbeermarmelade gefüllt waren, servierte.

Dieses Frühstück bedeutete traditionsgemäß das Ende der österreichischen Enge und breitete vor den Passauers eine Region aus, worin des Vaters Weltbild seiner Überzeugung nach allgemeine Anerkennung genoss. Denn er dachte, dass die bei klarem Verstande seienden Bewohner des Südens durchaus wussten, dass sie im eigentlichen Sinn nicht auf Erden lebten, sondern in einem auf unbestimmte Dauer herabgesunkenen Teil des Himmels.

Jeweils zwei Sommer wohnte die Familie, um die Kosten niedrig zu halten, in einer kleinen Pension mit Blick auf die Accademia-Brücke nahe der Zattere. Dafür leistete man sich jeden dritten Sommer ein geräumiges Zimmer im Grand Hotel des Bains. Nachdem die Koffer ausgepackt waren, führte der erste Weg stets zum Strand des Lido, wo sie die letzten Meter zum Adriatischen Meer Hand in Hand liefen. Dann wurden Schuhe und Socken ausgezogen, und als ob die Füße Verdurstende wären, traten sie ins Wasser, und wer als Erster eine makellos schöne Muschel fand, durfte sich während der ganzen Ferien Primus nennen.

Österreichs Beamte, so wird oft gesagt, haben weitaus mehr Rechte als Pflichten. Ihre berufliche Haupttätigkeit liege im kunstvollen Verlangsamen des Aktenflusses und der Verschleppung wichtiger Entscheidungen. Für diese Kaste, deren Glaubensbekenntnis der Protektionismus sei, wird durch Vermischung von Privatem und Amtlichem allerdings beinah alles möglich im Land der unbegrenzten Unmöglichkeiten. Voraussetzung für das Inkrafttreten der Protektion und ihres ausführenden Verhaltens, der Intervention, ist die Zugehörigkeit zu einer sogenannten Gesinnungsgemeinschaft, worunter von den Religionen bis zum Kegelklub und von den Parteien bis zum gemeinsamen Fleischhauer nahezu alles firmieren kann.

Julians Vater hatte von jeher all diesen Vereinigungen und deren Ritualen entsagt. Weder als Vorgesetzter noch als Beamter kannte er ein anderes Prinzip als jenes der Korrektheit plus, wie er es formulierte, »ein paar größere Brösel Gütezuschläge für arme Teufel«. Seine Mitarbeiter waren von ihm streng nach ihren Fähigkeiten und nicht nach Proporzgesichtspunkten ausgewählt, und dieser Umstand trug entschieden zum guten Ruf bei, den das Wiener Naturhistorische Museum, zumindest während der fünfziger und sechziger Jahre des zwanzigsten Jahrhunderts, weltweit in Fachkreisen genoss. Manche fragten sich zu Recht, ob Gottfried Passauers Untadeligkeit nicht eine Verhütungsmaßnahme für jedwede Staatskarriere hätte bedeuten müssen. Und tatsächlich lag sein Aufstieg in einem Irrtum begründet.

Der Bundeskanzler Leopold Figl hatte ihn nämlich für den Bruder eines steiermärkischen Volksparteigranden und Bauernbundfunktionärs namens Albrecht Passauer gehalten, der in Wahrheit mit Julians Familie weder verwandt noch bekannt war. Durch diese Verwechslung beflügelt, verfügte er an einem nebeligen Oktobertag des Jahres 1946 die Berufung des Dr. Gottfried Passauer auf den Posten des durch Entnazifizierungen vakant gewordenen Ersten Direktors des Instituts. Zunächst kommissarisch! Als Figl acht Wochen später anlässlich einer Gefälligkeit, die er sich von Albrecht Passauer mit Hinweisen auf die Protektionierung seines Bruders erbitten wollte, den wahren Sachverhalt erfuhr, degradierte er Gottfried Passauer, um Aufsehen zu vermeiden, zum nichtkommissarischen Vizedirektor, was dieser bis zu seinem Herztod mit 76 Jahren am Abend des 12. August 1971 auch blieb. Zeit seines Lebens erfuhr er niemals von jener für ihn so günstigen Verwechslung, und Julian wusste davon auch nur, weil ihm ein pensionierter Sektionschef des Unterrichtsministeriums beim Leichenschmaus nach seines Vaters Begräbnis am Hietzinger Friedhof den Sachverhalt aufgedeckt hatte. (»Manchmal geschieht auch in Österreich das Richtige«, sagte der Graf Eltz, »aber leider fast immer unabsichtlich.«)

Gottfried Passauer hatte sich dereinst für eine Dienstwohnung mit geringem Komfort, aber einzigartiger Umgebung und Aussicht entschieden. So wohnte die dreiköpfige Familie in sieben parkseitigen, ehemaligen Dienerzimmern des obersten Geschosses von Schloss Schönbrunn, der habsburgischen Sommerresidenz zu Wien. Die mit einer irritierenden, vom Wohnungsherrn gewünschten Mischung aus barockem und Kolonialstil dekorierten Räume waren untereinander nicht verbunden und lediglich über einen breiten Gang zu erreichen, der aus nichts als Kühle gemauert zu sein schien.

Das Elternzimmer hatte ein Doppelbett aus dem Besitz des Prinzen Eugen, denn Möbel aus dem Bundesmobiliendepot standen höheren Beamten jederzeit ebenso zur Verfügung wie zweitklassige Gemälde aus den Staatssammlungen. Daneben befand sich das einzige Bad. In weiterer Folge: der sogenannte Arbeitssalon, die Bibliothek, das Speisezimmer, die Küche und als Abschluss das Kinderzimmer. Von seinem Diwan aus konnte Julian selbst noch im Liegen den Hügel mit der Gloriette sehen. Er vermutete, dass sie die steinerne Hülle eines großen Geheimnisses war, eventuell ein wienerisches Taj Mahal für eine, der Öffentlichkeit geheim gebliebene, Liebe der Kaiserin Maria Theresia, oder sie barg die, vermeintlich verschollene, heilige Bundeslade der Juden, von der ihm sein Vater erzählt hatte. Am wahrscheinlichsten schien ihm allerdings, dass sich unter dem Gebäude ein samtausgeschlagener Kreißsaal befand, in dem die Engel ihresgleichen gebaren. Es kam nämlich vor, dass an Augustabenden ein Summen, wie das Musizieren einer monströsen Hummelversammlung, aus Richtung der Gloriette an Julians Ohr drang. Aber es war ihm unmöglich, jemand Zweiten zu finden, der dieses Phänomen hören konnte.

Unter Julians Fenster breiteten sich Rabatten aus, die auf dem weiten, Hauptparterre genannten Platz zwischen Prunkstiege und Neptunbrunnen von März bis Oktober ein vielfarbiges Blüten- und Blättermuster schufen. Dazwischen, auf Kieswegen, flanierten tagsüber und bei jedem

Wetter staunende Menschen aller Nationalitäten und Hautschattierungen. Brunnenfiguren spien im Wind zerstiebende Fontänen in die Luft. Marmorne Schäferinnen, Faune und Götterboten schmiegten sich in Nischen, die rotbeschürzte Gärtner in die hohen, beinahe lückenlos vernetzten Hainbuchen schnitten. Manchmal konnte Julian von all dem stundenlang nicht den Blick abwenden, als zeigten sich ihm längst entschwundene Bilder einer unvergleichlichen Laterna Magica.

Seine Mama nannte dies »das nützliche Entrücktsein meines zaubrischen Sohnes«, und sie löste ihn daraus für gewöhnlich, indem sie ihre Arme sanft von hinten um ihn schlang und Wange an Wange, leise pfeifend, für zwei oder drei Minuten ihren und seinen Oberkörper hin und her wiegend, ebenfalls in den Park schaute. Dann drehte sie Julian an den Schultern aus der Traumverlorenheit in die Dämmerung des Zimmers und gab ihn mit einem Lächeln der Wiener Wirklichkeit des zwanzigsten Jahrhunderts zurück.

Das Schauen in die Kraft von Schönbrunn, die abendlichen Spaziergänge darin, kündeten von einer Klarheit und Unbestechlichkeit, die Julian jenseits der Alleen und Rosengärten, jenseits des sich in Fischteichen verdoppelnden Wildgänseflugs oder des unter seinen Schritten zerbrechenden Laubes lange vergeblich suchte. Nur der Duft in den Haaren seiner Mama, der von den mit Kampferöl beträufelten Polstern ihres Schlafzimmers herrührte, war ebenfalls dem Idealen zugehörig und in schlimmen Nächten seine einzige Zuflucht vor den Folterungen durch das verzweifelte Brüllen, Fauchen und Heulen der im nahen

Zoo eingekerkerten Tiere. In ihren Träumen sehen die Panther und Seelöwen, Eisbären, Dromedare, Zebras, Paviane und Krokodile nämlich die weiten Erd- und Wasserlandschaften ihrer Heimat. Sie spüren auf ihrem Fell Regen aus dem Gangesdelta, arktische Eisstürme, sich überschlagende Wellen des Pazifischen Ozeans oder das dichte Treiben glimmenden Wüstensandes, und eine schneidende Sehnsucht bemächtigt sich ihrer und zwingt sie, Anklagen zu erheben, die das Gemüt des Geistes rühren sollen, dem die Geschicke der niederen Kreatur anvertraut sind.

Aber jener Geist, wenn es ihn denn gibt, war zumindest in Julians Kindheit und Jugend taub und blind. Denn die Tiere flehten viele Nächte, und Morgen für Morgen öffneten sich trotzdem die Tore der ehemaligen habsburgischen Menagerie, um Schaulustigen das Vergnügen zu bieten, Elefantenrüssel mit Zehngroschenstücken zu füttern, ein Nashorn »Karliburli« zu rufen oder Lamas als vorbeugende Maßnahme anzuspucken. Julian verfluchte die Gefängnisgehege rund um den freskenverzierten barocken Frühstückspavillon des Herrschers mit der gleichen Inbrunst, wie er vor dem Einschlafen für den Schutz des die Kastanienalleen überragenden Palmenhauses mit seinen botanischen Wunderkammern betete. Es beherbergte ja im dritten Abschnitt den sogenannten Tropensaal, den südlichsten Süden seiner wienerischen Umgebung. Dort bewunderte man den chilenischen Jasmin mit seinen herzförmigen Blättern, die blauen Blüten der Passionsfrucht Brasiliens und die lila Glocken des mexikanischen Rhodochiton. Auch eine Dupreziana-Zypresse gab es, von denen damals weltweit nur mehr zwölf oder dreizehn Exemplare in den Tassili-Bergen der Sahara überdauert hatten. Die dichten weißen Blütentrauben der westasiatischen Azarole wuchsen neben fleischfressenden Pflanzen, Kokospalmen und dem dramatischen Rot des australischen Fackelgingers.

Julians Vater besaß für die heißen und feuchten Gewächshallen einen eigenen Schlüssel, der es ihm und seiner Familie ermöglichte, auch außerhalb der Besuchszeiten auf jenen weißen englischen Holzbänken zu sitzen, die zwischen 9 und 17 Uhr 30 vor allem Asthmatiker und Keuchhustenkranke zur Linderung ihrer Beschwerden beanspruchten. So verbrachten die Passauers manche Silvesternacht oder Mamas Geburtstagsabend am siebenten Februar inmitten von Gerüchen aus modernder Rinde und der schweren Süße der Tuberosen, die ein Merkmal des Regenwaldes sind, während draußen vor den Scheiben aus gewölbtem Glas häufig der Schnee die Taxushecken in abstrakte Skulpturen verwandelte.

Es waren diese innigen Stimmungen, die Julian ein starkes Zugehörigkeitsgefühl zu seinen Eltern lehrten. Sein Vater erzählte dann von Expeditionen, die er in Zonen des Äquators und nach Indien unternommen hatte, auch vom Prasseln der Viktoria-Wasserfälle, das ihn an fernes Mündungsfeuer erinnerte, von rosa wogenden Flamingokolonien am Rande des Ngorongoro-Kraters oder davon, dass ein einziger Tiger in der Wildnis ein Revier von vierzig Quadratkilometern benötigte, um würdevoll zu überleben.

Die Mama und Julian schauten einander während dieser Erzählungen oft minutenlang in die Augen, als sehe man im anderen das Licht am Ende des Tunnels, der in das gelobte Land führte. Sie dachte dann: »Wie ich ihn liebe.

Den Gottfried liebe ich auch, aber wie etwas im Großen und Ganzen Erreichbares. Der Julian aber ist aus Molekülen der Ferne gebaut. Zu ihm werde ich immer unterwegs sein, ohne je anzukommen.« Und er dachte: »Danke, lieber Gott, dass es die Mama gibt. Ich darf vor dem Mittagessen nie vergessen, ihr zwei Löffel Lebertran zu holen, damit sie gesund bleibt und Walzer tanzen kann.«

Zu Julians größten Vergnügungen zählte neben dem Lesen, das ihm sein Vater bereits vor Beginn der Schulzeit beigebracht hatte, und dem Spielen des Cembalos unter Anleitung des aussichtslos in seine Mama verliebten Herrn Professors Mailath das Zeichnen von erfundenen Landkarten und Stadtplänen. Mit neun hatte er sich bereits einen Privatatlas mit 127 Ländern auf 31 Kontinenten geschaffen. Dazu Flaggen, Wappen und auch Nationalhymnen. Letztere, die einander ziemlich ähnelten, sang er eines Abends mit solcher Beharrlichkeit immer und immer wieder, dass ihm sein Vater ohne Vorwarnung die üppige Blüte einer Pfingstrose in den Mund stopfte. Dies war die gewaltsamste Handlung, zu der sich Gottfried Passauer seinem Sohn gegenüber je hatte hinreißen lassen, und den ein wenig wermuthaften Geschmack der Blütenblätter konnte Julian sich noch Jahre später in Erinnerung rufen.

In jener Zeit war Julians Lieblingsfreund der kleine Wolfgang Amadeus Mozart. Zwei Stockwerke unter seinem Zimmer fand ja am 13. Oktober 1762 die heitere Begegnung zwischen dem Kindwunder und der kaiserlichen Familie um Maria Theresia statt, und Gottfried Passauer glaubte daran, dass die Töne, die damals durch Mozarts Finger dem Hammerklavier entströmt waren, das Mauerwerk des Schlosses für immer mit einem Firnis überzogen hatten, der gegen Hörverlust schützte und die Grundlage der guten Träume bildete, die viele, die in Schönbrunn wohnten oder als Gäste schliefen, stets als so erfrischend lobten.

Julian nahm Mozart als für andere unsichtbaren, aber für ihn durchaus wirklichen Spielkameraden und Berater in sein Leben. Auf den Erkundungen im Park oder in den verwinkelten Haupt- oder Nebengebäuden der Sommerresidenz war er ihm ebenso idealer Begleiter wie bei Besuchen im nahen Technischen Museum, das die von Igo Etrich entworfene Taube, eines der ersten Luftfahrzeuge, barg, mit dem die Freunde in Gedanken bis Mandalay und Tahiti flogen, um die Musiken der Eingeborenen zu studieren. Julians Mozart stotterte ein wenig, sein kurzes braunes Haar unter der weißen Zopfperücke schien klettenübersät, und er kleidete sich in etwas, das an einen leichten Mantel aus zahllosen Briefmarken erinnerte, nur dass jedes der bunten Fleckchen eine Melodie war, die erklang, wenn man sie berührte. Bis zum zehnten Jahr wuchsen die beiden miteinander auf, dann, an einem 21. August, während eines Wettschwimmens im Meer vor dem Lido Venedigs, legte Mozart den Mantel ab, und Julian empfand mit großer Klarheit, dass sein Kamerad versank, hinab zu den Gärten des Poseidon und den Vielgestalten der Wasserbürger, und er schrie ihm noch nach: »Ich brauche dich! Bitte bleib!« und wusste doch Augenblicke später, dass er jetzt zum ersten Mal und unwiderruflich die Erfahrung des Verlassenseins besaß.

20

Julians Zuhause war wohlbehütet in dem Sinn, dass nicht Lieblosigkeit, Gemeinheit und Schikaniererei ihn bedrängten. Seine Eltern verkehrten mit interessanten und interessierten Menschen, und zu seines Vaters Freunden zählten sogar zwei echte Abenteurer. Der eine hieß Hugo Cartor, beherrschte neun Sprachen und hatte als Teehändler in Kaschmir gearbeitet, wo Gottfried Passauer ihm 1937 während einer Forschungsreise begegnet war. Der andere wirkte geschlechtslos, unproportioniert und besaß eine unter Lebendigen für gewöhnlich rare Gesichtsblässe, die zusätzlich fünf Warzen verunstalteten. Sein Name war Grabowiak. Ein Ausnahmetalent ließ ihn mit schlafwandlerischer Sicherheit in den Wüsten Afrikas oder Chinas, auf den Hochplateaus Boliviens oder Perus, in den Klüften der Rocky Mountains, also überall, wohin ihn seine Vorahnung trieb, jene schwarzen oder grauen Meteoritenbrocken finden, die in aller Welt unter Steinsammlern so begehrt waren, weil sie Reisen hinter sich hatten, die Irdischen verwehrt blieben. Grabowiak schwieg zumeist, und wenn er sich zu einem Wort oder sogar Satz hinreißen ließ, so sagte er: »Danke!« oder »Danke, dass ich hier geduldet bin.« Die Mama antwortete dann: »Sie sind nicht geduldet, sondern sehr willkommen.« Und Gottfried Passauer bemerkte einmal: »Der Grabowiak ist nicht, weil er schweigt, ein Philosoph, sondern obwohl er schweigt. Würde er seine Gedanken erzählen, könnte jeder bemerken, dass er genialisch ist.« So begegnete Julian dem Warzenkönig, wie ihn der Graf Eltz nannte, stets mit äußerster Ehrfurcht, aber ohne den geringsten Beweis, dass seine Einschätzung den Tatsachen entsprach.

Hugo Cartor war nach seiner kriegsbedingten Internierung als feindlicher Ausländer in Indien und, nachdem er ab 1946 im Michaeler-Durchgang zu Wien ein kleines Teegeschäft betrieben hatte, ebenfalls zum Sammler geworden. Und auch er arbeitete mit schlafwandlerischer Sicherheit, nur dass er nicht Gesteinsbrocken, sondern Frauen, oder wie Julians Vater zu sagen pflegte, Frauenzimmern auf der Spur war. Die Passauers hatten es sich zur Tradition gemacht, an jedem zweiten Monatssiebzehnten abends den Berichten des »Hauswüstlings«, wie Cartors Spitzname familienintern lautete, zuzuhören. Mit ruhiger, ein wenig heiserer Stimme entwickelte er stets ein erotisches Panorama, worin vom Dienstmädchen bis zur Ministersgattin, von der Studentin bis zur Pensionistin all jene Platz fanden, die sehnsüchtig genug waren, um sich diesem Endvierziger mit dem Aussehen eines Abbés, wie sie in den Musketierromanen Alexandre Dumas' französischen Prinzessinnen als intrigante Vertraute dienen, hinzugeben. Hugo Cartor war keiner, der mit seinem Casanovatum renommierte, aber die Abende in Schönbrunn bildeten eine Form von verbalem Aderlass, der für die Gesundheit seines Geistes unerlässlich schien. Die Geständnisse vor den Passauers brachten dem Täter allerdings jene Art von Absolution, von der die meisten Beichtkinder vergeblich träumen: nämlich die dringende Aufforderung, seine Sündenfälle fortzusetzen. »Leben Sie tüchtig aus, was die Privilegien unabhängiger Junggesellen sind, mein Lieber, aber vergessen Sie nie, dass auch im Flüchtigsten Leidenschaft sein sollte«, sagte Gottfried Passauer häufig am Ende dieser Zusammenkünfte. Es wäre ihm übrigens nie in den Sinn gekommen,

seinen Sohn von den Cartorschen Schilderungen auszuschließen, denn er und seine Frau unterstützten durchaus
die Regel des Grafen Eltz: »Einem begabten Kind darf man
jede Wahrheit zumuten, aber keine einzige Lüge.«

So hörte Julian denn, hellwach und zumeist verwundert,
unter anderem von der Vorliebe eines Fräulein Wildham-
mer für nicht allzu feine Konversationen auf Altgriechisch,
dem Verlangen einer Zahnarztwitwe aus Magdeburg nach
intimen Abreibungen mit Kürbiskernöl sowie von einer
Amtsrätin der städtischen Wiener Wasserwerke, die ihre
Schäferstunden ausschließlich am Dachboden des Krankenhauses der Barmherzigen Brüder veranstaltete. Und er
begriff früh, dass jenes Wienerlied Recht hat, das fröhlich
verkündet: »Ja, auf der Leimgruabn und auf der Wiedn, da
san die Gusto halt verschiedn.« Welche besonderen Eigenschaften aber Hugo Cartor im Speziellen und den Männern
im Allgemeinen überhaupt Erfolge bei Frauen beschieden,
begriff Julian damals und noch lange nicht. Er fürchtete
allerdings, dass es damit zu tun haben konnte, dass Cartor
stets schwarze Rollkragenpullover trug und einen ebenso
schwarzen großen Königspudel namens »armer, dummer
Ribbentrop« sein eigen nannte, und gleichzeitig hoffte er
inständig, dass Geheimnisvolleres dahinterstecken möge,
etwas, das Nähe zu Musik, Lachen, Wohlgerüchen und jenen betörenden Mondauftritten besaß, die er von klaren
Sommernächten über Schönbrunn und Venedig kannte.

Dann gab es noch oder vor allem den Grafen Eltz, einen
ehemaligen Weltklasseschwimmer, dessen ererbter Wohlstand und ganz aus eigener Kraft geschaffene exzentrische

Originalität ihm eine Nonchalance und Grandezza verliehen, dass er unter Durchschnittsmenschen wie ein unvermittelt aus der Ebene aufragender, wolkenumströmter Kilimandscharo wirkte. »So etwas wie ich, werte Freunde, wird nicht mehr erzeugt, und es gibt bedauerlicherweise dafür auch keine Ersatzteile mehr«, pflegte er sich selbst wahrheitsgetreu zu beschreiben.

Einmal, als sich Julian nach des Grafen Befindlichkeit erkundigte, hatte dessen Antwort gelautet: »Mein Lieber, ich durchleide gerade das metallene Zeitalter: die Haare Silber, die Zähne Gold, die Füße Blei.« Mit Gottfried Passauer verband den Grafen Eltz ein Ekel vor dem, was aus Österreich seit Beginn des Ersten Weltkrieges geworden war, und das stets wache Interesse, ein Gespräch über Tiere zu führen, vorausgesetzt es handelte sich um, wie er es nannte, *big game*, also Elefanten, Nashörner, Löwen, Büffel, Impalas, Giraffen und Warzenschweine, die man in Kenia, wo er eine ausgedehnte Kaffeefarm besaß, mit möglichst nur einem einzigen Schuss, denn alles andere galt ihm als Schande, erlegen konnte.

Zu Gottfried Passauers 58. Geburtstag spendierte ihm der Graf eine sogenannte achttägige Sandkur. Das heißt, sie reisten zu zweit in die marokkanische Sahara, errichteten sich mit Hilfe einiger Tuaregs ein Zeltlager, schliefen darin während der Hitzestunden und beobachteten nachts auf einer Decke liegend von einer hohen Düne aus das überwältigende Sternenangebot.

Ab und zu sorgte der Graf Eltz für einen Menschenauflauf, indem er an der Barockfassade seines Wiener Palais im Ersten Bezirk mit Eispickel, Steigeisen und Seil

Kletterübungen absolvierte. Als weitere Leidenschaft beschäftigte er sich mit etwas, das in krassem Gegensatz zu seiner schwergewichtsboxerhaften Erscheinung stand: dem Blumenbinden. Die Bouquets, die er Julians Mama bei jedem Besuch überreichte, waren von einer abwechslungsreichen Raffinesse und Duftopulenz, die zumindest in Wien ihresgleichen nicht fanden. Ihre Stiele umwickelte der Graf mit zopfartig geflochtenen Seidenbändern, die als Abschluss in Kurrentschrift gemalte Lobpreisungen der Empfängerin trugen, aber die merkwürdigste seiner Marotten bestand aus dem umfangreichen Sammeln selbstfotografierter Penisse asiatischer und afrikanischer Herren. Gelegentlich legte er daraus den Passauers nach dem Nachtmahl besondere Prachtexemplare zur Beurteilung vor. Es war aus Julians Sicht schwer, vom Grafen Eltz nicht begeistert zu sein.

Bei seinem Eintritt in die öffentliche Volksschule am Hietzinger Platz entdeckte Julian, dass fünf von sieben Mädchen seiner Klasse weniger schmutzige Fingernägel hatten als die Buben, dass die Frau Lehrerin zu allen Jahreszeiten jeden Tag ein Dirndl trug, dass der Schulwart Robitschek hieß und, wenn er gut gelaunt war, mit zwei Tafelschwämmchen und einem Kreidestück jonglieren konnte. Während des Unterrichts beobachtete Julian gerne, wie unterschiedlich seine Mitschüler waren, welche groben und feinen Nuancen an Nasen, Ohren, Händen und Gesichtsschnitten es gab, an Stimmfärbungen und Arten, sich zu bewegen, und es begann ihn zu beschäftigen, was die Arbeitsmethoden und Inspirationen desjenigen sein mochten, den

25

sie *den lieben Gott* nannten und der sich angeblich die Formen und Schicksale jedes Einzelnen ausdachte.

Der für die Religionsstunden zuständige Kaplan Gregor
von den Klosterneuburger Chorherren erzählte manchmal
vom freien Willen, es war Hochwürden jedoch nicht gegeben, festlegen zu können, wo das unbeeinflussbare Schicksal begann und der freie Wille endete. Die ganze Welt
schien aus merkwürdigen Zusammenhängen zu bestehen
und das Wunder des Lesens und Reflektierens eröffnete
Julian viele davon, aber hinter jeder Einzelheit, die er zu
verstehen glaubte, lauerten Hunderte neue Rätsel. Was war
Traurigkeit? Wohin ging das Licht, wenn es ausging? Wieso
kehrten Sommer, Herbst, Winter und Frühling immer wieder, auch der 11. Juli oder der 27. November und niemals
mehr das Jahr 1952? Wieso kam es, dass man Tag und Nacht
automatisch atmete, und wenn es einem bewusst wurde,
verfiel man in Erstickungspanik?

Das größte Rätsel von allen war allerdings die Liebe.
Weshalb konnte eine stumme Begegnung von wenigen
Augenblicken mit der Gusti Tardik aus der 2B ihm fast alle
sonstigen Interessen verdrängen? Wieso war ihr Lächeln
ihm für einige Monate wichtiger als die Aussicht auf die
Gloriette und den Neptunbrunnen und das vierhändige
Klavierspiel mit der Mama? Wie konnte es sein, dass die
Gusti mächtiger als Hunger war oder der Wunsch, seine
Augen in die an Geheimnis und Schönheit so reichen Illus-
trationen zu *Tausend und einer Nacht* des Malers Edmund
Dulac zu versenken? Und wie war es andererseits möglich, dass ihm die Gusti von einer Sekunde zur anderen,
nachdem sie in der Pause im Schulhof mit dem Fuß nach

einer Katze getreten hatte, die sich an ihre Wade schmiegen wollte, völlig bedeutungslos erschien? Julian begriff, dass das Leben mit Sicherheit nicht langweilig war.

Das Wien von Julians Kindheit hatte außerhalb des Schönbrunner Parks etwas Düsteres. Häufig sah man zerbombte oder beschädigte Hauser. Viele Gebäude waren noch mit einer ekelhaften grünen Tarnfarbe gestrichen, und die Kleidung der Passanten war fast ausschließlich schwarz, braun, dunkelblau oder grau. Die Männer trugen Hüte oder Kappen und die Frauen Hüte oder Kopftücher. Abends wurden in den Gassen die flackernden Gaslaternen angezündet, und die elektrischen Lampen der Hauptstraßen warfen ein Licht, das anämisch wirkte, wie die Kinder, an die in den Schulpausen gratis Milch verteilt wurde. Man begegnete zahllosen Invaliden, und in den Gesichtern und Gesprächen war der Krieg gegenwärtig.

Wenn Gottfried Passauer von der Hitlerzeit sprach, verglich er die Zustände mit dem Auftauchen von Hunderttausenden Alligatoren, Vogelspinnen und grünen Mambas inmitten bis dahin relativ humaner Umstände: »Und während du dir noch die Augen gerieben hast, war die Zivilisation abgeschafft.« Einmal widersprach ihm seine Frau: »Was du die Bestien nennst, war einfach von jeher ein Teil der sogenannten Zivilisation. Immer hat es bei uns und überall das Widerliche, das Haltlose, das Sadistische gegeben. Wir haben nur mit offenen Augen geträumt und ihm nicht die völlige Oberhand zugetraut. Die meisten von Menschen ausgelösten Katastrophen entspringen im Grunde einem Mangel an Phantasie und Vorstellungsvermögen. Daher bitte ich dich, Julian, denke voraus!« Der Vater sagte zu ihr fast unhörbar: »Ich glaub', es genügt völlig, wenn er wirklich liebt.«

Julian verursachte dann einige Tage später im Heimatkundeunterricht einiges Aufsehen, weil er die Meinung vertrat, dass Österreich nur deshalb noch immer von den Russen, Franzosen, Amerikanern und Engländern besetzt sei, weil die Bevölkerung sich und andere nicht genügend wirklich liebte. Der Graf Eltz übrigens meinte, dass Politik die hohe Kunst darstellte, absolut niemals aus Fehlern zu lernen. Und für Julians Vater hätte wohl nur derjenige heimische Politiker Anspruch auf Achtung gehabt, dem es gelungen wäre, Vorarlberg gegen Istrien einzutauschen oder wenigstens Attnang-Puchheim und Amstetten gegen Lucca in der Toskana.

Julian wiederum stellte sich jahrelang unter Politik ein ununterbrochenes Tellerklirren und starken Essensgeruch vor, denn in den Prunkgemächern des Schlosses fanden die Festmahle und Staatsempfänge für alle offiziellen hohen Besucher Wiens statt. Dann stiegen die Küchendämpfe durch die Korridore empor zu den Passauers, und sie hörten die Strauß-, Lanner- und Ziehrermelodien, die Virtuosen als Tafelmusik darboten. In solchen Nächten war an Schlaf nicht zu denken. Man schien in einem gewaltigen gemauerten Bienenkorb voll der Frack und Abendkleid tragenden Drohnen zu leben. Und tatsächlich war auch hier der Mittelpunkt eine Königin oder zumindest so etwas Ähnliches, das Präsident oder Minister oder Marschall oder Thronfolger oder Kardinal hieß. Die Mama und Julian betrachteten bei diesen Anlässen stets von einem Gangfenster aus durch Operngläser die Auffahrt der Staatskarossen sowie das Aus- und Einsteigen der Geladenen. Gottfried Passauer fand derlei Neugier tief unter seiner Würde und war überhaupt entsetzt, dass die Anhänger der Republik zunächst wütend die Monarchie abgeschafft hatten und jetzt in den Repräsentationsräumen der Habsburger selbst Hof hielten. (»Wer nicht weiß, dass man eine Feststiege hinauf zu schreiten hat und nicht zu schlurfen oder dass man beim Handkuss nur einen Kuss andeutet und nicht gleich die Pratzen der Dame abschleckt, soll sich tunlichst von Schlössern fernhalten«, sagte der Graf Eltz einmal erschrocken beim Anblick des Generalsekretärs des Österreichischen Gewerkschaftsbundes.)

Wenn jemand in der Familie fieberte, übermäßig hustete oder in anderer Form unpässlich war, erschien der Hausarzt Doktor Kundratiz und sagte beruhigende Sätze wie: »Neunzig Prozent aller Herzinfarktalarme sind nichts als verschlagene Winde« oder »Erbrechen heißt nur, dass der Körper weiß, was er zu tun hat, um uns zu nützen. Also herzliche Speibgratulation, lieber Julian!« Ehe er bat, den Oberkörper frei zu machen, um den Rücken mit den Fingern abzuklopfen und die Abhörkünste des Stethoskops zu zelebrieren, wusch er sich die Hände mit heißem Wasser, damit es für den Patienten keine Unannehmlichkeit durch kalte Berührungen gab. Als Heilmittel verschrieb er Pharmaka wie Apfelkompott, Mühle spielen oder, in besonders giftigen Anwandlungen, eine Kopfwehtablette mit einem Stück Leukoplast über der schmerzenden Stelle zu befestigen. Vor allem aber kritzelte er auf Rezeptblöcke

Gedichte von Ricarda Huch und Shelley, Rilke und Rimbaud, mit Vorliebe auch solche seines Arztkollegen Gottfried Benn, die der Patient morgens, mittags und abends laut lesen sollte oder am besten auswendig lernen, als dadurch unverlierbares Inventar der persönlichen Apotheke. So lautete eine der frühesten lyrischen Zeilen, die Julian bei passenden und unpassenden Gelegenheiten einzustreuen vermochte: »Es gibt Melodien und Lieder, die bestimmte Rhythmen betreun, die schlagen dein Inneres nieder und du bist am Boden bis neun.«

Gottfried Passauer bestand darauf, dass die Genesungserfolge des Doktor Kundratiz um keinen Deut geringer wären als jene konventioneller Schulmediziner.

Manchmal durfte Julian seinen Vater auf dessen spätabendlichen Kontrollgängen durch das Naturhistorische Museum begleiten. Dann, wenn es besucherleer und bis auf zwei Nachtwächter und den Portier überhaupt von allen Menschen verlassen war, glich es einer tragischen steinernen Arche Noah. Denn das Getier war ausgestopft oder in Formaldehyd eingelegt oder mumifiziert, und die Mineralien ruhten unbeweglich in sich selbst. Julian dachte lange Zeit: »Das Tote ist tot.« Aber Gottfried Passauer erklärte ihm, dass auch das Tote noch eine Sprache besitze und überhaupt jeder Gegenstand Geschichten erzählen könne und dass es sein Beruf und seine Berufung sei, diese Mitteilungen zu verstehen. Am liebsten höre er den ehemaligen Meeresbewohnern zu – den Fischen, Langusten, Seesternen, Kraken, Quallen, Korallen und wie sie alle hießen. Nie vergaß Julian die Stunde, als ihm sein Vater zum ersten Mal ein Tritonshorn ans Ohr gehalten hatte und er vernehmen konnte, wie darin tatsächlich das Rauschen des Meeres gefangen schien. Als er zu seinem siebenten Geburtstag ein besonders wohlgestaltetes Exemplar dieser Art erhielt, lebte er fortan in dem Glück, zuhause von der Stimme der Ozeane nie weiter als ein paar Schritte und eine Handbewegung entfernt zu sein.

Ein Tag erobert von der Farbe Grau war es, mit einem Himmel, als hätten ihn Handwerker mit Zinnplättchen vernagelt. Darunter reisten Spatzen und Krähen und vermischten sich immer wieder, ebenfalls grau in grau, mit dem Rauch der Schornsteine, dem die Kälte die Anmutung von felsiger Schwere gab.

»Zieh dir deine Schnürlsamtjacke an«, sagte Gottfried Passauer zu seinem Sohn, »wir müssen zum Südbahnhof.«

»Anfang des Jahres und mitten in der Schulzeit nach Venedig?«, wunderte sich Julian.

»Nein, etwas ganz anderes. Es gibt Ereignisse, die man, besonders wenn sie relativ in der Nähe stattfinden, nicht versäumen darf. Du sollst etwas erleben, an das du dich noch in fünfzig Jahren genau erinnern wirst.«

Der Südbahnhof war in diesen Märzstunden 1953 wie ein gewaltiges Leck, aus dem mit großem Druck Verwirrendes in die Stadt floss. Dieses war von der Dampflok gezogen in Passagiercoupés dritter Klasse sowie in Pack- und Viehwaggons von weither nach Wien gerollt. Zu seiner Begrüßung bildeten Tausende Menschen, vor allem Frauen, hinter einem lebenden Zaun aus Polizisten vor den Haupteingängen des Bahnhofs ein wogendes Spalier, das eine Erregung ausstrahlte, die Julian sofort in Angst und Schrecken versetzte.

»Sie warten auf die Russland-Heimkehrer«, erklärte Gottfried Passauer. »Väter und Söhne, die als Kriegsgefangene in Sibirien waren. Ein Krieg, Julian, ist nämlich nicht aus, wenn eine Seite kapituliert hat oder wenn Frieden geschlossen wurde. Vorbei bedeutet noch lange nicht vorbei. Das ist ein Selbstbetrug. Solange noch jemand lebt, dem als Folge einer Schlacht ein Bein fehlt oder ein Arm und den Phantomschmerzen in die Raserei treiben, solange noch jemand in seinen Träumen aufschreit, weil er Bomben herabstürzen sieht oder die aufspritzende Erde von Granateinschlägen, solange noch eine einzige Frau unvermittelt sprachlos vor sich hinstarrt, weil sie vor ihrem inneren Auge einen Geliebten, einen Sohn, einen Freund sieht, den der Krieg ausgelöscht hat, ja, ich glaube sogar, solange jemand, der den Krieg gar nicht selbst erfahren musste, Verstörungen empfindet, die seine Eltern ihm aus ihren vom Krieg stammenden Verstörungen heraus wie ein Staffelholz weitergereicht haben, solange ist der Krieg nicht aus. Der Krieg ist hartnäckig, Julian, und seine Folgen langlebig bis zum Exzess.«

Immer wieder waren unterschiedlichste Arten von Schreien und Ausrufen zu hören. Auch Schluchzer in einer Intensität und Variationsbreite, die Julian bisher völlig unbekannt gewesen waren. Diese Geräusche waren Reaktionen auf seit Jahren herbeigeflehte, bei manchen wohl auch mit Bangigkeit oder Furcht erwartete Wiederbegegnungen. Viele der Männer, die fast alle grüne oder braune gesteppte Jacken und etwas zu kurze Hosen aus grobem Stoff trugen, hatten sich im Laufe ihrer Lagerjahre offenbar so sehr verändert, dass ihre Angehörigen einige Augenblicke lang ungläubig oder unentschlossen dreinblickten, ehe der Blitz des Erkennens in sie einschlug. Dann vollzog sich ein Aufkochen der Emotionen: Weinen in all seinen Nuancen, gurgelnd, stoßweise, stumm und das Zustürzen auf den Heimgekehrten. Als Nächstes ungestüme Umarmungen, die auf Julian wirkten, als wolle man den Geretteten Fleisch aus dem Körper reißen. Jetzt küssten sie einander den Mund, und gestreichelt wurde und wieder aufgeschluchzt, und manche Heimkehrer verhofften in all der Turbulenz plötzlich für Sekunden und schauten nur, wie man in Wien sagt, desperat und schüttelten dann den Kopf und gaben unvermittelt ein animalisches Heulen von sich, in dem sich das aufgestaute Heimweh, die Ohnmacht, die Befürchtungen, die Sehnsuchtsqualen mannigfacher Tage und Nächte einer fremdesten Ferne entluden.

Und in all dem auch für Julian so aufwühlenden Geschehen zeigte Gottfried Passauer auf einen etwa acht Meter entfernten alten Herrn, der, wie ein Säbel leicht gebogen, aus der Menge aufragte. Zum ersten Mal begriff Julian, was es bedeutet, jemanden einen Fels in der Brandung zu nennen, denn diesen alten Herrn umspülten die anderen regelrecht, er aber blieb unverrückbar und zumindest äußerlich völlig teilnahmslos.

»Das ist ein wirklicher Dichter«, sagte Gottfried Passauer. »Ein Lyriker. Er heißt Felix Braun. Schau ihn dir gut an, immerhin war er mit Rilke und Hofmannsthal befreundet. Solchen raren Erscheinungen sollte man Rosen, Kümmel und Brennnesseln streuen.« Dann nahm der Vater den

Sohn bei der Hand und zog ihn durch die Menge, bis sie hinter Felix Braun standen. »Berühr ihn vorsichtig am Rücken oder an der Schulter«, flüsterte er in Julians Ohr, »so eine Gelegenheit kommt so schnell nicht wieder. Die Katholen glauben, dass Gebete oder Almosen Sündern Ablässe bringen, ich aber bin davon überzeugt, dass uns jedes Berühren eines Dichters zumindest von den lässlichen Sünden befreit.«

So berührte Julian den Dichter Felix Braun scheu am Kragen seines Mohairmantels, ohne dass dieser etwas bemerkte, Gottfried Passauer legte kurz zwei Finger auf dessen rechte Hüfte, und danach stahlen sich Vater und Sohn davon, wie nach einem Lausbubenstreich. Als sie schon zehn Minuten gegangen waren und der Lärm des Südbahnhofs versiegte, fragte Julian: »Vater, was genau ist eine lässliche Sünde?« Und Gottfried Passauer antwortete: »Ehrlich gesagt, glaub' ich, dass vor Gott jede Sünde lässlich ist, denn wenn man bereut, verzeiht er ja angeblich alles.«

Julians Mama kümmerte sich zwar um den Haushalt, indem sie ihrer Bedienerin Frau Grienedl ein wenig pedantisch hinterherputzte und derart ideenreich den kulinarischen Idealen ihres Mannes gemäß aufkochte, dass sie von allen Freunden und Bekannten, die die Auszeichnung erfuhren, gelegentlich am Passauerschen Abendmahltisch Platz nehmen zu dürfen, als *Ostessa des besten italienischen Gasthofes Wiens* bezeichnet wurde, aber im Grunde arbeitete sie stets daran, sich in dieser Welt zurechtzufinden. Sie schien wie jemand erst kürzlich von einer starken Sehschwäche Befallener fortgesetzt schmerzhaft an Ecken und

Kanten zu stoßen, über Stufen zu stolpern, an Bordsteinen abzurutschen, nur dass sie mit einer Art innerer Sehschwäche geschlagen war, und auch all ihre Missgeschicke waren innerer Natur und sorgten dafür, dass sie eher selten an das angepeilte Ziel, dafür aber in viele durchaus interessante Gedankengänge, Träumereien und Handlungsergebnisse geriet, die ihr abseits dieser Orientierungslosigkeit verborgen geblieben wären.

Diese Umstände empfand sie allerdings nicht als Tragödie, sondern als etwas, das sie »meine fröhliche Not« taufte. Sie äußerte Sätze wie: »Ich möchte gerne wissen, in was ich mich da wieder verrannt habe.« Oder: »Gibt es, bitte schön, irgendwo einen Weg aus mir heraus?« Wenn ihr Mann Zeuge solcher Geständnisse wurde, umarmte er seine Frau und sang ihr die erste Strophe der Marseillaise vor. »Zetteln wir eine Revolution gegen die Schwermut an«, sagte er dann, durchaus vor allem selbstbeschwörend. »Was wir anstreben sollten, ist Mut, Anmut, Gleichmut, aber: Nieder mit der Schwermut!« Die Mutter antworte stets mit einem Lächeln und ironisch mit *Amen*.

Im Spätfrühling, im Sommer und Herbst unternahm die Familie Passauer an Wochenenden oder Feiertagen bei Schönwetter sogenannte Frischluftpromenaden in die Nähe des Semmerings oder in den Wienerwald. Der Vater verwandelte sich dann auf einer Lichtung regelmäßig für zumindest eine halbe Stunde in einen haltlosen Kindskopf, denn er fand es unverzeihlich, dass man im Erwachsenendasein die Spiele der Anfangsjahre für immer hinter sich ließ. So wetteiferte er mit Julian beim Tempelhüpfen, und sie trugen verbissene Kämpfe im Pfitschigogerln aus. Oft, wenn dem Sohn nach im Gras am Rücken Liegen, nach Ausruhen und in den Himmel Schauen war, bettelte ihn der Vater regelrecht um gemeinsame Spiele an.

Diese Vorfälle kontrastierten aufs Schärfste mit dem freundlichen Ernst oder der stummen Verzweiflung, die Gottfried Passauer allzu oft beherrschten. Die Mutter suchte währenddessen je nach Jahreszeit Pilze, Veilchen, Bockerl, Schneeglöckerl oder vierblättrigen Klee, und wenn ihr ein besonders schöner Fund gelang, stieß sie mithilfe ihrer Zeigefinger einen Pfiff aus, sodass Julian, als er mit sechs Jahren erstmals am Wacker-Platz mit dem Mann der Frau Grienedl ein professionelles Fußballspiel besuchte, anfangs dachte, die Mannschaften bestünden aus lauter erfolgreichen Pilz- und Kleeblattfindern, die sich in Person des sogenannten Schiedsrichters einen eigenen Jubel- und Trillermann leisteten.

Für unsportliche Buben gibt es bis zur Entdeckung des Onanierens wenig, das der eigene Körper an interessantem Zeitvertreib bereithält. Mädchen lackieren sich die Nägel, malen sich mit Farben etwas vermeintlich Erwachsenes ins Gesicht oder ondulieren sich die Haare. Buben hingegen bleibt wohl neben dem Nägelbeißen, Nasenbohren und Rülpsen als Erfüllendstes das Furzen.

In Julians Familie gebrauchte selbstverständlich niemand dieses reichsdeutsche Wort, das allzu kantig klingt, gemessen an der Geschmeidigkeit und Gestaltlosigkeit dessen, was es bezeichnet. Wenn jemand gelegentlich unabsichtlich oder unvermeidbar in Gesellschaft einen fahren ließ, schob man die Schuld einem zahmen Fuchs zu, der lediglich in der Einbildung existierte und auf den schönen Namen Zatopek hörte. »Zatopek hat sich wieder danebenbenommen«, seufzte man. Und wenn es unumgänglich wurde, sprach Mama diskret von einem »U-Boot«, der Vater sagte »Stinkewind«, die Haushälterin je nach Gattung »Hosenknall« oder »Popschsprudler«, und Julian selbst hatte sich unter dem Einfluss seines dialektsicheren Schulfreundes Robert Wimmer für Schas entschieden. Letzteres ist allerdings in Wien weit mehr als der Name von dem Körper entwichenen Gasen. Es bedeutet Weltekel, Einsicht in die Lächerlichkeit aller Politik, allen Ehrgeizes, ja jeden Tuns schlechthin. »Die ganze Welt is a Schas« fasst in einem Satz zusammen, was Hunderte pessimistische Philosophen auf Tausenden Buchseiten zu ergründen versuchten.

Dieser Pessimismus, in dessen Gefolge Herabsetzung, Neid, Bösartigkeit und Wehleidigkeit reisen, ist eine Grundausstattung des Erdig-Wienerischen. Und hätte etwa Ludwig Wittgenstein gegenüber einem als Kellner oder Chauffeur arbeitenden Landsmann seinen berühmten Gedanken »Die Welt ist alles, was der Fall ist« zum Ausdruck gebracht, wäre ihm mit einiger Wahrscheinlichkeit die Antwort erteilt worden: »Eh klar, a Schas.« Julians Eltern dachten nicht so, und er selbst war zu sehr ihr Kind, um die Welt oder das, was er sich darunter vorstellte, nicht für etwas einigermaßen Gelungenes zu halten, mit der Einschränkung allerdings, dass Österreich und andere Kältezonen ganz einfach nicht zur Welt gehörten.

Dass Eltern einander auch, wie es der Graf Eltz ausdrückte, fleischlich liebten, vermochte Julian, zum Unterschied von den meisten seiner Schulkameraden, nie zu irritieren oder gar abzustoßen. Die kaiserliche Menagerie von Schönbrunn hatte beinahe bei jedem Besuch, den man ihr abstattete, vom Känguru bis zu den Pinguinen und von den Straußen bis zu den Kapuzineräffchen Paarungsvorgänge zu bieten. Auch die Brunftlaute der Tiere zählten zu Julians frühesten und vertrautesten Klangimpressionen. Dass Menschen etwas radikal anderes als Fauna sein könnten, wäre ihm nie in den Sinn gekommen, denn zu Gottfried Passauers oft vertretenen Überzeugungen zählte auch jene, dass Tiere Seelen besäßen und es nicht bewiesen sei, dass etwa ein Delphin in der Hierarchie der Wesen nicht auch vom Bewusstsein her weit über dem Homo sapiens rangiere. »Ja, selbst bei der Zärtlichkeit können wir von den Orang-Utans und den Turteltauben lernen.«

Julian versprach sich von der Erotik dereinst eine umfassende Lockerung und eine erweiterte Wahrnehmung. Er hoffte, dass ihre Erfüllung ihm Zugang zu der einzigen Art von Fliegen verschaffen würde, derer er Menschen aus eigener Kraft für fähig hielt. Wie das aber genau zugehen sollte, ahnte er nicht einmal andeutungsweise.

Am Heiligen Abend gab es bei den Passauers den Brauch, drei Bekannte einzuladen, die sonst mangels Familie das Fest allein verbracht hätten. Merkwürdigerweise begegnete Julian diesen Gästen an keinem anderen Tag des Jahres. Sie schienen nur für den 24. Dezember aus einer Versenkung zu kommen und gleich danach wieder für 364 Tage in diese zu entschwinden. Zu den Weihnachtsgesellschaftern zählte ein seit sehr langem pensionierter Geographieprofessor aus Gottfried Passauers Gymnasialzeit. Ein vierschrötiger, uralter Herr, dessen Hände aufgrund einer Parkinsonerkrankung derart zitterten, dass ihm stets die Frittaten in alle Richtungen vom Löffel ausbuchsten und er sich mit einer mitgebrachten riesigen Serviette, die er mit zwei Kluppen am Revers fixierte, den Anzug vorm exzessiven Anpatzen schützte. Dieser Mann, Zimper mit Namen, kannte nur ein Thema: seine Jugendfreundschaft mit der Schauspielerin Annie Rosar, einer mittlerweile auf tragische und heitere Matronen festgelegten Filmberühmtheit.

Der zweite Stammgast war ein Onkel zweiten Grades von Julian, Remigius Thalhammer, verwitweter Ökonomierat und Agronom aus der sogenannten Buckligen Welt, einer hügeligen Region Niederösterreichs. Das Interessanteste an ihm war ein quer von der Stirne über das rechte Auge zur Wange hin verlaufendes Feuermal; das Zweitinteressanteste, dass er unter dem Christbaum bei dem von Julian und seiner Mutter vorgetragenen Weihnachtslied *Es ist ein Ros entsprungen* stets laut und völlig richtig die nicht allzu einfache zweite Stimme sang.

Der Ungewöhnlichste derer, die sich alljährlich um den Passauerschen Christbaum und Esstisch versammelten, war aber ein schlaksiger Mann Anfang zwanzig ungarischer Herkunft, den Julians Mutter als Oboisten eines Amateurorchesters kennen gelernt hatte, bei dem sie selbst gelegentlich Cello spielte. Er wirkte ungewöhnlich scheu. Sprach man ihn an, schlug er sofort die Augen nieder, und wenn er aß, kaute er so vorsichtig, als fürchtete er, seine

Zähne könnten jeden Moment zerbrechen. »Immer wenn er uns besucht, meint man, er erlebe das erste Mal Gesellschaft«, diagnostizierte Gottfried Passauer einmal am Ende einer Weihnachtssoiree, und seine Frau antwortete: »Wenn er musiziert, ist er ein vollkommen anderer Mensch, selbstsicher und geerdet.« Aber am Abend des 24. Dezember 1956, als es, zu dieser Jahreszeit völlig ungewöhnlich, als Nachtisch frische Pfirsiche gab, weil die Schönbrunner Gärtner in einem Teil der Orangerie privat Treibhausobst zu züchten begonnen hatten, brach der Ungar von einem Augenblick zum nächsten in ein hemmungsloses Weinen aus und war minutenlang nicht in der Lage zu erklären, worin die Ursache dieser Not bestand. Immer wenn er zu sprechen ansetzte, überwältigte ihn eine neue Welle der Verzweiflung, und schließlich ließ er sich von Julians Mama in die Arme nehmen, und sie streichelte und wiegte ihn, wie man ein verzweifeltes Kind zu trösten versucht. Als die Haltlosigkeit langsam abebbte, lief er auf den Gang und in das Badezimmer, um sich das Gesicht zu waschen. Die kleine Versammlung blieb stumm vor ihren Pfirsichen sitzen. Gottfried Passauer blies mit in den Nacken geworfenem Kopf Virginiarauch zu der mit kargem Stuck verzierten Zimmerdecke, von der ein böhmischer Bronzeluster gelbstichiges Licht aussandte. Julian regte der Vorfall so auf, dass er Brechreiz empfand.

Endlich erschien der Ungar wieder in der Tür, betrachtete den Raum und die Anwesenden konzentriert und mit erstauntem Blick, als sei ihm das Gesehene völlig unbekannt. Als Nächstes ging er auf eines der beiden Fenster zu und öffnete es, ohne um Erlaubnis gebeten zu haben. Jeder der

Sitzenden hatte denselben Gedanken: Er will sich zu Tode stürzen, und alle bis auf Professor Zimper versuchten den Ungarn zurückzuhalten. Mehrere Stühle kippten um. Am schnellsten war Gottfried Passauer, der den jungen Mann zu Boden riss und mit dem Gewicht seines Körpers beschwerte. Julian erlebte das Drama, als ob sich ihm ein Film sehr langsam, Kader für Kader, offenbare und erinnerte sich noch Jahrzehnte später an jede Einzelheit. Der Ungar hatte nach einer Schreckenspause zu wimmern begonnen, man möge ihn aufstehen lassen. Zuerst schloss Ökonomierat Thalhammer das Fenster, dann löschte die Mama mit einem Glas Wasser den kleinen Brand, den die in der Aufregung achtlos auf die Tischdecke geworfene Zigarre ihres Mannes verursacht hatte. Professor Zimper bemühte sich, mit seiner rechten Hand die linke zu bändigen, und das Ergebnis war, dass die zehn Finger sich zu einer Art Knäuel verkrampften, das hüpfte, als würde eine Katze damit spielen.

Der Vater rollte zur Seite, der Ungar erhob sich, nestelte an seinem Anzug, dann sagte er zögernd: »Ich will etwas erzählen. Es ist aber keine schöne Geschichte.« Alle setzten sich wieder um den Esstisch, und der junge Oboist begann mit seiner akzentgefärbten, etwas brüchigen Stimme: »Meine Familie stammte aus Békéscsaba, einer Provinzstadt mit etwa 50 000 Einwohnern in Südostungarn. Wir waren, was man normale Leute nennt, lebten vom Tuchhandel mit gerade genügend Glück, um nicht unglücklich zu sein. Mitte März 1944 wurden wir und die anderen etwa dreitausend Juden der Stadt auf Befehl des Nazischergen Baky zunächst gezwungen, in Notunterkünfte eines improvisierten Ghettos umzusiedeln, und am 25. und 26. Juni deportierten sie uns alle in ein Barackenlager nach Debrecen. Von dort ging es etwas später für eine kleine Gruppe ins österreichische KZ Strasshof und für die Mehrheit in Lastzügen nach Auschwitz. Mein Bruder war damals fünf Jahre alt, ich elf, unsere Mame vierunddreißig und unser Tate zweiundvierzig. Am 28. Juni erfuhr der Tate in Debrecen von einem Rebben, dass es im Schicksalsbuch nur noch wenige Seiten gab, auf denen unsere Namen standen, weil uns auf Erden nichts mehr erwartete als der Tod. In derselben Nacht hat der Tate mir befohlen, meinen Bruder an der Hand zu nehmen und in der Dunkelheit durch ein größeres Loch im Stacheldrahtzaun zu fliehen. Ich war fassungslos und hab gebettelt: ›Lass uns nicht allein, Tate. Mame, verstoß uns nicht, wir sind doch noch Schutzbefohlene.‹ Aber während Mame beinahe in Tränen ertrank, hat der Tate mit einem Ton und einem Blick, als ob er schon im Schattenreich wohnte, gesagt: ›Die Chance auf Rettung habt nur ihr. Der Durchschlupf im Zaun ist zu schmal für Erwachsene, und wenn wir versuchten, ihn zu erweitern, und man hört oder sieht uns, würden die SS-Mörder uns erschießen wie Feldhasen. Jossele, rette dich und Ferenc. Die jetzige Stunde ist deine Bar Mizwa. Du musst augenblicklich ein Erwachsener werden, um deinem Bruder Tate, Mame, Chaver und Rabbi gleichzeitig zu sein. Schwöre mir, dass du nicht zulassen wirst, dass der Kleine an die Mörder fällt.‹ Ich hab es geschworen. Der Allverantwortliche in seinem unerforschlichen Ratschluss hat es so gewollt. Verstehen kann es unter den Irdischen keiner, es sei denn, er wäre verrückt. Dann haben uns die Eltern umarmt und wieder umarmt und noch einmal. Mein Bruder hat gar nicht begriffen, was vor sich geht. Die Mame hat ihm die Augen geküsst und die Hände, den Mund und den Nacken, bevor sie auf die Knie gesunken ist, um seine Beine zu umschlingen. Als Erster hat sich der Tate von uns losgerissen, und gleich darauf hat er die Mame fortgezerrt vom Abschiednehmen. Dann hat er mit heiserer Stimme geflüstert: ›Geht bitte, geht, schlagt euch durch. Ich liebe euch in alle Ewigkeit und die Frau, die euch geboren hat, liebt euch in alle Ewigkeit. Aber jetzt geht, um zu leben.‹ Ich bin weggetaumelt, Ferenc hinter mir her schleifend.

Irgendwie, ich habe kein Bild mehr davon, sind wir durch den Zaun geschlüpft und in die Finsternis gestolpert. Wo sonst in mir Gedanken herrschten, gab es nur Angst und unter dieser Angst andere Angst. Aber diese Angst hat mich nicht gelähmt, sondern weitergetrieben. Wir haben tagsüber in Scheunen geschlafen und in Maisfeldern, im Unterholz und unter umgedrehten Ruderbooten, die im Kies an Flussufern lagen. Gegessen haben wir Küchenabfall, den ich in Dörfern nachts, nahe der Häuser, gestohlen habe; das waren die Festmahle, aber normalerweise fanden wir nur Beeren und rohe Kartoffeln, und immerzu tranken wir Wasser aus Bächen. Wir wagten nicht, unter Menschen zu gehen, weil ich sicher war, dass sie uns ausliefern würden an den Untergang. So sind sechs Wochen verstrichen, und wir waren nichts als verdreckte, von Fieber und Durchfall gequälte, zu Skeletten abgemagerte Halbtiere. Mein Bruder hat oft geschrien und noch öfter geweint und fast immer gezittert, und wenn er schlief, hab' ich geweint und gebetet, zu unseren Eltern und dem Gott, an den ich nicht glauben konnte. Dann kam die Stunde, in der ich begriffen hab', dass wir verrecken werden, weil es den Tod wirklich gibt und dass er nur mehr die Hand ausstrecken muss, und unsere Kinderherzen hören auf zu schlagen. In der folgenden Nacht sind wir auf eine Konservenfabrik gestoßen, in der Kompotte und Marmeladen erzeugt wurden. Hinter dem Gebäude waren nämlich riesige Haufen von Kernen, die man den Früchten entfernt hatte. Das war mir ein Fingerzeig. Ich schlug mit einem Stein Dutzende Pfirsichkerne auf und zwang meinen Bruder, das darin befindliche blausäurehaltige Fleisch zu schlucken, damit sein Leiden zu einem Ende kommt. Ich wusste mir keinen anderen Ausweg, weil wir immer öfter deutsche Soldaten sahen mit Hunden und Gewehren und weil Ferenc aus dem Mund und aus dem After zu bluten begann und weil seine Zähne schon schwarz wurden und ihm die Haare ausfielen und unsere Körper nur mehr von der Krätze zusammengehalten wurden und ich ihn nicht mehr tragen konnte und uns immer wieder sogar die Kraft zu sprechen verließ. Ich sagte Ferenc, dass ihn das bittere Fleisch der Pfirsichkerne stärken würde, und es wären nur mehr zwei Tage bis zum Haus unserer Tante Zippa, und dann gäbe es Paprikahuhn und Daunendecken und Apfelkuchen und weiße Kaninchen, mit denen wir spielen könnten. Er versuchte das Gift zu schlucken und erbrach sich. Ich musste ihm mehrmals neues verabreichen, und es war die unaussprechlichste Qual aller unaussprechlichen Qualen meines Daseins, ihm sein Sterben zu bereiten. Nach etwa sechs Stunden hat er endlich zu atmen aufgehört, und ich hab' das Kol Nidre gebetet. Unter dem Haufen aus Kernen hab' ich seinen Körper verscharrt. So ist es gewesen, und jetzt wisst ihr es.«

Dann schwieg der Ungar, und alle, die ihm zugehört hatten, schwiegen. Das Schweigen war wie ein hässlicher Nebel, der bis in die entferntesten Winkel und verborgensten Ritzen des Zimmers quoll und einem die Orientierung raubte. Es dauerte sehr lange, mehr als zehn Minuten, bis dieser Bann sich auflöste.

Gottfried Passauer fragte: »Wie wurden Sie gerettet?«

Der Ungar antwortete: »Ich wurde nicht gerettet. Auch ich liege im Grunde genommen heute unter diesen Kernen begraben, und derjenige, der hier zu ihnen spricht, ist sich selbst ein Fremder und wird sich immer fremd bleiben. Rettung davon gibt es nicht. Was damals weiter geschah, ist sehr banal. Ich bin vor Erschöpfung und vor Ausgemergeltheit eingeschlafen, und am Morgen haben mich Arbeiterinnen der Konservenfabrik gefunden, und eine von ihnen hat mich aufgenommen und gepflegt, und bald darauf ging der Krieg zu Ende. Man steckte mich in ein jüdisches Waisenhaus, und viel später erfuhr ich, dass alle meine Verwandten ermordet waren. Es ergibt keinen Sinn, darüber zu sprechen. Boden unter den Füßen spüre ich nur mehr in der Musik.«

Während der Osterferien 1957 reisten die Passauers nach Tirol zu einer sehr resoluten Tante väterlicherseits, die Gemeindeärztin der kleinen, hochgelegenen Ortschaft Brenneis war. Sie aßen schwere und fette Speisen wie Tiroler Gröstl und Geselchtes mit Knödeln und Kraut oder Kasnocken mit zerlassener Butter. Auch Wanderungen wurden unternommen, die Julian in zweifacher Weise einschüchterten. Zunächst durch die Berge, die zwar schöne Formen

45

besaßen, aber bei Sonne durch ihre Nähe und Größe gewaltige, die Temperatur zusätzlich absenkende Schatten in die Helligkeit schnitten, und dann durch die zahllosen Holzmarterl, die am Rande der Wege alle paar hundert Meter einen weiteren, in äußerstem Leiden erstarrten Gekreuzigten zur Schau stellten. Diese blutüberströmten geschnitzten Schmerzensmänner schienen die ganze Landschaft samt ihren Bewohnern in etwas extrem Grausames zu verwandeln, und Julian sah in jedem Bauern und jedem Knecht einen Folterer und in jeder Bäuerin und jeder Magd eine Häscherin und konnte nachts nicht schlafen, vor Angst, dass eine der steilen Felsformationen in sich zusammenstürzen und die ganze Familie erschlagen und unter sich begraben würde.

Die Mama gab ihrem Sohn zur Beruhigung Zuckerstücke mit Baldriantropfen und hielt ihn so gut wie irgend möglich von der Gott sei Dank fast immerzu ordinierenden Tante fern, die zweimal in Beobachtung Julians bemerkte: »So überspannte Kinder gibt es in Familien, die über achthundert Höhenmeter wohnen, nicht.« Der für sechs Tage geplante Besuch wurde jedenfalls zur Erleichterung aller Beteiligten nach fünf Tagen abgebrochen. Gottfried Passauer hatte mit seiner Leica immerhin zwei Steinadler fotografiert.

Ein besonderer Anziehungspunkt in Schloss Schönbrunn war die Kapelle, das ehemalige kaiserlich-königliche Privatgotteshäuschen. Im Mai fanden darin bis zu drei Trauungen pro Tag statt, da es für gewisse großbürgerliche oder adelige Brautpaare ein Ja-Wort-Elysium zu sein schien. Der

Monarchie nachtrauernde Wesen dachten, mit der Anmietung dieses Raumes und seines Kaplans verbinde sich in gewisser Weise auch der persönliche Segen des habsburgischen Herrscherhauses, der fortan als lichtvolle Aura ihre Ehe umhüllen würde.

Julian durchsuchte mitunter die auf den Holzbänken der Schlosskapelle aufliegenden, reichlich zerfledderten Gebetbücher nach Heiligenbildern, die er dann für ein, zwei Tage an sich nahm, um von seinen Eltern Erklärungen bezüglich der Leistungen zu erbitten, die den darauf Dargestellten den Stand der Heiligkeit verschafft hatten. Seine Mama besaß ein Fachbuch, das ausschließlich diesem Thema gewidmet war, und bald wusste Julian, dass der schnellste Weg in die katholische Heiligkeit das Hinnehmen von Qualen jeglicher Art war: von der Vierteilung, der Verbrennung auf dem Scheiterhaufen und dem aufs Rad Gespanntwerden bis zur Abwehr der süßesten und sinnlichsten Versuchungen, vom publikumsumjubelten Tod als Löwenfutter im römischen Kolosseum bis zum Blutschwitzen und Erleiden der Wundmale Christi am eigenen Leib. So kam er zur Überzeugung, nicht heilig werden zu wollen. Sein Vater erklärte ihm, dass die Katholiken genauso wie die Hindus Vielgötterei betrieben, da ja auch zu den zahllosen christlichen Heiligen mit derselben Inbrunst gebetet werde wie zur Dreifaltigkeit und der Mutter Maria, und man all diesem Personal und den sogenannten himmlischen Heerscharen Altäre errichte, so wie am indischen Subkontinent den Vishnus und Shivas und Brahmas und Indras und Suryas und Hanumans gehuldigt würde. Eine weiße Taube als innigst verehrter Aspekt der höchsten Göttlichkeit sei nicht weniger absurd als ein Elefantengott Ganesha mit Ratten zu Füßen und ein Ferkel in Händen haltend. Die Hindus wären nur üppiger und metastasenhafter in ihren Bildwelten.

Julians Vorstellung vom Schöpferwesen war mittlerweile, dass das ganze Universum einen gewaltigen Organismus darstellte, den man Gott nennen konnte. Darin besaß unser Sonnensystem etwa die Bedeutung des Teilabschnittes einer winzigen Ader, die von geringfügigen Mengen göttlichen Blutes durchflossen wurde. In diesem Blut wiederum schien ihm die Erde nicht mehr als ein weißes Blutkörperchen zu sein, und die Kontinente und Meere die nächstkleinere Form, die ihm das medizinische Lexikon als Ribosomen auswies, und die Menschen hatten etwa die Stellung dessen, was Mitochondrien heißt, und so weiter. Besonders erhebend für die eigene Bedeutung war diese Theorie nicht, aber plausibel erschien sie Julian durchaus. Manchmal, wenn er sich all dies plastisch vergegenwärtigte, begann es sich in seinem Kopf zu drehen, und er musste sich festhalten oder niederlegen.

Gottfried Passauer, der stets übervoll mit Erklärungen war, sagte: »Schwindel erfasst dich immer, wenn du dich selbst beschwindelst.« (Der Graf Eltz wiederum fertigte das Philosophieren und Räsonieren überhaupt mit der Bemerkung ab: »Ich versteh' im Grunde schon das nicht, was ich versteh', geschweige denn das, was ich nicht versteh'.«)

Einmal besuchte Julian die Schönbrunner Schlosskapelle, um zu erkunden, wie es um die Macht der Gebete und Fürbitten wirklich bestellt war. Der Kaplan hatte bei einer Maiandachtspredigt verkündet: »O Herr, es ist noch niemals geschehen, dass du jemanden zurückgewiesen hättest oder dich taub stelltest gegenüber Anrufungen, die um deine Hilfe baten. Du verwandelst das Unglück in Glück, das Weinen in Lachen, die Not in Überfluss.«

Jetzt wollte Julian die Probe aufs Exempel machen und wandte sich gleich an die ganze heilige Familie: »Hört mir zu, Maria Mutter Gottes, Nährvater Josef und Jesus Christus. Es gäbe da einiges, wo ich auf eure Zauberkünste angewiesen wäre. Erstens bezüglich der Wimmerln. Wenn wir schon aus unerforschlichen Gründen mit ihnen geschlagen sind, befehlt freundlicherweise, dass ich sie wenigstens am Rücken bekomme und nicht im Gesicht, damit mich die Bohawilek Inge nicht so abschätzig anschaut und doch noch einwilligt, im Parkkino mit mir einen Willy-Birgel-Film anzuschauen und ich ihr dabei im Finstern vielleicht vorsichtig aufs Knie greifen kann. Zweitens: Schickt mir einen wirklichen Freund. Einen, der kein Spielverderber ist und nicht alles besser kann als ich. Aber lasst ihn stark und mutig genug sein, dass er mich wirksam verteidigt, wenn die Auhofstraßenbande mich im Winter am Heimweg von der Schule wieder einmal überfällt und zwei von ihnen mich festhalten und der Dritte mir die Schuhe auszieht, an den Schnürsenkeln zusammenbindet und hoch in das Geäst einer Rotbuche vor der Schratt-Villa wirft, sodass ich auf Strümpfen im Schnee nachhause gehen muss.«

Immerhin wurde der zweite Wunsch innerhalb kürzester Zeit erfüllt, denn Julian lernte einen Buben kennen, der mit seiner Gouvernante, die aussah wie seine ältere Schwester, hingebungsvoll Kieselsteine in den kleinen Teich warf, um den herum die Römische Ruine im Schönbrunner Park gebaut war, die von den meisten Besuchern, egal ob Einheimischen oder Touristen, für echt gehalten wurde, obwohl man sie erst 1778, einer künstlerischen Aufwallung des Zeitgeistes entsprechend, errichtet hatte. Der Bub hieß Kemal und war das einzige Kind des türkischen Militärattachés in Wien. Das erfuhr Julian, nachdem er sich neben die beiden gestellt hatte, um ebenfalls Kiesel in den Teich zu werfen und dabei einen Stein der Gouvernante im Flug getroffen hatte, was alle drei zum Lachen brachte. Dieses Lachen stiftete letztlich eine Freundschaft, die Julian sechs Jahre lang begleitete, bis zu Kemals Abschied aus Wien wegen der Berufung dessen Vaters an die Botschaft nach Madrid.

»Don Quijoterl und sein byzantinischer Sancho Pansa«, sagte der Graf Eltz immer, wenn er die Buben zu sehen bekam. In Wirklichkeit waren sie zwei sehr unterschiedliche spannende Geschichten, die der jeweils andere unbedingt erzählt hören wollte. Julian handelte von einem größtenteils in der Phantasie verwurzelten, zarten, ein wenig wundersüchtigen, aber durchaus den Fährnissen des Lebens gewachsenen Menschen, und Kemal von jemandem, dem, in äußerster Gelassenheit, alles bis auf Gott, den er Allah nannte, nicht übermäßig bedeutend erschien. Selbst als Kemal sich in Julians Gegenwart bei einem missglückten Sprung über einen Zaun das Schienbein brach, fiel es ihm schwer, aufgeregt zu sein. Und noch etwas, allerdings zutiefst Beunruhigendes nahm Julian an Kemal wahr, etwas, das in der Ferne kommender Zeiten lag, dessen er sich aber sicher war, obwohl er noch niemals zuvor in irgendeinem Zusammenhang an derlei gedacht hatte: dass nämlich sein

Freund durch Selbstmord enden würde. Oft, wenn er ihn betrachtete, dieses rotbackige, fast kreisrunde Gesicht, das etwas schief auf dem stämmigen Oberkörper saß, schien Kemal durchsichtig zu werden, und hinter der von einer Bürstenfrisur gekrönten Stirne sah Julian die immer gleiche Szene: einen etwa vierzigjährigen Mann, der sich, vor einem Küchentisch sitzend, einen Revolver zwischen die Lippen schiebt und mit dem Leben Schluss macht.

Als Julian seinen Vater fragte, was diese Visionen zu bedeuten hätten, antwortete der: »Ich hab' noch nie begriffen, warum es erstaunlicher sein sollte, in die Zukunft zu schauen als in die Vergangenheit und warum alle es als Wunder empfänden, wenn ein Stein, den wir werfen, gegen Himmel entschweben würde, aber niemand darin ein Wunder sieht, wenn er zu Boden fällt – die Schwerkraft ist doch auch ein Wunder. Im Grunde genommen ist alles, wirklich alles, was geschieht, ein Wunder. Es gibt nur Millionen Wunder, an die wir uns so gewöhnt haben, dass man sie für Normalität hält.«

Der Graf Eltz lud die gesammelten Passauers gelegentlich zur sogenannten Kinderjause, bei der Spinatbrötchen mit geröstetem Zwiebel, Cremeschnitten und Schaumrollen und Petits Fours aus dem nicht sehr gesunden Angebot der ehemaligen Hofkonditorei Demel serviert wurden und dazu, aus Diätgründen, Wiener Leitungswasser.

Bei einer dieser Feierstunden sagte der Hausherr: »Es ist kurios, aber manchmal vermisse ich die Militärkapellen, die bis 1918 regelmäßig auf öffentlichen Plätzen und in vielen volkstümlichen Gartenrestaurants und Bierlokalen formidabel aufspielten. Die abhanden gekommene Armee ist für mich ein Klacks gegen den bedauerlichen Nebeneffekt der entschwundenen Militärkapellen. Noch heut', wenn ich mich an die Klänge erinnere, klopft mir der rechte Fuß von selber im Takt mit.« Dann zeigte er auf die etwa schulheftgroße Picasso-Tuschzeichnung einer Corrida, die in seinem Salon neben einem Medaillon der Marie Antoinette über einer maurischen Kommode hing, und schimpfte auf die seiner Meinung nach für gewöhnlich elenden Blechbläsergruppen, die traditionsgemäß bei Stierkämpfen als Überleitung nichts als Ohrenschinderei produzierten. Jetzt wandte er sich an Julian: »Weißt du, warum der 17. Jänner 1895 ein überaus wichtiger Tag für die Weltgeschichte und einer der allerbedeutendsten für die Kunstgeschichte war? Entschuldige die blöde Frage, du kannst es nicht wissen, drum sag' ich's dir. Damals zählte Pablo Diego José Francisco de Paula Juan Nepomuceno Maria de los Remedios Crispiniano de la Santisima Trinidad Ruiz Picasso grad vierzehn Jahre. Weißt Bub, ich kenn' alle seine Vornamen, weil ich sie bei Schlaflosigkeit statt Schäfchenzählen so lange wiederhole, bis ich in Morpheus' Armen lande. Der Kleine hat wie sein Vater Don José Ruiz Blasco ständig Tauben gemalt. Hunderte. Das Aussehen der Viecher kannte er bis ins kleinste Detail par cœur, weil sein Herr Papa sie am Dachboden züchtete. Pablos Wunsch war natürlich, ein bedeutender Maler zu werden. Aber dann, Krach in der Melon'!, wurde seine achtjährige Lieblingsschwester Conchita von der horriblen Diphtherie heimgesucht und von Tag zu Tag immer schwächer und schwächer und schwächer. Da hat unser Pablo in panischer Verzweiflung ein Gelübde abgelegt, nie mehr in seinem Leben Pinsel und Farbe zu berühren, wenn Conchita geheilt würde. Ein größeres Opfer war ihm nicht vorstellbar. Wisst's, meine Lieben, ich glaub', dass nicht nur jedes Wesen einen freundlichen Schutzengel beigestellt hat, sondern dass es noch übergeordnete, ein bissel weniger freundliche Engel gibt, die zum Beispiel die Musik oder die Filmkunst insgesamt behüten und eben auch die Malerei. So ein gefiederter Zampano hat dafür gesorgt, dass die kleine Conchita, die eigentlich – was sind unsere Fritzl und Franzl und Susi und Gerti dagegen für schwindsüchtige Namen – Maria de la Concepción geheißen hat, bald nach Pablos Versprechen gestorben ist und sich dadurch das ewige Mysterium Pablo Picasso erfüllen konnte. Über solche einflussreichen Weichenstellungen im Lauf der Jahrhunderte sollte einmal ein Nicht-Depp ein Buch schreiben.« Und Julian antwortete selbstbewusst: »Das will ich in zwanzig Jahren gerne tun.«

Eines Abends nach der Radioübertragung von Gounods Cäcilienmesse sagte die Mama: »Gottfried, ich bitte dich, erzähl Julian von den Lagern. Es ist an der Zeit.«

Gottfried Passauer antwortete: »Ich kann vielleicht erklären, was im Kopf einer Impala-Gazelle geschieht oder über die Jagdaktivitäten eines Zitterrochens berichten, aber verlang von mir nichts Unmögliches.«

»Versuche es wenigstens. Er ist dein einziges Kind, und er wird vielleicht selbst einmal Kinder haben, die ihn nach ihrem Großvater und dessen Leben fragen.«

»Ach Lotte«, wehrte Gottfried Passauer ab, »mir ist es ein Torment, und ihm wird es auch eines sein.«

»Tu es«, drängte sie ungewöhnlich ungeduldig, und Julian wollte gerade seinem Vater beistehen und sagen: Was auch immer der Papa weiß, er soll selbst bestimmen, ob und wann er darüber sprechen will.

Da begann Gottfried Passauer zu erzählen: »Jeder hat ja in dieser Zeit Ungewöhnliches erlebt. Die einen waren mächtiger als je zuvor oder danach in ihrem Dasein, und die anderen, zu denen auch ich gehört habe, waren ohnmächtiger als je zuvor oder danach. Von der Hitlerzeit spreche ich, Julian. Man hätte es wissen können, dass die Katastrophe des Ersten Weltkrieges zwangsläufig zur Katastrophe des Zweiten Weltkrieges führen muss. Zu viel Durcheinander, Umwälzungen, neuen Unordnungen, Unverständlichkeiten, Überhebungen und Demütigungen gab es. Zu viel an Not und Torheit, zu viel an Zumutungen und Freudlosigkeit, zu viele Hasardeure und Schieber, zu viele Dummköpfe, zu viel Neid, zu viel von Zuviel und zu viel von Zuwenig. Es hat immer und überall gebrodelt. Besser kann ich es leider nicht erklären, Julian. Diese Zustände haben die äußerste Unvernunft und Menschenverachtung nach oben getragen, und wer sich zu wehren versucht hat gegen das Fanal an Primitivität, ist, wenn er nicht emigrieren wollte, überrollt worden, dass ihm leider nicht Hören und Sehen verging. An Österreichs Lebensfähigkeit hat ja nach 1918 kaum jemand geglaubt. Da war Wien, die riesige, ächzend aus allen Fugen berstende, ob der eigenen Bedeutungslosigkeit taumelnde ehemalige Residenzstadt eines entschwundenen großen Reiches, und das verbliebene, fast überall von Feinden eingeklemmte, lachhaft kleine Land, das seine Raison d'être nicht gefunden hatte. Ab den Februaraufständen 1934 war der rotweißrote Staat dann zumindest für jeden empfindsamen Beobachter spürbar innerlich zerbrochen, und diesen, von den erzkatholischen Austrofaschisten, die erschütternd naiv auf den Schmierenkomödianten Mussolini als Beschützer vor den Nazis gesetzt hatten, regierten Scherbenhaufen hat sich der Hitler eines Tages mühelos im Handstreich geschnappt, ohne dass es substanzielles Bedauern oder Proteste in der Welt gegeben hätte. Stell dir vor, Julian, das einzige Land überhaupt, das beim Völkerbund gegen den ›Anschluss‹ genannten Raubüberfall protestierte, war Mexiko, wo der Revoluzzer Juárez seinerzeit den armseligen, in die Irre geleiteten Kaiser Maximilian, den Bruder vom Kaiser Franz Joseph, erschießen hat lassen. Jetzt waren sie also da, die Nazis. Das heißt, sie waren natürlich vorher auch schon illegal zu Zehntausenden da. Aber jetzt waren sie endgültig die Herren des Landes, und die fanatischen österreichischen Hakenkreuzler sind an den Schaltstellen bald von den organisationsfähigeren reichsdeutschen Hakenkreuzlern ersetzt worden, und die Bundesländer wurden zur Ostmark und Alpen- und Donaureichsgauen zusammengefasst. Die Juden waren praktisch vom ersten Augenblick an vogelfrei, und jeder 14-jährige Hitlerjungen-Rotzbub konnte einen jüdischen Universitätsprofessor oder eine jüdische Apothekersgattin auf offener Straße im hellen Tageslicht ohrfeigen oder anspucken, ohne dass er zur Rechenschaft gezogen wurde, und das waren noch die harmlosesten Verbrechen. Aber das weißt du ja fast alles.«

»Ja«, sagte Julian so leise, dass es nicht ganz in sein Bewusstsein drang und er Augenblicke danach nicht mehr sicher war, ob er es überhaupt gesagt hatte.

»Ich konnte nicht anders, als ein Gegner der Nazis zu sein. Sie waren um ein Vielfaches brutaler und primitiver als Raubtiere, deren Verhaltensweisen ich gründlicher als die meisten kenne und schon damals kannte. Ich war ja immerhin Dozent am Zoologischen Institut am Lueger-Ring. Also hab' ich Gespräche geführt mit Gleichgesinnten, was zu tun wäre, um dieses Regime zu behindern oder zu Fall zu bringen. Wir waren keine Geheimorganisation und ehrlich gesagt auch keine besonderen Helden, höchstens manchmal Maulhelden. Aber wir haben dreimal die Woche im Café Prückel diskutiert und sind dabei eigentlich immer hoffnungsloser geworden, weil wir begriffen haben, wie haltlos begeistert die Mehrheit der Bevölkerung war oder zumindest wie opportunistisch, und wie die Wahrheit, die Moral, die Anständigkeit keine Kategorien mehr waren und der Nationalsozialismus und seine Ungeheuerlichkeiten in fast alle Poren des ehemaligen Österreich gedrungen sind. Wie traurig und schäbig war doch die Rolle der katholischen Kirche, wie viele Bekannte und schockierenderweise auch vermeintliche Freunde haben sich politisch und moralisch virtuos um hundertachtzig Grad gedreht, dass einem vom bloßen Zuschauen schwindelig wurde. Bitte, Lotte, sei so gut, bring mir ein Glas Wasser.«

Gottfried Passauer trank es ohne abzusetzen leer, zögerte, seine Erzählung wieder aufzunehmen, und sagte dann, als ob er etwas diktieren würde: »Am Montag, dem 9. Oktober 1938, haben sie mich an meinem Arbeitsplatz verhaftet. Gar nicht wegen der Prückel-Runde, sondern weil ich dem Professor Hochleitner, der unser Institutsvorstand war, bei einem Mittagessen meine Abscheu über die Verfolgung einiger jüdischer Wissenschaftler, zu denen ich aufblickte, gestanden hab'. Der Herr Professor ist mir früher immer als österreichischer Patriot aufgefallen, und wie der Kanzler Schuschnigg beim Einmarsch der braunen Troglodyten das Handtuch werfen musste und sein *Gott schütze Österreich* aus dem Radio tönte, hat der Hochleitner, ich bin daneben gestanden, wie ein kleiner Bub geweint. Und gerade der hat den Denunzianten gegeben. Das *Gerade der* war leider auch etwas, an das man sich gewöhnen musste. Bei den Verhören durch die Gestapo hab' ich dann unverzeihlicherweise zweimal die Nerven verloren und etwas Blödes und Freches gesagt, was meine Situation so verschlimmert hat, dass sie mir ohne Zögern Dachau verordneten. Drei Wochen bin ich in diesem Schrecken gewesen, dann haben sie mich nach Buchenwald weiterexpediert. Was ich in diesen Orten an Anschauungsunterricht über das Böse und Grausame erfahren musste, reicht für zehn Leben.«

»Was war das Schlimmste?«, unterbrach ihn Julian.

»Am schlimmsten war die Sorge um meine Verlobte, und dass alles tatsächlich stattfand und es sich um keinen Albtraum handelte. Diese äußerste Willkür und Rechtlosigkeit. Wir Häftlinge waren Spielzeug für die Aufseher, Kapos und Lagerleiter, von denen viele an uns ihre Gewaltphantasien auslebten. Wie wenn man von Horden tollwütiger Kinder regiert wird, die ständig grundlos Spinnen und Käfern die Beine ausreißen oder sie zerquetschen. Und noch etwas, damit keine falsche Verklärung in Bezug auf meine damalige Moral aufkommt: Ich hab' nicht die Erfahrung gemacht, dass die Not alle Häftlinge zusammenschweißt. Es gab welche, die waren mir weitaus widerwärtiger als manche Wächter und Offiziere und mindestens zwei von den Unsympathlern habe ich, als sie ernsthaft krank wurden, vorsichtig ausgedrückt nichts Gutes gewünscht. Und mehr möchte ich heute nicht darüber sprechen.«

»Wie bist du wieder freigekommen?«, fragte Julian.

»Der Eltz, den ich schon als junger Mann kannte, weil ihm der Oberkellner im Café Herrenhof erzählte, dass ich Zoologe bin und er mich daraufhin ansprach, um allerlei Auskünfte über afrikanische Viecher zu erhalten, war mit einer feschen uradeligen Prinzessin verschwägert, die von einigen der Wien regierenden piefkinesischen Nazibonzen, die sich zur Unterstreichung ihres Aufstiegs gern auf Adelssitzen herumtrieben, hofiert wurde. Sie hat, aus durchaus subversiven Gründen, in ihrem schönen Wasserschloss bei Tullnerbach für die Gauner Feste und Diners gegeben, und die Gäste haben ihr aus der Hand gefressen. ›Wer nicht tadellos Bridge spielt, ist nur ein halber Mensch‹, hat sie proklamiert, und so waren die Banditen bemüht, dem diesbezüglichen Anspruch wenigstens gelegentlich zu genügen. Einmal hat sie einem hohen Gestapo-Offizier vor Beginn des Reizens lachend angeboten, dass er, falls er gewinnen würde, ihre Wange küssen dürfe, und falls sie gewinnt, ihr ein Wunsch offen stünde, den er zu erfüllen habe. Der Kerl hat mit Ehrenwort angenommen. Die Prinzessin konnte den Mann in Grund und Boden spielen, und ihr Wunsch galt meiner Freilassung. So einfach war das, und so absurd. Das Ganze hat sich natürlich der grandiose Eltz ausgedacht. Ich verdanke ihm also einiges. Wahrscheinlich sogar mein Überleben.«

Bald darauf geschah etwas, das in Julians Denken Schönbrunn für immer eine Bedeutung geben sollte, die weit über Botanisches, Architektonisches und Zoologisches hinauswies. Auf einer steinernen Bank nahe dem Neptunbrunnen sah er nämlich die Frau des Obergärtners Pribil sitzen. Sie rauchte eine Zigarette und hielt ihr Gesicht mit geschlossenen Augen unverwandt in die Aprilsonne. Von ihrem Anblick schienen unsichtbare elektrische Fäden in einen Teil von Julians Innenleben zu reichen, der ihm bisher nicht bewusst gewesen war. Als Folge empfand er unter der Macht der galvanischen Anregungen den dringlichen Wunsch, an der Gärtnersfrau zu riechen. Julian bemerkte erschrocken, dass er plötzlich zwei Personen war: ein gelegentlich konfuser und häufig staunender Zwölfeinhalbjähriger und gleichzeitig jemand, der vor wenigen Augenblicken diesen Zwölfeinhalbjährigen abrupt im Stich gelassen hatte und auf seine Kindheit zurückblickte wie auf die nicht gerade appetitlichen Fetzen einer Häutung.

Nach diesem Erlebnis rannte er zunächst stundenlang im Park umher, als gelte es, irgendwo einen Kiosk zu finden, der Landkarten zum Verkauf bereithielt, die in jenem neuen Reich, in das er nach der Häutung eingetreten war, Orientierung boten. Aber alles, was ihm begegnete, waren Luftspiegelungen seiner Phantasie, die eine spitzgesichtige, schlanke Brünette zeigten, die vielleicht zehn Jahre jünger als seine Mutter sein mochte. Diese Frau, von der er in Wahrheit nicht viel mehr wusste, als dass die Fingernägel ihres Mannes immerzu von Erdarbeiten schmutzig waren, verkörperte ihm jetzt unerklärlicherweise das Wort »unverschämt«: Sie war unverschämt, die Frau Pribil. Das fühlte er. Und er würde ihr so bald wie möglich ebenso unverschämt entgegentreten.

In den folgenden Nächten betete er vor dem Einschlafen um seine kurzfristige Verwandlung in einen Hund. Er war überzeugt, dass er als Dogge oder Setter oder als »armer dummer Ribbentrop« das Objekt seiner Geruchsbegierde am besten wahrnehmen würde. Er stellte sich vor, wie Frau Pribil auf einer Wiese lag und seine Hundeschnauze ihre Unverschämtheit aufsog und mit seiner vermengte. Es wurde eine Zeit großartiger Einbildungen, aber sie reichten Julian nicht. So nahm er eines Nachmittags seinen ganzen Mut, seine ganzen Ersparnisse und als magische Zuwaage ein Stück Rosenquarz aus der Privatsammlung seines Vaters und läutete an der Türe des Obergärtners, der in einem der kaiserlichen Gesindehäuser neben der Orangerie wohnte. Niemand öffnete, und als er noch einmal läutete, sprach ihn von hinten eine Stimme an, die ihn so erschrecken ließ, dass ihm der Mineralstein zu Boden fiel. Die Stimme hatte »Was gibt's« gesagt und gehörte Herrn Pribil.

Julian drehte sich um und antwortete stammelnd: »Mein Vater, der Hofrat Passauer, lässt Sie bitten, alle schönen Steine, die Sie beim Umgraben finden, für ihn auf die Seite zu legen. Besonders, wenn sie so aussehen wie der.« Und damit hob er den Rosenquarz wieder auf und hielt ihn dem Mann entgegen.

»Ja, ja, wenn ich auf eine Diamantenmine stoße, werde ich es ihm melden«, lachte der Mann und fuhr sich mit den schmutzigen Fingernägeln durch die Haarsträhnen. Julian dachte, dass er bereits beim ersten Anlauf alles aufs Ungeschickteste verdorben hatte, und gleichzeitig war er ein

60

wenig stolz darauf, nicht einfach davongelaufen zu sein. Er trat so etwas Ähnliches wie einen geordneten Rückzug an, und auf diesem traf er die spitzgesichtige Frau Pribil, die vom Einkaufen heimkehrte und in jeder Hand einen vollbeladenen Korb trug.

»Darf ich Ihnen helfen?«, sagte Julian.

»Nein danke, es geht schon«, antwortete sie und schaute ihn mit dem Erstaunen aller Leute an, denen selten Höflichkeit begegnet. Dann stellte sie die Körbe ab und schüttelte zur Erholung ihre Arme aus. Julian trat näher. Eine Mitteilung aus Maiglöckchen-Parfüm und Schweiß erreichte seine Nase. Die Obergärtnersfrau schien duftmäßig an Wunderbarem zu halten, was er sich von ihr versprochen hatte. In diesem Augenblick hörte man Trompetenstöße eines Elefanten aus dem nahen Tiergarten, und Julian empfand diese Klänge als akustisches Entsatzheer, das ihm zu Hilfe eilte. So ermutigt, wagte er das Äußerste, indem er zu seinem ursprünglichen Plan zurückkehrte.

»Gnädige Frau«, sagte er, »ich habe an Sie eine große Bitte, deren Erfüllung Sie mir aber auf keinen Fall schenken sollen.«

»Wovon redest du so geschwollen?«, sagte Frau Pribil, »und merk dir, ich bin keine gnädige Frau.«

Julian blieb tapfer: »Hier sind meine Ersparnisse, genau 78 Schilling. Die und diesen Rosenquarz gebe ich freudig hin, wenn Sie mir gestatten, an Ihnen zu riechen.«

»Bist deppert, Klaner?«, sagte die Frau in ihrem schutzbringendsten Wienerisch. »In dein' Alter kann man do noch ka Perverser sein. Willst mi pflanzn oder bettelst um a Watschn?«

Julian begriff, dass er auf verlorenem Posten stand. »Frau Pribil, ich teste nur für unsere Schülerzeitung die Reaktionen von Passanten auf ungewöhnliche Fragen. Vielen Dank für Ihren erstklassigen Beitrag.«

»Na Gott sei Dank. I hab' scho g'laubt ...!« Julian hatte sich innerhalb von fünfzehn Minuten zum zweiten Mal mit einer Notlüge gerettet und zweierlei verstanden: dass er sich auf ein Leben mit vielen guten Ausreden vorbereiten musste und dass ein Wunsch nichts wert war, wenn nicht auch der Plan zu seiner Durchsetzung stimmte.

Das Schloss Schönbrunn unterstand einem Burghauptmann. Doktor Gompertz hieß er, und er logierte mit seiner Frau und glupschäugigen Zwillingstöchtern, die um zwei Jahre jünger als Julian waren, auf derselben Etage wie die Passauers. Allerdings waren die Wände in sämtlichen Zimmern ihrer Wohnung von Fresken verunstaltet, die einem inferioren Maler der Biedermeierzeit als Monument seines Kummers gedient haben mussten. Lauter tragische Abschiede waren da zu sehen: sitzengelassene Schäfer und Fischer, auch Stadtmenschen, die weinend oder das Haupt in den Händen vergrabend in regenverhangenen Landschaften herumlungerten, während einige Schritte entfernt die weibliche Ursache ihrer Verzweiflung mit einem, in jeder Darstellung gleichen, Geleit aus Rehen, Feldhasen, Fasanen und Wildschweinen sichtlich beschwingt in eine bessere Zukunft hüpfte.

Der Herr Burghauptmann war ein Choleriker, dessen Korpulenz ihm für sein Schreien einen erstklassigen Resonanzkörper bot. Lotte Passauer nannte ihren Nachbarn nur den Brüllaffen, und ihr Mann reagierte jedes Mal ungehalten, wenn man einem Menschen, um ihn abzuqualifizieren, einen Tiernamen gab: »Die Viecher hat es schon gegeben vor dem Homopseudosapiens, und es wird sie noch geben, wenn der letzte G'schaftelhuber aus Wissenschaft, Politik, Industrie und Kunst nicht mehr das Antlitz der Erde verunstaltet.«

Die Frau Burghauptmann war so klein, dass man sie beinahe eine Zwergin hätte nennen können, und Julian hing der Theorie an, dass diese Kleinheit vom vielen Angeschrienwerden herrührte, dass sie also seinerzeit mit durchaus normaler Größe in den Ehestand getreten war, aber dann unter den akustischen Hammerschlägen ihres Mannes Millimeter um Millimeter schrumpfte und weiter schrumpfen würde, bis zur Augenhöhe jener winzigen blaustichigen Maus, die zum von allen Mietern geachteten und beschützten Inventar der Schönbrunner Dieneretage gehörte. Der Brüllaffe besaß ein gewisses Faible für Julian, weil er sich einen Sohn gewünscht hatte und ihm dieser Wunsch, wie zu seiner Verhöhnung, bei der Niederkunft seiner Frau gleich zweifach nicht gewährt worden war. Diesem Umstand verdankte Julian die Einladung zu so mancher Exkursion in Sperrbezirke des weitläufigen Schlosses. Die nachhaltigst beeindruckende war, anlässlich des Kontrollganges einer Brandkommission, die Durchquerung sämtlicher Dachböden gewesen. Damals hatte der Löschmeister, nachdem er eine halbe Minute lang versonnen die kompliziert ineinander verschachtelten Dachverstrebungen und Balken betrachtet hatte, ausgerufen: »Wann's do amoi zum Brennen anfangt, dadat der Nero sei

Freud' haben und die städtische Bestattung a. Mit weniger
als zehn Toten geht sowos gor net.« Fortan ergriff Julian,
der ja mit seinen Eltern nur eine Etage unter den Feuer-
gefährlichkeiten wohnte, in unregelmäßigen Abständen
die Panik, ein Flammenmeer könnte die Passauers umzin-
geln und in Asche verwandeln. Um ihn ein wenig zu beruhigen, stellte die Mama an solchen Angsttagen abends einen großen Kübel mit Wasser neben das Bett ihres Sohnes.
Aber noch etwas anderes war ihm während des Abenteuers
mit der Brandkommission aufgefallen: eine Stelle, an der
die breiten, gemauerten, weiß getünchten Kaminwände das
Dach durchstießen, um in hochaufragenden Rauchfängen
zu münden, war mit obszönen Wörtern, Sätzen und porno-
graphischen Zeichnungen aus drei Jahrhunderten übersät.
Es hätte zu den Rechten des Schlossverwalters gezählt, derlei entfernen zu lassen, aber Julian dachte, dass er wahrscheinlich eher zu jenem Personenkreis gehörte, der daran
Gefallen fand und der Angelegenheit eigenhändig Zeitge-
nössisches hinzufügte.

Die Frau Grienedl besaß zwei markante Eigenschaften: Sie
pfiff gerne, und zwar mindestens dreimal pro Stunde den
River-Kwai-Marsch, und sie sprach häufig mit sich selbst.
Einmal, als Julian, von ihr unbemerkt, die Küche betreten hatte, hörte er folgenden Monolog: »Die vielen Hunderln, die wos hungern müssen, die Foxerln und die treuen
Dackerln. Der viele, viele Hunger von die Viecherl. Jös-
sas, und wenn i nur an die Katzerln denk, do kann i gar net
dran denken, ohne dass ma's Wossa in die Augen druckt.
Die Vogerln. Die Gimpeln. Die Wölnsittich. Die Taubaln.

So viel böse Fraudis und Mandis gibt's in dera Wöd. Lauter Gfrasda, die wos auf die Viecherln vergessen. In der Stodt is' am ärgsten, weil am Land wissen's noch, wos a Viech is, oba in Wien gibt's jo fast keine Bauern mehr, nur a paar in Simmering und Floridsdorf. Oba wahrscheinlich ohne Kühe. Nur Henderln und Nutschis gibt's no und Rössa natürlich für die Fiaka und die Bier- und Mülchwägn, oba des viele Ölend von de Hunderln und Katzerln und Tauberln zreißt ma's Herz. Deswegen hot da Himmelvater wahrscheinlich den Kriag gschickt, ois Straf, weil er's nimma anschaun hat können, den Schmerz von der niederen Kreatur. Obwohl, zum Beispiel der Hitler Adolf is zu seim Hund ein picobello Herrl gwesn. Der Blondi is sicher nix ogangan, und sie hot's ihm durch Folgsamkeit gedankt. Des hot ma gsehn in der Reichswochenschau, wenn da Führer a Hölzl gworfn hot, und die Blondi hot's apportiert. I glaub, die Blondi war sei anzige wirkliche Vertraute. Die hod alles gwusst von eam. Trotzdem hot er's am Schluss vergiften lossn oder wahrscheinlich grad deswegn. Na, da Hitler Adolf war scho a schlecht. Die armen, armen Viecherln, und alle san's von Grund auf unschuldig, während a Mensch immer an wos schuld is, die können gar ned anders, die Menschen.«

Julian verursachte ein Geräusch. Die Frau Grienedl drehte sich um und fragte ihn sprachlich verwandelt in tadellosem Schönbrunnerdeutsch: »Möchtest du vielleicht ein Stück Kirschstrudel? Ich hab' gerade einen frisch aus dem Backrohr geholt. Er ist noch warm.«

»Danke, ja«, sagte Julian, aber irgendwie ergriff ihn ein schlechtes Gewissen, dass er nicht zugunsten hungriger Tiere verzichtete.

An jedem Monatsdreizehnten war Gottfried Passauer ein gnädiger Herr aus London. Das heißt, er kleidete sich, je nach Jahreszeit, mit einem dreiteiligen dunklen Feingabardine- oder Kammgarn-Anzug, einer Nelke im Revers und trug auf der Straße einen Bowler und auch bei schönstem Wetter in der linken Hand einen Regenschirm. Die ganze Familie sprach an diesem Tag ausschließlich Englisch, was als Vokabel- und Grammatik-Auffrischungsübung durchaus sinnvoll war. Dieser nicht ganz unexzentrische Vorgang hatte seinen Ursprung in Gottfried Passauers Bewunderung und Dankbarkeit für Winston Churchill.

»Churchill ist der segensreichste Politiker des zwanzigsten Jahrhunderts. Ohne seine Klugheit, Voraussicht, Tapferkeit und Konsequenz hätte Hitler den Krieg gewonnen, das kann mir keiner ausreden. Wenn je irgendjemand Größe im richtigen Moment bewiesen hat, dann dieser geniale Zyniker und Genussmensch: Sir Winston. Sein Foto, nicht das der jeweiligen Präsidenten, Könige oder Fürsten, sollte in jedem Klassenzimmer und in jeder Amtsstube der freien Welt hängen, denn ohne ihn gäbe es zumindest in Europa heute keine Demokratien. Deswegen, Julian, lautet dein zweiter Vorname auch Spencer, als Reverenz an Churchills zweiten Familiennamen. Dankbarkeit ist wahrlich keine Domäne der Völker. Stell dir vor, als im Mai '45 der maßlose Krieg von den Alliierten endlich gewonnen war und in Großbritannien Wahlen anstanden, haben die Briten den Triumphator Churchill mitten in den Gesprächen der Potsdamer Konferenz abgewählt und durch das blasse Nichts Clement Attlee ersetzt. Ich war selten in meinem Leben derart schockiert und hätte am liebsten jeden

Einzelnen, der für Labour oder die Liberalen gestimmt hatte, persönlich geohrfeigt. Der Stalin, der zwar ein Monster, aber nicht der Allerdümmste war, ist offenbar von ähnlichen Gefühlen geplagt gewesen. Er hat sich nämlich, wie in der Kino-Wochenschau deutlich zu beobachten war, als man in Potsdam in der neuen Konstellation weiterverhandelte, dreimal geweigert, dem Nachfolger Churchills die Hand zu geben und sich damals wohl in seiner lebenslangen Ablehnung und Verhinderung freier Wahlen zutiefst bestätigt gesehen.«

Lotte Passauer unterbrach an dieser Stelle die Suada ihres Mannes: »Wir haben im Amateurorchester einen Posaunisten, der Buchhändler und außerdem Kulturreferent der Kommunistischen Sektion Simmering ist. Ein besonders gescheiter und musikalischer Tiroler, der nach Wien emigrierte, weil ihm als Homosexuellem das Leben in der Großstadt angstfreier möglich ist als bei den bigotten Bauern und doppelmoralischen Skilehrern. Der Mann, Fillippi heißt er, hat einmal bei den Weltjugendfestspielen in Moskau dem Stalin ein Banner überreichen dürfen und behauptet, dass der Diktator stark nach Sandelholz geduftet hat.«

»Ja, das ist interessant. Irgendjemand Fähiger sollte einmal eine Weltgeschichte der Gerüche und Düfte schreiben. Der Egon Friedell hat sich ja leider schon umgebracht«, riss Gottfried Passauer das Gespräch wieder an sich. »Der Hitler hat sicher geschweißelt wie ein überforderter Jagdhund, der Napoleon war penetrant parfümiert, weil er sich statt zu baden zweimal täglich von einem Diener mit Eau de Cologne abreiben hat lassen, der Kara Mustafa hat sich gelegentlich wie ein Spatz nackt in trockenem Sand gewälzt, weil das vor Krankheiten schützen sollte, und der Bundespräsident Miklas hat appetitlich wie eine Brennsuppe gerochen. Man empfand in seiner Gegenwart angeblich immer Hunger, behauptet zumindest sein ehemaliger Kabinettschef, der Dr. Mittringer. Ihr seht, das Olfaktorische ist ein weites Feld.«

Und als Julian fragte, wonach Churchill gerochen habe, sagte seine Mama: »Ich glaube, au fond, genauso wie dein Papa, nach Holunder. Das ist der Geruch der anständigen Leute. Aber es geniert sie meistens ein bisschen, also rauchen sie Zigaretten, Zigarillos oder Zigarren, um sich in Schwaden von Tabak zu hüllen. Das heißt aber natürlich nicht, dass alle Raucher anständige Leute sind, Julian.«

»Ja, Mama, ich verstehe«, hatte er damals mit seiner ungewöhnlich ernsten Knabenstimme gesagt, die immer jedes Wort einzeln zu betonen schien.

Eines Sonntagvormittags fragte der Graf Eltz, immer auf der Suche nach Anekdoten, Julians Vater nach dem Merkwürdigsten, das ihm beruflich je widerfahren sei, und Gottfried Passauer antwortete: »Vor etwa drei Jahren kommt meine Sekretärin, die Frau Pollek, in mein Arbeitszimmer und meldet mir den außerterminlichen Besuch einer sehr aufgeregten älteren Dame, die böhmakelt. Ihr Begehr wolle sie nur mir persönlich vortragen, es handle sich aber um eine Angelegenheit von äußerster Wichtigkeit. Also lass' ich, neugierig geworden, bitten. Als Vorbote strömt ein Nivea-Creme-Duft in den Raum und gleich darauf eine sehr überwuzzelte Rubensfigur, die Schwarz trägt. ›Ich bin Frau

Kommerzialrat Lavac und vollkommen auf Ihre Hilfe angewiesen‹, stellt sie sich vor. Höflich, wie ich bin, frag’ ich, womit ich dienen kann, und sie antwortet mit einem Monolog im Stakkato: ›Verehrter Herr Hofrat, man sagt mir, Sie seien auf dem Gebiet der Zoologie die beste Fachkraft in unserem sympathischen Land und außerdem der kundigste Museumsmann mit allem Drum und Dran, das zu so einer Tätigkeit gehört. Nun müssen Sie wissen, dass ich geliebt habe und immer lieben werde, meinen Mann, das Glück meines Lebens, gesegnet sei jeder Tag, den ich mit ihm teilen durfte. Kommerzialrat war er, Import-Export, in Futtersachen und Düngemitteln, Wasserpumpen und ganz ausgeklügelten Sicherheitsschlössern aus Kanada, Avarex heißen die, Sie kennen die Marke sicher. Eine schöne und große Gestalt, eine markante Mischung aus Johnny Weißmueller und Rudolf Prack war mein Freddi. Ohne zu erröten, sag’ ich Ihnen, dass praktisch jede ihn mir geneidet hat. Den geradesten Seitenscheitel hatte er, wie mit der Schnur gezogen und bis über den achtzigsten Geburtstag hinaus volles schwarzes Haar, nichts gefärbt, bei meinem Augenlicht. Fünfunddreißig Jahre Ehewonne hat uns der Herrgott geschenkt, und keine drei Tage waren wir in all der Zeit getrennt. Jede Reise, jeder Spaziergang, jede Einladung, immer nur gemeinsam. Aufeinander gepickt sind wir, und es ist uns niemals fad geworden.‹ An dieser Stelle holt die Frau Kommerzialrat erstmals tiefer Luft, und ich finde Zeit, meine Frage zu wiederholen, womit ich ihr dienen könne. Sie versucht eine Antwort, wird aber von jähen Gefühlen überwältigt und schluchzt in ein monogrammiertes Taschentuch, das sie aus der Manschette ihrer

Kostümjacke zieht. Ich hab' geschwiegen und bewundert, wie das Schluchzen ihre unter einer Seidenbluse gelegenen Brüste beinahe rollend auf und ab bewegte. Nach etwa einer Minute und einem Glas Wasser, das ich ihr angeboten habe, sagt sie: ›Der Freddi ist am Dienstag gestorben. Der Doktor sagt, an einer Thrombose, an einem Blutklumpen, der ihm direkt ins Herz geschossen ist, und aus war's. Ich hab' eine Bitte, die Sie mir erfüllen müssen, Herr Hofrat. Sie kennen doch die besten Präparatoren. Ich möchte dem Freddi seine rechte Hand ausstopfen lassen, die, mit der er mich immer gestreichelt hat; die, auf der er den Ehering trägt und mit der er mir die vielen wunderbaren Briefe geschrieben und jeden Abend auf den Kopfpolster gelegt hat. Nennen Sie mir freundlicherweise die Adresse des besten Präparators.‹«

»Was hast du getan?«, wollte der Graf Eltz wissen.

»Ich habe ihr den Wunsch erfüllt und die Adresse vom Roman Knostek gegeben, einem Genie, dem das Museum unter anderem den prachtvollen Bison verdankt, der so lebendig ausschaut, dass sich ihm kaum jemand zu nähern wagt, weil man glaubt, das Viech rennt einen jeden Augenblick über den Haufen.«

»Und was konnte das Genie Knostek für die Kommerzialrätin tun?«

»Natürlich gar nichts. Er hat mich nach ihrem Besuch sofort empört angerufen und gefragt, ob ich ihm als Nächstes Bestellungen auf Schrumpfköpfe zumuten würde. Aber mir war ehrlich gesagt lieber, die rührende Frau wird vom Präparator enttäuscht als gleich von mir.«

»Wenn ich der Knostek gewesen wäre, hätte ich der Wittib den Gefallen getan. Wem, bitte, wäre damit geschadet gewesen? Ich mag alle Leut', die etwas ganz Eigenes wollen. Die meisten wollen ja das Gleiche. Früher war jeder nach seiner individuellen Verhaltenshandschrift ein Idiot oder g'scheit, ein Kasperl oder ein Heiliger. Heutzutage ist, wie soll ich sagen, das meiste Gatsch vom selben Gatsch.«

»Im Süden ist das noch anders. Nur im Süden ist Rettung«, sagte Gottfried Passauer. »Im Süden ist auch die Langeweile noch eine Ausnahme. Ich kenne ja bei uns viele Herrschaften, denen war überhaupt nur während des Krieges nicht langweilig, weil die Angst keine Langeweile zulässt.«

»Der Krieg«, resümierte der Graf Eltz, »bringt in jedem das Äußerste heraus. Das Schlechteste, aber bei manchen auch das Beste. Der Krieg ist eine grausam-lange Stunde der Wahrheit. Wenn du nur die geringste Wahrnehmungsfähigkeit hast, weißt du, wenn du es wissen willst, am Ende des Krieges genau, wer du bist.«

»Deswegen wollen es ja die meisten Leute nicht wissen«, sagte Gottfried Passauer. Und Julian, der die ganze Zeit über gebannt zugehört hatte, erbat sich einen Hinweis, wie er je genaue Auskunft über sich erhalten könnte, wenn ihm, was er innig hoffte, kein Krieg beschieden sei.

»Es existieren mannigfaltige Arten von Krieg«, gab der Graf Eltz zur Antwort. »Abseits von Weltkriegen, Stammeskriegen und blutigen Revolutionen, zum Beispiel die Eifersuchtskriege, die Ehekriege, die Geschäftskriege, auch Kriege im eigenen Körper, Wissenschaftskriege, Neidkriege und was weiß der Teufel alles. In irgendeinen Krieg wirst du schon einmal geraten, und der wird dir den Spiegel vorhalten. Und jetzt, meine Lieben, gehe ich zum Stiebitz auf ein Blunzengröstl. Küss' die Hand und habe die Ehre.«

In einer Zweizimmerwohnung der Dieneretage des Schlosses wohnte die Modistin Gottlieb mit ihrem Sohn. Der Sohn hieß Bruno und war mongoloid. Es gab unter den »Kaiserlichen«, wie sich die Schlossbewohner mitunter halbironisch nannten, zwei unterschiedlich große Fraktionen: eine, die dumme und herzlose Bemerkungen über Bruno machte, und die andere, sehr viel kleinere, die ihm und seiner Mutter mit besonderer Sympathie begegnete. Die beiden Gottliebs gingen stets einander um die Hüfte haltend unter die Menschen, als wollten sie zeigen, dass sie untrennbar waren. Eine glaubwürdige Seligkeit verband sie ebenso wie ein Aufeinander-stolz-Sein, sodass Julian früh begriff, in ihnen der einzigen ihm bekannten, makellos glücklichen Familie begegnet zu sein. Frau Gottlieb nannte Bruno ihren Haupttreffer, und Bruno nannte seine Mutter Lieblieb.

Gottfried Passauer hatte ihnen für die noch verbliebenen Jahre seines aktiven Dienstes freien Eintritt in das Naturhistorische Museum gewährt, und manchmal begleitete Julian das Paar bei den Exkursionen in die Geschichte und Formen der Natur. Angesichts der mindestens dreieinhalb Milliarden Jahre Evolution, die dort versammelt waren, nahm sich die mögliche eigene Lebensspanne allerdings äußerst bescheiden aus. Bruno sagte von allem, dessen er in den Sälen und Vitrinen ansichtig wurde, dass es schön sei, und manchmal fügte er hinzu: »So schön wie ich ist es.« Julian dachte, dass Bruno Recht hatte. Demjenigen, der die Vielfalt des Universums schuf, unterliefen keine Irrtümer. Jede Pflanze, jedes Tier, jeder Felsen, jede Wolke, jeder Wassertropfen war ein vollendetes Kunstwerk, und keine Antilope blickte verachtungsvoll auf eine Tarantel, und kein Kondor missbilligte einen Walfisch. Alles war schön, wenn man es mit interessierten Augen sah und den Einfallsreichtum im Bereich der Formen vergnügt bewunderte. Hässlich konnte der menschliche Charakter sein, das hatte Julian natürlich verstanden, aber es schien ihm unvorstellbar, dass dieser aus derselben Gestaltungswerkstatt kommen konnte wie die äußeren Formen.

Den Grafen Eltz hatte er einmal sagen gehört: »Der Herzog von Windsor ist durchaus ein fescher Zapfen mit Manieren ganz aus der Bond Street, aber seine mir bekannten Ideen und Taten, von der, pardon pour l'expression, wie ein ausgespucktes Malzzuckerl wirkenden Yankee-Urschel, für die er auf das grandiose Empire verzichtet hat, ganz zu schweigen, sind wahrscheinlich von der Änderungsschneiderei Blimatschek in der Maroltingergasse in Ottakring.«

An einem Regentag in Venedig erfand Julians Mama das Nasentheater. Dabei handelte es sich um ein mit Schildpatt intarsiertes Holzkästchen mit zwölf Laden, in die sie die unterschiedlichsten Gegenstände legte, die Julian mit verbundenen Augen an ihrem Geruch erkennen sollte: von Sand zu Blumen über Lederstückchen, Knöpfe, Wolle, Obstkerne, Münzen, Kräuter, Vogelfedern und Teesorten. Alle paar Tage füllte sie die Laden mit Neuem, und ebenso oft war Julian um ein paar Düfte weiser. Diese Ausbildung war als Bestandteil der Venedig-Aufenthalte ebenso unverzichtbar wie Gottfried Passauers systematisches Besuchen aller Plätze, Gassen, Brücken der sechs Stadtteile mit den schönen Namen Cannaregio, San Polo, Castello, Santa Croce, Dorsoduro und San Marco. Nach Jahren des sommerlichen Herumspazierens in dem labyrinthischen Winkelwerk verkündete er jedenfalls Frau und Sohn, die sich von Anfang an geweigert hatten, in der heißesten Jahreszeit diese Unternehmung zu begleiten, dass es wahrscheinlich keinen Zollbreit öffentlichen Bodens gebe, den er noch nicht in Augenschein genommen habe.

Manchmal, wenn das Salon-Orchester des Café Florian einen Strauß-Walzer intonierte, tanzten die Eltern am Markusplatz, und Julian sah das Seidenkleid seiner Mama bei den Drehungen schwingen und ihren in den Nacken geworfenen Kopf mit den schulterlangen brünetten Haaren und diesem Lachen, das trotzig zu behaupten schien: Herrschaften, das Glück ist doch kein Phantom.

Gottfried Passauer zog aus schlechter Gewohnheit häufig an seinen Fingern, bis es in den Gelenken knackte, und eines Winterabends kam Julian die Idee, dass dies die einzige menschliche Eigenschaft war, die wahrscheinlich auch der Schöpfer besaß, weil der Graf Eltz den katholischen lieben Gott oft »den himmlischen alten Knacker« nannte.

Als er diese Vermutung seiner Mama mitteilte, sagte sie: »Gott ist mit Sicherheit gestaltlos und hat daher keine Finger. Aber drinnen hat er sie trotzdem überall.«

Eines Tages verbreitete sich im Schloss die Nachricht, dass die Frau des Obergärtners schwer erkrankt sei. Es hieß, dass ein Krebs sie von innen auffraß, und Julian stellte sich darunter tatsächlich ein Scherentier vor, das seinen Appetit am Körper der wohlriechenden Frau Pribil zu stillen versuchte. Gerne hätte er sie gerettet, den Krebs massakriert, ehe der sein Opfer töten würde. Nach ihrer Gesundung wäre sie vielleicht aus Dankbarkeit mit ihm auf einer Decke gelegen, am besten im ehemaligen hölzernen Kinderspielhaus des Kronprinzen Rudolf, das in der Nähe der Gloriette von hohen Bäumen beschattet in allgemeiner Vergessenheit vor sich hin dämmerte, und er würde zart mit einem Daumen vom Knie abwärts ihre Beine streicheln. Oder sie würden gemeinsam zum italienischen Gefrorenen-Mann, der vor dem Schönbrunner Schlosstheater mit einem Wägelchen seine Ware anbot, auf ein Malaga-Eis gehen, und er könnte ihr von Venedig erzählen, und dass die Kuppeln von San Marco aussahen wie Turbane von Kalifen, und dass er entschlossen war, später einmal eine Brücke über den Canal Grande zu bauen, ganz aus violettem Muranoglas. Aber zwei Tage später teilte ihm seine Mama mit, dass man die Obergärtnersfrau wegen völliger Hoffnungslosigkeit auf Genesung aus dem Spital nachhause entlassen habe, und schon am nächsten Abend hörte Julian das Läuten des Totenglöckchens der Schlosskapelle und lief sofort zur ebenerdig gelegenen Wohnung der Pribils.

Er sah, wie der Schlosskaplan mit dem Mesner aus der Eingangstür trat und tuschelte. Dann zündete Hochwürden sich eine Zigarette an und blies Rauchkringel in die Luft. Als die beiden ins Schloss zurückgekehrt waren, schlich Julian zum in einem seitlich gelegenen Mauervorsprung eingeschnittenen Fenster des Pribilschen Schlafzimmers und versuchte, durch die geklöppelten Vorhänge etwas zu erspähen. Doch ehe er etwas sah, hörte er etwas: Der Obergärtner schrie, und es klang, als würde er jemandem heftige Vorwürfe machen. Julian trat noch zwei Schritte näher, und jetzt sah er die Obergärtnersfrau in einem schwarz-grau gestreiften Kleid auf dem Ehebett liegend, um die ineinander verschränkten Hände einen Rosenkranz gewunden, die Kinnlade mit einem Tuch, das an die Ziermasche eines großen Schokoladeostereis erinnerte, hochgebunden. Links und rechts neben den weißen Nachtkästchen war je ein blühendes Orangenbäumchen postiert, den wohl Untergebene des Obergärtners zu Ehren der Toten aus dem Glashaus herbeigeschafft hatten. Mit den schwankenden Bewegungen eines Betrunkenen stand der Witwer vor der Aufgebahrten, und seine laute Stimme verkündete in immer neuen Variationen: »Tod, wie kannst ma so was antuan. Des woa net ausg`mocht. Afoch die Gerti kassieren, auf nimma wiederschaun. Tod, du Vabrecha! Wann i di irgendwo dawisch, dawiag i di mit bloße Händ.« Dann begann er mit den Fäusten den halluzinierten Gegner zu verprügeln und drosch ins Leere und beschimpfte und bedrohte ihn.

Julian wurde jäh von einer beißenden Kälte erfasst, die ihm Schüttelfrost verursachte. Immer während der letzten zwei, drei Jahre hatte er sich als Ideal gewünscht, erwachsen zu sein, und jetzt dachte er, wie unter Zwang: Lieber Gott, mach, dass ich noch lange ein Bub und kein Mann bin, und stell mich unter deinen besonderen Schutz.

Bei einem der ziellosen Spaziergänge, die Julian mit seinem Vater durch die Wiener Vorstädte unternahm, passierten sie ein schönes, zweistöckiges Biedermeiergebäude, dessen

Fassade eine goldene Aufschrift trug: Josef und Mathilde Wobrazek'sches Stiftungshaus zu Gunsten in Not geratener Soldaten 1915.

»Das ist ein Asyl für spezielle Schwerversehrte, und es haben darin, soviel ich weiß, auch noch nachdem die Nazis Tausende von ihnen als unerwünschte Anblicke ermordet haben, ein oder zwei Kriegszitterer Aufenthalt. In den Albtraumschlachten des Ersten Weltkriegs ist dieses bis dahin unbekannte Phänomen aufgetreten. Männer, deren Kopf, Beine, Oberkörper und Arme immerzu von einer Nervenentgleisung geschüttelt werden.« Gottfried Passauer blieb stehen und schien über etwas Kompliziertes nachzudenken. Dann fragte er: »Willst du dir zumuten, in dieses Gebäude hineinzugehen? Es wird dich erschrecken, aber du wirst viel verstehen, was Erzählungen nicht vermitteln können.«

»Ja, Papa«, sagte Julian ohne Zögern, »ich werde mich bemühen, tapfer zu sein.«

In der Eingangshalle gab es eine Portiersloge. Darin döste eine Kreuzung zwischen Bierkutscher und Seehund im verschlissenen Pepita-Anzug. Vater und Sohn schlichen an dem Geschöpf vorbei und über ein Marmortreppenhaus in den ersten Stock zu einem langen, nach gekochtem Kohl riechenden Gang mit links und rechts mehreren Türen. Eine davon stand offen und gab den Blick auf acht ältere Männer, die um einen großen runden Tisch saßen, frei. Die meisten von ihnen wirkten völlig emotionslos und starrten vor sich hin, die Hände wie brave Schulkinder auf die Tischplatte gelegt. Aber Julian sah auch zwei Menschen, die mit abrupten Verdrehungen auffielen. Dann schaukelten sie ruckartig vor und zurück. Ihre Hälse wackelten in hoher Geschwindigkeit und zwangen die darüber befindlichen Köpfe, ebenfalls außer Kontrolle zu geraten, mit weit aufgerissenen Augen, wabernden Wangen, Zungen, die wie bei Chamäleons aus dem Mund ein und aus schossen. All dies war von Krächzen, Stöhnen, Gurren, Pfauchen, pfeifenden Atemstößen und halbunterdrückten, an Erbrechen gemahnenden Geräuschen begleitet. Und jeder der beiden Kranken war offenbar ganz und gar in sich selbst gefangen und, von gelegentlichen Zusammenstößen aufgrund der unkoordinierten Bewegungen abgesehen, ohne Kontakt zu allen anderen.

Julian dachte: So ähnlich müssen die Höllenfoltern sein, falls es die Hölle doch gibt. Und er hielt fest die Hand seines Vaters umklammert und war dankbar, dass der nach Tabak roch und ihm dieser Duft etwas an Vertrautem und Geborgenheit bot. So standen sie auf der Türschwelle fünf Minuten und länger. Dann riss Gottfried Passauer sich und seinen Sohn mit einer verzweifelten Kraftanstrengung fort und die Stiegen hinunter, an dem aus seinem Schlaf auffahrenden Portier vorbei, auf die Straße.

»Wenn man wirklich helfen könnte, sich und den anderen, wie Christus angeblich helfen konnte: also heilen, nicht nur lindern, dann wäre etwas erreicht! So aber …« Dann erstickte Gottfried Passauer seine Worte und machte mit beiden Armen eine Bewegung, als versuchte er fortzufliegen. Und Julian dachte, dies Fortfliegen könnte seinem Vater gelingen, und er schrie: »Bitte bleib da, Papa.«

Der sagte nur: »Jetzt sind dir erstmals Heilige begegnet, und ich möchte nicht, dass wir ihnen nacheifern.«

Während Julians mittlerer Gymnasialzeit, an einem Tag
im Oktober, verkündete Gottfried Passauer: »Wir werden heute die Baumeister der unsichtbaren Räume besuchen.« Und die Familie fuhr mit dem Taxi ans andere Ende
der Wienerstadt zum Zentralfriedhof und marschierte zwischen Kastanienbäumen, deren Blätter in Rotschattierun-
gen prunkten, als stünden sie in niedrigen Flammen, über
die Hauptallee zu dem Sektor, wo die Gebeine bedeutender
Musiker ein letztes Zuhause haben. »Wisse, Sprössling«,
sagte der Vater, »von allen Genies sind die Meisterkom-
ponisten die machtvollsten und imposantesten. Sie schaffen Häuser, Dome und Paläste aus Melodien und Gesängen, in denen unsere Seele lustwandeln kann. Darin finden
wir Trost und Ermutigung, Aufheiterung und Anregung.
Manche Tonfolgen und ihre Orchestrierung benennen mit
großer Genauigkeit das Unaussprechliche, das uns manchmal bewegt, das, wofür die Literatur oder auch die Malerei
und Bildhauerei, den Tanz nicht zu vergessen, gelegentlich
keine derart präzise Sprache besitzen. Die abgründigsten
Verwerfungen in unserem Wesen, die maßlosesten Spiel-
arten des Kummers, das höchste Jauchzen unserer Freude
und die kindlichste Ausgelassenheit finden am vollendets-
ten Ausdruck in der Musik. Wo wir jetzt stehen, haben im
Umkreis von hundert Metern fast alle Noten-Kapazun-
der Ewigkeitsrendezvous: der Beethoven und der Johann
Strauß Sohn, der Mozart und der Schubert, der Hugo Wolf
und der Schönberg, der Gluck und der Brahms. Stell dir vor,
es gäbe irgendeinen Ort, an dem Plato und Einstein, Para-
celsus und Darwin, Galileo und Edison beieinander begraben lägen. Die Wiener kapieren nicht im Geringsten,

welcher Schatz der Zentralfriedhof ist. Mit Sicherheit befindet sich hier der energetische Nabel von Österreich und vielleicht sogar von Europa.«

Dann entnahm der Vater einem Jutesäckchen mehrere wunderlich-bunte Meereskiesel, die nur an zwei Stränden der Insel Patmos angeschwemmt werden, und bat seine Frau und Julian, je einen davon auf die Grabmäler zu legen. »Das ist der jüdische Brauch. Aber alle Menschen sollten ihn befolgen, denn Steine welken nicht und sind beharrlich und kommen auf uns aus der Tiefe der Jahrtausende.«

Lotte Passauer sagte: »Mir hat meine jüdische Großmutter erzählt, dass die Steine auf den Gräbern mancher Männer diejenigen sind, die ihren Frauen vom Herzen fielen, als ihre sekkanten Gatten endlich tot waren.«

Gottfried Passauer lachte lauthals, was er nicht oft tat. »Der Jüdin Reiz ist unerbittlich, sowohl an Anmut wie auch sittlich.«

»Das klingt nach Wilhelm Busch für Anfänger«, höhnte die Mama.

»Es stammt von meinem arischen Großvater.«

»Was bin eigentlich ich?«, fragte Julian. »Ein Viertel Jude? Oder weniger?«

»Du bist eine ausgezeichnete Mischkulanz«, sagte die Mama, während sie einen Kiesel auf das Grabmal von Johannes Brahms legte. »Gottfrieds Vorfahren waren Südtiroler Weinbauern und Ingenieure mit einem kostbaren Tropfen Glockengießerdynastie aus Genua, dann gab's höhere Beamte und Offiziere aus niederem steirischem Adel. Von mir fließen ein paar halbnarrische Theaterleute in dich ein, als Zuwaag' ein Kirchenmaler aus dem Salzburgischen,

jüdische Tuchhändler aus der Bukowina und eine chirur-
gendominierte Ärztefamilie aus Wien. Nach Prozenten hab'
ich das nie ausgerechnet, aber du wärst gut beraten, dich in
beinahe jedem Menschen zu erkennen und wenn möglich
zu respektieren.«

»Ein kluger Herr, wie Christus, spricht nicht von Respektieren, sondern von Lieben«, meinte der Vater und
setzte sich auf das Ehrengrab des Militärkapellmeisters
Eugen Komzak.

»Ja, ja, mit dem Herrn Jesus bist du wahrscheinlich auch
über einige Ecken verwandt. Tante Gretel hat jedenfalls
immer behauptet, die Familien Nazareth und Schlesinger
hätten seinerzeit in Olmütz eng miteinander verkehrt.«

»Keine allzu niveaulosen Scherze am Friedhof«, bat der
Vater. Julian dachte daran, dass sein Religionslehrer, als man
das Thema Begräbnisse durchnahm, erzählt hatte, dass es
am Zentralfriedhof auch ein Massengrab für durch Unfälle
oder Amputationen verlorene Körperteile gab. Die Beine,
Arme, Zehen und Finger, gelegentlich auch Ohren würden
in Kartonschachteln einmal in der Woche aus den Spitä-
lern hergebracht und zeremonienlos der Erde übergeben.
Ein schwer zuckerkranker Rentner, den der Kaplan persönlich kannte, würde sogar gelegentlich seinen abgetrennten
Unterschenkel und Fuß besuchen, und wenn man ihn nach
seinem Wohlergehen fragte, antwortete er für gewöhnlich
wahrheitsgemäß: »Mit einem Fuß steh ich schon im Grab.«

Am selben Nachmittag während der Straßenbahnheim-
fahrt sah Julian erstmals, dass die linke Hand seines Vaters
fortwährend zitterte, und er sah auch, dass die Mama bemerkte, dass er es sah. Wenn er sich später, als Erwachsener,

an diesen Vorfall erinnerte, war er sich sicher, jenes Zittern bedeutete, dass damals der Tod seinen Vater betreten hatte. Denn er war davon überzeugt, dass der Sensenmann seiner Arbeit nie jäh nachging, sondern sich stets in demjenigen, dem er das Sterben bringt, für einige Zeit behutsam kundig macht, um ihn langsam zu durchdringen und Millimeter für Millimeter aufzubereiten für das große Erlebnis des finalen Hiebes. Häufig würden solche Entwicklungen von den Betroffenen in Form von ansteigender Unruhe wahrgenommen, und ebenso bildeten sich daraus auch für andere deutlich sichtbare Anzeichen. Das Zittern der Hand dreizehn Jahre vor Vaters Herztod war wohl solch ein äußeres Anzeichen gewesen. Was den Tag dieses Zentralfriedhofbesuches aber für Julian zusätzlich unvergesslich werden ließ, war der Umstand, dass er bei dem zehnminütigen Spaziergang von der Stadtbahnstation Hietzinger Brücke zu dem von den beiden auf Obelisken ruhenden napoleonischen Goldadlern flankierten Haupttor von Schönbrunn, rechts unter den Arkaden vor dem kleinen Schlosstheater, Zeuge wurde, wie ein junger Mann eine ältere Frau heftig ins Gesicht schlug. Dass diese den Täter als Reaktion umarmte und ihm offenbar einen Kuss aufzwingen wollte, trug noch zusätzlich zu Julians Durcheinander bei, dem es jahrelang unmöglich schien, diesen Vorfall richtig zu deuten.

Am Beginn der Maxingstraße, wo sie sich mit dem Hietzinger Platz vor der Pfarrkirche mischt, befindet sich das Etablissement *Weißer Engel* mit seinem gartenseitigen Biedermeier-Festsaal, in dem schon Johann Strauß Sohn und dessen Bruder Josef zum Tanz aufspielten. Dorthin begab sich eines Adventnachmittags im Jahr 1958 die Familie Passauer zu einem Fünf-Uhr-Gastspiel des berühmten Wienerlied-Komponisten und Klavierhumoristen Hermann Leopoldi. Etwa dreihundert andere Besucher hatten sich an den Wirtshaustischen eingefunden, und als der rundliche, sein spärliches Haar vom rechten Ohr über den Schädel zum linken Ohr frisiert habende, lachende Herr die kleine Bühne betrat, brach ein Jubel aus, den Julian nur vom Erscheinen großer Dirigenten wie Knappertsbusch, Bruno Walter oder Furtwängler bei Philharmonischen Konzerten kannte. Leopoldi zeigte den Applaudierenden seine hochgehobenen offenen Handflächen, wie ein Zauberer, der beweisen will, dass nichts darin verborgen ist, setzte sich ans Klavier und intonierte virtuos ein Couplet mit dem Refrain: »Ich bin ein unverbesserlicher Optimist, ein Optimist, ein Optimist. Man muss das Leben eben nehmen, wie es ist, als Optimist, als Optimist.« Die Zuhörerschaft verwandelte sich in einen Chor, der jede Note und jedes Wort mitsang, auch Julians Eltern waren ein seliger Teil davon, und Gottfried Passauer schrieb im Lärm seinem Sohn mit der Füllfeder auf den Programmzettel: »Das ist der wienerische Fats Waller. Nicht weniger als ein leibhaftiges Genie.«

Ab der vierten Darbietung trampelten die Leute mit den Füßen. Jetzt trug der Künstler das Lied vom kleinen Café in Hernals vor: »Und geben zwei Verliebte sich dort Rendezvous, drückt der Herr Ober ganz diskret ein Auge zu.« Die Mama lehnte sich an Julians Schulter und streichelte die rechte Hand ihres Mannes. Der überaus populäre »Stille Zecher« ertönte, bei dem sogar die Kellnerinnen das »holari, holaro« mitjodelten. Dann das in einem rasenden

83

Tempo vorgetragene »Ach Sie sind mir so bekannt, so bekannt, so bekannt. Wo, wo, wo, hab ich Sie schon gesehn? Sind wir etwa gar verwandt? Sie, das wär' interessant! Wo, wo, wo, hab ich Sie schon gesehn?« Und mitten in der dritten Strophe, als das elektrisierte Publikum mit den Bierkrügeln und Weingläsern, den Aschenbechern und Tellern, auf denen man Liptauerbrote serviert hatte, gerade rhythmisch auf die Tischplatten schlug, verstummte Leopoldi, riss die Finger vom Klavier und starrte ungläubig in den Saal. Alle wurden ganz ruhig, und Julian bemerkte erstaunt, dass es sein Vater war, der Leopoldis Reaktion ausgelöst hatte.

In die aufgeregte Stille hinein sagte Gottfried Passauer: »Ja, Hermann, ich bin's!«, und Leopoldi schrie: »Mi trifft da Schlag! Do unten sitzt da Friedi!«.

Er kletterte von der Bühne und umarmte den Vizedirektor des Naturhistorischen Museums und busselte ihn ab und zog ihn in Richtung Klavier. »Meine Damen und Herren, verzeihen Sie mein ungestümes Verhalten, aber das ist mein Freund Friedi. Wie er mit dem Familiennamen heißt, weiß ich jetzt gar nicht. Der Friedi war in Buchenwald im Konzentrationslager einer meiner besten Kameraden. Am Abend, wenn wir eng aneinander gedrängt auf den Holzpritschen gelegen sind und besonders verzweifelt und heimwehkrank waren, hat er uns von Reisen in ferne Länder erzählt, die er als Zoologe und Forscher unternommen hat, und wir ham uns mit geschlossenen Augen der Illusion hingegeben, nicht hilflos dem Nazigesindel ausgeliefert zu sein, sondern in Bali oder Kaschmir oder Sansibar in schönem Überfluss frei herumzuwandeln. Er hat es so plastisch geschildert, dass ma direkt am nächsten Morgen an

Sonnenbrand ghabt hat. Allen in unserer Baracke hat er viel
Mut gemacht, der Friedi. Er war unser Harun al Raschid.
Und jetzt hamma uns Ewigkeiten nicht mehr g'sehn, gell,
Friedi. Bleib bittschön bei mir auf der Bühne. Gebt's ma
an Sessel für ihn. Ich widme das Konzert dir, lieber Spezi,
nachher gemma tschechern und reden uns aus.«

Und Gottfried Passauer, mit einem Gesichtsausdruck,
den Julian noch nie an seinem Vater beobachtet hatte und
der wohl so etwas wie die Anbetung des Moments bedeutete, verbrachte tatsächlich das ganze Konzert auf der
Bühne neben dem Bösendorferflügel auf einem Sessel sitzend. »Von einer Badehütt'n drunt' in Kaisermühl'n, da
kann am Sonntag ich mich wie ein Kaiser fühl'n«, jubilierte
Leopoldi jetzt, dann: »In der Barnabitengassen hat sie sich
noch bitten lassen, bis zum Michaelerplatz war alles für die
Katz.« Als Nächstes: »Am besten hat's ein Fixangestellter
mit Pensionsversicherung« und immer weiter und weiter,
und all diese Lieder von »Schön ist so a Ringelspiel / Das
is a Hetz und kost net viel!« bis »Schnucki, ach Schnucki /,
Foah'ma nach Kentucky!« kannte jeder, aber wirklich jeder
im Saal, aber ebenso wahrscheinlich jeder Einheimische in
ganz Wien. Und Julian dachte, dass die unterschiedlichen
Nummern, die der Herr Leopoldi vortrug, jede für sich ein
dreifaches Hoch auf seinen Vater waren.

Und am Ende, als letzte Zugabe, sang Hermann Leopoldi
das »Buchenwald-Lied«, was er mit folgenden Worten ein-
konferierte: »Liebe Leut', ich weiß, dass ihr hergekommen
seid's, um von mir unterhalten zu werden, und es ist auch
mein Bemühen gewesen, euch wenigstens für kurze Zeit
eure Sorgen vergessen zu lassen. Aber ich will mir heute er-

lauben, an etwas zu erinnern, das noch vor wenigen Jahren schreckliche Alltäglichkeit war und das auch meinen Bruder Ferdinand und viele Freunde von mir, darunter Lieblinge unseres Wiener Genres, wie den Grünbaum Fritzl, den Paul Morgan und den Fritz Löhner-Beda, dem der Meister Lehár seine besten Libretti verdankte, das Leben kostete. Von der Menschenverachtung und Mordgier der Hitler-Anhänger red' ich. Also, ich bin gewiss kein rachsüchtiger Mann, aber Herrschaften, wir dürfen die Wahrheit nicht vergessen. Heut' nicht und nicht in hundert Jahren oder in tausend. Ich zum Beispiel weilte für eine lange Weile ganz ohne Langeweile, genau gesagt neun Monate, in der Hölle von Dachau und Buchenwald, weil ich als Untermensch gegolten hab, eigentlich als noch weniger. Ein Ungeziefer-Jud' war ich für die, der als Draufgabe unverzeihlicherweise öffentlich das Überleben unseres kleinen Österreich gewünscht hatte. Jetzt passt's auf: In Buchenwald gab es eines Tages auf Befehl vom stellvertretenden Lagerkommandanten, dem Dauerbsuff Rödl, ein Häftlingspreisausschreiben, wer imstand ist, die beste Hymne für das Lager zu komponieren. Damit alle 11 000 Insassen beim Morgenappell was Spezielles zum Singen haben und dann noch Dutzende Male jeden Tag bei der Sklavenarbeit. Sieger waren der Löhner-Beda und ich. Ein Marsch ist es geworden. Er muss euch nicht gefallen, das wäre zu viel verlangt. Es geht auch wahrlich um kein gefälliges Thema. Nachher, wenn ich den Klavierdeckel für heute zumach', applaudiert's bitte aus Anstand nicht, sondern geht's einfach still nach Haus und denkt's a bissl nach.« Gottfried Passauer erhob und streckte sich, als wolle er über einen Zaun drüberschaun,

86

und Leopoldi nickte ihm zu: »Pack ma's.« Mit dem linken Finger schlug er auf dem Bösendorferflügel einen Ton an, zunächst leise, dann immer stärker, fünfundzwanzig oder dreißig Mal hintereinander, immer denselben Ton, wie ein Tambour. Dann sang er mit seiner einzigartigen Stimme, die das Timbre von Gaudenzdorf und Meidling nicht besaß, sondern war:

Wenn der Tag erwacht, eh' die Sonne lacht,
Die Kolonnen zieh'n zu des Tages Müh'n
Hinein in den grauenden Morgen.
Und der Wald ist schwarz und der Himmel rot,
Und wir tragen im Brotsack ein Stückchen Brot
Und im Herzen, im Herzen die Sorgen.
...

Und die Nacht ist kurz und der Tag ist so lang,
Doch ein Lied erklingt, das die Heimat sang,
Wir lassen den Mut uns nicht rauben!
Halte Schritt, Kamerad, und verlier nicht den Mut,
Denn wir tragen den Willen zum Leben im Blut
Und im Herzen, im Herzen den Glauben!
...

O Buchenwald, ich kann dich nicht vergessen,
Weil du mein Schicksal bist.
Wer dich verließ, der kann es erst ermessen,
Wie wundervoll die Freiheit ist!
O Buchenwald, wir jammern nicht und klagen,
Und was auch unser Schicksal sei –
Wir wollen trotzdem ja zum Leben sagen,
Denn einmal kommt der Tag: Dann sind wir frei!

Und Gottfried Passauer stimmte mit heiserer Stimme und einer gar nicht zu ihm passenden, strammen Haltung in den Refrain ein, und vier Männer im Zuschauerraum taten es ebenso, und all dies hatte etwas Linkisches, und gleichzeitig strahlte es auch fieberhaften Eigensinn aus, und Julians Mama sagte zu ihrem Sohn: »Ich hab' geglaubt, ich kenn' ihn, aber so hab ich den Papa noch nie erlebt.«

Als der letzte Ton verklungen war und das Publikum nach einigem Gehüstel und Geräusper und einem einzelnen leisen Bravoruf in einer Mischung aus Verlegenheit und Verwunderung zum Ausgang drängte, nahm Leopoldi den Gottfried Passauer wie ein Kind bei der Hand, und er trat mit ihm an die Rampe und sagte: »Adieu und danke, dass euch der Weg heut' hierher geführt hat. Eines noch, und glaubt's mir, es ist für mich ein Bedürfnis, eine wahrhafte Freude und vor dem wiedergefundenen Friedi eine Ehre, hier, in der Wienerstadt, öffentlich laut folgenden Satz zu sagen: Der Adolf Hitler und seine Nazis können mich bis in alle Ewigkeit am Oarsch lecken!« So, ganz genau, war das damals, im *Weißen Engel*.

Kindheit und Jugendzeit Julians, das war neben den Mozartjahren, unter vielem anderen, der plötzliche Tod des Heinrich Jantsch aus der 2A an Polio; der einarmige Restaurator Professor Turnauer, dem die von einem Bombentreffer zerstörten Barockfresken in der großen Galerie des Schlosses Schönbrunn zum Nachempfinden anvertraut waren; das waren die zur Vermeidung von Läusen stets kahlrasierten Köpfe der russischen Besatzungskinder; das feierliche, im Radio übertragene erste Läuten der im Krieg zerstörten und nun neugegossenen Riesenglocke Pummerin am 26. April 1952; der gewaltige, wie berstende Baumstämme krachende Eisstoß unter den Wiener Donaubrücken des Winters 1953; der Zauberer Kalanag im Varieté Ronacher, wo er auf offener Bühne ein Borgward-Isabella-Cabriolet verschwinden ließ; die Laufmaschen der Nylonstrümpfe von Frau Wiesenthal aus der Zuckerbäckerei in der Zenogasse; das stundenlange gegenseitige Frisieren mit Gusti Müller, der Tochter des Oberaufsehers der Wagenburg, während sie sich auf dem Boden der Krönungskutsche Kaiser Ferdinands des Gütigen versteckten; seine Schafblattern-Erkrankung 1955 genau während der Staatsvertragsfeiern im Mai; die speckigen Knickerbockerhosen unter der Soutane des Schlosskaplans, die deutlich zu sehen waren, wenn er beim Jungscharfest mit der Frau des Mesners Boogie-Woogie tanzte; die Mondfinsternis am 18. November 1956 über den Ruinen des ehemaligen Hermann-Göring-Flugplatzes auf dem Küniglberg; der Quittenkäse im Café Gröpl; die jährlichen Doppelauftritte des Glasermeisters Opitz als Krampus und eine Viertelstunde später als Nikolo; der S-Fehler des Physikprofessors Wlassak; der Lysolgeruch des Felberkinos während des Films *König Salomons Diamanten* mit Stewart Granger; die ägyptische Katzenmumie, die Vater zu Allerseelen 1959 für zwei Tage aus dem Museum zu genaueren Untersuchungen nachhause brachte; ein Autogramm des Fußballers Ernst Stojaspal; der Geschmack des Fru-Fru im Buffet der Badener Schwefeltherme; die Ritterfiguren aus Zinn in der Auslage der Spielwarenhandlung Kober am Graben; die Lichtbildervorträge und Schmalfilmvorführungen des Haiforschers

Hans Hass in der Urania; der alle Puppen vernichtende Brand im Ottakringer Marionettentheater 1960; das Erstaunen beim Betrachten der beiden Jahreszeitengemälde von Arcimboldo im Kunsthistorischen Museum; die Getränke Chabesade und Privoznik-Kracherl; der Wunderschauspieler Oskar Werner in dem Stück »Becket oder die Ehre Gottes« am Burgtheater; der Absturz einer Propellermaschine in ein Eckhaus der Wiener Neubaugasse zu Pfingsten 1964; der Besuch eines Freistil-Ringkampfes am Wiener Heumarkt, wobei eine haltlos erregte ältere Zuschauerin ihrem Idol, dem Weltmeister Schurli Blemenschütz, während eines Gerangels mit dem japanischen Gegner den Ratschlag zuschrie: »Brich dem g'schlitzten Nudeldrucker jeden Knochen anzeln und dann scheiß eam zua.« Die Schlagersängerin Caterina Valente hatte er einmal in der Minoritenkirche aus dem Beichtstuhl kommen und eine Kerze vor dem Altar der heiligen Veronika anzünden gesehen. Die seit Menschengedenken in der Schönbrunner Sala Terrena ihren Dienst versehende Toilettenfrau Hermine Barutta hatte ihm am Tag der Fahne 1965 ein Präservativ der Marke Olla mit den Worten geschenkt: »Burschi, der ist praktisch unzerstörbar. I bin vom G'schäft. Ich kenn' mi' da aus.« Aber am folgenreichsten hatte Julian die Lektüre eines Buches beeindruckt: »Die Reisen des Marco Polo«. Und es erschien ihm logisch, dass dieser Abenteurer aus Venedig stammte, denn Venedig, dem Julian in vielen Sommern begegnet war, war das Tor zum sinnhaftesten Leben. Wer es durchschritt und seiner Neugier treu blieb, konnte wahrscheinlich den vollkommenen Süden erreichen.

Als Ausrüstung für diese Unternehmung hatten seine

Eltern und sein eigener Hausverstand ihm zum Erlernen von Sprachen geraten. So verbrachte er ab seinem 15. Geburtstag jede Woche drei Nachmittage mit älteren Wissbegierigen in unterschiedlichen Kursen der Sprachschule La Roche, um ein passables Englisch, Französisch und, mit besonderem Fleiß, Italienisch zu lernen. Bald fiel er einer regelrechten Vokabelsucht anheim, und alle neuen Worte in einem fremden Idiom galten ihm als weitere Sprossen einer Himmelsleiter, die ihm hoffentlich Zugang zu den beneidenswerten Cherubim und Seraphim verschaffen würden, die schon dank ihrer opulenten Flügel zum schnellen Durchmessen von Zeit und Raum neigten. Gottfried Passauer hatte seinem Sohn erklärt, dass die Vorfahren der Walfische ursprünglich im Trockenen gelebt hatten. Warum, dachte Julian, sollte ihm dann von der Evolution nicht die Verwandlung in einen fähigen Reise-Engel gegönnt sein? (Der Graf Eltz jedenfalls beschied ihm: »Wünschen, mein Lieber, kann man sich wirklich alles. Die Erfüllung ist dann allerdings eine andere G'schicht.«)

Der Tag des Fronleichnamsfestes 1961 war es, und das Wetter von großer Freundlichkeit, als wollte es ein römisch-katholisches Bekenntnis ablegen. Julian stand mit seinem Vater und dem Grafen Eltz auf dem Gehsteig der Maxingstraße und schaute den weißgekleideten und margeritenbekränzten Mädchen zu, die den Prozessionsteilnehmern aus geflochtenen Körben Blüten vor die Schritte streuten. Weihrauchwölkchen der Ministranten fingen sich unter dem goldbestickten Baldachin, der von lokalen Zelebritäten wie dem Selchermeister Kettner und dem Polizeipostenkommandanten Smrt mit starrem, ihrer Vorstellung von Würde entsprechendem Gesichtsausdruck getragen wurde. Der Baldachin hob die Bedeutung des die Monstranz auf Stirnhöhe vor sich haltenden Abtes von Klosterneuburg, zu dessen Orden die Pfarre Maria Hietzing gehörte, aufs Prächtigste hervor. Eine Banda spielte schmetternd das Lied vom göttlichen Heiland, als der Graf Eltz sagte, »dass man in der Maxingstraße, wo immerhin auf Nummer 18 dereinst Johann Strauß Sohn residierte und seine unsterbliche ›Fledermaus‹ schrieb, gefälligst bei kirchlichem Tamtam einen Walzer musizieren soll. Walzer, das ist doch Gotteslob vom Feinsten. Die ›Frühlingsstimmen‹ zum Beispiel oder auch die ›Sphärenklänge‹ vom Josef Strauß. Aber immer nur im eigenen Saftl braten, das ist wahrlich eine Domäne der Katholen.«

»Die fähigsten Vermittler zwischen uns und dem Göttlichen sind vielleicht wirklich die großen Künstler«, meinte Julians Vater.

»Ja«, sagte der Graf, »sofern sie mit ihren Antennen unverfälscht die Stimmen aus der vierten und fünften Dimension empfangen.«

»Der Gustav Mahler hat das können. Besser als der Bruckner, denn zwischen spirituell und fromm ist halt ein gewaltiger Unterschied.«

»Einmal war ich in den zwanziger Jahren in Prag bei einer Lesung des Prinzen von Theben, wie sich die Else Lasker-Schüler genannt hat. An einen Haubentauchervogel hat sie mich erinnert, der sich aus vollem Flug in die Untiefen der Träume stürzt und seinen Fang dann vor uns ausbreitet. Damals habe ich begriffen, dass ein hochkarätiger Dichter noch einmal etwas ziemlich anderes ist als nur ein gewöhnlicher Mensch, und seit dem Abend glaub' ich durchaus an die Existenz von Geistern, weil ich ja die Lasker-Schüler mit eigenen Augen gesehen und gehört habe. Ich durfte ihr sogar die Hand geben, und sie hat gerochen wie ein Keller voller Äpfel.«

Gottfried Passauer sagte: »Apropos seltsam: In Rajasthan bin ich Sadhus begegnet, die, seit Jahrzehnten, bei jedem Wetter, Tag und Nacht, nackt auf nur einem Bein stehend auf einer Säule ausharren. Das zweite Bein, das sie schneidersitzartig anwinkeln, ist mittlerweile verdorrt wie ein toter Zweig, und ich hab' bemerkt und auch fotografiert, dass sich in der Kniebeuge eines solchen Beines Singvögel ein Nest bauten und darin ihre Jungen ausbrüteten, ohne dass der Sadhu dadurch irgendwie beeindruckt schien.«

Nun, während die Prozession mit ihrem Geklingel, Gemurmel und Gesinge weiterzog, bahnte sich zwischen dem Grafen Eltz und dem Gottfried Passauer ein Wettbewerb in Bezug auf skurrile Erlebnisse an.

Der Graf Eltz begann: »Ich hab' 1941 im Restaurant Stadtkrug in der Wiener Weihburggasse den Hermann Göring mit noch drei Fünf-Sterne-Gangstern gesehen. Keiner von seiner Entourage hat sich etwas anderes zu bestellen getraut als der Reichsmarschall. So haben alle Milzschöberlsuppe serviert bekommen, dann ein Paprikahendl mit Nockerln und zuletzt Reisauflauf mit Himbeersaft. Der Göring hat sich natürlich angepatzt, und der Geschäftsführer persönlich hat, schweißüberströmt vor Ehrfurcht und Angst, mit heißem Wasser auf der pompösen weißen Uniform herumgerieben und den Fleck noch vergrößert. Im

Zuge der Putzerei ist der wamperte Hermann einmal aufgestanden, und da konnte man deutlich sehen, dass sein Hosentürl sperrangelweit offen war. Der Oberkellner Stipmann, damals ein Wiener Original erster Klasse, hat mir zugeflüstert: ›Er könnt's ruhig zumachen. Ein Toter braucht ka Luft.‹ Vor vier Jahren ist der Stipmann übrigens nahe Obertauern beim Tourengehen von einer Lawine verschüttet worden, und jetzt braucht er auch keine Luft mehr.«

Gottfried Passauer sagte: »Sehr schöne Geschichte. Ich kann Folgendes anbieten: Dem Kardinal Innitzer sein Sekretär war doch dieser Zacherl, der immer um ihn herumwurlt ist und der ausgschaut hat wie ein Gruftspion. Nix als wie Haut und Knochen in einem Monsignore-Gwandl. Beim Requiem für den Sektionschef Urban gab er den Diakon, und bei irgendeiner lateinischen Tröstung, die er verlesen musste, haben ihn solche Schnackerl ereilt, dass er keinen Viertelsatz mehr sprechen konnte, ohne zu hicksen. Die Peinlichkeit wurde, wahrscheinlich aus Zacherls Scham heraus, immer horribler, und die ganze Trauergemeinde schwankte zwischen Mitgefühl und Lachkrampf. Nach etwa drei Minuten hat der Innitzer offenbar einen Erbarmungsschub bekommen, ist von seinem Thron aufgestanden und hat laut und deutlich zum Zacherl gesagt: ›Gehen Sie doch in die Sakristei und trinken Sie ohne abzusetzen ein Glas Wasser, das hilft angeblich. Irgendjemand, der Ihnen schaden will, denkt offenbar gerade ganz intensiv an Sie.‹ Dann hat er den zweiten Diakon herbeigewunken und ihm bedeutet, die Lesung fortzusetzen. Zehn Minuten später ist der Zacherl, scheinbar von seinem Übel befreit, wieder erschienen und hat brav assistiert, und gerade wie er aus dem Kristallkanderl den Wein in den Kelch gießen will, hat ihn ein neuerlicher Schnackerlanfall mit einem so epileptisch anmutenden Zucken ereilt, dass der Wein quasi dem Innitzer ins Gesicht gesprungen ist. In den Ernst des Requiems hinein hat der Kardinal wütend gezischt: ›Aus meinen Augen!‹ Ob er dabei den Wein oder den unseligen Zacherl gemeint hat, weiß ich nicht genau. Auf alle Fälle ist Letzterer unter Hintansetzung aller Kirchenetikette davongerannt wie jemand, der panisch gewillt ist, seiner Schande bis an das Ende der Welt zu entfliehen. Das Requiem war, dem Zacherl sei Dank, ein nachhaltiger Erfolg.«

Und Gottfried Passauer hielt inne, und mitten hinein in diese Gspassettl-Schilderungen fragte er, als hätte diese Frage unter all der Heiterkeit ungeduldig ihren Auftritt eingemahnt: »Lieber Graf, weißt du eigentlich, dass die Nazis bei manchen Hinrichtungen am Galgen ihren Opfern den Strick so bemessen haben, dass diese nicht starben, solange sie auf den äußersten Zehenspitzen balancierten? Wenn sie aber erschöpft auf den Fersen zu stehen gekommen sind, haben sie sich selbst stranguliert.«

Julian hörte das weitere Gespräch gar nicht mehr, sondern schien in ein plötzliches Rauschen zu tauchen, das auch die Prozession und die Musik und den makellosen Himmel umfing und in seiner Wahrnehmung löschte. Er dachte damals, das gelegentlich Leichte und Lichte sei wohl immer auf ein schweres und dunkles Fundament gebaut und dass es seinem Vater kaum jemals gelang, diesen Umstand zu vergessen und dass sich wohl auch davon seine Traurigkeit ableitete.

»Salam Aleikum«, sagte Kemal zum Grafen Eltz. Und der antwortete: »Servus, du Halbmondsüchtiger. Wenn ich dich schon vor mir stehen hab': Was gefällt dir denn an Wien am wenigsten?«

Kemal dachte ernsthaft nach und antwortete: »Die meisten Mitschüler und Kameraden halten ihre Versprechen nicht. Bei uns muss man schon ab der Volksschule ein Ehrenmann sein und weiß bei jedem Freund, woran man ist.«

»Hat dich denn der Julian enttäuscht?«, fragte der Graf verwundert.

»Nein, der nicht. Wir sind einander treu wie Messer und Gabel.«

»Dass die sich treu sind, ist mir unbekannt«, sagte der Graf.

»Selbstverständlich. Wenn man das Messer von der Gabel trennt, verrostet es und wird stumpf. Und umgekehrt verliert die Gabel ihre Zinken.«

»Wer sagt das?«

»Mein Vater. Also stimmt es.«

»Ja, dann stimmt es sicher«, beendete der Graf das Thema. Dann fragte er: »Wer ist die schönste Frau der Türkei?«

»Eindeutig meine Mutter. Sie zählt eine Gazelle, Früchte des Granatapfelbaumes, ein handgewobenes Seidentuch in dreizehn Farben und den Rauch von brennendem Sandelholz zu ihren Vorfahren.«

»Sagt dein Vater«, vollendete der Graf Kemals Antwort. »Bist du glücklich?«

»Ich bin dem Unglück noch nie begegnet, aber ich würde mich glücklich schätzen, es einmal kennen zu lernen. Vielleicht ist es nicht so schrecklich, wie behauptet wird.« Der Graf sagte: »Das Unglück ist mit Sicherheit ein Ehrenmann. Es hält, was es verspricht.«

»Dann werde ich ihm ruhig entgegentreten«, antwortete Kemal mit äußerster Gelassenheit.

»Der Engel der Tapferen möge dich beschützen«, sagte der Graf und küsste Kemal auf die Stirn.

Eine der Parkmauern des Schlosses verlief entlang der Maxingstraße ansteigend in Richtung Hietzinger Friedhof und Montecuccoliplatz. Vom Botanischen Garten her, innen an diese Mauer gelehnt, waren ehemalige Orangerien, die ab 1934 als Studios der Schönbrunn-Film-Gesellschaft Verwendung fanden. Die Frau des Brunnenwärters Brill war dort als Garderobiere beschäftigt und schmuggelte Julian gelegentlich als hinter Requisiten oder Scheinwerfern versteckten Zaungast zu Aufnahmen österreichischer Tonlichtspiele. So konnte er beobachten, wie der geniale Volksschauspieler Hans Moser in Drehpausen blitzschnell mit der Geschicklichkeit eines Schwertschluckers ein Salzstangerl in seinen Schlund schob und dass so manche weibliche Filmschönheit einen regelrechten Nervenzusammenbruch erlitt, weil sich auf ihrer Wange ein Wimmerl zeigte. Einmal hörte Julian, wie die von seiner Mutter tief verehrte Kammerschauspielerin Paula Wessely zum Regieassistenten den kryptischen Satz zischte: »Wenn ich meine Tage hab', kann einfach nicht gedreht werden. Sie sehen ja selbst, wie meine Haut beinand' ist.«

Für eine Szene der musikalischen Revue »Rund ist die Welt« hatten die Dekorationswerkstätten einen Hintergrund mit Palmen, Zebras, Löwen und Affen gemalt. Davor standen einige Büsche, ein ausgestopfter Straußenvogel, und der Boden war mit Sand bedeckt. Darauf loderte aus einem Holzstoß, mittels eines Gebläses, ein Feuer aus rotem Zellophanpapier, und darüber hing ein großer Gulaschkessel, in dem der Komiker Gunther Philipp, in Khakiuniform und mit Tropenhelm, Grimassen schneidend das Gar-gekocht-Werden spielte, weil er als Leckerbissen für ihn umtanzende Kannibalen auserkoren war. Alle Wilden entstammten dem Ballett des vorstädtischen Wiener Raimundtheaters. Die schwarze Schminke floss ihnen unter dem schweißtreibenden Gehüpfe und Getrommle immer wieder schmerzhaft in die Augen, und der Solotänzer schrie plötzlich mitten in einer Aufnahme in prachtvollstem Ottakringerisch: »Wegen dem Nega-Schas wüll i net blind werden!«

Als Julian abends seinem Vater davon erzählte, sagte dieser: »Nichts ist so erfolgreich wie die erheblichen Bemühungen, die Menschen zu verblöden.«

»Es war aber lustig«, antwortete Julian.

»Hör zu, geliebter Sohn, Österreich ist als Ganzes auf dem besten Weg, sich in ein tragikomisches, aber völlig humorfreies Machwerk zu verwandeln, das dem Hirn irgendeines Fließbandlustspielschmierers entsprungen zu sein scheint. Nur im Süden ist Rettung.« Dann erzählte er Julian vom wirklichen Afrika und wie ihm in Sansibar das einzige weibliche Wesen begegnet sei, das ihm beinahe besser gefallen hätte als seine Frau. »Aber nur beinahe«, wiederholte er. Die Mama lächelte und streichelte ihrem Mann die grauen Schläfen, und dann standen die drei wie auf ein Zeichen auf und umarmten einander, einen Pulk bildend, und Gottfried Passauer weinte plötzlich hemmungslos, und gleich darauf weinten sie, ohne genau zu wissen warum, alle drei und schmiegten ihre Tränenwangen aneinander, und es war sehr schön.

Lotte Passauer war eine passionierte Tänzerin und davon überzeugt, dass einen nichts stärker und schneller in eine gesundheitsfördernde, erstklassige Stimmung versetzen konnte als *Ballare-Danser-Dancing*, wie sie mit einem Wortungetüm die alte Volksweisheit »Sich regen bringt Segen« bezeichnete. Manchmal, in einer Aufwallung äußerster Gönnerhaftigkeit, erlaubte der Brüllaffe den Passauers, nachts den Spiegelsaal des Schlosses Schönbrunn bei halber Beleuchtung für Tanzübungen zu benutzen. Dann schleppten sie das große Magnetophon, das normalerweise dem Abspielen von Tierlauten diente, zwei Stockwerke nach unten, und Julian brachte darauf Tonbänder mit Walzern, Quickstep-Nummern, Rumbas, Polkas und Tangos derart lautstark zum Klingen, dass man, hätte er das Gleiche am selben Ort hundert Jahre vorher getan, die ganze Familie wegen massiver Ruhestörung, Hausfriedensbruch und akustischer Beleidigung der Majestäten wohl in die von Wien am weitesten entfernte und trostloseste Provinz der ganzen Monarchie verbannt hätte.

Er sah seinen Eltern bei den vielfältigen choreographischen Verschmelzungsversuchen zu, die sich in den giraffenhohen Spiegeln multiplizierten wie Lichtstrahlen und Farben in einem alle Vorstellungskraft sprengenden Diamanten. Von den vielen Besonderheiten seiner Kindheit war dieses Bild in Julians Erinnerung das besonderste, und stets konnte er sich jede Nuance der Spiegelsaalszenen mühelos und lebendig aus dem Gedächtnis abrufen: wie sie sich drehten und glitten wie Schlittschuhläufer und hüpften und mit den Hüften wippten und einander zogen und entschlüpften, um gleich darauf durch eine flüchtige Berührung oder ein an den Händen Halten wieder lachend verbunden zu sein. Julian wollte in diesen Stunden stets das Kind ganz genau dieses Paares sein und lobte den Herrn, dass in ihm das Blut dieser Frau und dieses Mannes floss, und am wunschlos glücklichsten hätte es ihn gemacht, wenn der Atem der Eltern gleichzeitig sein eigener gewesen wäre.

Die Wally Stuppka war Julians erste erfüllte Liebe zu einer weiblichen, nicht blutsverwandten Person. Im Gymnasium, von der vierten bis zur sechsten Klasse, saß sie während des Unterrichts rechts neben ihm. Einen schwarzen Zopf trug sie, der dicker war als Julians Unterarm, und auf der Stirn, genau zwischen den Augenbrauen, gab ein Leberfleck ihr eine beinahe indische Anmutung. Insgesamt ähnelte sie frappant der Maria Magdalena auf der präraffaelitischen Darstellung im Religionsbuch für die Oberstufe. Manchmal schrieb sich Julian auf jede Fingerkuppe, links beim Daumen und rechts beim kleinen Finger beginnend, einen Buchstaben und war sich sicher, dass er hauptsächlich deshalb zehn Finger besaß, um genau die Wörter *LIEBE* und *WALLY* unterbringen zu können. Nachmittags trafen sie einander häufig zu Spaziergängen nahe dem Tirolergarten in Schönbrunn oder am Roten Berg. Das Dasein schien zu einem Gutteil aus Neuigkeiten zu bestehen, die sie einander berichten mussten. Sie besuchten das Nonstop-Kino im ersten Bezirk am Graben, um *Fox tönende Wochenschau* und das *Weltjournal* zu sehen. (Da erfuhr man, was in letzter Zeit Überraschendes in New York und Papua Neuguinea geschehen war oder dass Gauchos für den schönsten Rinderbullen einen Preis in Form eines Tanzes mit der Miss Argentinien gewonnen hatten oder dass der glatzige Hollywoodstar Yul Brynner sich auf einer Kitzbüheler Almhütte einen Kaiserschmarren mit extra Staubzucker servieren hatte lassen.)

Julian und Wally unternahmen auch Erkundungen in andere Zeiten und Kulturen. Sie besuchten das masken- und fetischreiche Völkerkundemuseum, die Schatz- und Wunderkammern des abgedankten habsburgischen Herrscherhauses, das Kunsthistorische Museum und die unerschöpflichen Sammlungsbestände in den Lagerräumen und Depots des quasi familieneigenen Naturhistorischen Museums. Auch das tickende, tackende, rasselnde, schlagende, glockenselige Uhrenmuseum war eines ihrer Ziele, nicht zu vergessen der überwältigende Prunksaal der Nationalbibliothek mit seinen foliantengetarnten Geheimtüren, die den Weg freigaben zu Séparées, die der inneren Einkehr vorbehalten waren.

Am leidenschaftlichsten hörten sie aber auf Gottfried Passauers Weltempfänger über Kurzwelle Rundfunksender aus Übersee. Meldungen in immer neuen Sprachen und Musiken weit entfernter Gebiete, die durch die Lüfte, über Gebirge, Wüsten, Täler, Wälder, Flüsse und Ozeane an ihre Ohren drangen, während sie Wange an Wange auf dem tibetischen Seidenteppich im Speisezimmer saßen und von einer gemeinsamen Zukunft in »Anderswo« phantasierten. Manchmal streichelte Wally die etwa drei mal zwei Zentimeter große Stelle auf Julians linkem Unterarm, die der Doktor Kundratiz als angeborenes Muttermal namens kongenitaler Nävus bezeichnete und ganz dicht von einem dunkelbraunen Fell bewachsen war, als ob es unter seinen Vorfahren einen Wolf oder Luchs gegeben hätte, der sich durch diese Abnormität in Julian einen Schimmer von Auferstehung verschaffte. Wally konnte auch die Maultrommel spielen und antwortete auf seine Fragen gelegentlich mit einer improvisierten Melodie. Dies waren auch die Stunden, in denen er sie küssen durfte, allerdings nur auf die Augen.

Das Glück hielt immerhin eineinhalb Jahre bis zu dem Moment, in dem Wally im Eissalon *Della Lucia* dem Anastas Brandner begegnete, der von seinen elterlichen Farbenfabrikanten zum achtzehnten Geburtstag mit einem blauen Jaguar E beschenkt worden war. Von diesem Vorfall her blieb Julian die Befürchtung, dass selbst die feinsinnigsten weiblichen Personen in der Stunde der Wahrheit, oder zumindest Halbwahrheit, einen beachtlichen materiellen Vorteil geistigen Schätzen vorzuziehen in Versuchung waren. Der Graf Eltz war überhaupt der Ansicht, dass »solange ein wirklicher Depp viereinhalb mal so reich wie blöd ist, ihm Triumphe bei den begehrenswertesten Damen schon in die Wiege gelegt sind«. Der Schlüssel zu dieser Berechnung fiel in der Familie Eltz nach dem Tod des Familienoberhauptes traditionsgemäß stets dem nicht erbberechtigten, zweiten Sohn als eine Art Trostpreis zu.

Eines der Reiseziele, das am meisten lohnte, weil es zuhauf sinnlichste Sendboten aus den südlichen Fernen bereithielt, war der Naschmarkt. Dort gewöhnten Julian und Kemal sich das Zeitlupenflanieren an, um ja keine Duftschattierung und Formenspielart bei den Früchten und Käsen, den Gewürzen und Gemüsen, dem Wildbret und Fleisch, den Bäcker- und Konditorangeboten zu versäumen. Kemal fühlte sich in dem Gewurl und Geschiebe, dem Geschrei und Gelächter an die Basare und Märkte Istanbuls erinnert, und an der Linken Wienzeile, auf der Höhe des Theaters an der Wien, gab es einen türkischen Obststandler, mit dem er bei jedem Besuch eine halbe Stunde Tavla spielte und dazu aus einem bunten Glas schwarzen Kaffee mit etwas Süßem, das Lokum hieß, trank.

Die Angebote des Naschmarkts waren unerschöpflich. Allein wie viele Sorten Oliven es gab: solche mit und solche ohne Kerne, beinah weiße, die mit Mandeln gefüllt waren, und schwarze, aus denen ein rotes Paprikastück ragte wie ein Krampuszüngelchen, grüne in einer Peperoncini-Marinade und braungefleckte in Einmachgläsern mit sizilianischen oder tunesischen Etiketten, wachteleigroße und haselnusskleine, bittere und süße, verschrumpelte und zum Platzen pralle, und nur drei Meter rechts davon waren auf schrägen Holzbudeln Fische und andere Meerestiere über zerhacktem Eis drapiert. War den Freunden eine Sorte nicht bekannt, fragten sie die Verkäufer mit den blutigen Schürzen nach Namen und Herkunftsgebiet des Fanges. Dann stellte Julian sich vor, welche Gewänder die Fischer dort trugen, wie ihre Boote geschnitzt oder bemalt sein mochten und welche Gesänge sie anstimmten, wenn sie am Strand sitzend die Netze flickten, während die Brandung sie unterhielt. Eines Tages würde er diese Orte selbst in Augenschein nehmen und seinen Eltern von jeder Destination eine Postkarte schicken.

Die interessanteste Bekanntschaft, die der Naschmarkt den beiden bescherte, war allerdings der griechische Gewürz- und Spezereienkaufmann Adonis, dessen Name nicht im Geringsten zu seiner Fettleibigkeit passte. Mit seiner stets zu lauten Stimme hatte er den Freunden erzählt, dass er 1946 von dem Wunsch beseelt gewesen war, sich ein originalgetreues Porträt seiner siebzehnjährigen Braut, die vier Tage vor der geplanten Hochzeit bei einem Autounfall ein Ende gefunden hatte, als ewige Liebesbeschwörung auf den Leib sticheln zu lassen. Niemand, so hatten ihn Hochseematrosen in seiner Heimatstadt Alexandropolis beraten, könne derart schwierige und delikate Aufträge meisterhafter bewältigen als der Tätowierer Lev Bumchuk aus Odessa, der zu Kriegsende mit den russischen Befreiern als Soldat nach Wien gelangt war. Dort, im Schatten der die Donau überspannenden Reichsbrücke, übe er in einem schmalen Straßenlokal am Mexikoplatz in seiner Freizeit die ehrwürdige Kunst der Hautverzierung aus. So war der trauernde Adonis unter zahllosen Entbehrungen von Griechenland in das von Franzosen, Amerikanern, Engländern und Russen besetzte Österreich gereist, und Lev Bumchuk, von der tragischen Herzensgeschichte gerührt, versprach ihm ein Arbeitsergebnis, das eines Botticelli würdig wäre. Tatsächlich schuf er Adonis, nicht ohne sich jedes Mal mit furchterregenden Mengen Wodka eine ruhige Hand anzutrinken, innerhalb von dreizehn Arbeitssitzungen eine an den

Rücken ihres Bräutigams geschmiegte, mit dem Profil an
seiner rechten Schulter lehnende, mit beiden Unterarmen
seine Brust umfassende nackte, mediterrane Schönheit auf
den Leib, deren Beine entlang der Beine des Griechen etwas oberhalb von dessen Knöcheln in roten Stöckelschuhen
mündeten. Als Adonis viele Jahre später, bis auf die Unterhose entkleidet, Julian und Kemal in einer mit Sauerkraut-
fässern vollgerammelten Hinterkammer das Meisterwerk
präsentierte, litt es allerdings aufs Erbarmungswürdigste
an den vielen Kilos, die ihr Besitzer seit dem Abschluss der
Tätowierungen zugenommen hatte. Es war, als beobachte
man eine Figur in einem jener Zerrspiegel, die als Attrak-
tion auf Jahrmärkten so verlässlich für allgemeines Gelächter sorgten.

Manon, die Tochter des Direktors des Schönbrunner Tiergartens, war ein hochaufgeschossenes, fast durchsichtiges
Mädchen mit einem Squaw-Gesicht, das bei jeder Gelegenheit die Welt mit einem Lächeln verfeinerte. Zweimal
im Monat verabredete sich Julian mit ihr zur Fünf-Uhr-
Jause in der Meierei im Tirolergarten. Dort musizierte jeden Nachmittag ein Zitherspieler. Rentnerinnen und Pen-
sionistinnen bildeten Paare, die einander an der Hüfte
fassten und zu den Landlern und Schnaderhüpfeln aus-
gelassen tanzten. Inmitten dieses Trubels spielten Julian
und Manon stets konzentriert fünf Partien Mühle, und
der Gesamtsieger durfte dem Verlierer oder der Verliere-
rin eine indiskrete Frage stellen. So erfuhr Julian erstmals,
welche Bedeutung die Regelblutungen der Frauen hatten,
und Manon staunte darüber, dass Buben auf manche wirre

nächtliche Träume mit Samenergüssen reagierten, sodass nach dem Erwachen die Pyjamahose äußerst unangenehm an ihrem Glied klebte.

Auch Sünden, die sie bewusst begangen hatten, erzählten sie einander mit niedergeschlagenen Augen: die grausamen Flüche, die sie manchen Gymnasialprofessoren ob deren sinnloser Strenge schickten, die vielen Male, die Julian Hostien nach der Kommunion zerbissen hatte, bis er wusste, dass es dafür entgegen der Behauptung des Kaplans keinerlei Bestrafung von Seiten Gottes gab, und dass Manon, die Zugang zu den Schlüsseln der Zookäfige und -gehege besaß, einmal nachts einen Pinguin in die Freiheit entlassen hatte, die allerdings bereits am kommenden Morgen endete, als das Tier friedlich watschelnd unter einer glyzinienüberwachsenen Pergola im Kronprinzengarten entdeckt wurde.

Die Ausbildung im Humanistischen Gymnasium war Julian nicht allzu schwer gefallen. Prüfungen in den Fächern, die ihm wenig oder gar nichts bedeuteten, wie Chemie, Darstellende Geometrie oder Physik, bestand er erfolgreich mit dem geringst notwendigen Lernaufwand. Unterricht, der seine Neigungen Musik, Geographie, politische Geschichte und Kunstgeschichte sowie Fremdsprachen förderte, nahm er freudig und mit großem Fleiß an. Mathematik begann ihn erst ab der Oberstufe zu faszinieren, als ein älterer, kauziger Professor die Klasse übernahm und aus den scheinbar völlig toten und spannungslosen Zahlen ein ganzes Geschichtenuniversum entwickelte. Er veranstaltete Exkursionen auf den Spuren und in die Verschachtelungen der Logik, die manchmal akribische, aber zumeist amüsante Detektivarbeit erforderten und in bestimmten Heureka-Situationen das Erkennen von grandiosen, ungeahnten Zusammenhängen ermöglichten, welche Julian in ihrer Klarheit und Konsequenz direkt berauschten. Die Religionsstunden litten an dem tragischen Mangel, nur das Katholische und ein Euzerl das Evangelische zu beleuchten, aber keinerlei Verständnis für grundsätzlich andere Glaubensgemeinschaften zu schaffen, wie den Buddhismus, den Islam, das Judentum, den Hinduismus und Schintoismus oder die Naturreligionen Afrikas, Südamerikas und Australiens. Auch für kleinere Gruppierungen wie die Bahais oder Mormonen interessierte sich Julian und sammelte diesbezügliche Erkenntnisse aus Befragungen seiner Eltern, von deren Freunden und dem Studium des Brockhaus-Lexikons sowie der 24-bändigen Encyclopaedia Britannica. Nicht minder erstaunte ihn das scheinbar maßlose Universum der menschlichen Einfalt, und hierfür stand ihm fast jederzeit mit der kuchen- und groschenromansüchtigen Frau Grienedl ein auskunftswilliges Studienobjekt zur Verfügung.

Gegen Ende der sechsten Klasse führte der für Geschichte zuständige Klassenvorstand Professor Kauder seine Schüler in das Heeresgeschichtliche Museum im Wiener Arsenal, um inmitten üppiger Militaria und Schlachtenrelikte den Ersten Weltkrieg zu referieren. Von dem zur Schau gestellten blutdurchtränkten Uniformrock des in Sarajevo ermordeten Thronfolgers Franz Ferdinand konnte Julian wie hypnotisiert minutenlang den Blick nicht abwenden. Er versuchte zu begreifen, dass dieses Blut das Bluten und Verbluten Millionen anderer, den Sturz stolzer und hochmütiger Herrscherdynastien und die Umformung von Monarchien in Republiken und Diktaturen auslöste. Dieses Blut hatte Reiche vergehen lassen und Länder geboren, Grenzen ausradiert und neu und anders und oft willkürlich gezogen. Krüppel, Massengräber, Witwen und Waisen, zynische Milliardengeschäfte, Hunger, finanziellen und moralischen Bankrott, hysterischen Hass, unvorstellbare Sinnlosigkeit und unzählige Dominoeffekte, die noch Jahrtausende nachwirken würden, hatte es verursacht. Julian dachte: Es ist, als ob man an der Quelle des Nils oder des Ganges stünde. Nur dass dieser speziellen Quelle kein Lebensstrom entspringt, sondern der selbstbewusste, nimmermüde Tod, der seinen Auftrag erfüllt, die irdische Wirklichkeit umzugestalten.

Der Professor Kauder beobachtete Julians Entrücktheit eine Weile und sagte dann: »Ich weiß natürlich nicht, was du gerade denkst, aber ich fühle, dass es das Richtige ist.«

Auch der 17. Oktober 1963 war ein Meierei-Besuchstag gewesen. Mit Manon hatte Julian Pläne geschmiedet, wie sie ihn im nächsten Sommer auf das mit einem hohen Bretterzaun vor neugierigen Blicken geschützte Damen-Sonnendeck am Dach des im Park gelegenen Schönbrunner Bades einschmuggeln würde, damit er Gelegenheit hatte, die unterschiedlichen Ausformungen nackter weiblicher Brüste zu studieren. Als Tarnung schlug Manon Julian das Tragen eines einteiligen Schwimmtrikots und einer Gummibadehaube vor. Bei der Verabschiedung hatte sie »Adieu« gesagt und er »Servus«, wie es in seiner Familie üblich war.

Der Föhn bewegte die Bäume und Sträucher und entlockte den Pflanzen knisternde Rhythmen. In der Wohnung fand Julian am Esstisch die Nachricht seiner Eltern, dass sie im Theater in der Josefstadt eine Pirandello-Aufführung besuchten und erst gegen 23 Uhr nachhause kommen würden. Jetzt war es 19 Uhr 31, und Julian ging in das Badezimmer.

Im Spiegel über dem Waschtisch betrachtete er sein Gesicht: die wenigen Bartstoppeln, das Graugrün seiner Iris. Mit den Zeigefingern streichelte er gleichzeitig vier Mal hintereinander seine Augenbrauen, grimassierte und sagte Unsinnswörter wie »Labule«, »Bumili«, »Zapadax«. Dann entkleidete er sich und sang beim Duschen eine seiner selbstkomponierten Nationalhymnen. Plötzlich empfand er am ganzen Körper sehr merkwürdige Schmerzen, wie von Hunderten Insektenstichen. Die Wassertropfen waren es, die ihn zu verletzen schienen. Er schrie auf und sprang aus der Duschkabine. Mit einem Handtuch schlug er wahllos auf seine Haut am Rücken, auf der Brust, am Kopf, auf den Beinen und Armen. Die Schmerzen zogen sich, scheinbar von den Schlägen eingeschüchtert, rasch zurück und machten einem inneren Vibrieren Platz, das sich aber steigerte. Julian dachte, dass sich irgendeine Art von Revolution seiner Organe bemächtigt hatte, sie durcheinanderwirbelte und neu ordnete oder ein unsichtbarer Gauner mit rasender Geschwindigkeit in seinem Magen Hütchen-Spiele darbot.

Dann war abrupt alles beruhigt, und gerade als Julian das erste Mal seit Minuten durchatmete, brach – wiederum abrupt – aus dieser Beruhigung ein Zorn mit solcher Heftigkeit hervor, dass augenblicklich jede Vernunft und Selbstkontrolle beiseite gefegt waren und er sich wehrlos und ohne Fassung gezwungen sah, mit der porzellanenen Seifenschale den Spiegel zu zertrümmern, alle Parfüm- und Rasierwasserfläschchen, die Cremedosen und Zahnputzgläser an die Kachelwände zu schleudern, die beiden Handtuchhalter aus ihrer Chromverankerung zu reißen und zuletzt die beiden Wandappliken sowie die halbkugelförmige Milchglasdeckenleuchte in Stücke zu schlagen. Dann taumelte Julian in die Bibliothek und sank schluchzend auf den tibetischen Teppich. Ein Schüttelfrost packte ihn und in dessen Folge ein heftiger Brechreiz. Es schien aller Tage Abend zu sein, und Julian hatte nicht die geringste Ahnung, was die Ursache des maßlosen Erlebnisses sein mochte.

Als die Eltern knapp vor Mitternacht die Wohnung betraten, fanden sie ihren Sohn regungslos, nackt und mit vielen kleineren und größeren Blutkrusten bedeckt auf dem Fußboden der Bibliothek. Im devastierten Badezimmer floss das Wasser aus der Dusche. Die Splitter und Trümmer hatten den Ausguss zum Überlaufen gebracht. Gang, Küche und Salon waren überschwemmt. Lotte Passauer stand stumm und regungslos vor Julian und versuchte zu begreifen, wessen sie gerade ansichtig wurde. Gottfried schrie mit sich überschlagender Stimme auf seinen Sohn ein, von dem er, ohne seiner Frau davon eine Andeutung zu machen, dachte, dass er tot sei. Aber Julian öffnete blinzelnd die Augen, wie jemand, der von weither in eine fremde Umgebung geworfen worden war. Er benötigte geraume Zeit, sich zu orientierten und die beiden schreckversiegelten Menschen als seine Eltern zu erkennen und die grausam zerschundenen Hände als zu ihm gehörig zu begreifen.

Seine ersten Worte waren: »Was ist geschehen?« Die Mutter hatte Scheu, sich ihrem Kind zu nähern, als würde sie damit Spuren am Schauplatz eines Verbrechens verwischen. Der Vater, dem das heftige Schreien die Stimme genommen hatte, flüsterte: »Wir lieben dich. Alles andere wird sich klären.«

Dann trug er Julian ins Schlafzimmer und legte ihn auf das Bett. Die Mama betupfte die Schnittwunden mit jodgetränkten Wattebäuschen, streichelte ihn, küsste ihn auf die Stirn und deckte ihn mit einem Kaschmirplaid zu. Julian wollte unbedingt etwas erklären und wusste nicht, was, und fühlte sich schuldig, weil er nichts erklären konnte. Am nächsten Morgen, nachdem Vater, Mutter und Kind vergeblich gehofft hatten, einem Blendwerk aufgesessen zu sein, war das Geschehene für alle Beteiligten noch rätselhafter geworden. Die Passauers zogen für drei Tage, während derer Handwerker das Badezimmer wiederherstellen sollten, in das Hotel Kummer auf der Mariahilfer Straße. Nach und nach erinnerte Julian den Aufbau der Symptome, die zu seiner Raserei geführt hatten. Zwei Ärzte wurden zu Rate gezogen, ein Neurologe und ein Psychiater, die nach längeren Untersuchungen und Befragungen Julians zur Ansicht gelangten, dass aller Wahrscheinlichkeit nach ein schizophrener Schub vorliege, es aber, falls in weiterer Folge keine psychotischen Symptome auftreten würden, auch ein sogenannter einmaliger pubertärer Ausbruch sein könne.

Der Doktor Kundratiz erklärte die Chose allerdings als »ein bisserl Dante, ein Euzerl William Blake und ein Drüberstreuer von Kubin. Gegen derlei Vesuvisches gibt's kein Kraut. Dämpfen kann man medikamentös immer. Besser ist es allerdings, das Magma verströmt sich, und dann ist wahrscheinlich wieder zweihundert Jahre Ruhe.«

Julian aber war sich von Stund' an nicht ganz geheuer, und dieses Gefühl des schutzlos Ausgesetztseins in der Willkür des eigenen Körpers verließ ihn über Jahrzehnte nicht.

In der siebenten Klasse des Hietzinger Fichtnergassen-Gymnasiums sprach der Lateinprofessor im Unterricht zweimal über das Laster und wie das Römische Reich durch die Lasterhaftigkeit wechselnder Gruppierungen verantwortungsloser, von Hybris gesteuerter Machthaber als Gesamtorganismus so geschwächt wurde, bis es beinahe widerstandslos in sich zusammenbrechen musste.

»Zunächst schwächt der Lasterhafte den Körper, dann den Geist und in weiterer Folge unabdingbar die Taten.« Worin die Laster bestanden, deutete er nur an: »Völlerei, Vergnügungssucht, sexuelle Ausschweifungen aller Art mit Menschen, Tieren und Dingen.«

Julian fragte sich, was aller Art wohl bedeuten konnte. Aus seiner Phantasie stiegen Szenen mit vermeintlichen Perversionen auf, die ihm, falls sie tatsächlich jemals irgendwo stattgefunden haben sollten, äußerste Bewunderung für die Beteiligten abverlangten: wollüstige Einswerdungen von Senatoren und Caesaren mit vollendeten Marmordarstellungen von Göttern und Göttinnen. Auch Fabelwesen, die der fleischlichen Vereinigung von Gladiatoren mit Löwen, Stieren und Tigern ihr Dasein verdankten, laszive

Tempeldienerinnen, die in ihrer Vagina dem Kopf heiliger Schwäne Unterschlupf boten, und dergleichen Sündhaftes mehr. Und Julian dachte, dass es an der Zeit sei, selbst in den Gefilden des Lasters Umschau zu halten. Als Spielkameradin entschied er sich für die Dora Baltasti aus der Parallelklasse. Genau wie sie, mit hüftlangem Haar, grünen Katzenaugen, zusammengewachsenen Brauen, einer Nase, die jener von Zarah Leander ähnelte, und einem kaum merklich schiefen Mund, über dessen Unterlippe alle paar Minuten nervös die Zunge hinwegtastete, stellte er sich die Versuchung vor. So besorgte er sich ein Klassenfoto, auf dem die Dora als Dritte von links in der zweiten Reihe lächelte und marschierte damit, allen Mut und Übermut zusammennehmend, in die Defreggerstraße, wo nahe der Stadtbahntrasse das verruchte Hotel Zur eisernen Spinne lag. Dort konnten sich Paare stundenweise Zimmer mieten, ohne dass nach Ausweisen gefragt wurde, und im Preis von 56 Schilling waren auch noch zwei schal schmeckende Gläser Hochriegl-Sekt und zwei Pfefferminzbonbons inkludiert. Die Adresse dieses Ortes hatte Julian seinem Freund Kemal zu verdanken, der sie seinerseits zum siebzehnten Geburtstag vom äußerst virilen Botschaftschauffeur erhalten hatte. Der unendlich gelangweilte Gesichtsausdruck, mit dem sich der speckig wirkende Portier Julians von niemand eingeforderte Rechtfertigungserklärung betreffs Anmietung eines ruhigen Ortes, den er kurzfristig zum konzentrierten Lernen benötige, anhörte, zählte zu den unauslöschlichen Bildern seiner Jugend.

Wie er endlich mit dem Schlüssel für Nummer 27 die Stiege in den zweiten Stock hochlief, hätte er sich am liebsten selbst eine Tapferkeitsmedaille verliehen. Das Zimmer sah allerdings so aus, als ob sich der Portier mittlerweile in einen Raum verwandelt hätte. Eine stumme, schmuddelige Gemeinheit schien es auszufüllen, sodass sich Julian nicht auf das schmale Bett zu setzen wagte, weil er befürchtete, dass es eine schmerzhafte Falle bereithielt. Also blieb er nahe der Türe stehen, betrachtete das Bild der Dora Baltasti und versuchte sich verzweifelt auszumalen, wozu sie und er im Bereich der hemmungslosen Begierde im Ernstfall wohl fähig wären. Aber in dieser Umgebung fiel ihm nichts Überzeugendes ein, und so ließ er nur im roststichigen und stellenweise angeschlagenen Waschbecken das Wasser laufen und beobachtete minutenlang, wie es in den Ausfluss stürzte. Dann verließ er panisch Zimmer und Hotel und hätte viel dafür gegeben, auch sich selbst verlassen zu können.

Zehnmal an Samstagen, über das Jahr verteilt, gab es Philharmonisches Konzert. Das heißt, die Passauers pilgerten in den Goldenen Saal des Wiener Musikvereins und nahmen auf dem Podium gelegene Sitze ein, die etwas erhöht, rechts neben der großen Orgel, eine Nähe zum Orchester und einen Anblick des Dirigenten von vorne gewährten, als ob man selbst Hornist, Kontrabassist oder zumindest Herr über die Kesselpauken wäre. Julians Mama strahlte bei diesem Anlass eine jugendliche Aufgeregtheit und eine Bereitschaft zum Scherzen aus, die die klangseligen Darbietungen der Wiener Ausnahmemusikanten unschwer als ihre insgeheime Liebe erkennen ließen. Gottfried Passauer wiederum schien in den Sinfonien, Klavier- und Violinkonzerten, Orchesterliedern, den Suiten und Ouvertüren, ja sogar in Mozarts Requiem eine Befreiung von jeglicher irdischer Mühsal zu erleben, die seinem Gesicht und seiner Körpersprache einen Ausdruck gab, welcher an Verzückung grenzte. Julian, der stets den Platz zwischen seinen Eltern erhielt, bewunderte jedes Mal aufs Neue, welch tiefe, gelegentlich sogar erschütternde Wirkungen von hölzernen und metallenen Gegenständen, Darm-, Stahlsaiten und Tierhäuten ausgelöst werden konnten, und er stellte sich vor, wie diese Instrumente und die Techniken ihrer Beherrschung über die Jahrhunderte hinweg entwickelt und perfektioniert auf die Gegenwart gekommen waren. Dass man aber beim Erstellen einer Partitur jede einzelne Oboe, jede Bratsche, jede Tuba und Querflöte, jedes Cello und die vielfältigen anderen tönenden Klangkörper, von der Harfe bis zum Triangel, mit all ihren Klangschattierungen in der Erinnerung gespeichert haben und immerzu abrufbar als Fasern zur Herstellung des melodischen Gewebes, das letztlich zur Aufführung gebracht wurde, souverän nutzen konnte, zählte er doch zu den erstaunlichsten Leistungen menschlicher Gehirne.

Wenn endlich das Gemurmel und Gehüstel, das Räuspern und Geraschel des Publikums verebbte, der Dirigent den Taktstock hob und die Melodienbäche und -ströme zu fließen begannen, wartete Julian gespannt, ob sich die Komposition gegen den selbstbewusst auftrumpfenden, demutslosen Saal durchsetzen würde und ob sie machtvoll genug war, dem beinah aztekisch anmutenden, goldenen Blendwerk, den saturierten und dünkelhaft wirkenden Karyatiden und der aggressiven Harmlosigkeit der Deckengemälde jede Bedeutung zu nehmen, um sich einen persönlichen Raum zu schaffen. Meistens gelang es, aber manchmal merkte er deutlich, dass ein Ergebnis, das eventuell im Arbeitszimmer des Komponisten oder im Probenraum eines Konservatoriums zu Hoffnungen berechtigt hatte, im Großen Musikvereinssaal zum Schiffbruch verurteilt war. Und Julian dachte, welche Verantwortung diejenigen, die sich Künstler nannten, doch angesichts des Umstandes besaßen, dass ihnen viele Menschen in der Erwartung, erstaunt oder beglückt zu werden, das Kostbarste, das sie besaßen, nämlich Lebenszeit, zur Verfügung stellten.

Einmal, in der Pause eines Programms, das Otto Klemperer dirigierte, sagte Julian, er war damals siebzehneinhalb, zu seinem Vater: »Ich bin nicht mehr deiner Meinung, dass der Zentralfriedhof der energetische Nabel Wiens ist, sondern dieses Gebäude. Allerdings unter der Voraussetzung, dass hier Tag und Nacht musiziert würde. Denn wie man elektrische Spannung aufrecht erhalten muss, um das Leuchten einer Lampe nicht zu unterbrechen, so müssten immerzu von hier aus die Ermutigungen der Herren Bach und Beethoven, der Herren Dvořák und Richard Strauss und wie sie alle heißen, die Stadt und das Land durchfluten.«

»Um einen derartigen Betrieb aufrecht erhalten zu können, brauchten die Philharmoniker mindestens tausend erstklassige Ensemblemitglieder«, antwortete Julians Mama pragmatisch.

»Ja«, antwortete Julian. »Die Musik im Wiener Musikverein müsste wie das ewige Licht sein, das Zeugnis gibt für die immerwährende Anwesenheit eines Zuspruchs.«

»Da schau her«, sagte Gottfried Passauer, »was der Herr
Filius für erhabene Gedanken hat. Dir widerfährt mit Sicherheit etwas Großes. Großes Scheitern oder großes Gelingen. Hoffentlich leb' ich noch lange genug, um zu sehen,
wie die Chose ausgeht.«

An einem Wintervormittag gegen neun Uhr stand Julian,
nichts als seine Unterhose und Socken am Leib, mit etwa
zweihundert anderen, ebenso adjustierten und frierenden
Burschen in Dreierreihen vor der Musterungskommission
des Österreichischen Bundesheeres in der Fasangartenkaserne. Der Saal war schlecht geheizt, und es stank darin, als wäre er das Zentraldepot für die Turnsaalgerüche aller Wiener Schulen. Julian bemerkte so viel noch nie Wahr-
genommenes auf einmal, dass er dachte, im Inneren eines
Kaleidoskops der Trostlosigkeiten zu sein: zunächst die
graugrüne Hässlichkeit der Militäruniformen, die das Personal trug. Dann die Frisuren dieser Männer, in einer Fas-
son, von der Julian ableitete, dass der Regimentsfriseur in
Ermangelung eines ernsten Gegners Kopfhaare als Feind
empfand, den es niederzumetzeln galt. Der Steinboden
mutierte in Julians aufkeimender Hysterie zu einer Vieh-
waage, die der Bestimmung der Fleischmenge des ganzen
Rudels Stellungspflichtiger diente. Er sah auch, dass viele
der jungen Leute eine schlechte, buckelige Haltung verun-
staltete und dass sie ihre Nervosität durch rüde Scherze zu
tarnen versuchten und sich jedes Mal, wenn es allzu laut
wurde, von einem der Aufpasser mit einer Kasernenton-
kostprobe zurechtbrüllen ließen, ohne aufzumucken.
Noch vier zu Beurteilende warteten vor ihm. Die Ärzte

sprachen, im Gegensatz zum Rest der soldatischen Beamten, mit besonders leiser Stimme. Julian dachte, sie wollen keine Krankheiten aufwecken, um so viele von uns wie möglich für tauglich erklären zu können.

Die Untersuchung war lächerlich. Das Ergebnis stand offenbar von vornherein fest, und nachdem zum Abschluss eine hölzerne Zungenspachtel bis zum Rachen des Rekrutenaspiranten vorgestoßen worden war und das Opfer sich aufgrund des dadurch ausgelösten Reizes beinah erbrochen hatte, wurde vom schriftführenden Sanitäter verkündet, was ihm der Diagnostiker zugeraunt hatte: »Tauglich zum Dienst mit der Waffe.« In der Dreiviertelstunde Wartezeit, die Julian, um wegen der Kälte in Bewegung zu bleiben, von einem Fuß auf den anderen tänzelnd hinter sich brachte, war nur ein Einziger untauglich, zwei weitere zum Dienst ohne Waffe bestimmt worden und an fünf war die Aufforderung ergangen, sich in zwei Jahren wieder zu stellen.

Julian fixierte den seiner Reihe vorsitzenden Mediziner, den ein Gefreiter mit Stabsarzt Doktor Pünkesdy angesprochen hatte. Der würde in wenigen Minuten über Sinn und Unsinn von neun Monaten des Julian Passauerschen Lebens entscheiden. Als sie einander gegenüberstanden, weil sich der Doktor Pünkesdy, just als Julian herantrat, erhoben hatte, um sich zu strecken und den Gürtel seiner Hose zu lockern, war es Feindschaft auf den ersten Blick.

»Was haben wir denn da?«, fragte der Doktor.

Und Julian antwortete arrogant: »Bitte schön, es heißt: Wen haben wir da.«

»Aha, einen Obergscheiten haben wir, der es genau wissen will.«

»Ich glaube schon alles zu wissen, was man hier an Wesentlichem erfahren kann. Ich bin ja, mit Verlaub, immerhin seit über einer Stunde Zeuge des Geschehens.«

»Soso, Zeuge sind wir und nicht Stellungspflichtiger oder Rotzbürscherl. Den Dünkel wird Ihnen unsere segensreiche vaterländische Besserungsanstalt mit ruhiger Hand austreiben.«

Julian brachte es wieder nicht über sich zu schweigen: »Ich fordere Sie höflichst auf, mit der Untersuchung zu beginnen, damit ich mich nach Verlassen der Kaserne noch sinnvolleren Terminen, die für heute arrangiert sind, widmen kann.«

Nun brach wie auf Kommando von drei Seiten ein Beschimpfungssperrfeuer los, worin der Arzt sowie ein rotgesichtiger, korpulenter Zugsführer und jener Gefreite, dem Julian die Kenntnis des Namens Doktor Pünkesdy verdankte, brillierten. Julian schloss sofort die Augen und ließ, in sich eingekapselt, den Sturm vorüberziehen. Als es wieder ruhig wurde, reihte er sich, wie befohlen, strafweise am letzten Platz der längsten Warteschleife ein. Dort stand er, von fast allen im Raum neugierig begutachtet, etwa dreißig Sekunden und ging dann in das Zimmer mit den Spinden, in denen die zurückgelassenen Kleidungsstücke deponiert waren. Er zog sich langsam an, während ein Uniformierter, der ihm gefolgt war, warnend auf ihn einredete und ihn einmal sogar am Ärmel seines Pullovers festzuhalten versuchte. Als Julian sich die Schuhe zugebunden hatte, schritt er die breite Stiege hinunter. Der Uniformierte rief ihm etwas Bedrohliches nach, aber Julian war mit seiner Aufmerksamkeit schon lange nicht mehr in der Fasangartenkaserne und beim Österreichischen Bundesheer. Auf der Straße, im leichten Nieselregen, drängte es ihn mit Macht zum Grafen Eltz, und als er in die Straßenbahn einstieg, um zu dessen Palais in die Innere Stadt zu gelangen, betete er zur einzigen ihm bekannten verstorbenen Person, von der er sicher war, dass sie ihren derzeitigen Aufenthalt im Himmel hatte, der ehemals wohlriechenden Obergärtnersfrau, um Rettung aus diesem Schlamassel.

Der Graf Eltz, der vormittags meistens zuhause blieb, um seinen Blumenbindereien zu frönen, war über Julians Besuch nur mäßig erstaunt. »Jetzt lass' ich dir zunächst einen Darjeeling Hochland, sechs Minuten gezogen, mit Rum servieren, dazu zwei Butterbrote mit Beinschinken, die du gefälligst sorgfältig kaust, damit sich der formidable Geschmack von der Sau in der Mundhöhle entfalten kann, und dann erzählst du mir deine Anliegen. Aber eins sag' ich dir: Erwart dir nicht zu viel, ausgelernt bin ich selber noch lange nicht, und sogar der Methusalem ist gestorben, weil er sich, nachdem er unmittelbar davor in zwei Fettnäpfchen getreten war, über das dritte dastessen hat.«

Julian empfand die Zeit, die ihm der Graf durch das kleine Frühstück gönnte, als Zeichen von dessen psychologischem Feingefühl, denn er musste sich tatsächlich innerlich zusammenklauben und seine Gedanken ordnen, in denen es drunter und drüber ging, ehe er seinen Fall vortragen konnte. So saßen sie einander gute zehn Minuten schweigend gegenüber, während Julian aß und Tee trank und der Graf zunächst durch ein elfenbeingefasstes Opernglas die üppige Stuckdecke seines Salons betrachtete und dann mit einer Feile einen wachteleigroßen Klumpen Bernstein modellierte. Schließlich sagte Julian: »Ich bin heute bei der Musterung für das Bundesheer desertiert.«

»Sapristi!«, antwortete der Graf. »Schon bei der Musterung, das ist überdurchschnittlich früh.«

»Ich hab' die Atmosphäre, den Ton, die Duckmäuserei, die Farben, die Gerüche einfach nicht ertragen.«

»Ja, ein Wirklichkeit gewordenes Seerosenbild von Monet ist das Militär nicht gerade. Also, was jetzt zu machen ist, willst du wahrscheinlich wissen. Zu machen ist, dass ich etwas tue.«

»Aber der Papa würde mir nie verzeihen, wenn ich Extrawürstel für mich in Anspruch nehme. Wir leben in einer Demokratie, tät' er sagen, und da muss eben jeder seinen Beitrag leisten, damit die Sache funktioniert.«

»Beitrag ist richtig, aber nicht alle denselben«, sagte der Graf. »Grace à Dieu gibt's bei unserer ein bissl derangierten Truppe in der Führung noch ein paar republikanisierte Erlauchten und Durchlauchten neben den vielen Schnittlauchten. Wenn ich eine Prognose wagen darf, wird dir der Postillon in etwa sechs Wochen einen Bescheid nach Schönbrunn expedieren. Da wird drinnen stehen, dass du ordnungsgemäß gemustert wurdest und aufgrund eines Milz- oder Gallenleidens oder von mir aus wegen O-Füß' in Kombination mit einem Spreiz-, Senk- und Plattfuß untauglich bist.«

»Das geht nicht«, sagte Julian mit weinerlicher Stimme. »So etwas würde der Papa niemals akzeptieren.«

»Dein Papa wird erstens glauben, was in dem Papierl drinnen steht, weil er dir und den Beamtenkollegen vom Bundesheer vertraut. Zweitens sind unsere Münder versie-

gelt, und drittens: Einen erheblichen Teil seiner Gemüts-
kalamitäten verdankt er der fixen Idee, dass ein Gentle-
man alles tapfer ertragen muss und nicht wenigstens jeder
fünften Rempelei des Daseins ausweichen darf. Oft genug
ist eh wirklich nichts zu machen, aber wenn's eine Chance
auf Vermeidung von Qualen gibt, sollte man sie, ganz un-
katholisch, nützen. Unser Hauptausflugsziel darf nicht immerzu Golgatha sein.«

Julian schaute dem Grafen in die braunen Augen, deren
Lider ein wenig entzündet waren. Dann seufzte er und entschied, diesem Freund seine Rettung anzuvertrauen und
seinen Vater erstmals zu beschwindeln.

Jetzt schenkte der Graf seinem Schützling den Bernstein-
brocken: »Zur Erinnerung an den Tag deiner endgültigen
Abnabelung.« Als Nächstes sagte er unvermittelt: »Falls
du dir angewöhnen solltest, regelmäßig Zeitungen zu lesen, wisse: Die interessantesten Meldungen stehen selten
auf den Politikseiten oder im Feuilleton, auch nicht auf den
Wirtschafts- und Sportseiten, sondern unter ›Vermisch-
tes‹. Dort kommt die Menschheit nicht auf Kothurnen daher, sondern so, wie sie zumeist wirklich ist: als Falotten,
Patschachter, Täuscher und Selbstbetrüger, Pechvögel oder
als anderen eine Grube Grabende, in die sie am Ende selbst
hineinfallen; weiters: als mäßig begabte Schlaumeier,
Zwetschkenkrampusse, Hurengfraster aus der Gosse und
den Palästen und als durchaus ehrenwerte Überlebens-
künstler aller Schattierungen. Finis! Das war die heutige
Morgenandacht. Jetzt geb' ich dir noch hundert Schilling.
Kauf dir gefälligst drei Paar Stutzen beim Knize. Ein Herr
trägt nämlich keine kurzen Socken. Merk dir das: Kurze

Socken sind mindestens so ein Tabu wie angeschissene Unterhosen!«

Als an einem Monatsdreizehnten die Passauers auf Englisch mit dem Grafen Eltz über einen deutschen Bekannten diskutierten, der immerzu in berufliche, private, gesundheitliche und finanzielle Turbulenzen geriet und niemals gewillt war, von seinem Weg abzulassen, sagte der Graf zu Julian: »Pass jetzt auf. Ich meine das ganz ohne Larifari. Die Menschen sind geradezu süchtig nach dem, was ihnen nicht guttut. Sie glauben offenbar, es wäre blamabel, gemäß ihren tatsächlichen Talenten zu leben. Dieses sich zum eigenen Vorteil nicht bescheiden können und an den Angebereien und G'schaftelhubereien teilhaben zu wollen, ist eine Geisteskrankheit. Von den daraus abgeleiteten Überforderungen werden sie dann herumgeschubst und geraten ins Trudeln. Es ist wie bei denen, die nicht die geringste Begabung fürs Reiten haben, und eines Tages lesen sie irgendwo den Spruch ›Das Glück der Erde liegt auf dem Rücken der Pferde‹, den gewiss ein Sattelerzeuger als Reklame erfunden hat, und jetzt wollen sie unbedingt auf ein Ross hinauf. Sie tun es. Dann passiert, dass sie abgeworfen werden, und während sie mit ihrem Zuckergoscherl im Gatsch liegen und ihnen alles weh tut, flüstert ihnen der innere Hausteufel: ›Du musst zurück in den Sattel, denn dort wirst du ja das Glück erfahren.‹ Sie tun's wieder und, bumsti, liegen sie wieder auf der Erd' und so weiter ad infinitum, bis sie halt endgültig zerschmettert sind.«

»Aber woher kommt denn deiner G'scheitheit nach diese so weit verbreitete Blödheit?«, fragte Julians Mama.

»Sie ist nur machtvoll, solange man keinen Sinn für das wirklich Wesentliche hat. Und das Wissen um diesen Sinn ist eine Folge substanzieller Bewertungskriterien, und diese wiederum erringt man durch frühes Abwägen von Wirkung und Ursache. Wer die Wirkungen als gottgegeben einordnet und im eigenen Dasein nicht die Verantwortung für die Verursachung übernimmt, hat eine gute Chance, restlos verloren zu sein. Ich glaub', mit Verlaub, wir sind für uns verantwortlich und nicht im Geringsten ein Spielball des Zufalls«, sagte der Graf Eltz.

Am späten Nachmittag vor seinem achtzehnten Geburtstag war Julian ohne anzuklopfen in das Arbeitszimmer seines Vaters getreten und fand diesen an seinem Schreibtisch sitzend, den Kopf in den Händen vergraben, mit Schultern, die ein heftiges Weinen zum Hüpfen brachte. Er wagte nicht zu sprechen und schaute ihn unverwandt und unbemerkt fünf, sechs Minuten lang an. Wie ein menschgewordener, sehr kleiner Vulkan, der immer aufs Neue ausbricht, um den Überdruck in seinen Tiefen zu entleeren, schien ihm das Gesehene, und Julian dachte wie schon so oft, dass eine derartige Not unmöglich ausschließlich im Verlust des Meeres und der Zypressen 1918 seine Ursache haben konnte, sondern dass der angebetete vollkommene Süden seines Vaters einfach ein Gebiet jenseits des Schmerzes, jenseits der Verlorenheit und jenseits des vielen Schweren, das er nicht benennen konnte, sein musste. »Ich möchte ihm dorthin eine Brücke bauen, die aus dem Heimweh hinausführt«, flüsterte er zu sich selbst. Und dann sagte er laut: »Kann ich dir irgendwie helfen, Vater?«

Der schrak mit einem Schrei auf: »Um Gottes willen, Julian, ich wusste nicht, dass du im Raum bist. Julian, mein Bub, du lieber, lieber Julian. Danke. Du hilfst mir schon, indem du fragst, ob du helfen kannst. Sei nicht beunruhigt. Es staut sich auf, und dann muss ich es freigeben.«

»Aber was ist es, Vater, das sich aufstaut? Bitte sprich mit mir darüber.«

»Es ziehen Wolken in mir auf. Sie kommen, glaube ich, von weit her. Düstere Wolken, deren Besitzer Gewitter sind. Ihre große Dichte verändert den Druck in meinem Kopf und schluckt alle Helligkeit, bis ich unter der Last des Erlebnisses zusammenbreche wie ein Kartenhaus, auf das eine Faust schlägt. Julian, du Wunderbarer, ich bin da völlig wehrlos, und nichts, bis heute, kann mir in dieser Situation eine Entlastung bieten. Es ist das große Rätsel in meinem Leben.«

»Empfindest du es als Fluch?«, fragte Julian.

»Nein, schlimmer. Ich empfinde es als ich«, antwortete Gottfried Passauer.

Drei Tage vor seiner schriftlichen Matura verloren Julian und Manon aneinander ihre Jungfräulichkeit. Und zwar nicht aus Liebe oder Wollust, sondern aus einem beinahe technischen oder wissenschaftlichen Interesse. Bar jeder Romantik vollzog sich das Geschehen, wie bei zwei Kindern, die erforschen wollen, ob man mit einem Matadorbaukasten ein bestimmtes mythenumwobenes Räderwerk tatsächlich konstruieren kann. Als Schauplatz nutzten sie das kleine, durch eine Holzleiter zu erklimmende Futterdepot unter dem Dach des gemauerten Stalls, der den vier

Zebras des Tiergartens als nächtlicher Unterstand diente. Eine strohunterlegte Decke und zwei Polster ersetzten die Bettstatt, und den akustischen Rahmen bildete das unregelmäßige Hufgescharre der Tiere auf dem Betonboden drei Meter unter ihnen. Julian und Manon gingen behutsam miteinander um, lachten in einigen Situationen und fanden die Abläufe von Minute zu Minute interessanter. Für ihn bot sich die lange ersehnte Gelegenheit, einen weiblichen Körper rundum abzutasten und zu greifen, an ihm zu riechen, das Salz aus den Achselhöhlen zu schmecken und als Höhepunkt das erstmalige Eindringen in einen Menschen aus Fleisch und Blut, das ihm vorkam wie die Reise zum kochenden Mittelpunkt eines rätselhaften Sterns.

Am Ende waren beide dankbar, von der Richtigkeit ihres Tuns überzeugt, verfassten gemeinsam ein Gedächtnisprotokoll ihres Erlebnisses und vergruben das Papier hinter dem Reptilienhaus, damit es sich künftig als Humus-zu-Humus mit der Erde von Schönbrunn verbinde.

Zur bestandenen Matura schenkte Gottfried Passauer seinem Sohn eine langsame, afrikaumrundende Schiffsreise mit dem zypriotischen Frachtdampfer *Tukan II.* Von Genua aus führte die Route nach Bengasi und Alexandria. Dann durch den Suezkanal nach Djibouti, Sansibar und Bathurst. Um das Kap nach Moçâmedes, Accra und Conakry. Und weiter über Madeira nach Marseille. »Am besten macht man sich mit sich selbst durch ständigen Aufbruch bekannt«, sagte er, »und natürlich allein, ohne den Ballast von Vater und Mutter.« Wenn das Schiff in den Häfen Ware löschte oder lud, konnte der Aufenthalt bis zu zehn Tage dauern, in denen Julian umfassende Erkundungen des Ortes und dessen Umgebung vornahm.

Das Afrika, das er erfuhr, schien von zwei starken Wirkungen getragen: den Gerüchen und der Musik. Pfefferminz und Kloake, Safran und Leder, Schweiß und getrockneter Fisch, Auspuffgase und Dampf der Garküchen, Rosenöl und Tierkadaver, verbranntes Horn und Zedernholz. Der Gestank und die Düfte bildeten ein Fundament, über dem sich das gewaltige, vibrierende Gebäude aus Klatschen und Singen, Stampfen, Chören, Rasseln und Trommeln sowie den Klängen von Saiten- und Blechinstrumenten erhob, worin Alte und Junge, Hochgeborene und Taglöhner gleichermaßen Unterstand vor den Anfechtungen der sichtbaren und unsichtbaren Mächte fanden. Die Würde und Glaubwürdigkeit vieler Häuptlinge gründete sich ebenso auf ihre Herkunft und Weisheit wie auf ihre Fähigkeit zu tanzen oder die besten Musikanten an sich zu binden, und zahllosen Frauen und Männern war etwas angeboren, das Julian in Europa kaum jemals begegnete: Anmut.

Am Ende dieser Reise war Julian in gewissem Sinn ein reifer Mann, denn außer den gehörten und gerochenen Ereignissen hatte er auch noch mehr an Küstenlinien und Luftspiegelungen, landschaftlicher und menschlicher Zartheit und Grobheit, Schrecken und Wohlbehagen, Regen, Staub, Stürmen und erstickender Hitze sowie Wellenmuster und andere Launen der See erlebt, als er jemals würde erzählen können. Und er entschloss sich, darüber fast niemals zu sprechen, so wie es auch Greise tun, die im Überfluss der Erinnerungen nicht mehr wissen, wo anfangen, wo aufhören, wenn sie einer nach früher fragt. Nur von zwei Phänomenen erzählte Julian manchmal. Zum einen von den Sonnen: »Jedes Gebiet in Afrika hat seine eigene, mit eigenen Farben. Nicht nur Gelbtöne oder Rotes gibt es, sondern das schummrige Blau der Sonne von Gambia oder das fleckige Grün der somalischen.« Und mit großen springenden Fischen verglich er sie, die auch jedes Mal und aus jedem Winkel anders blinkten. Und zum anderen: »Myriaden goldener, türkis- und purpurschillernder Fliegen, die dem Verwesenden, den Exkrementen, den Wunden der Tiere und Schwären der Menschen eine edelsteinhafte Pracht beimengten.«

Später und bis zum heutigen Tag betete er manchmal, wenn er nachts schlaflos lag, zu seinen afrikanischen Erlebnissen: »Klang des Oud von Lourenço Marques, bitte für mich. Du mumifiziertes Chamäleon im Laden in Suakim, bitte für mich. Perlenvorhang im Eingang des Apothekerhauses in Sansibar, bitte für mich. Verkrüppelte linke Hand des Dentisten, der am Rinnstein von Quelimane ordinierte, bitte für mich. Schatten des Affenbrotbaums von São Tomé, bitte für mich. Du hohes Lachen des schwarzen Albinomädchens im Matrosenbordell von Durban, bitte für mich. Du Fieber der Malariakranken von Assab, bitte für mich.«

Fortan wusste Julian immerhin, wie sehr ihn die genaue Wahrnehmung interessierte. Sein anhaltendes Glück würde wahrscheinlich niemals für lange in Ablenkungen und Zerstreuungen liegen, sondern ausschließlich in der Schärfung seiner Sinne und dem gebündelten Einsatz dieser Schärfe, sich immer und immer wieder den Star des

Gleichmuts zu stechen, der blind zu machen droht für die glitzernden Objekte in der Tiefe des Lebensflusses. Man kann sagen, dass sich Julian nun hauptsächlich damit beschäftigte, ganz im Jetzt zu sein.

Was er betrachtet, gehört, berührt, gerochen, gefühlt oder geschmeckt hatte, sollte alsbald in den Bestand seiner Sammlungen übergehen, die er, so gut beleuchtet wie möglich, vor seinem inneren Auge auszubreiten gedachte. Als Lehrmittel für jene vergleichenden Studien, die letztlich die kleine Insel schufen, die Julian Passauer hieß. So zumindest wünschte er sich sein Leben, und schon mit dem bloßen Wunsch stand er im klaren Widerspruch zu jener Haltung, die man gelegentlich österreichisch nennt. Vieles und vielen liegt in dieser Nation ja am Ungefähren. Der Schlüsselsatz lautet: Wer weiß, wie's wirklich ist.

Österreich ist ein Ausstellungsgebäude für geistige Hintertüren, und das Eindeutige wird allzu häufig durch das Beinahe ersetzt. Man schlängelt sich um Halbwahrheiten, hält Gerüchte für wissenschaftliche Erkenntnisse, den Flirt für Liebe, Pech für Katastrophen und echte Katastrophen für Ausrutscher. (Der Graf Eltz sagte einmal: »Der gelernte Österreicher ist allerdings kein Mensch schneller Entschlüsse. Er ventiliert behutsam ein Problem, betrachtet und untersucht es von allen Seiten, atmet tief ein und ebenso tief mit einem Seufzer aus und trifft dann häufig eine völlig idiotische Entscheidung.«) Eine Mischung aus Unter- und Überschätzung, Inkompetenz und leidenschaftlichem Misstrauen gegenüber Klarheiten beherrscht einen Großteil des politischen, gesellschaftlichen und geistigen Lebens. So war und ist auch Lob in diesem Land in zahllosen Fällen kaum etwas wert, weil viele Urteile auf schlampigen Eindrücken beruhen, und natürlich hat aus denselben Gründen auch die Ablehnung immer wieder keinen achtenswerten Charakter. Entgegen allgemeiner Auffassung laboriert eine Mehrheit der sogenannten gebildeten Österreicher nämlich an einer tragischen Hingabe an das Zweit- und Drittklassige. Der ungenaue Blick sucht immer begierig das Patzige, weil es Halt bietet.

Das Feine, Nuancenreiche entdeckt sich dagegen naturgemäß lediglich der unpopulären Sorgfalt. So lebten und leben die Österreicher und die in ihrem Land reichlich vorhandene Qualität des Erstaunlichen traditionsgemäß aneinander vorbei und waren und sind doch so etwas Ähnliches wie kommunizierende Gefäße, weil die Ignoranz der einen durchaus die Brillanz des anderen aufstachelt.

Julian allerdings empfand zu keiner dieser beiden Gruppierungen eine Bindung und beschloss an seinem zwanzigsten Geburtstag, nach einem abgebrochenen, einjährigen Philosophiestudium, ins Ausland zu übersiedeln.

Das Wort Ausland beschreibt gut, was sich Julian im Innersten wünschte: den Aufenthalt in einem Gebiet, wo das Land aus war, das Österreich hieß. In Nichtösterreich wollte er leben, wohin die leidenschaftlichen Ratschläge seines Vaters ebenso gewiesen hatten wie die Erfahrungen der Afrikareise und die Walzer, die seine Mama in schönem Übermut am Markusplatz zu den Klängen der Kaffeehausorchester getanzt hatte. (»Man lebt am besten, wo sich's am besten leben lässt«, riet der Graf Eltz, »und selten ist das dort, wo man geboren wurde.«

»Woanders ist es nur anders scheußlich«, antwortet der Wiener und rechtfertigt damit seine Pickenbleiberei.)

So machte sich Julian auf den Weg, um das ideale Ausland zu finden und die idealen Erwerbsmöglichkeiten eines selbstgeschaffenen Ausländers. Zunächst suchte er in etwas, das er seinen großzügigen Eltern gegenüber Studienreisen nannte, nach Menschen, die eine glückliche Ausstrahlung besaßen. Fand er ein glaubwürdiges Exemplar, so bemühte er sich dahinterzukommen, welchen Beruf es ausübte. Wenn ihm dies gelang, überlegte er, ob diese Tätigkeit auch ihn interessieren könnte. Aber als Julian nach einem halben Jahr seinen Erfahrungsschatz betrachtete, kam er auf insgesamt acht seiner Meinung nach unverfälscht glückliche erwachsene Personen: ein rumänischer Dirigent, eine Madrider Hebamme, ein von Geburt an blinder Losverkäufer in Lyon, der Wirt einer Berghütte in Bayern, ein österreichischer Berufsreiter, die Leiterin eines Tierasyls in Bern und der als Gärtner arbeitende, illegitime Sohn eines Landpfarrers aus Konstanz. Keiner und keine schien ihm als Anregung für seinen Fall geeignet. So suchte er weiter und diesmal nach einem anderen System, als gäbe es eine Wünschelrute in seinem Bewusstsein, die ausschlagen musste, wann und wo immer ein brauchbares Vorbild erscheinen würde. Wochenlang hatte Julian keine Eingebung. Aber eines Nachmittags, in der portugiesischen Stadt Évora, bemerkte er drei Männer, die Karten spielten und ihm durch ihre Eleganz auffielen.

Die Herren riefen einander mit Namen, die, wie Julian vermutete, ihre hervorstechendste Eigenschaft beschrieben: Malvado, João Sem Sono und Calmeirão, was auf

Deutsch Bosnigl, Schlafloser und Ruhigblütl heißt. Auch fiel Julian bald auf, dass sie nicht gegeneinander spielten, sondern füreinander. Das heißt, sie übten bestimmte Handhaltungen, Gesichtsausdrücke und Arten zu sprechen, gaben sich bewusst nur sehr begrenzte Zeit, um das Blatt des anderen einzuschätzen und forcierten rasche Entscheidungen. Die größte Autorität in der Runde schien der etwa siebzigjährige Ruhigblütl zu besitzen, denn seinen korrigierenden Anweisungen leisteten die beiden anderen ohne Unmut Folge. Er benahm sich wie ein Trainer für die hohe Schule des Pokerns, und genau das war er auch, wie Julian beim Cafetier in Erfahrung brachte, der so massig wirkte, als hüte er in seinem Bauch einen Zwilling der silbernen Registrierkassa, der die Tageslosung seines Etablissements anvertraut war. Julian fragte die Herren, ob er kiebitzen dürfe, und erhielt zur Antwort, dies koste zehntausend Escudos.

»Junger Mann, wenn es Sie wirklich interessiert, dann werden Sie den Obolus leisten, wenn nicht, dann entfernen Sie sich bitte«, sagte Ruhigblütl höflich. Julian zahlte instinktiv, und dies war seine erste Berührung mit den Mächten des Glänzenden. Das Merkwürdige an Spielkarten, das, was sie von den meisten anderen Papieren mit Wert maßgeblich unterscheidet, ist nämlich ihr Glanz, der sich in den vielen Weißanteilen ihrer Rücken und Zeichnungen verstärkt, und die Augen lange davor bewahrt, müde zu werden. »Dieser Glanz entspricht für Spieler dem, was Nikotin für Raucher ist«, sagte Ruhigblütl später einmal zu Julian, aber da war der schon auf dem Weg zur Könnerschaft, und sein Meister hatte keine Geheimnisse mehr vor ihm. Ruhigblütl wusste über das Pokern mehr als Julian über die Arten der Pflanzen im Schönbrunner Palmenhaus, und aus diesem Grund fand er es unmoralisch, ernsthaft zu spielen, da die anderen seiner Meinung nach auf Dauer keine Chance gegen ihn hatten. So war er eine Art komischer Heiliger und verdiente das Wenige, das er für seine Eleganz und seinen Komfort benötigte, durch Unterrichten und Geschichtenerzählen und verlangte überhaupt von jedem, dem an seiner Gesellschaft etwas lag, Geld, wie ehedem von Julian für das Kiebitzen.

Ruhigblütl hieß in Wirklichkeit Jesús de La Torre, aber diese Wirklichkeit gab es nur mehr für seine Verwandten und die Behörden, denn jede sichtbare und unsichtbare Faser seines Wesens war den Theorien und Praktiken des Pokerspiels zugehörig, in dessen zahllosen Straßen keine Häuser standen und dessen schöne Paare häufig gleichgeschlechtliche Drillinge fürchten mussten.

Als Julian Herrn Ruhigblütl am vierten Tag ihrer Bekanntschaft fragte, ob er sein Schüler werden dürfe, bat sich dieser drei Wochen Beobachtungs- und Bedenkzeit aus, während derer er den Antragsteller in allerlei Situationen auf seine Eignung prüfen wolle. Sie besuchten dann tatsächlich gemeinsam zwei emotionsgeladene lokale Fußballspiele, weiters einen Stierkampf der portugiesischen Art, wo sich acht Forcados genannte Männer, der vorderste mit grüner Zipfelmütze, hintereinander in der Arena aufstellten und den Stier in sich hineinstürmen ließen, um zu versuchen, seine Bewegungen mit der Masse ihrer vereinten Kräfte zu ersticken. Auch der Besuch eines Konzertes der von ihren Landsleuten als irdische Göttin verehrten

133

Fado-Sängerin Amália Rodrigues stand auf dem Programm, wobei es Julian tief beeindruckte, dass sowohl junge als auch ältere Anhänger der reifen Schönheit immer wieder aus den hinteren Reihen des Auditoriums vor die Bühnenrampe liefen, um sich dort in Verzückung mit gefalteten oder erhobenen Händen für einige andächtige Minuten niederzuknien. Auch lange Spaziergänge unternahmen sie, bei denen Ruhigblütl Julian aufforderte, wahllos aus seinem Leben zu erzählen und ihm, als Revanche, ebenso wahllos seine Meinungen zu Gott und der Welt anvertraute. Julian empfand diese Stunden als sehr wohltuend, denn er hatte das Gefühl, die Einrichtung seiner Gedanken zum ersten Mal von allen Seiten gründlich zu betrachten. Von manchen verabschiedete er sich bei dieser Gelegenheit, anderen wies er neue Plätze zu, rückte sie von der Peripherie näher zum Zentrum oder umgekehrt, gleichzeitig war es auch eine zeitintensive nichtkatholische Beichte, denn er erzählte diesem geheimnisvollen Menschen, den er als den besten Zuhörer empfand, dem er je begegnet war, mit einer Offenheit und Unbefangenheit von sich, die er einem Wiener Vertrauten oder seinen Eltern gegenüber niemals gewagt hätte.

Eines Mittags vor dem römischen Tempel der Diana, am Largo do Conde de Vila Flor, sagte Ruhigblütl unvermittelt: »Ein guter Spieler muss vor allem einen kühlen Kopf bewahren. Hitzköpfe sind geborene Verlierer. Sei beim Spiel immer gut gekleidet, aber unauffällig. Gib niemandem Anlass, dich interessant zu finden. Biete keine Gelegenheiten, die der Aufmerksamkeit anderer Halt ermöglichen. Wenn du gewinnst, und du wirst häufig gewinnen mit dem, was ich dich lehre, schau den Verlierern ruhig in die Verwunderung und in den Zorn und das Misstrauen, wie du Menschen in die Augen schaust, denen du Gutes wünscht. Verlache nie jemanden. Sei nicht gönnerhaft. Du musst ein Virtuose des Kargen sein. Kein Zuviel ist dir erlaubt. Bedenke, du spielst immer um deinen Frieden, denn jeder Fehler bedarf einer Nachbearbeitung und wird zur Gedankenlast und blockiert die schöne Leichtigkeit, die die Grundlage jeder Überlegenheit ist.« So begann Julian seine Ausbildung zum Meister des Pokerspiels.

Zunächst verheimlichte Julian seinen Eltern, auf welchen Broterwerb er sich vorbereitete, und log, dass er bei den unterschiedlichsten Firmen in den unterschiedlichsten Ländern volontierte, um eine Präferenz seiner beruflichen Neigungen zu ergründen. Gottfried Passauer erklärte sich bereit, seinen Sohn ein weiteres Jahr finanziell zu unterstützen. Aber bereits nach acht Monaten unter Ruhigblütls erbarmungslos genauer Führung als Teilnehmer an vorsichtigen Partien in Évora, Porto und zuletzt im Casino von Cascais fand Julian sein Spiel derart verlässlich, in manchen Phasen sogar souverän, dass er es wagte, seine Mama von dem gewonnenen Geld nach Lissabon einzuladen, um ihr die Wahrheit zu eröffnen. Er bot ihr auch an, ihn während der Ausübung seiner Kunst zu beobachten. Sie nahm die Nachricht erstaunlich gelassen zur Kenntnis. Als ob sie bei seiner Geburt eine Information erhalten hätte, die seinen genauen Lebensweg und all seine künftigen Fähigkeiten enthielt, sodass es diesbezüglich für sie keine Überraschung, sondern nur mehr Erfüllungen des Erwarteten geben konnte. Drei Nächte lang begleitete sie ihn und saß in einigem Abstand zu dem Pokergeschehen, während sie ihrem Sohn auf die Hände und ins Gesicht schaute. Die anderen Spieler hielten sie für eine Adelige, die der Alkohol oder sonst eine Not entrückt hatte. Aber es war nur jene äußerste Aufmerksamkeit, die auch Mütter von Wundergeigern oder Eiskunstläuferinnen ausstrahlen, wenn es um Triumph oder Niederlage ihres Kindes geht.

Am vierten Morgen sagte sie: »Adieu. Ich werde Vater alles erklären. Mir scheint deine Tätigkeit auch nicht riskanter als die Expeditionen und Tigerjagden seiner Abenteuerjahre, und bei dir geht es Gott sei Dank nur um Geld und nicht gleich um die Gesundheit oder ums Leben. Er wird außerdem nicht vergessen haben, dass er einem Kartenspiel seine Befreiung aus Buchenwald verdankt.«

Und aus dem abfahrenden Zug lächelte sie ihm noch einmal mit einer Sorglosigkeit zu, dass Julian geradezu empört war, welch falschen Vorstellungen über Mütterängste, zumindest was seine Mama betraf, er sich bisher hingegeben hatte.

So kam es, dass Julian in den Hinterzimmern ständig wechselnder Clubs, Bars und Kaffeehäusern seine Nächte verbrachte, an Tischen mit zumeist kettenrauchenden Herren, die fast alle den papierenen Teint von lange Inhaftierten hatten und außerstande schienen, mehr von der Welt wahrzunehmen als ein Häuflein bunter Rechtecke. Wenn sie beim Spiel verloren, bissen sie auf ihren Lippen herum, kicherten kindisch oder fuhren sich andauernd unkontrolliert mit den Fingern durch die Frisur. Wenn sie gewannen, vermuteten sie jedes Mal, dass es der Auftakt zu endlosen Siegen sei, die sie für die Hunderten Male schalen Geschmacks im Mund, wenn sie morgens aus einer Ruhelosigkeit in die nächste nachhause schlichen, entschädigen würden.

Julians eigentliches Kapital war tatsächlich jener kühle Kopf, den ihm Ruhigblütl gepredigt hatte. Er empfand im Unterschied zu seinen Gegnern keine Leidenschaft für Karo, Treff, Pik oder Herz. Ihn juckte es nicht in den Fingern. Ihm war lediglich am Verdienen gelegen, und er wusste, dass er nur wie ein Alligator lauern musste, und die Fehler der anderen würden ihn ausgiebig ernähren.

Die dem Spiel Verfallenen gehören zur Gemeinschaft der Abergläubischen. Im Casino von Monte Carlo gibt es beispielsweise im Vorraum zu den Herrentoiletten junge Männer, die gegen angemessene Bezahlung die Hosen fallen lassen und erlauben, dass ihnen der Kunde mit einem Finger in den Anus fährt, weil das Berühren von frischem Menschenkot Glück bringen soll. Auch Bucklige gelten als gutes Omen, und manchmal, wenn Julian ein neues Revier betrat, bot er einem Verwachsenen Geld, damit der mit ihm die Lokale aufsuchte, um durch seine Anwesenheit die Hoffnungen der Mitspieler zu beflügeln.

Viele Spielsüchtige verbringen an mit grünem Filz bezogenen Tischen seit Jahren fünf- oder sechsmal in der Woche von der Dämmerung bis zum Morgengrauen mit den meist immer selben Personen Lebenszeit und kennen trotzdem häufig vom anderen weder Beruf noch Familiennamen. Ja, sie wüssten vielleicht im Ernstfall nicht einmal mit Sicherheit, ob ihr Gegenüber von Statur groß oder klein ist. Julian arbeitete in keiner Lokalität länger als fünf Nächte hinter-

einander und nach dreien hatte er in den Gesichtern und im
Verhalten der Mitspieler so viel gelesen, dass er Charak-
ter-Röntgenaufnahmen von ihnen besaß und in den zwei
verbliebenen Nächten jede ihrer Schwächen gewinnbringend für sich umsetzen konnte. Manche verrieten ihm ihr
gutes Blatt, indem sie abwertend darüber sprachen, andere
gaben sich einen allzu optimistischen Anstrich und zitterten ein wenig mit der Hand, wenn sie zu Bluffzwecken den
Einsatz erhöhten. Es gab Schnauferherren und Seufzer-
herren, Schnäuzerherren und solche, die bei jeder Erregung
zu gähnen begannen. Mit den Zähnen knirschten sie oder
vergaßen, die Asche der Zigarette abzuklopfen, wenn sie
Triumphe oder Abstürze witterten.

Julian war bemüht, niemanden zu ruinieren, aber manchmal drängten ihm die Opfer ihren Untergang förmlich auf,
und er verdiente innerhalb weniger Minuten bedeutende
Summen. So besaß er bald ein kleines Vermögen und hatte
im Grunde dafür nichts anderes getan, als beharrlich und
mit fangbereiten Händen unter jenen Fenstern zu stehen,
aus denen andere Leute ihr Geld warfen.

Das stete Spielen bedingte ein ebenso stetes Reisen.
Hauptsächlich in Städte, die am Meer oder in der Nähe des
Meeres lagen, zog es Julian, denn neben der Erforschung
des Pokergeschehens faszinierten ihn die Wellen der See.
Tatsächlich hatte er unter dem Pseudonym Flavio Tozza
auch ein schmales Büchlein mit dem Titel »Von den Eigenschaften der Meeresoberfläche« veröffentlicht, das immerhin einen leitenden Angestellten des Marineinstituts von
San Diego im *San Francisco Chronicle* zu einem schriftlichen Tobsuchtsanfall verleitete, weil der Autor Tozza der

Gischt vier Unterscheidungen mehr zugestand, als wissenschaftlich üblich waren. Julian empfand die Meere als Botenstoffe, die zwischen Hoffnung und Wunscherfüllung Verbindungen herzustellen vermochten. Das, worum man bat, wurde seiner Meinung nach von den Meeren wirksam jenen Mächten nahegelegt, denen die Menschen als zu Fördernde anvertraut waren. Denn dass es solche Mächte gab, schien ihm Gewissheit, seit er als Neunjähriger beim Räuber- und Gendarmspiel die schmale, vier Stock hoch gewundene Adjutantenstiege im Schloss Schönbrunn kopfüber hinuntergestürzt war und in seinem Sturz etwas wie eine unsichtbare, aber durchaus fühlbare große Hand gegriffen hatte, die ihn aus der Todesgefahr in die Geborgenheit beförderte. Er empfand damals, wie sich das beängstigend Schnelle in etwas extrem Langsames verwandelte, worin es Raum für gründliche Überlegungen gab, wodurch er den Körper in schöner Geschmeidigkeit vor Verletzungen bewahren konnte. Auch sein Vater hatte von einem ähnlichen Erlebnis aus seinem zehnmonatigen Indien-Aufenthalt als Mitglied der österreichisch-tschechischen Bengalen-Expedition 1935 berichtet.

Eine wütende Elefantenkuh, die ihr Neugeborenes in Gefahr wähnte, war im Begriff, ihn zu zertrampeln, als eine rätselhafte Energie das Handeln des Tieres unter eine Zeitlupe legte und ihm, der in der unverwandelten Zeit verblieb, einen sicheren Ausweg wies. (Der Graf Eltz sagte zu derartigen Vorfällen: »Möglich, liebe Kinder, ist immer alles und vor allem das Gegenteil von dem, was die Ärzte und Rechtsanwälte behaupten.«)

Zwölf Jahre lagen hinter Julian, in denen er die interessanteren Städte der klimatisch milderen bis glutvollen Welt und viele ihrer Bewohner ausführlich studieren konnte. Unter diesen Studienobjekten waren auch Frauen gewesen, aber Julian vermied es mit oft schon militärisch zu nennender Disziplin, einer Liebesgeschichte anheim zu fallen, denn Ruhigblütl, der Julian mittlerweile für eines seiner wenigen Meisterwerke hielt und ihm zwei- bis dreimal pro Jahr auch in entferntere Regionen nachreiste, wie ein Klavierstimmer, der ein besonders kostbares Instrument in die richtige Schwingung zu versetzen gewillt ist, beschwor ihn bei jeder Begegnung, niemandem über sich Macht zu geben. »Eine einzige Abhängigkeit, mein Freund, genügt und die Gesetze der Souveränität sind aufgehoben. Du spielst dann, weil du jemandem imponieren willst oder weil du mehr Geld anstrebst, als der Vorsicht gut tut, oder du bist in Gedanken woanders. Wenn bei den spanischen Zigeunern ein Seiltänzer verliebt ist, darf er aus Sicherheitsgründen nicht aufs Seil. Das gilt auch für dich und dein Tun. Der ideale Spieler muss ganz dem Spiel gehören.«

So schuf Julian sich in Bezug auf Erotik und Nähe zu Frauen eine Art Raserei des Flüchtigen, die ihn stets mit einer grandiosen Sehnsucht nach dem genauen Gegenteil entließ. Um der Unruhe, die von dieser Sehnsucht ausging, entgegenzusteuern, bemühte er sich um das solideste äußere Leben, das im Rahmen häufiger Ortswechsel möglich war: Nach langem Schlaf, bis etwa vierzehn Uhr, und nach ausführlichem Frühstück und Bad besuchte er für gewöhnlich Museen, Bibliotheken, religiöse Gebäude und das Menschengetümmel der Bahnhöfe. Danach saß er bei schönem Wetter lesend und gelegentlich schreibend in den Parks oder botanischen Gärten der Orte. Bei schlechtem Wetter verlegte er diese Tätigkeiten in Cafés. Auch die Passanten betrachtete er. Ihre Schuhe interessierten ihn, die Zustände ihrer Absätze, mit welchen Bewegungen sie einander auswichen, wie entmutigt oder herausfordernd ihr Blick wirkte, ob sie körperliche Mängel zu vertuschen suchten oder offen zur Schau stellten, ob sie das Alter als Unglück empfanden oder gewillt waren, sich mit Würde oder gar Freude drein zu fügen. (Häufig vergnügte er sich auch mit etwas, das seine Mutter und er früher in den Sommerferien am Markusplatz geübt hatten: Erkenne dich im anderen. In jeder fremden Person, auf die man stieß, galt es dann, eine Übereinstimmung mit der eigenen Person zu finden. Oft waren es nur Muttermale oder die Monde der Fingernägel, aber es gab auch Kinn-, Ohren- und Handbewegungs-Doubles und einmal, als unvergesslichen Höhepunkt, einen Rosenverkäufer, der in Venedig außer Atem die Arkaden vor dem Museo Correr entlang rannte und aussah wie die Mama in Männerkleidern mit einer Kurzhaarperücke.) Nach dem Ende der täglichen Mußezeit kehrte Julian in sein Hotel zurück, um durch Gymnastik seine durch das allnächtliche stundenlange Sitzen überbeanspruchte Rückenmuskulatur zu stärken. Dann duschte er und bekleidete sich mit dem Arbeitsgewand: Die Strümpfe und der dreiteilige Anzug waren anthrazitfarben, Unterwäsche und Hemd hellblau, die Krawatte dunkelblau und die Schuhe schwarz. So hielt er es Abend für Abend. Und auch dies folgte einem Ratschlag Ruhigblütls. Anschließend stieg er in die verrauchten Kartenverliese, um gegen

Glücksritter ins Turnier zu ziehen, und gegen fünf Uhr morgens fand sein Entlüftungsspaziergang statt, eine Art von Exerzitienstunde, in der er zu ergründen suchte, was an Stil und Inhalt seines Lebens zu verbessern war. Wenn er gegen sechs Uhr morgens das Licht in einer jener Hotelsuiten löschte, die er sich mit Blumenarrangements ein wenig unverwechselbarer gestaltete, betete er vor dem Einschlafen zu dem Gott, der den Geruch in den Haaren seiner Mutter geschaffen hatte, um die Fähigkeit, zum richtigen Zeitpunkt die richtigen Entscheidungen treffen zu können.

Gelegentlich geriet Julian in Traurigkeiten, die er für ein Erbteil seines Vaters hielt. Vor allem jene mit aller Wucht aus der Plötzlichkeit stürmenden und bald wieder ebenso abrupt vergessenen, die wir bei Kindern beobachten. Sie fielen ihn an wie tollwütige Hunde, rissen an ihm, schlugen ihm etwas Scharfes ins Gemüt und waren bald wieder über alle Berge. Für diese Art von Attacken gab es keine Ursache, außer dass man unseligerweise den Weg der Traurigkeit kreuzt und diese sich in alles verbeißt, was ihr in die Quere kommt. Meist sind es durchaus gemütsstabile Menschen, die achtlos oder verträumt auf solche gefährlichen Nebenstraßen gelangen, Kinder eben und andere, die sich vom Dasein erstaunen lassen. Schlimmstenfalls hält man sie für verrückt, wenn sie sagen:»Nicht ich habe eine Traurigkeit, sondern eine Traurigkeit hat mich.«

Aber die Klügeren gewöhnen sich bald ab, überhaupt davon zu sprechen, und ahnungslose Zeugen dieser jähen Erstarrung denken nur, was für ein seltsames Kind oder was für ein seltsamer Herr. So vieles unter den Menschen ist anders und reicher an Nuancen, als von den Unerfahrenen angenommen wird, dass es auf dieses weitere Missverständnis auch schon nicht mehr ankommt. Und Julian wusste, dass selbst seine Mutter unbeirrbar glaubte, ihr Sohn litte zuzeiten an dem, was die Schulmediziner depressive Verstimmungen nennen. Sie weigerte sich zu glauben, dass für das Gemüt ebensolche sturzgefährlichen Hindernisse und Schlaglöcher bestehen wie für die Füße, und dass außer Komikern niemand auf einen Stein zugeht, um vorsätzlich zu stolpern oder sich zu verknöcheln, sondern von derlei Missgeschick durchaus überrascht wird. Zugegeben, Julian stolperte ab und zu gemütsmäßig, aber er war deswegen kein Kranker, sondern vielleicht nur allzu gedankenverloren.

Im Gegenteil, er war ständig auf der Suche nach Umständen, die ihn zum Blühen brachten. Er hatte kein Talent zum Verkümmern. Sein Lebenselixier waren die Aufbrüche, die Abschiede, die Neubeginne, die Wechsel und Ungewohntheiten. Die zahlreichen Städte seiner Routen wurden aber mit der Zeit zu Bezirken einer einzigen riesigen Stadt, mit einer einzigen Kathedrale, worin sich in Andacht Millionen von Knien beugten, und ein Taufbecken gab es dort, größer als der Bodensee, und alle Fahrpläne der Welt verkündeten nichts als Abreisen und Ankünfte für den einzigen Bahnhof und Flughafen, der alle denkbaren Reisen beherbergte, in eben diese immer selbe Stadt, aus der es kein Entkommen gab. War Vollmond, konnte es geschehen, dass Julian träumte, dass jedes einzelne Gebäude der furchterregenden Metropole aus Spielkarten bestand, dreißig oder auch dreihundert Meter hoch, und in den papierenen

Straßen hasteten die Karokönige und die Pikbuben aneinander vorbei, und niemand würdigte irgendjemanden und irgendetwas mit einem Blick, denn das Schauen war abgeschafft, und in diesen Träumen war Julian der Alleinverantwortliche, falls die Bauten einstürzen würden, und ihm war klar, dass Ruhigblütl ihm dies nie verziehen hätte und ihm als gerechte Strafe mittels eines großen Magneten all seine Spielerfahrung löschen würde.

Durch seine beruflichen und privaten Beobachtungen schärfte sich seine Wahrnehmungsfähigkeit im Laufe der Jahre derart, dass er es als Detektiv oder Psychologe zu einigem Ansehen hätte bringen können. Am Ende dieser Entwicklung fühlte Julian, dass die Zeit reif war, etwas gänzlich anderes zu tun, und so beschloss er, bereit zu sein für die Taten, die seiner bedurften, und darauf zu vertrauen, dass ihn diese Taten auffordern würden, sie durchzuführen.

Ein Equilibrist des Alltäglichen wollte er werden, jemand, der mit sich und der Welt im Lot war, nicht von jenem desaströsen Gedankenschwindel geplagt, der den meisten, die er kannte, regelmäßig drohte, sie in die Abgründe ihrer eigenen Befürchtungen und Gespensterfabrikationen zu reißen. Als Ruhigblütl, körperlich schwach geworden, sich zur Ruhe setzte, hatte er Julian feierlich ein Kuvert überreicht. Darin befanden sich auf der Rückseite einer Ansichtskarte von Picassos »Guernica« drei Sätze in Blockschrift:

ERSTENS: WERDE DIR ZUNÄCHST DEINES EGOS BEWUSST, UND DANN LÖSE ES LANGSAM, ABER SICHER AUF, BIS DU DAVON NUR MEHR DIE UNVERZICHTBARE MINDESTMENGE BESITZT.

ZWEITENS: SO VIEL WIE MÖGLICH AN DANKBARKEIT.
DRITTENS: LIEBE IST NUR LIEBE, WENN SIE BEDIN-
GUNGSLOS IST.

Als Julian sich eine genauere Erklärung der Bedeutung des Geschenks erbat, sagte sein Lehrer: »Dies sind die drei Säulen des Spiels der Spiele, das auch Leben genannt wird.«

Ein Mensch mit wachem Herzen, zahllosen Büchern, einem Reiseklavier und südlichen Adressen war Julian nun und hatte sich, damit seine Nase kleiner wirkte, einen Schnurr-bart wachsen lassen. Denn mittlerweile war ihm auch ein ganz und gar erwachsenes Gesicht gereift, das Entschlos-senheit, aber auch stets ein wenig Erstaunen ausdrückte, und zu dem Frauen und Männer gleichermaßen rasch Ver-trauen fassten.

Julians gesamte Erscheinung hatte etwas Elegant-Alt-modisches. Er trug auf der Straße Hut und Handschuhe wie die Landadeligen seiner Kindheit und sprach mit einer Melodie, die allein hinreichte, ihm bei vielen den Ruf von Kultiviertheit einzutragen. Auch war er schnell im Erfas-sen dessen, was sein Gegenüber in der jeweils herrschen-den Situation am liebsten hören wollte, und bediente, wenn ihm danach war, geschickt diese Erwartungen, allerdings nur, um oft völlig unvorhersehbar mit einer derart brüsken Unverlogenheit gewissermaßen in den anderen einzuschla-gen, dass manche es für reinsten Sadismus hielten. Julian wusste selbst nicht, wofür er diese Menschenschreckereien brauchte, ob es einer Übung entsprach, die seine Wehrhaf-tigkeit geschmeidig halten sollte, ob an Tagen der Schwäche sein Selbstbewusstsein sich daran aufrichtete, oder ob sie gar tatsächlich Ausdruck von etwas untergründig Bösem waren, das in ihm seinen Auftritt erwartete. Vielleicht bedeuteten sie auch nur einen Mangel an Souveränität im Privaten, obwohl er sich gerade das innig wünschte: immerwährende Souveränität vor Freund und Feind.

Der Feind war in erster Linie alles, was Onkel Whistler ähnelte. So hatten die Bewohner Schönbrunns aus unerfindlichen Gründen nach dem Krieg jenen Mann genannt, der auf die Einhaltung der Gartenordnung zu achten hatte. Eigentlich hieß er Hagen, fuhr mit einem roten Damenfahrrad von der Früh bis zum Abend durch die Alleen und Labyrinthe, Straßen und Wege vom Meidlinger Tor zur Gloriette und vom Tirolergarten zum Parkeingang bei der Post in der Hietzinger Hauptstraße und pfiff mit seiner Schaffnerpfeife den Missetätern hinterher: denen, die es gewagt hatten, Wiesen zu betreten, an Rosenblüten zu riechen, die Hand in einen Brunnen oder Teich zu tauchen oder gar jemanden in aller Pflanzenöffentlichkeit zu umarmen und zu küssen. Onkel Whistler hasste Liebespaare, weil er sie für schamlos hielt, und er hasste Eichhörnchen fütternde Rentner, weil sie den Kies mit Semmelbröseln und Nussschalen verunreinigten. Er hasste das schöne Wetter, weil es Liebespaare und Rentner in den Park lockte, und vor allem hasste er Kinder, weil sie ihn auslachten und ihm noch leichter entschlüpften als die glitschigen Karpfen, die er von einem Becken zum anderen tragen musste, wenn Schlammputztag war.

Julian war bewusst geworden, dass es in der Welt von unterschiedlichsten Onkel Whistlers nur so wimmelte und dass die meisten von ihnen sich ihr Amt selbst anmaßten.

Die einzige echte Leidenschaft dieser Spezies lag im Ver-
hindernwollen von irgendetwas, zum Beispiel dem unge-
schminkten Bemerken der eigenen tragischen Fadesse und
Blutleere, die als Lebensprinzip allzu häufig Achtung genoss. Natürlich wusste Julian, dass es auch Direktoren,
Journalistinnen und Primarärzte, Kürschner und Dolmet-
scherinnen gab, die ihr Leben nicht fahrlässig verpfuscht
hatten, aber ehrlich gesagt, allzu viele davon waren ihm
nicht untergekommen. Die meisten stanken förmlich nach
ranzig gewordenen Sehnsüchten, und mit zunehmendem
Alter erfasste sie unter der lethargischen Oberfläche eine
brodelnde Panik, die Krankheiten zeugte: Panik darüber,
wie wenig an aufmerksamer Güte und Sanftmut ihnen in
sich selbst und in anderen all die Jahre lang begegnet war.
Julian staunte auch immer wieder, welche Verachtung gerade besonders ich-bezogene Menschen für die wahren Be-
dürfnisse ihrer Seele zeigten, als wäre der Egoismus ein
Gelübde auf unwandelbaren Selbstbetrug. Ich will mein eigener Freund sein, dachte Julian oft. Ich bin mir ja auf lange
ausgeliefert, und meine Launen muss vor allem ich ertragen, und wenn ich krank bin, sind es ganz und gar meine
Schmerzen, und beim Erwachen spüre ich meine Zunge an
meinem Gaumen, und es ist besser, sie spricht keinen Unsinn, damit ich mich achten kann.

Bald nach Ende seiner Spielerzeit zog es Julian auf einige
Monate in sein geliebtes Venedig, wo er für den Conte
Luchino Volpi am Projekt einer Gondelsammlung arbeitete. Es war ihm nämlich aufgefallen, dass die Serenissima
zwar Museen und Sehenswürdigkeiten ohne Zahl besaß,

aber merkwürdigerweise keine einzige öffentliche Institution, die sich ausschließlich mit der Geschichte und den Geheimnissen der Gondolieri und ihrer Fahrzeuge befasste. Da der Conte in einem seiner Palazzi große, ungenützte ebenerdige Räumlichkeiten besaß, die sich direkt zum Canal Grande hin öffnen ließen, war er bereit gewesen, die Kosten für die Forschungsarbeiten zu tragen, um eines Tages die Ergebnisse in seinem künftigen »Museum der innervenezianischen Wasserabenteuer« gewinnbringend auszustellen.

Julian durchstreifte monatelang die Antiquitätenläden und befreundete sich unglücklicherweise mit ein paar amüsanten Halunken, die ihm innerhalb weniger Wochen jede morsche Trauergondel, jeden ziselierten Schiffsaufbau für Hochzeitsfahrten und andere hölzerne Abnormitäten im Umkreis von zweihundert Kilometern zum Kauf anboten. Mottenlöchrige Brokatdecken und ausgewaschene Seidenflaggen wurden von ihnen herangeschleppt, und ganze Tischlerfamilien schienen damit beschäftigt, immer neue Ruderformen zu entwickeln, die ihre Auftraggeber dem 17., 18. oder 19. Jahrhundert andichteten.

Rascher, als es Julian lieb war, verwandelte sich die Unternehmung in ein Dickicht von Täuschungen, gekonnten und weniger gekonnten Frechheiten sowie durchaus bemerkenswerten Beweisen venezianischer Hingabe an das Verrückte. Am Ende waren Trug und Wahrheit so unentwirrbar miteinander verbunden, dass Julian dem Conte zwar die ungeheuere Menge von 1417 Objekten, vom originalsalzwasserzersetzten Petit-Point-Polster, auf welchem Casanova bei seinen Gondelfahrten vor seiner jeweiligen

Angebeteten zu knien pflegte, bis zur Miniaturgondel für den Schoßhund des Kardinals Morone, übergab, aber gleichzeitig die ernste Warnung daran knüpfte, sich nicht mit der Zurschaustellung unsterblich zu blamieren.

Der Conte reagierte standesgemäß. Er nahm von Schadenersatzforderungen Abstand und begnügte sich damit, Julian nach heftigem Aufrotzen ins Gesicht zu spucken. Den hatte der Vorfall gelehrt, dass Nichteinheimische sich in der Lagunenstadt am klügsten passiv verhielten. »Komm und schau und versuche nicht, schlau zu sein«, war das zu spät erkannte Motto. Zur Abreise drängte ihn aber erst eine zunehmend unkontrollierbare Furcht, dass demnächst ein Seebeben alle Herrlichkeiten zwischen der Giudecca, San Marco, Zattere und dem Lido verschlingen würde. Nachts hörte er nämlich manchmal das Klopfen einer großen unterirdischen Macht, die ihr Kommen ankündigte. In das Leben der Venezianer und ihrer Gäste würde sie treten, um ihnen den Tod entgegenzuschleudern. Vielleicht, weil ein gestrenger Erzengel entschieden hatte, dass die Welt des Anblicks von so viel verkommener Schönheit nicht mehr würdig sei.

In Julians Schreckensvisionen schaukelte sich das Meer hoch zu einer unvergleichlich schäumenden Welle, verharrte dann für Augenblicke, um alle innere Gewalt zu sammeln, und warf sich mit Sirenengeheul aus Himmel und Hölle über sein prächtiges Opfer. Das Krachen der berstenden Dachbalken und Grundpfähle, die hochgewirbelten Musikanten der Kapelle des Café Florian, die sich in der schwarzen Luft mit jenen des Café Quadri vermischten, das Stürzen des Campanile und der Kuppeln des Markusdoms, das Fluchtgeschrei der Tauben und Möwen, die splitternden Mosaike und Brücken, das Versenken der Vaporetti und Biennale-Pavillons durch Schlammbomben, die der Grund der Kanäle ausspie, all das sah Julian in schlimmen Augenblicken überdeutlich, und durch die Bilder dieses Albtraums fiel ein Knochen- und Schädelregen, der aus den Trümmern der Toteninsel San Michele stammte, in der auch Strawinsky, Diaghilev und Ezra Pound ihre letzte Ruhe zu finden gehofft hatten.

Als Julian an einem Junitag am Piazzale Roma ein Taxi bestieg, um das Brentatal mit seinen Palladio-Villen und anschließend den lombardischen Teil des Gardasees zu besichtigen, ahnte er nicht, dass ihn, etwa 170 Kilometer entfernt, erstmals ein Schimmer von Sesshaftigkeit erwarten würde.

Zweiter Teil

Auf einem Straßenstück nahe dem Städtchen Salò befand sich eine ungewöhnlich große Anzahl überfahrener Kröten. Julian bat den Chauffeur, den Wagen anzuhalten, und stieg aus, um das Phänomen genauer zu betrachten.

Eine Zone unvermittelter Abschiede war es. Erschreckend in ihrer Intensität. Manche Kadaver waren noch schleimig und blutig, andere bereits von der Sonne ausgetrocknet. Seit langem musste hier ein Kröten-Wechsel sein, und unbeeindruckt oder vielleicht sogar angefeuert vom Schicksal ihrer unseligen Vorgänger hüpften offenbar immer wieder neue Tiere vor Autoreifen, sodass sich ein ekliger, etwa eininhalb Meter breiter Kadaverstreifen gebildet hatte.

Julian erinnerte das an einen afrikanischen Brauch, demzufolge manchen Stammeskönigen, wenn sie starben, dreißig ihrer tapfersten Krieger freiwillig ins Jenseits folgten, um ihnen dort Schutz vor den Anfechtungen der Dämonen zu gewähren. Er wusste nicht, ob es die Kröten genauso hielten und ob die älteste der kleinen Leichen diejenige eines Krötenkönigs war.

Auf der Straßenseite, die zu erreichen den meisten Kröten nicht vergönnt war, befand sich eine steil abfallende Böschung, ganz von krakenartigen Agaven bewachsen. Dahinter breitete sich ein rundes Sonnenblumenfeld aus, das wie ein riesiger, in der Hitze brutzelnder Dotter wirkte. Es war keine besonders einladende Gegend, und Julian hatte auch noch gedankenverloren eine Brennnessel berührt. Trotzdem schlenderte er auf der Suche nach Beruhigung einen Fußweg entlang, der zwischen Äckern und Brachland einer Kapelle zustrebte. Die Bauern im Süden errichten gerne solch dunkle Räume, die weniger der Verehrung eines Heiligen oder der frommen Andacht dienen, sondern als Depots von Kühle. Julian betrat das nicht allzu hohe Gewölbe, das angenehm mit Gerüchen von Zitronenkraut und Wachs erfüllt war, und setzte sich auf eine der roh gezimmerten Betbänke.

Aus kaum behauenen Steinbrocken waren ringsum die Mauern aufgetürmt, und nur durch eine unverglaste, schießschartenartige Öffnung über dem kleinen Altar sickerte Helligkeit auf den rissigen Lehmboden. Über dem wie ein Küchenmöbel weiß lackierten Tabernakel stand eine Statue der Schutzmantelmadonna aus bemaltem Gips. Julian zählte langsam bis hundert. Er hatte sich dies schon in seiner Jugend als wirksame Reinigungsmethode anerzogen, die das Hämmern von Ungeduld, Ruhelosigkeiten und Besorgnissen unterbrach und im Kopf ein wenig Platz für Neues schuf. Als er bei siebenundachtzig angelangt war, hörte er das feine Reiben eines Reptilienkörpers auf trockener Fläche. Er wusste sofort, worum es sich handelte, weil Mutter und er früher oft nach dem Nachtmahl in Schönbrunn anhand von Tonbandaufzeichnungen Tiergeräusche studiert hatten. Sein Vater erachtete es nämlich als notwendig, dass die Sammlungen des Naturhistorischen Museums auch Klänge und Gerüche umfassten, und beschäftigte aus diesem Grund einen technisch gut ausgestatteten Rascheljäger, wie er ihn nannte.

Rechts von dem Weihwasserbecken, das mittig einen Schritt von der Türe entfernt eher als Hindernis denn als Einladung einzutreten wirkte, bewegte sich eine graue Viper.

Julian bewunderte alles Geschmeidige, Souveräne, Elastische in dieser Welt der plumpen Tolpatsche. Schlangen und Raubkatzen waren ja die bestgekleideten Wesen überhaupt. (Der Graf Eltz erzählte gerne, wie ihn einmal ein ungarisches Gspusi getadelt hatte: »Muzikam, du hast so viele Hosen und Röcke und zwei Diener, die alles bügeln und putzen und bist doch immer so zernepft. Schau dir bitte Tiger an. Tiger hat nur ein einziges Anzug, was benutzt er zum Ausgehen und Jagen und Schlafen und Pudern. Nur ein einziges Anzug, und Tiger ist immer picobello elegant. Schäm dich also, du Grafenmensch.«)

Die Viper hatte Julian bemerkt und versuchte mit wiegenden Bewegungen einen Eindruck ihrer Gefährlichkeit zu vermitteln. Dann glitt sie in Mäandern zurück ins Freie, und Julian beeilte sich, ihr zu folgen. Über einer Gewitterpfütze am Weg glitzerten Mückenschwärme im Gegenlicht. Das ohrenbetäubende Knattern eines auffrisierten Mopeds schreckte ein paar Vögel aus dem Geäst von Olivenbäumen und erinnerte Julian an eine der unbestritten großen Begabungen der Italiener: jene des Lärmens. Die Viper überquerte den unbewachsenen Vorplatz der Kapelle und erklomm einen schiefen, granitenen Grenzstein, der ebenso gut Jahrzehnte wie Jahrhunderte alt sein mochte. Auf dem heißen Brocken lag sie jetzt eingeringelt wie eine der großen mürben Zimtschnecken, die Julians Mama, in schwarze Damastservietten gewickelt, zur Aufbesserung der Jause bei Wochenendausflügen in die Umgebung Wiens stets bereitgehalten hatte.

Die Furchtlosigkeit der Schlange entsprach keinesfalls ihrem normalen Verhalten. Es schien Julian, als wolle sie sich regelrecht darbieten und ganz seiner Willkür ausliefern. Er beobachtete sie minutenlang aus einer Nähe, die im Ernstfall für beide hätte gefährlich werden können. Jetzt hob sie den Kopf und stieß ihn immer wieder in Richtung einer Weidengruppe, die etwa 150 Meter entfernt wahrscheinlich einen Tümpel oder eine Bachverzweigung umwuchs. Es war reichlich überspannt zu glauben, dass die Viper Julian einen Weg weisen wollte, aber er entschied sich für diese Deutung. Als er bei den Bäumen angelangt war, sah er statt des erwarteten Wasserlaufs zwei leere Hundehütten, die jemand in einen verdorrten Teich geworfen hatte. Da hörte er hinter sich den Chauffeur »Signor Passauer« rufen. Ob die Reise weiterginge, wollte er wissen. Ansonst empfehle er für das Mittagessen in der nächsten Ortschaft eine Trattoria mit Blick auf den See und ausgezeichnetem Forellencarpaccio. Julian fragte: »Wie heißt das Dorf?« »San Celeste«, antwortete der Mann. »Gut. Fahren wir nach San Celeste«, beschied Julian.

Das Erste, was Julian bemerkte, war ein Dorftrottel mitten auf der Straße, der mit schlenkernden Armen unsichtbare Soldaten kommandierte: »Inferno nach rechts. Marsch! Marsch! Rechts das Inferno.« Dann fuhren sie durch eine erhöht gelegene, imponierende Zypressenallee, an deren Ende sich der Blick auf den Gardasee öffnete. Man konnte glauben, am Meer zu sein, denn an dieser Stelle war die

Wasserfläche so ausgedehnt und die Luft so dunstig, dass man kein gegenüberliegendes Ufer sah. Einige Segelboote stachen wie Eisschollen aus den flachen Wellen, und im Vordergrund legte gerade ein Dampfer an, der tatsächlich den Namen »Goethe« trug.

»Obenort gibt es und Untenort«, sagte der Chauffeur, »San Celeste di Sotto und San Celeste di Sopra. Kirche und Friedhof bilden die Mittellinie.«

»Wo ist die Kirche?«, fragte Julian.

»Genau vor uns«, antwortete der Chauffeur und zeigte auf ein Gebäude, das an einen großen gemauerten Heustadel erinnerte. »Aber die hat ja keinen Turm«, sagte Julian.

»Doch«, antwortete der Chauffeur, »sie hat einen Turm. Nur verkehrt herum.«

»Was meinen Sie mit verkehrt herum?«, fragte Julian mit der leisen Stimme, die er benützte, wenn es galt, auf der Hut zu sein.

»Verkehrt herum heißt verkehrt herum. Der Turm ragt statt in die Höhe in die Tiefe und läutet seine Glocken für die armen Seelen im Fegefeuer des Erdinneren. Wollen Sie sich selbst überzeugen?« Der Mann fuhr den Wagen an den Gehsteigrand und hielt, ohne auszusteigen. Es schien, als wisse er von Julians Unschlüssigkeit, der gerade überlegte, ob er nicht zuerst eine Unterkunft finden und dann den Ort gründlich erforschen sollte.

»Kennen Sie hier nur die Esslokale oder auch ein gutes Hotel?«, fragte Julian mit einer Ungehaltenheit, als hätte ihm der Mann etwas angetan.

»San Celeste ist keine ausgesprochene Tourismusortschaft, aber es gibt eine als Frühstückspension geführte

Villa, die einer Marchesa gehört, die einmal beinahe versucht hat, Clara Petacci, die Geliebte des Duce, mit einem Kuss zu vergiften.«

»Was ist denn das wieder für eine Räuberpistole?«, blieb Julian bei seinem schroffen Ton.

»Alles, was ich Ihnen erzähle, ist wahr, mein Herr. Die Marchesa war die heimliche Leidenschaft der Petacci, aber wiederum nicht so heimlich, dass nicht Partisanen davon wussten. Die haben den Vater der Marchesa, ihren Mann und ihre zwei kleinen Söhne als Geiseln genommen und geschworen, mindestens einen davon zu töten, falls sie nicht die Hure Mussolinis aus dem Leben befördern würde. Die Marchesa, Piazzoli heißt sie, sollte eine Kapsel mit Blausäure in ihrer Wange verstecken und diese während eines leidenschaftlichen Kusses mit der Petacci zerbeißen und in deren Mund spucken. Es war ein idiotischer Plan, denn er hätte höchstwahrscheinlich beide umgebracht. Die Marchesa jedenfalls überlegte es sich klugerweise anders und wurde auch noch die Geliebte des sie und ihre Familie bedrohenden Partisanenführers, der sie daraufhin von ihrer vaterländischen Mission entband. Das sind italienische Lösungen, mein Herr. So wurden alle gerettet.«

»Ich glaube Ihnen kein Wort«, sagte Julian.

»Dann glauben Sie wahrscheinlich auch nicht, dass es Italien überhaupt gibt«, antwortete der Mann. »Ich führe Sie jetzt, wenn es recht ist, zur Villa Piazzoli, und dann, falls Sie mich nicht mehr benötigen, will ich zurück nach Venedig. Wir haben heute Nacht in Mestre ein Schachturnier, und ich bin einer der zwei Ersatzschiedsrichter.«

Drei Wochen später stand Julian am Sarg der alten Marchesa und erinnerte sich an ihre buschigen weißen Augenbrauen, die bei jedem ihrer schallenden Lachanfälle vibriert hatten. Mitten in einer resoluten Anweisung an den Briefträger war sie tot umgefallen, und zwar genau auf dessen Fahrrad, sodass vier Speichen daran brachen. Schon zu Lebzeiten hatte sie so filigran und getrocknet ausgesehen wie der Rittersporn im Herbarium seines Vaters. Bei jeder Begrüßung befiel ihn die Angst, er könnte sie mit der Hand zerdrücken. Aber in dieser Zerbrechlichkeit steckten eine Lebensfreude und ein Eigensinn, die Julian nicht aufhören hatte können zu bewundern, und immer wieder kam es ihm in den Sinn, dass sein Meister Ruhigblütl wahrscheinlich auf dem Weg war, dereinst in der Wirkung das männliche Pendant dieser Dame zu sein.

Die Marchesa verlangte zwar Geld von ihren Pensionsgästen, vermittelte ihnen aber das Gefühl, im Haus einer großzügigen Gastgeberin zu weilen. Sie besaß keine Hemmung zu erzählen, wie sie nach und nach (um, wie sie es nannte, Oberwasser zu behalten) viele ihrer wertvollen Möbel verkauft hatte, und dass die jetzige Einrichtung der Zimmer der Armenhausversion ihres Geschmacks entspreche. Aber gerade die erlesene Schlichtheit der Einrichtung brachte die Schönheit des Gebäudes besser zur Wirkung, dessen Proportionen Julian vermuten ließen, dass ihr Erfinder nichts wollte, als dem *Licht des Südens* eine ideale Fassung aus Stein zu geben.

Aufgrund der Villa war Julian länger in San Celeste geblieben als ursprünglich geplant, und wegen der Marchesa natürlich, die ihn auf den ersten Blick so sehr gemocht hatte wie er sie. Denn sie brauchte begabte Zuhörer, und er verehrte begabte Erzähler. Wie aus einem Brunnengott das Quellwasser sprudelten ständig Geschichten aus ihrem Mund. So erfuhr Julian unter anderem, dass der Vater der Marchesa einem exklusiven Kreis von Nasenblutern vorgestanden hatte, allesamt an diesem Defekt laborierende Herrschaften des Hochadels, die gegenseitig Taschentücher mit Spuren ihres Lebenssaftes sammelten, oder dass sie über eine uneheliche französische Seitenlinie mit jenen Herren Montgolfier verbunden war, die als Erste den Gestirnen ihre eigenen heißluftgetragenen, seidenen Himmelskörper hinzugesellt hatten. Oder dass ein Schwager des japanischen Tenno prinzipiell nur an Windhunden seine Wollust befriedigte und von dem Wunsch besessen war, mit einem der schlanken, gewöhnlich vor Überzüchtung wie Espenlaub zitternden Tiere ein neues Geschlecht von Hundsgöttern zu zeugen.

Die Marchesa redete, und Julian hörte zu und trank exzellenten leichten Weißwein und schaute gelegentlich auf den Gardasee. Sie waren wie füreinander geschaffen, aber tragischerweise einander zu spät begegnet. Gerade noch eine blühende Artischocke konnte Julian ihr ins offene Grab hinterherwerfen.

Entgegen den Schilderungen des venezianischen Chauffeurs hatte die Marchesa weder Mann noch Kinder, und als ihr nächster Verwandter stellte sich ein im doppelten Sinne weit entfernter Neffe heraus, der in Kolumbien als Vorsitzender einer atheistischen Gesellschaft lebte und schriftlich einen Advokaten aus Salò mit der Wahrung seiner Erb-

160

interessen beauftragte. Mittlerweile führte Julian selbst die Frühstückspension weiter und war bald auch ihr einziger Gast.

Das Personal hatte nämlich interessiert darauf gewartet, dass irgendjemand das Kommando über die dreizehn Zimmer, Küche, Keller und Garten übernehmen würde, und Julian maßte sich dieses Kommando nach einigem Zögern einfach so an, wie in Casinos gewisse Ganoven selbstbewusst Roulettegewinne für sich reklamieren, die von ihren eigentlichen Besitzern übersehen wurden. Julian erklärte nur, die Marchesa habe es so gewollt, und wartete, ob jemand käme, das Gegenteil zu beweisen. Der Einzige, der kam, war der beauftragte Advokat. Ein Mann von einzigartiger Blässe und etwas Schaum in den Mundwinkeln. Julian witterte seine Chance und bot dem Mann festen Blickes zweierlei: erstens für den kolumbianischen Erben in bar und ohne Rechnung etwa zwei Drittel dessen, was der Besitz wahrscheinlich ohne Einrichtung tatsächlich wert war, und zweitens als Provision für den Juristen den roten Fünfzigerjahre-Ferrari der Verstorbenen, der in der Garage wohlgepflegt eines automobilistischen Connaisseurs harrte.

Sie einigten sich rasch auf den Handel, bei dem es schlussendlich ausschließlich Zufriedene gab, denn der betrogene kolumbianische Neffe hatte sein ganzes erwachsenes Leben keinerlei Kontakt mit seiner Erbtante gehabt, wahrscheinlich vor allem deshalb, weil er gar nicht wusste, dass sie eine zu beerbende Tante war. So fielen ihm nun, ähnlich der Goldmarie, ein paar hundert Millionen Lire in den südamerikanischen Schoß, und er begann wahrscheinlich vor Freude erstmals ein wenig an Gott zu glauben.

Dem edle Motorfahrzeuge liebenden Advokaten trieb die Erregung über das unerhörte Geschenk einen Schimmer von der Röte des Oldtimers in die blassen Wangen, und Julian durfte seinen Namen in das Grundbuch einer ein wenig desolaten herrschaftlichen Villa eintragen, die Mailänder Grafen vor 150 Jahren pinienumsäumt auf einem Hang über dem Gardasee errichten hatten lassen und deren lichtdurchflutete hohe Räume jeden, der sich einfühlsam darin bewegte, auf ein Podest von Zeitlosigkeit hoben.

Am Morgen nach der Grundbucheintragung informierte Julian die zwei dienstbaren Geister über die sofortige Beendigung des Pensionsbetriebes und bot ihnen an, zu den bisherigen Konditionen in seinem Privathaushalt weiterzuarbeiten. Sie nickten und umarmten einander, und dann ließen sie Julian hochleben, und der entkorkte eine Flasche Lugana aus den nicht unbeträchtlichen Vorräten, die der Keller bereithielt, und die drei prosteten einander zu. All dies konnte man als Wunder bezeichnen oder, weniger romantisch, als Frechheit, die den Sieg davontrug, oder am unromantischsten und böswilligsten als gelungene Gaunerei, aber Julian hatte nur nach der Lebensdevise seines Meisters gehandelt: »Warte geduldig, bis dir außen eine Konstellation der Schwäche begegnet und dir deinen Vorteil anbietet.«

San Celeste war bald in Julians Gewohnheiten eingedrungen und setzte zunehmend manche von ihnen außer Kraft. So konnte er sich vorstellen, an diesem Ort für lange Zeit zu bleiben und wenig mehr zu tun, als die Wiesen und Felder zu betrachten, auf denen Gelassenheit und Geduld zu wachsen schienen. Oder mit einer noch zu findenden Geliebten im hölzernen Ruderboot Buchten des Gardasees auszukundschaften. Oder jeden Morgen, Mittag und Abend mit jeweils einer Fotografie den Himmel über seinem Haus festzuhalten.

Vom ersten Augenblick an war er hier beinahe zur Ruhe gekommen, ohne dass es ihn schläfrig oder träge machte. Er hatte vielmehr und bereits zum dritten Mal in seinem Leben die Gewissheit, auf einer Brücke zu leben, die von einem Ich zum nächsten führte. Während ihrer Überquerung nahm er Abschied von vielen alten Gedanken, Ängsten und Vorurteilen, und manches, das er für unverzichtbar gehalten, erwies sich jetzt als vollkommen überflüssig. Leicht war ihm diese Passage, und ihre letzte Distanz bewältigte er beinahe schon schwebend und mit einer Heiterkeit, die viele Bewohner von San Celeste rätseln ließ, ob ihr neuester Zugereister ein Milliardär bar jeder Sorge war, eine Art buddhistischer Dauerlächler oder ein allzu optimistisch stimmenden Drogen Ergebener. Mehrere vermuteten sogar, dass Julians sichtbare Seligkeit Ausdruck einer gewissen Idiotie sei, die man häufig bei inzüchtlerischen Adelsfamilien finde, aber der Pfarrer Don Ignazio, dessen Wort für die meisten in dem kleinen Ort durchaus das Gesetz bedeutete, sagte am sechzigsten Sonntag nach Julians Ankunft von der Kanzel herab: »Ich habe beim Spaziergang, der mich an der Villa Piazzoli vorbeiführte, gehört, wie der Herr Passauer auf dem Klavier der verstorbenen Marchesa musizierte. Er spielt wie einer, der für sein Tun das Einverständnis vieler Engel hat. Wir wollen ihn in San Celeste willkommen heißen.«

163

Nichts im Julian bekannten Universum glich der Schönheit des Eidechsengartens, jenes botanischen Schauspiels, das eine Familie Granda auf drei Hektar sanft ansteigendem, dem See zugewandten Hang in unmittelbarer Nachbarschaft von Julians Besitz in labyrinthischer Form inszeniert hatte. Gewächse vieler Klimazonen barg es: das Üppigste und Kargste als unübertrefflichen Gottesbeweis. Afrikanische Schlingpflanzen und australische Baumfarne zu Füßen enzian- und edelweißüberwucherter Felsen aus rotem Porphyr, die den Steinbrüchen von Porticcio entstammten. Bambushaine über geduckten Gräsern der Karstregionen, purpurne Orchideen im Gefolge des Eukalyptus, zweihundertjährige Steineichen und riesenhafte Rotbuchen. Wilder Spargel als filigranes Unterholz der Granatapfelsträucher. Die aufragenden Blätter der Bananenpalme übersät mit rasch wechselnden Zeichen einer Schattenschrift, hervorgebracht von in der Brise zitternden Feigenbäumen. Kaktusalleenbegrenzte Bäche, in deren Lauf sich irisierende Libellen spiegelten. Bei den Schintoisten als heilig verehrte Koi-Karpfen verharrten für lange Augenblicke bewegungslos in Strömungen, die sich unter dem Aufprall künstlich angelegter Wasserfälle bildeten. Gerüche von Lavendel und Olea fragrans schufen sinnliche Räume, worin man im Gegenlicht das Schweben und Rieseln zahlloser Samen beobachten konnte. Unaufhörlich gebar sich der Garten in immer neuen Formen und Farben, erstaunte seine Besucher mit einem Herbst inmitten von Frühling, nächst einem Sommer und Spuren von Winter, sodass man die Gleichzeitigkeit von einander gewöhnlich ausschließenden Gegensätzen unschwer als sein Grundthema erkennen konnte. Ein Durchschlupf im Zaun gewährte Julian mit Einverständnis des Besitzers jederzeit Zutritt ins Paradies des Doktor Granda. Er beobachtete dort Flusskrebse und Forellen oder die kräftigen Baumratten, wie sie Eichhörnchen jagten und gelegentlich vor einer Schlange verhofften. Es ist nicht übertrieben zu schreiben, dass dieser Ort mit der Zeit der, nach Ruhigblütl, bedeutendste Lehrer in Julians erwachsenem Leben wurde.

Der Tau auf den Haarbüscheln des Papyrus offenbarte ihm Variationen des Glitzerns, dessen Spektrum sich parallel zur Verdunstung der Tropfen von Gelbtönen zu Blautönen verschob. Oder die Klänge des Regens: sein helles Trommeln auf federnden Lotuskelchen, sein dunkles Klopfen an der Rinde der Kampferstämme. Die panische Vorsicht der Mimosen, wenn sie Schwingungen ferner Donnerschläge empfingen und sich verschlossen wie zornige Spanierinnen ihre Fächer. Das Überquellen der Teiche im Ansturm der Unwetter und die daran anschließenden Veitstänze auf Wiesen gespülter Wasserläufer. Das völlige Fehlen der Hoffnungslosigkeit bei den Spinnen, wenn ihre Netzwerke vom Hagel zerrissen wurden und sie sofort an den Wiederaufbau gingen. Die Eleganz der Fledermäuse, die am Ausgang des Tages wie in die Dämmerung geworfene Bruchstücke der Nacht wirkten. Jene Geisterstunden im Mai oder Juni, wenn der Park der kurzen Herrschaft der Glühwürmchen unterworfen war. Die Käferhochzeiten. Die Hummelkonzerte. Einmal sogar eine schwärmende Bienenkönigin mit ihrem dröhnenden Staat hoch in der Kuppel einer chinesischen Metasequoia.

Es war Julian zur Gewohnheit geworden, sich im Eidech-

sengarten vorsichtig wie ein Wilddieb zu bewegen. Lorbeer-
gestrüpp und Rhododendronhecken gaben ihm Deckung,
von der aus er die anderen Gäste des Doktor Granda unbemerkt betrachten konnte. Manchmal spazierten greise Bäu-
erinnen und Landarbeiterinnen in langen Leinenröcken
und mit Kopftüchern über die Kieswege, unaufhörlich ki-
chernd, bis der Schatten einer etwa gleich alten Platane sie
zur Rast verführte.

Dann schwiegen sie lange und in sich gekehrt, und
wenn sie wieder in die Sonne traten, sangen sie, wie auf
geheime Verabredung, Partisanenlieder ihrer Jugend mit
solch herzzerreißender Inbrunst und Schönheit, dass Julian
die Tränen nicht zurückhalten konnte. Oft begegnete er
Nikos, dem Enkelkind Doktor Grandas, einem stupsnasi-
gen, schwarzgelockten Knaben mit der unstillbaren Neugier aller Siebenjährigen. Mit abgebrochenen Zweigen sto-
cherte er in Tümpeln auf der Suche nach Schildkröten, die
sein Großvater ausgesetzt hatte und die oft für Wochen
spurlos verschwanden.

Wenn Julian Fallen in Form von eisernen Schlingen
entdeckte, mit denen die Gärtner zur Aufbesserung ihrer
Mahlzeiten Singvögel zu fangen trachteten, nahm er die
Mordwerkzeuge an sich, um sie später auf seinem eigenen
Grund zu vergraben. Es war dies die einzige Korrektur, die
er sich an den Abläufen des Grandaschen Refugiums ge-
stattete, und danach schämte er sich jedes Mal, weil sein
Respekt für Menschen, die dieses einzigartige und von ihm
angebetete Ereignis mithilfe der Natur geschaffen hatten,
nicht ausreichte, um auch ihre grausamen, nicht seiner Kultur entsprechenden Taten zu achten.

Zweimal im Monat stand der Garten für ein geringes Eintrittsgeld allen offen. Für Julian waren es Tage der Trauer und Sorge, und er wusste, dass es dem Doktor Granda nicht anders erging. Eingehüllt in Befürchtungen lief dieser den sich meist rasch Verirrenden hinterher und ermahnte sie, nicht achtlos Unrat wegzuwerfen oder, wie er sagte, »um der Leiden Christi willen nicht den Friedensbruch des Einritzens ihrer Namen in die Haut der Bambushalme zu begehen«. In solchen Nöten akzeptierte er Julian als seinen Begleiter, während er erklärte, dass er es mit seinem Gewissen und der Erziehung durch seine hochgeborene Mutter nicht vereinen könne, sein botanisches Gehege nicht auch als Ort der Kraft anderen zugänglich zu machen. »Woran sollte sich«, sagte er, »das tumbe Wesen der inmitten von zynischer Architektur, Plastikabgründen, Reklamegetöse und Atemlosigkeit ausgebrüteten Städter denn verfeinern, wenn nicht an den unzähligen Zwischentönen einer aller Moden und sonstigen Hauptgemeinheiten enthobenen Parklandschaft.« Er fürchtete die Touristen aus fern und nah, denen er nur deshalb Gutes tun wollte, damit sie vielleicht ein wenig geläutert ihrerseits der Erde Gutes tun würden, auf dass wiederum diese nicht gezwungen war, das ganze Menschengeschlecht, ihn inklusive, eines baldigen Tages abzuschütteln, um sich für ein paar Millionen Jahre von der Pest des Homo sapiens zu erholen.

Denn das war ja das Niederschmetternde und überaus Demokratische an den bitteren neuen Zuständen, dass ihnen weder die Vernünftigen noch die Unvernünftigen, weder die Armen noch die Reichen, weder die Ohnmächtigen noch die Mächtigen aus Kirche, Wirtschaft und Staat entkommen konnten. Jeder war auf Gedeih und Verderb mit jedem verstrickt, und die Verwüstungen der Unvernunft der Mehrheit bedeuteten auch für die behutsamere Minderheit Leiden und nichts als Untergang. Es war das Ende der Ausnahmen. Nirgendwo konnte man noch saubere Meere für Milliardäre und deren Familien finden, und kein Diktator konnte sich ein Exil mit niedrigen Ozonwerten bereithalten. Der Mensch als Spezies war bis auf Widerruf als etwas ziemlich Vertrotteltes enttarnt, und der Doktor Granda hoffte rührend naiv und stur auf seinen Eidechsengarten als schönen Schock zur Heilung des Todestriebes der aufrecht gehenden und kleidertragenden Lemminge.

Der Doktor Granda war Notar in der vierten Generation und hieß mit Vornamen Stampiglio, weil seine Eltern sich von ihm erwartet hatten, dass er der Welt seinen Stempel aufdrücken würde. Einmal, vor mehr als sechzig Jahren, war es ihm auch gelungen, bei Olympischen Spielen die Bronzemedaille im Florettfechten zu erringen.

»Aber wirklich nicht für Italien, sondern ganz allein für eine kubanische Geliebte«, pflegte er zu sagen. Er war im Eidechsengarten aufgewachsen wie jetzt sein Enkel Nikos und wie auch seine Vorfahren, die darin ihre Kindheit verbracht hatten. Der Gründer der Kostbarkeit war sein Urgroßvater Luigi gewesen, der auf eigenem Boden eine Sammlung von Weltgegenden anstrebte, nachdem ihn eine Reisekrankheit befallen hatte, die aus der niederschmetternden Furcht bestand, dass aller Boden, der nicht ihm selbst gehörte, ständig unter seinen Füßen schwanken würde.

Luigis Sohn Zeno, Stampiglios Großvater also, führte

das Projekt zu einem vorläufigen Ende, indem er es mit einer Mauer umgrenzte und Glashäuser zur Aufzucht und Kreuzung seltener Pflanzen errichtete. Nachdem diese Arbeit getan war, verlor Zeno mit zweiundfünfzig Jahren seinen reichlich bemessenen Verstand auf eine Art, die wohl Notaren vorbehalten bleibt: Es erfasste ihn ein Beglaubigungswahn. Von früh bis spät fertigte er Urkunden aus, die toten und lebendigen Dingen ihre Existenz bestätigten. Dem Mond ebenso wie den Flügeln der Wespen, der Stille am frühen Morgen oder der Schwüle im Inneren des Werkzeugschuppens. Man behielt den Verrückten aber im Haus und stieß sich nicht daran, dass fortan der größte Posten im Haushaltsgeld für den Ankauf von Siegellack draufging, weil Zeno seinen Tausenden Dokumenten stets das Aussehen päpstlicher Dekrete gab.

Stampiglio Granda erinnerte sich noch, dass die Hände seines Großvaters stets mit Tinten- und Tuschespuren in so vielen unterschiedlichen Farben bedeckt gewesen waren, dass sie wie zehnfingrige Malerpaletten wirkten. Er selbst besaß als einziges Zeichen von Familienirrsinn einen ausgeprägten Hang zum Schattenspiel. An mindestens drei Abenden im Monat verrenkte er sich, trotz seiner dreiundachtzig Jahre und zum leidlichen Gaudium seiner Angestellten, vor einem Scheinwerfer und hinter einem zwischen Stangen gespannten Leintuch zu Musiken, die ein Orchestrion scheppernd darbot. Seiner Familie waren, bis auf Nikos, derlei Narreteien peinlich, und sie hielt sich dementsprechend demonstrativ von den Aufführungen fern. Julian aber empfand den Doktor Granda als einen der bemerkenswertesten Menschen, die ihm je begegnet waren, und von ihrer ersten, noch von der Marchesa Piazzoli vermittelten Bekanntschaft an sah er in ihm und seinen Vorfahren dankbar jene Meister, denen die Vervollkommnung des Schönbrunner Palmenhausgedankens und dessen Tropenzimmer gelungen war.

In der Nähe des obersten Ausläufers des Eidechsengartens befand sich, wie Hilfe suchend an das efeuüberwucherte Rathaus geduckt, die Villa der Familie Chimini: ein dreistöckiges Gebäude aus dem Ende des 18. Jahrhunderts. Die rote Fassade war in Stuccolustro-Technik verputzt und zeigte als Einschlüsse große Keramikmedaillons mit Porträts berühmter heimischer Komponisten. Verdi, Puccini, Vivaldi, Scarlatti und Bellini hatte ein Reliefkünstler Mitte der dreißiger Jahre grün in grün glasiert, um einer Forderung Mussolinis nach Italianisierung der Kulturheldenverehrung aufs Fleißigste zu entsprechen. Die Likörfabrikanten Chimini waren aber nichts weniger als Faschisten oder ehemalige Faschisten, vielmehr reichte ihr Stammbaum unzweifelhaft bis zum Wunderrabbi Feitelbaum zurück, der bereits 1658 im Ghetto von Venedig eine gläserne Gondel in einen Marabu verwandelt haben soll. Die Jahre der Diktatur hatten sie im sicheren Schweizer Lugano verbracht, wo Paolo Chimini, der Vater des jetzigen Familienoberhauptes Matteo, rechtzeitig eine absolut getreue Kopie der roten Villa in Auftrag gegeben hatte, sodass er zumindest innerhalb dieses Gebäudes der Illusion frönen konnte, nicht im Exil, sondern nach wie vor in seinem Stammsitz am Gardasee zu weilen.

Kurz nachdem sich Julian in San Celeste angesiedelt

hatte, schickte sich der uralte Paolo Chimini an, diese Welt für immer zu verlassen. Zu seiner Genesung wurden auf Wunsch und Bezahlung der Familie Chimini Tag und Nacht ohne Unterbrechung an allen drei Altären der Pfarrkirche Bittmessen gelesen. Don Ignazio musste Kapuzinermönche und Franziskaner aus der Umgebung zur Verstärkung der Zelebranten herbeiholen. Als das Herz Paolos dennoch zu schlagen aufhörte, wurde jedem erwachsenen Bewohner des Ortes mit der Bitte, auf das Wohl des Verstorbenen ein Gläschen zu trinken, eine mit Traueretikette beklebte Flasche chiminischen Nusslikörs zugestellt. Julian behielt die seine ungeöffnet als Erinnerung an die Verschrobenheit der Bürger von San Celeste in Ehren.

Matteo aber lebte fortan, wenn er sich nicht in Mailand um die Geschäfte kümmerte, mit seiner optisch etwas an die Sängerin Carmen Miranda erinnernden Frau und seiner für gewöhnlich wortkargen Mutter, die von Jahr zu Jahr bläulicher und durchsichtiger zu werden schien, in der roten Villa und strahlte eine, wahrscheinlich sogar berechtigte, Sorglosigkeit aus, die für weniger vom Schicksal verwöhnte Naturen nur schwer zu ertragen war.

An möglichen Gewitterabenden im Juli oder August luden die drei einen handverlesenen Kreis auf die große, im ersten Stock ihrer Villa gelegene, säulengetragene Terrasse zum »Blitztheater«. Manchmal fiel ihre Wahl auch auf Julian, und er befand sich dann in Gesellschaft des Gemeindearztes, der Direktorin der Volksschule sowie einer etwas angegrauten Geliebten eines Waffenfabrikanten aus Brescia, die alle darauf hofften, dass das Wetter sich in ein Unwetter verwandeln möge.

Sobald es zwischen den Wolkenlandschaften zu flackern begann, verteilte ein Diener Regenmäntel mit Kapuzen. Der Hausherr prostete den Mächten des Himmels und der Elektrizität zu, und die Gäste zählten im gegebenen Augenblick wie beim Start einer Rakete laut von fünfzig bis null, und dann, als hätten die meteorologischen Abläufe auf den Einsatz von Matteo Chimini gewartet, begann tatsächlich zumeist die Vorstellung. Ein leises, unerklärliches Klirren, dem Einwerfen von fernen Fensterscheiben nicht unähnlich, war für gewöhnlich der Auftakt. Ein Sturm schob Wolkentrümmer vor die verbliebene Helligkeit. Durch das Firmament ging ein Ruck und setzte sich in dem Geäst der Bäume und Büsche fort. Ein Schaukeln und Peitschen, Aufplustern und Vibrieren ergriff die Natur, bis rollende Donnerschläge die Aufmerksamkeit aller Zuseher auf die hoch über ihnen schwarz in schwarz wogende Bühne lenkte, die wie gewaltig übersteigerte Spiegelungen der Wellenrasereien des Gardasees wirkte. Jetzt sprangen die ersten Blitze grell in die Tiefe und ebenso – was Julian beim ersten Erleben maßlos erstaunt hatte – aus der Tiefe nach oben und ließen die Konturen der Zypressen und Häuser für einen Augenblick hervortreten. Vor Ungeduld tänzelnd applaudierte die Mutter Chimini, als würde sich ein berühmter Tenor nach einem makellosen hohen C verbeugen, dann rief sie den leuchtenden, kurzlebigen Formationen immer aufgeregter seltsame Namen zu: »Ach, der giftige Schlangenhund! Und hier die berstende Brücke von Asturia! Seht, die silberne Hand will züchtigen! Dort zwei Cherubim vor dem Ziel! Ja, die übermütige Spreu!« und dergleichen mehr.

Julian wusste oft nicht, ob ihn die imposanten Naturphänomene oder die plötzliche Ekstase der Greisin mehr erstaunten. Inmitten der vielfältigen elektrischen Entladungen schien sie selbst unter einer Spannung zu stehen, die ihr ungestüme Beweglichkeit und minutenlanges kraftvolles Anfeuern ermöglichte. Man konnte glauben, dass ihr in den Blitzen Geschwister begegneten, die sie an ihre wahre Herkunft und ihre eigentliche Bestimmung erinnerten, die da sein mochte: aus dem Feuer geboren, um an die Schwachen Kraft zu verteilen! Matteo Chimini erzählte Julian glaubhaft, dass seine Mutter einmal nachts, als er, um sich von ihrem Wohlergehen zu überzeugen, ihr Zimmer betrat, im Schlaf geleuchtet habe. »Man hätte im Schein ihres Körpers lesen können.« Er habe es sich, sagte er, grundsätzlich zur Gewohnheit gemacht, nicht für alles Erklärungen zu suchen und gemäß der Überzeugung seines Vaters zu leben, dass die sogenannte Wirklichkeit in manchen Hauptbereichen nur selten eine Ehe mit der Logik eingehe.

Julian begriff bald, dass ihn die Vorsehung an diesen Ort geführt hatte, der das irritierend Seltsame und Unangepasste anzog und beherbergte. Die Norm lag hier zweifellos außerhalb der üblichen Norm, und immer wieder lernte er neue Figuren, deren Lebensläufe und Verhaltensweisen, lokale Traditionen und abseitige Phänomene kennen, die vermuten ließen, San Celeste sei so etwas Ähnliches wie eine wohlsortierte Narreninsel im Ozean der allgemein akzeptierten Konventionen.

Julian besuchte gerne die Kirche von San Celeste, um Münzen in den umgedrehten Turm zu werfen, der sich wie ein gewaltiger Brunnenschacht im Marmorboden des linken Seitenschiffes auftat. Seine wahre Tiefe konnte man ermessen, wenn über ein ausgetüfteltes Seilwindensystem die Glocke am Grund geläutet wurde. Es klang wie monströses, melodisches Husten, und tatsächlich hatte 1727 ein venezianischer Gouverneur den Auftrag für den Bau der Abnormität auch deshalb erteilt, weil er von einer Lungenerkrankung genesen war, die seine Wundärzte als unheilbar betrachtet hatten.

Der Pfarrer des Gotteshauses, jener Don Ignazio, der seinerzeit Julian den Bewohnern des Ortes wegen seines Klavierspiels von der Kanzel herab empfohlen hatte, erinnerte in einer Art Déformation professionelle äußerlich an jene lange Stange, an deren Ende ein rundlicher Sack zur Geldaufnahme befestigt ist, den die katholische Kirche den Gläubigen während der Messe als sogenannten Klingelbeutel fordernd unter die Nase schieben lässt. Nur dass der auf seinem hohen und dünnen Leib sitzende gewaltige Rundschädel statt Münzen und Scheinen das Böse entsorgte. Tatsächlich war Don Ignazio davon überzeugt, dass Gott ihm die Macht verliehen habe, mittels spezieller Handbewegungen das in Form von Gedanken, Worten und Werken allgegenwärtig die Welt Verheerende gleichsam auszufiltern. Auch viele seiner Schäfchen glaubten dies und vertrauten in der Not von Krankheiten und Zwistigkeiten auf die reinigenden Kräfte ihres Pfarrers. Man erzählte, dass einmal sogar der Kardinal-Erzbischof von Mailand in verworrenen Herzensangelegenheiten mit einer hysterischen, nymphomanischen Kommunistin, die ihn mit unchristlichen Enthüllungen erpressen wollte, um Don Ignazios Hilfe gebeten habe, die jener eilfertig leistete, indem er 107-mal sämtliche Privatgemächer des Kirchenfürsten durchschritt und dabei mit einer Art von Handkantenschlägen die Luft aufmischte.

Die Dame soll in unmittelbarer Folge und ohne erkennbare schulmedizinische Ursache dauerhaft ihr Gedächtnis verloren haben, sodass sie sich nicht einmal mehr ihres eigenen Namens, geschweige denn jenes ihres prominenten scharlachtragenden Liebhabers und seiner Sündenfälle entsinnen konnte.

Im Süden ist ja das Misstrauen gegenüber dem Unwahrscheinlichen weitaus geringer als etwa in Malmö oder Potsdam, und das Wort Humbug hat im Italienischen, Spanischen oder Arabischen keine wirkliche Entsprechung. Julian begann sich für den hochwürdigen Herrn zu interessieren, als dieser einmal in seiner Sonntagspredigt als größten Schatz der römischen Kirche im Süden die angenehme Kühle in den Gotteshäusern pries. »Es sind dies die letzten Orte, worin zwischen Mai und September eine von Hitzefolter oder Klimaanlagenfrost gepeinigte Menschheit einen klaren Gedanken fassen kann«, sagte er. »Die Segnungen der natürlichen Kühle schützen uns vor den Nachstellungen Luzifers. Zwei schattenlose Stunden an einem Julimittag, meine Freunde, und die meisten sind zu jeder Dummheit bereit. Die Inbrunst der Sonne vertiert uns und lässt die Hemmungen schmelzen. Gott ist die Kühle. Lasset uns seine Werke preisen.«

Der Dorftrottel von San Celeste hieß Luchino, war in seinen Dreißigern und das Kind von Oliven- und Gemüsebauern, deren kleines, aus rohen Steinen gemauertes Gehöft in einer Mulde am Rande des Ortes lag. Sein Wesen war im Grunde sanft. Nur drei oder vier Mal am Tag brach aus ihm ein lautstarkes Kommentieren und Lamentieren hervor, das nach etwa zwanzig Minuten verebbte, als würde ein Radioapparat schrittweise bis zum Verstummen leiser gestellt. Im Ort war man sich über weniges so einig wie darüber, dass Luchino das Kind aller Einheimischen war und jeder und jede Ursache hatte, sich für ihn verantwortlich zu fühlen. Sein Geburtstag am 23. Oktober wurde als halber Feiertag begangen, mit einem Morgenkonzert der Gemeindebanda, einer Segensandacht um neun Uhr, wo für Luchinos Gesundheit gebetet wurde, und danach fand durch Don Ignazio die Überreichung eines nützlichen Geschenkes statt, für dessen Finanzierung jedes Jahr sechs andere Familien einen Obolus leisteten. Bei dieser Gelegenheit revanchierte sich der Geehrte bei jedem Anwesenden mit einem Erdapfel aus dem elterlichen Anbau. Wenn Julian Luchino begegnete, zeigten sie aufeinander mit dem rechten Daumen und sagten: »Du!« Dies bedeutete, dass sie einander erkannten und schätzten. Wenn Julian Klavier spielte, bemerkte er manchmal, dass Luchino wie angewurzelt am Gehsteig vor dem Gartentor verharrte und zuhörte, aber er weigerte sich strikt, einzutreten oder gar neben ihm im Salon Platz zu nehmen. Das Musizieren verführte auch andere Personen zum Innehalten, sodass in der Via Disciplina kleine Gruppen zusammenkamen, die sich zu den Melodien von Schubert, Lanner und Strauß leicht im Takt wiegten, ja gelegentlich sogar tanzten und jeweils am Ende des Stückes applaudierten, wofür sich Julian, ironisch beim offenen Fenster hinauswinkend, bedankte.

Als er wieder einmal aufs Einprägsamste empfand, wie ideal und schwesterlich die wienerischen Klänge und die Landschaft des Gardasees harmonierten, meinte er, aus einer anderen Sphäre die Stimme seines Vaters zu hören, der sagte: »Als diese Genies ihre Werke schufen, gehörten Riva und Limone, die Limonaien, der Ora-Wind und die Hälfte der Wassergeister des großen Benaco noch zu Österreich und mischten sich in die Inspirationen aller Begabten ein.«

In der Osteria Agli Angeli saß häufig ein schmächtiger Mann, den alle Bewohner San Celestes »Moskito« nannten. Bald erfuhr Julian, dass dieser Spitzname sich nicht von dessen Statur ableitete, sondern von einem blutsaugerischen Vorfall, an dem dieser während des Zweiten Weltkrieges teilgenommen hatte.

In der libyschen Wüste war er, während eines Transportfluges 1940 als Soldat mit dreizehn Kameraden, bruchgelandet und nach langem Martyrium des orientierungslosen Herumirrens derart in Not und von Hunger und Durst ausgezehrt, dass er und sieben andere das Blut eines soeben an Erschöpfung verstorbenen Freundes tranken, was ihnen, so hieß es, das Leben rettete.

Moskito, dessen eigentlicher Name Gianfranco lautete, war tragischerweise davon überzeugt, dass er mit dem Blut auch die Sünden des anderen in sich aufgenommen habe und dass er dereinst am himmlischen Gerichtstag wohl für zwei büßen müsse. Er verfluchte auch den Abend, an dem er 1943, nach der endgültigen Heimkehr, sein Kriegsunglück einigen Ortsbewohnern geschildert hatte, denn in der Folge war es ihm unmöglich gewesen, eine Gemahlin zu finden, weil sich alle Frauen in der Gegend weigerten, etwas Ähnlichem wie einem ehemaligen Vampir ihr Jawort zu geben. So frequentierte er seit Jahrzehnten einmal im Monat die eher korpulenten Damen des legendären Freudenhauses »Allegro« in Brescia, das in der Via Marconi 11 seit mehr als hundertzwanzig Jahren vorwiegend jenen Zuflucht bot, deren erotische Wünsche den Rahmen üblicher bürgerlicher Sehnsüchte sprengten.

Eherne Atheisten speisten dort angeblich mit Messer und Gabel auf stiefmütterchengeschmückten Tischen den Kot von falschen Nonnen. Der Herzog von Cornwall hatte sich, wie die Hauschronik penibel vermerkte, am Abend des 22. März 1947 im chinesischen Salon züchtigen lassen, indem auf jeweils sieben Schläge mit Pfauenfedern ein Hieb mit einer Weidenrute erfolgen musste. Ein weltberühmter Pianist, der in der Gegend ansässig war, ließ sich ein Bett in Form eines Mercedes-Silberpfeil-Automobils bauen, worin er in Betrachtung lesbischer Liebespaare seinen Voyeurismus befriedigte.

Moskito allerdings hielt sich in den weniger exklusiven, seinem Einkommen als Kunstschmied angemessenen Parterreräumen auf und bestellte sich beim etwas schielenden Fräulein Rosanna drei Stunden harmloses Eheleben. Das heißt, sie bügelte ihm wunschgemäß die Wäsche, bereitete ihm auf einem Elektrokocher ein Pilzrisotto und ließ anschließend mit von ihm ausdrücklich erbetenem

Widerwillen zu, dass er sich an ihrem Leib in der sogenannten Missionarsstellung befriedigte. Moskito referierte
all dies in seinen melancholischen Grappamonologen, die
den Stammkunden der Osteria immer das wärmende Gefühl vermittelten, zumindest im Vergleich zu diesem armseligen Gelegenheitskannibalen auf die Butterseite des
Lebens gefallen zu sein. Julian, der Moskito mochte, weil
er ihn optisch an den Schönbrunner Schlosskaplan seiner
Kindheit erinnerte, riet ihm zu einem Ortswechsel. Anderswo wisse man schließlich nichts von seinem Kriegs-
missgeschick, und anderswo hätten die Mütter auch Töch-
ter. Aber Moskito bestand auf dem Auslöffeln der Suppe,
denn er erhoffte sich dadurch im Jenseits einen gewissen
Ablass seiner vermeintlich verdoppelten Fegefeuerqualen.

Am Dorfplatz, schräg gegenüber dem Pfarrhaus, befand
sich ein Friseurgeschäft, das in dem schmalen Gewölbe einer ehemaligen Wein- und Spirituosenhandlung unter-
gebracht war. Man erzählte sich, dass die Likörfabrikation
der Chiminis dereinst von dieser Stelle aus ihren italien-
weiten Triumphzug begonnen hatte, und tatsächlich konnte
sich Julian schwer vorstellen, dass der stets in den Wänden haftende Alkohol- und Korkgeruch ausschließlich von
den hochprozentigen Haar- und Rasierwässern stammte,
die, überall auf Stellagen verteilt, neben einer fast quadrat-
metergroßen Fotografie Mussolinis der einzige Schmuck
des Ladens waren.

Julian war bei seinem ersten Besuch vor dem Bild, das
auf einer Wand gegenüber der Eingangstür hing, zurückge-
prallt und mit einem Anflug von Panik sogleich wieder auf

die Straße gestürzt. Der Friseur war ihm nachgelaufen und hatte beschwichtigend erklärt, dass er aufrechter Katholik sei, ihm daher alle Menschen, bis hin zu den Kopfjägern Papua-Neuguineas, gleich viel galten und dass der unsäglich blöde dreinblickende schwarzweißpapierene Diktator nur einen immerzu feuchten Mauerfleck tarne, für den alle anderen seiner aufhängbaren Gegenstände sich als zu klein erwiesen hätten. Julian fand, dass der Duce hiermit vielleicht erstmals einen Nutzen hatte, und überantwortete seine Frisur, seine Augenbrauen sowie die Haare, die ihm aus Nase und Ohren sprossen, fortan Herrn *Lollo Ottavio, Meister der Fassonnier-, Ondulier- und Färbekünste für Personen beiderlei Geschlechts,* als welchen den Friseur ein gedrucktes, in Zellophan eingeschweißtes Schildchen am Revers seines kurzen grauen Arbeitskittels auswies.

Wer einen Stammfriseur hat, ist nicht mehr heimatlos. Sein Dasein besitzt eine verlässliche Achse, um die sich all die anderen Details ordnen, die das Gefühl der Zugehörigkeit zu einem Ort bestimmen: das Schielen der Serviererin im Wirtshaus, der Kastaniengeruch der hölzernen Planken in den dunklen Kabinen des Strandbades, die abgesteppte Bügelfalte auf der Trevirahose des Briefträgers, das ferne nächtliche Pfeifen einer Lokomotive und vieles mehr. Wann immer Julian im Begriff war, von einer Reise zurückzukehren, dachte er nicht: »Morgen bin ich in San Celeste«, sondern: »Ich fahre zu Lollo Ottavio.« Dabei mochte er den Mann gar nicht besonders und fand ihn, verglichen mit zahllosen seiner Berufskollegen, eher uninspiriert geschwätzig. Aber Ottavio war nicht irgendjemand, er war sein Friseur, der ihm in den Jahren ihrer Verbindung bereits geschätzte eineinhalb Kilo Haare vom Kopf entfernt hatte. Dieser Mann also beschäftigte seit kurzem eine neue Hilfskraft. Eine Äthiopierin mit Namen Mébrat. Das Mädchen besaß eine Anmut, deren Wirkung den relativ friedlichen Rahmen des kleinen Ortes zu sprengen drohte. Als Auftakt ohrfeigte Signora Ottavio vor aller Augen ihren Lollo vom Friseurladen quer über den Dorfplatz durch die ganze Via Trieste zur Kirche und hinein bis zum Beichtstuhl, wo sie ihn anschrie, wenigstens vor Gott zu bekennen, dass er der schwarzen Schlampe hörig sei. Aber er stritt es ab und log dabei nicht, denn seiner Frau war es in siebenundzwanzig Jahren lasagne- und fernsehlüsterner Ehe verborgen geblieben, dass Lollo sich im Grunde ausschließlich für Männer interessierte und manchmal, wenn er den Dorfgendarm oder den Apotheker rasierte, seine Wange wie unabsichtlich an jener des Kunden streifte. Auch Julian wusste über diese Neigung nicht das Geringste, aber er war trotzdem von Lollo Ottavios Unschuld oder vielmehr dessen völliger Chancenlosigkeit bei Mébrat überzeugt, denn die Äthiopierin besaß eine Aura der Unnahbarkeit, die für gewöhnlich Fabelwesen zugeschrieben wird. Auch vermittelte sie, zumindest für Julian, den seltsamen Eindruck, als wäre ihr Äußeres reinstes nach außen gelangtes Innerstes und deshalb ihr Körper und vor allem ihr Gesicht nichts Geringeres als sichtbar gewordene Seele. Julian war ein wenig erschrocken über derlei verschrobene Einschätzungen, aber es fielen ihm auch nach langem Nachdenken keine stimmigeren ein.

In Italien sind die unverwechselbaren schlanken und wie elegante Statuen aufragenden Menschen aus dem seinerzeit von den Truppen Mussolinis mit ungeheurer Grausamkeit und dem Einsatz von Giftgas erbeuteten Abessinien ein häufigerer Anblick als in anderen Ländern Europas. Zu Tausenden waren sie in den Jahren des Kolonialismus von 1935 bis 1941 über das Mittelmeer verschleppt worden, um zwischen Brindisi, Capri und Genua zwangsarbeitend Zeugnis zu geben für die fabelhafte Ausdehnung des Faschismus auf jenen Kontinent, der die Majestät des Löwen, die Anmut des Flamingos und die Kraft des Elefanten barg.

Nachdem der erlauchte Herr, der Negus Haile Selassie, mit Hilfe englischer, sudanesischer, indischer und französischer Truppen in seinem Imperium statt der Ausbeutung durch Mussolini wieder die Souveränität und altgewohnte Ordnung, die er und seine Schranzen repräsentierten, sichergestellt hatte, blieben als Folge des Krieges viele seiner Untertanen im Stiefel Europas zurück, da ihnen die Mittel für die Heimreise fehlten oder sie hofften, in Italien zu Wohlstand zu kommen.

Der Vater von Mébrat war zuletzt Erster Offizier auf einem unter zypriotischer Flagge fahrenden Handelsschiff gewesen, und die Frau, die sie Mutter nannte, war eigentlich ihre Großmutter und Mutter ihres Vaters, eine Zauberin und Heilerin, die auf Amharisch Däbtära genannt wird. Ihre leibliche Mutter war zwei Jahre nach der Geburt des einzigen Kindes von einem Motorradfahrer genau in jenem Augenblick niedergestoßen und getötet worden, als sie in Neapel die Straße überqueren wollte, um sich einen

Lottogewinn von mehr als fünfzehn Millionen Lire aus-
bezahlen zu lassen. Die Zeitungen berichteten damals in
Schlagzeilen über »das Unglück der afrikanischen Glücks-
frau« und dass drei verschiedene Bankdirektoren sich bereit
erklärt hätten, das Geld zugunsten der Halbwaise Mébrat
derart mündelsicher anzulegen, dass diese bei Erreichung
der Großjährigkeit als wohlhabend zu bezeichnen gewesen
wäre.

Mébrats Vater entschied sicherheitshalber, jedem der In-
stitute ein Drittel der Summe zur Veranlagung zu überant-
worten, und am 21. Geburtstag des Mädchens war durch
Machenschaften von Bankbeamten und wohl auch ihres
Vaters gerade so viel davon übriggeblieben, dass sie ihrer
Ziehmutter ein erstklassiges falsches Gebiss und sich eine
ausgiebige Reise nach Äthiopien finanzieren konnte. Dort
erforschte sie sechsundfünfzig Tage lang das große und
kühle Addis Abeba sowie einige abgelegenere Regionen.
Stunde für Stunde schwelgte sie in Zufriedenheit, wie gelassen, schön und selbstbewusst ihr Volk war. Vom Busfah-
rer bis zur Schuhverkäuferin, vom Tischler bis zur Ärztin
schienen sie alle ihrer Herzensfamilie anzugehören. So erkannte Mébrat, dass sie nicht der gottverlassene Sonderfall
war, für den sie sich bisher gehalten hatte, und dass es lediglich einer Flugreise von wenigen Stunden bedurfte, um
sogar schwarze Madonnen mit schwarzen Jesuskindern,
umgeben von schwarzen Engeln, in den prächtigsten, in
Felsen gehauenen Kirchen anbeten zu können. Von dieser
Erfahrung gestärkt, fuhr sie zurück nach Italien, um auch
dessen Hauptstadt kennen zu lernen. Zwei Jahre lebte sie
in Rom als Haushälterin eines brasilianischen, als Vatikan-

korrespondenten akkreditierten Journalisten. Dann zog es sie nach Mailand, wo sie als Blumen- und Kranzbinderin arbeitete, und jetzt ging sie in San Celeste der Beschäftigung nach, die sie als Einziges nach der Grundschule gelernt hatte: Friseurin. Aber in Wahrheit arbeitete sie nur als Kopfwäscherin und Handpflegerin. Lollo Ottavio hatte sie nach kurzer Betrachtung engagiert, weil sie so gut roch und beste Zeugnisse vorwies und der Klang ihrer Stimme ihn ein wenig an jene der Filmschauspielerin Silvana Mangano erinnerte.

Ihre Hautfarbe war ihm völlig gleichgültig gewesen. Aber schon bald verhielt es sich anders, denn er bemerkte ein stetig ansteigendes, brausendes Getümmel erotischer Phantasien vieler männlicher Bewohner des Ortes, die alle um körperliche Wonnen kreisten, die sie offenbar der Vereinigung mit weißen Frauen nicht zutrauten. Es war widerlich und lächerlich zugleich. In der Osteria Agli Angeli wurde plötzlich abends an den Tischen in einem ungewohnt zotigen Ton geredet, an dem sich auch manch weibliche Personen beteiligten. Auf zwei Hauswände in San Celeste hatten Knaben mit Kreide »Mébrat ficken« geschrieben. Es war insgesamt ein Beweis, wie mitunter das Erscheinen von etwas besonders Feinem und Scheuem bei anderen gerade das Gröbste und Primitivste auslöst.

Mébrat bemerkte, was um sie herum vorging, aber sie wusste, dass diese armseligen Wilden, die ihr mit Zeichen und Worten nachstellten, zu unerzogen und ungebildet waren, um zu fühlen, dass sie es mit einer zu tun hatten, die direkt in den glutvollsten Sonnenaufgang schauen konnte, ohne geblendet zu werden, und dass ihr jenseits des Meeres ein Leben als Königin unter Königinnen und Königen möglich gewesen wäre. Daher wurde sie weder verzweifelt noch wütend, sondern begnügte sich damit, vor den Gaffern von San Celeste die Augen niederzuschlagen, um sich nicht mit deren Anblick zu beschmutzen.

Julian dachte: Lollo Ottavio ist mit der Angelegenheit überfordert. Er wird das Mädchen demnächst unter dem Drängen seiner Frau hinauswerfen und dann unter der eigenen Ungerechtigkeit mehr leiden als die Gekündigte. Also ging er zu Mébrat, um sie abzuwerben. Die Stelle einer Köchin bot er ihr an. Sie sagte: »Mein Herr, ich verderbe jede Speise«, und er sagte: »Das trifft sich gut, ich esse nicht gerne.«

Beide hatten gelogen, und zwei Tage später bezog Mébrat eines der vier geräumigen Gesindezimmer von Julians Villa. Die Anwesenheit der schönen und wie eine Leihgabe aus anderen Sphären wirkenden Afrikanerin öffnete allerdings eine Türe in Julians Wesen, die ihm Zutritt zu höchst unwillkommenen Leiden verschaffte.

Gleichzeitig war ihm trostlos bewusst, dass es keine rasche Aussicht auf Linderung gab, denn er begehrte nicht Mébrat, ihre Liebe oder ihren Körper, sondern Bürgerrechte in jenem Land, das ihre Gedanken bewohnten, und er begriff, dass dieses unsichtbare Reich einen Namen trug, den er gut kannte: der vollkommene Süden.

Er wusste nicht genau, was die Eigenschaften dieses Gebietes waren, aber deren Wirkungen glaubte er zu ahnen: allen voran jene bedeutende innere Ruhe, die Antworten von Klarheit auf wichtige Fragen zuließ. Ganz bei sich selbst würde man dann sein, keiner und keinem die Macht gebend, einen zu verletzen. Imstande, den eigenen Wert zu erkennen und zu achten und endlich Vertrauen zu stiften zwischen Körper, Geist und Seele. Versöhnt mit sich selbst, Augenblick um Augenblick die Herausforderung annehmend, die eigenen Möglichkeiten bis zum Äußersten zu leben. Julian dachte, dass all dies auf Erden erreichbar war, man müsste nur, ausgerüstet mit der Leidenschaftlichkeit und Ausdauer eines Livingstone, Speke oder Stanley, Expeditionen zu den Quellen jenes geistigen Nils oder Viktoriasees wagen, in deren Wasser sich der vollkommene Süden spiegelte.

Anfangs war Julian wegen seiner Hausgenossin ebenso das neidvolle Gespött mancher Dorfbewohner wie ehedem Lollo Ottavio, aber nach wenigen Wochen ebbte das aufgeregte Interesse an Mébrat ab, und fast alle nahmen sie zur Kenntnis wie etwa das Ereignis einer blühenden Königskerze am Wegrand: mit einem wohlgefälligen Blick, der einem im Herzen ein kleines wärmendes Feuer entfacht. Drei oder vier Männer beharrten auf ihrer Idiotie und waren unfähig, Mébrat ohne zweideutige Handbewegungen zu begegnen oder ohne ihr eine Beleidigung nachzurufen. Wenn Julian das Mädchen fragte, wie es ihr gehe, antwortete sie meist: »Ich habe gerade etwas gelernt, also geht es mir gut.« Und dann erzählte sie, dass sie ihre Erinnerungen betrachte, als ob sie Fotografien oder Filmaufnahmen studiere. »Immerzu entdecke ich dabei Neues, Herr Passauer: ein Muster auf dem Gewand einer Tänzerin in Aurasa, Handbewegungen bei dem brasilianischen Herrn in Rom, Flecken auf unserer Küchentischplatte in Neapel. Es ist unglaublich, wie oft man auf etwas schauen muss, ehe man es ganz kennt. Mit starren Gegenständen geht es noch halbwegs, aber Pflanzen, Menschen und Tiere bestehen tagtäglich aus so vielen Bewegungen und Veränderungen wie unzählige Bilder eines unendlichen Films, und jedes davon ist interessant.« Wie eine Wissenschaftlerin sprach sie und häufig auch mit einem Lächeln, das die Deutung zuließ, sie schwebe auf einer Wolke von Ironie.

Mébrat war sehr an Julians Bibliothek interessiert, worin aber die meisten Werke in deutschsprachigen Ausgaben standen. So wurde es zu einer Tradition, dass sie einen Band aussuchte, der ihr vom Umschlag oder Namen her gefiel, und Julian sich ihr gegenübersetzte und auf Italienisch eine Zusammenfassung des jeweiligen Inhalts erzählte. Dabei hielt sie immer wieder das Buch in die Höhe, als müsse jemand darauf einen Eid ablegen. Auf diese Art erfuhr Mébrat unter anderem von den Herren Robinson Crusoe, Gulliver und Tristram Shandy, aber auch vom Nasentröpfchen des uralten Kaisers von Österreich, wie es Joseph Roth in seinem Roman »Radetzkymarsch« beschreibt. Sie nahm diese Figuren und Begebenheiten als Zuwanderer in ihre Erinnerung, worin alles und jedes mit allem und jedem ein sehr lebendiges Dasein führte. Längst Verstorbene begannen Freundschaft mit Personen, die Mébrat gerade erst kennen gelernt hatte, und Erfundenes mit Wahrem. Schnee der Alpen mischte sich mit Wolkenbrüchen afrikanischer Regenzeiten. Wüsten und Nadelwälder gab es neben- und ineinander, die Kirchenglocken Neapels läuteten in den Kronen der Affenbrotbäume im Park des Palastes des

Negus, und der Himmel über San Celeste lag am Grunde des Indischen Ozeans, den Marco Polo und die Sängerin Oum Kalsoum gemeinsam auf dem Rücken eines Schwertfisches überquerten. Der Alltag ihrer Erinnerungen ereignete sich gleichberechtigt neben dem Alltag ihrer Hoffnungen und jenem in San Celeste. Beliebig wählte sie ihre Aufenthalte in den unterschiedlichen Wirklichkeitsebenen, und die Entmutigungen in der einen wurden stets durch Ermutigungen in der anderen übertroffen. Es ging sich, wie man sagt, am Ende stets alles aus.

Im Anschluss an diese literarischen Rendezvous gab es zwischen Julian und Mébrat gelegentlich Berührungen. Es waren Gesten vorsichtiger Zärtlichkeit. Nie schliefen sie miteinander, aber gleichzeitig wusste Julian niemanden, mit dem er jemals intimer gewesen war als mit Mébrat. Ja, mit ihr zu schlafen wäre ihm mit Sicherheit geringer erschienen als alles, was in ihrer Verhaltenheit an sinnlicher Freude lag. Manchmal hielt er mit beiden Handflächen Mébrats Kopf an den Schläfen und schaute minutenlang in ihre Pupillen, bis er darin einer Partitur ansichtig wurde. Dann las er Note für Note die Melodie und deren Orchestrierung, und das Gelesene begann in seinen Ohren zu klingen, und der Klang schuf Bilder großzügiger unbesudelter Landschaften, üppiger Vegetation, in denen er umherwandeln konnte wie in den Bühnendekorationen der Aufführung eines Stücks, das nichts Geringeres als seine eigene Seele zum Autor und Regisseur hatte.

Wenn Julian seiner ungewöhnlichen Köchin Bücher nacherzählte, konnte er sie ungezwungen betrachten, und in gewissem Sinn saß sie ihm Modell für eine Gedankenskulptur, die er am würdigsten Ort aufstellen wollte: neben den Hibiskusstöcken im Grandaschen Eidechsengarten.

Sein Vater hatte ihm dies vor langem geraten: Plätze in Besitz zu nehmen, indem man sie mit unsichtbaren Kunstwerken markiert. Julian bediente sich nach ähnlichen Prinzipien auch äußerst wirksamer Methoden, um gewissen Personen, Geschehnissen oder Häusern den Schrecken zu nehmen. Wenn er beispielsweise Ämter besuchen musste, stellte er sich ein weißes oder aquamarinblaues Licht vor, mit dem er in Gedanken die Wände und Böden des Gerichts oder der Steuerbehörde überzog, sodass er letztlich nicht einen fremden, sondern ganz und gar von ihm selbst gestalteten, gewissermaßen gezähmten Raum betrat. Auch den Beamten stülpte er Schichten aus gesegnetsten und hellsten Energien über und schüttelte dadurch stets die Hand eines Freundes und blickte in das offene Gesicht eines Verbündeten.

Seine Gedankenskulptur von Mébrat sollte ein Meisterwerk werden: ein geflochtenes Porträt aus Lichtern in den Spektralfarben, denen noch Energien tiefer, melodischer Dreiklänge beigegeben waren. Das Lob einer Frau sollte es singen, die ihrem Künstler den Weg an genau der Stelle gewiesen hatte, wo jener endete, der ihm durch seine Eltern vertraut war.

Zwei-, dreimal im Jahr, wenn der Zauber von San Celeste aus unbekannter Ursache gründlich versagte und Julian unruhig wurde, fuhr er zum Flughafen Linate nach Mailand und betrachtete stundenlang die Abläufe in der Ankunftshalle. Das unterschiedliche Verhalten der Ankommenden und Abholenden beim Einander-Wiedersehen hörte nie auf, ihn zu faszinieren: der spitze Freudenschrei oder das verlegene Sich-Sammeln, ehe manche scheinbar gleichgültig der Frau oder dem Mann eine Lügengeschichte auftischten. Das flüchtige Berühren des Oberarmes oder der Schläfe des anderen bei geheimen Liebesaffären. Die entzückt hochgehobenen und an die Schulter gepressten Kinder, deren Gesichtsausdruck zumeist Widerwillen signalisierte. Die Ratlosigkeit und Wut Sitzengelassener. Die Tränen wiedervereinigter Glücklicher oder jener Trauernden, die durch die Lüfte zu einem Begräbnis geeilt waren. Manchmal schauten sich zwei sekundenlang sprachlos in die Augen, um einander neu und vielleicht für immer zu erkennen. Viele lachten und viele verströmten aus den Falten ihrer Gewänder die Gerüche heißer Länder. Oder sie hielten etwas welke heimatliche Blumengebinde in Händen als eine Art Amulett gegen den befürchteten Hinterhalt der Fremde.

Am eindrucksvollsten war das Gewoge aus der Vogelperspektive von einer höher gelegenen Galerie herab: Turbane bewegten sich an Steirerhüten vorbei, ein Fez schaukelte zwischen Borsalinos, Schleier moslemischer Frauen glänzten in der Nachbarschaft von Rastazöpfchen, Tellerkappen von Offizieren und Zollbeamten neben den Stoffschiffchen der Stewardessen. Die psychedelischen Farben der Haarkunstwerke junger Punker wirkten als Antithese zu den Schwanenhauben katholischer Nonnen.

Julian stellte sich vor, dass aus der Heimkehr oder Zwischenstation so vieler für den Beobachter eine Kraft abgeleitet werden konnte, die auch ihm eines Tages den endgültigen Hafen zu weisen vermochte. Und dass jene aus allen Windrichtungen, die hier lediglich zu Besuch weilten, ein Magnetfeld bildeten, das ihm den Verstand schärfte, die Welt ihrem wahren Wesen gemäß besser zu erkennen. Aber er erlebte auch sich spielerisch im anderen, indem er festlegte, dass beispielsweise der Übernächste, den die sich automatisch öffnende Glastüre, die den Zollbereich von den Abholern trennte, freigab, er selbst sein würde, und er musste zugeben, dass ihm diese Willkür Julians, deren Wege er für einige Minuten genau verfolgte, mitunter nicht viel fremder erschienen als sein tatsächliches Ich.

Sooft Julian an seinem etwas wackeligen Rokoko-Schreibtisch, auf dem die Marchesa jahrzehntelang ihre Korrespondenz erledigt hatte, in Gedanken flanierte, konnte er durch das Doppelfenster eine sanfte, zypressengekrönte Hügellandschaft bewundern, die sich übermütig in den See zu stürzen schien, um am weit entfernten anderen Ufer in der Gegend von Torri del Benaco erfrischt wieder dem großen Wasser zu entsteigen.

In Österreich hatte er immerzu das Gefühl eines nicht enden könnenden Abschiednehmens gehabt, als wäre das ganze Land ein Bahnhofsperron, von dem ein Zug nach dem anderen, alle angefüllt mit seinen Hoffnungen, sich auf und davon zum Horizont schlängelte, während er einigermaßen ratlos winkend hinterher schaute. Hier, in San Celeste, bot sich ihm das Gegenteil: ein stetes Ankommen, das niemals den Reiz des Erstmaligen verlor. Auch fiel es ihm in dieser Umgebung wieder leichter, den gegenwärtigen Augenblick zu feiern. Eine Haltung, die beim Kartenspiel unerlässlich gewesen war, die ihm aber bei Reisen und Abenteuern danach immer wieder für Wochen verloren ging, weil er allzu oft ins Spintisieren und Räsonieren geriet, sodass er sich hauptsächlich in einem Gemisch aus Vergangenheit, der er nachsann, und Zukunftsentwürfen, die er idealisierte, aufhielt.

In San Celeste, bei Spaziergängen auf dem Lungolago, übte er gerne, seine ganze Aufmerksamkeit in einzelne Schritte zu legen. Dann spürte er den Druck, den die Begegnung seiner Schuhsohlen mit dem Granit der Pflasterung hervorrief, ebenso das Anspannen und Entspannen seiner Waden und Oberschenkelmuskeln, das Abfedern, das die Ferse leistete, oder die makellosen Bewegungen seiner Kniegelenke. Ein andermal nahm er bewusst die Gerüche wahr, die sich auf einer Strecke von dreihundert Metern zwischen dem Grand Hotel und dem verwunschenen Strandbad Dutzende Male verändern konnten. So lernte er bald, dass alle Stunden aus derart vielen, für gewöhnlich überhörten, übersehenen, überrochenen, überfühlten Nuancen und Vorkommnissen bestanden, dass man sich fragte, an wen all dies Getümmel eigentlich adressiert war. Gab es für jedes Signal, das ausgesandt wurde, einen Empfänger? Dienten sie als Orientierungshilfe für Luftgeister oder Dybbuks? Waren etwa die Millionen von Geräuschen

Grundlage und Impulsgeber für bestimmte unerforschte Abläufe bei Fauna und Flora? Es gab eine Welt hinter der Welt, dessen war er sich sicher. Aber wo befanden sich die Durchschlüpfe in diese Dimension, und welche Techniken musste man beherrschen, um dort Fuß zu fassen? Die einzige ihm bekannte Person, die darüber manches wusste, war Mébrat. Als eines Morgens plötzlich innerhalb weniger Minuten Hunderte Marienkäfer den Salon eroberten und die Wände dadurch aussahen, als litten sie an einer Masernerkrankung, trat sie mit einem Spiegel auf ihn zu und bat ihn, sich darin zu betrachten. Dann sagte sie: »Sie wären gut beraten, ein Alchimist zu werden, Herr Passauer. Einer, der das Niedere erhöht, das Unedle veredelt und das Grobe verfeinert.« Damals war ihm diese Forderung absurd erschienen, aber mittlerweile konnte er sich durchaus vorstellen, solch einem Plan näherzutreten.

Julian hatte seit dem Ende seiner Spielerzeit keinen Beruf, aber eine Berufung. Die zum Beobachter. Neben Zinserträgen aus den klug angelegten Spielgewinnen fand er ein zusätzliches Einkommen, indem er das für ihn Auffällige mitunter schriftlich festhielt und an Zeitungen in Italien, Holland und im deutschen Sprachraum verkaufte. Was er als besonders bemerkte, entsprach allerdings für die meisten seiner Leser dem reichlich Unauffälligen und Leisen, das häufig überhaupt erst durch seine Beschreibungen in ihre Wirklichkeit trat. In einer Gesellschaft des groben Rasters und der Vereinfachungen war er ein altmodischer Parteigänger der Zwischentöne und Verästelungen. Dies hatte ihm einige Achtung und treue Gefolgschaft einer kleinen

Gemeinde von Liebhabern des Außenseiterischen eingetragen, und manche von ihnen verwendeten seinen Namen
sogar als Synonym für Genauigkeit.

Seit geraumer Zeit machte Julian sich auch Notizen über
den Enkelsohn des Doktor Granda. Seine Absicht war,
»Beobachtungen über das Mienenspiel eines Knaben« zu
schreiben. Nikos, dessen Name auf seine griechische Mutter verwies, faszinierte ihn. Relativ unbehelligt von Ermah-
nungen und Ratschlägen Erwachsener, schuf er sich selbst
und glich dem Wunder einer Statue, die sich größtenteils
eigenhändig aus dem Marmor meißelt. Seine Bezugswesen
und Anreger waren die botanischen und zoologischen Bewohner des Eidechsengartens und dessen Geräusche, Düfte
und Jahreszeiten. Er wusste wie niemand anderer, wo ein
Wiesenstück nahe dem Bach sumpfig wurde, in welchem
Baumstumpf eine Schlange satt vor sich hindämmerte und
wann ein Akanthusblatt seine volle Größe erreicht hatte.
Er begrub ohne Aufhebens die verbluteten Katzen, die sich
manchmal im engen Stachelrevier der Kakteen fingen, und
sprach mit den Wasserkaskaden auf den von Erikasträu-
chern und Akelei überwachsenen Felsformationen in einem Dialekt, den nur sie und er verstanden, und er mahnte
die Gärtner, bestimmte Winkel des Parks nicht zu betreten,
weil dort kleinere und schwache Wolken schliefen. Scheue
Fasane ließen sich von ihm berühren, und einen Fuchs gab
es, dem er halbstundenlang in wenigen Metern Entfernung
gegenübersitzen konnte. Die beiden fixierten einander, als
hinge das Heil der Welt davon ab.

Nikos war der einzige wirkliche Eingeborene des Eidechsengartens. Alle anderen, von Doktor Granda bis Julian,

von den singenden Partisaninnen bis zu den tätowierten Holzarbeitern und Gärtnern, konnte man als Forscher oder Fährtensucher, Heger oder Störenfriede bezeichnen. Nikos aber war ein unverzichtbarer Teil der feingesponnenen Statik des Gartens. Kaum einer ahnt ja, dachte Julian, wie sehr das sogenannte Wunderbare von der Existenz und vom Willen einiger weniger getragen wird und dass der Tod oder auch nur die tiefe Erschöpfung von lediglich zwei oder drei dieser Menschen eine Art Himmelsbruch zur Folge hätte, der unsere besten Aussichten unter sich begrübe. Julian mochte sich nicht vorstellen, dass es in Zukunft einen älteren und reiferen Nikos geben könnte. Der Bub war bereits klar erkennbar die Vollendung von dem, wessen der Park an konzentrierter Wertschätzung und Einfühlung bedurfte: der ideale Wilde, der sein Schicksal mit jenem seiner Umgebung verband, ja mit ihr verschmolz.

Julian und Nikos waren einander gut, und ihre Beziehung erinnerte an den Umgang, den manchmal ältere Universitätsprofessoren miteinander pflegen, die sich schon von der Studienzeit her kennen und unbeobachtet glauben. Sie heckten amüsiert vertrottelte Streiche aus und benahmen sich wie vor Übermut berstende Lümmel, um plötzlich, durch ein Geräusch an die mögliche Gegenwart Dritter erinnert, wieder in den Konversationston akademischen Personals zu wechseln. An den Inhalten der Gespräche hätte kaum einer ablesen können, welcher von beiden der Knabe und welcher der Erwachsene war. Nicht weil Julians Sätze so nichtssagend klangen, sondern weil Nikos imstande war, eloquent und fesselnd über die unterschiedlichsten Themen zu improvisieren. Eine Sternenkonstellation hatte er sich beispielweise einfallen lassen, in der um Frühstücks- und Weihnachtsplaneten gefiederte Monde kreisen. Das Transportmittel dorthin waren Töne. Tonraketen, wie er es nannte, und es gab Begegnungen, bei denen Nikos bis zu dreißig Tonraketen vorsang. Auch über Geld diskutierten sie, und Nikos wollte, dass tagsüber Liebe die Währung sei und nachts Tränen und dass man Waren dadurch erhielt, dass man ihre Besitzer genügend erstaunte. Zum Beispiel mit der elften Stimme, die jeder besaß, der zwischen anein- andergepressten Daumen und seinen Lippen einen Gras- halm zum Klingen bringen konnte. Alles, was Nikos emp- fand, füllte ihn ganz und gar aus. Nichts als Lachen konnte er sein und gleich darauf der traurigste Mensch auf Erden. Und wenn er ein Schnittlauchbrot aß, wurde ihm das ganze Dasein Schnittlauchbrot, und das Fliegen des Habichts, das ihm gefiel, verwandelte bis auf Widerruf auch jedes andere Ereignis in Schweben und Flügelschlagen. Nikos kannte kein Morgen und nicht die Ängste, mit denen dieser Begriff für so viele beladen ist. Nur ein immerwährendes, erregen- des Jetzt kannte er. Was die Erwachsenen meinten, wenn sie von Langeweile sprachen, war ihm vollends rätselhaft.

San Celeste besaß etwa siebenhundert hier geborene Ein- wohner und etwa dreihundert, die früher oder später hin- zugezogen waren. Viele davon in der Hoffnung, hier glück- licher zu werden als zuvor anderswo. Manchen, wie Julian, hatte sich dieser Wunsch erfüllt, und andere, wie die Signora Montevecchi, liefen noch immer und seit langem der Erfüllung ihrer Hoffnungen hinterher.

Die Signora Montevecchi war in Julians Phantasie eine

von Beruf Hoffende. Nachmittag für Nachmittag, Abend
für Abend saß sie in einem der oleanderbaumüberschatte-
ten Cafés der Seepromenade. Zu ihren Füßen kauerte ein
schwarzer Cockerspaniel, der niemals bellte oder winselte.
Man konnte glauben, dass die seelische Not seiner Herrin
ihn stumm gemacht habe. Und doch war die Signora Montevecchi nicht wirklich einsam, denn ihre Gedankenwelt
ging über von Herren, die langsam und sehr aufrecht auf sie
zuschritten, um anerkennend mit der Zunge zu schnalzen,
sobald sie ihre Figur musterten, die eine für Fünfundfünf-
zigjährige durchaus nicht selbstverständliche Festigkeit
und Unmütterlichkeit auszeichnete. Die Herren in Signora
Montevecchis Gedanken sprachen selten. Sie bemächtigten
sich ihrer rasch und auf entschlossene Weise, wie sich ein
ausgezeichneter Pianist für begrenzte Zeit an einem Klavier versucht, das er in einer Hotelhalle oder fremden Wohnung vorfindet.

Manchmal vereinigte sich die Signora Montevecchi mit
ihren Gedankenherren, indem sie kleine Idealfiguren aus
süßem Teig buk und als eine Art Kommunion zu sich nahm.
In dieser Wollust des Schmeckens vermählte sich ihre Seele
mit der Gottheit des Erlösers, den sie sich immer neu als
Regierungsrat, Schuhhändler oder Radrennfahrer träumte,
und immer las sie nachher in dem Büchlein des Meisters
Eckart, das ihr Don Ignazio eines Abends nach der Beichte
geschenkt hatte, als sie besonders abenteuerliche Fleisches-
sünden erfand, um ihrem blassen Dasein etwas Farbe zu
geben. »Solange die Seele einen Gott hat, Gott erkennt, von
Gott weiß, solange ist sie getrennt von Gott«, stand dort geschrieben. »Es ist nämlich Gottes Ziel, sich zunichte zu ma-

chen in der Seele, auf dass sich auch die Seele verliert, denn dass Gott Gott heißt, das hat er von den Kreaturen.«

Das in etwa war die selige Auflösung, deren baldiges Stattfinden sich die Signora Montevecchi in Julians Phantasie auf der Strandpromenade erhoffte, und er hätte sich nicht im Geringsten gewundert, wenn sie eines Tages, nach einer mystischen Umarmung durch den Kellner oder einen Gast, direkt vom Eissalon aus mitsamt ihrem Cockerspaniel ins Paradies aufgefahren wäre.

Schon in seiner Spielerzeit hatte Julian manchmal die Gewissheit, auf einem Grenzbalken zwischen Licht und Verdüsterung zu balancieren. Eine minimale Verschiebung seines inneren Schwerpunktes in die eine oder andere Richtung genügte, und er war in heiterem Mut oder in verkapselter Not. Ärzte, mit denen er sich selten, aber doch darüber austauschte, vermuteten dahinter einen chemischen Vorgang, den Mangel an bestimmten mineralischen Substanzen. Aber ausgleichende Medikamente prallten an Julian ab, als regierte ihn eine höhere Macht, die sich jede Einmischung von außen wirksam verbat. Alle Hilfen des Himmels und der Erde konnte er zwar hinzubitten, aber sie bildeten bestenfalls eine Art Ring des Zuspruchs, in dessen Mitte er sich wahrscheinlich selbst heilen musste. Jede Kränkung, jede Zurückweisung, jede Überforderung, jede Lieblosigkeit schufen seiner Meinung nach ja Partikel der Verdüsterung, die nur aufzulösen waren, indem man geschickt einen dauerhaften Durchbruch von der einen Seite des Schwebebalkens zur anderen schuf, sodass immerzu Licht die starre Finsternis überfluten konnte.

Es gab Städte, in denen Julian immer am ersten Morgen nach seiner Ankunft das Erlebnis einer *Todesübung* hatte. Lissabon war so ein Ort, auch Jerusalem und Zürich. Er erwachte dann mit dem Gefühl, als wäre die Haut über seinen Schädel- und Gesichtsknochen im Schlaf geschrumpft. Sie schmerzte unter der Zerreißprobe. Mit leicht angewinkelten Beinen lag er auf dem Rücken und wollte die Augen nicht öffnen, um jene inneren Bilder seiner Kindheit, in denen seine Mama sehr langsam und ganz allein zu den Klängen des Orchesters vor dem Café Florian am Markusplatz Walzer tanzte, nicht zu verlieren. Stets waren es diese erinnerten Szenen: Mamas elegantes Drehen, das sanfte Rascheln ihres erdbeerfarbenen, ärmellosen Sommerkleides, die ihm in diesem Zustand bewusst machten, dass alles Körperliche sich fürs Ende bereitete. Aber es war nicht bloß das Ende des vielfältigen bisher Gelebten, sondern, als ob er zwanzig oder dreißig Jahre älter wäre, das geordnete Verlassen eines Feldes nach klug getaner Arbeit. Ein ihm außerhalb der Todesübung völlig unbekannter Friede erfüllte ihn dann, der bereits ein Charakteristikum der ihn erwartenden harmonischen körperlosen Welten sein mochte. Als Nächstes drückte und presste er mit dem Becken nach der Art Gebärender und wusste, dass dies einen Weg öffnete, über den das Sterben ihn betreten konnte. Manchmal schien es ihm auch umgekehrt, als würde derart seine Seele das Sterben betreten, das nichts anderes als jenes Bitterkraut war, welches der Doktor Granda in seinen Bachläufen pflanzte, damit sich das weitgereiste Wasser daran reinigen konnte. Aber dann verlor er immer wieder einige Augenblicke oder Meter vor dem Ziel die nötige

Konzentration und wurde in eine Fortsetzung der Mühen und Eitelkeiten zurückgeworfen, die unter Menschen allgemein als so viel erstrebenswerter gelten als der Tod. Julian blieb von diesen Übungen stets ein schmerzendes, lange anhaltendes Heimweh nach dem, was sein Vater den vollkommenen Süden genannt hatte, den er als Mébrats Ursprung wähnte und der ihm als Gefühl in manchen Umarmungen mit schönen Damen und bei Spaziergängen im Eidechsengarten durchschimmerte. Da man aber Heimweh nur nach dem haben konnte, was Heimat war oder ist, wusste er genau, dass er dem vollkommenen Süden nicht nur zustrebte, sondern auch entstammte.

Die Strandpromenade war außerhalb der Saison fast ausschließlich von Einheimischen besucht, die weder den Strand wahrnahmen noch promenieren wollten. Für die meisten verlief hier nichts als jene Grenze, die das Feste vom Flüssigen trennte. (Von Kindheit an können sich ja die Anwohner von Seen und Meeren im Süden vor dem Zubettgehen entschließen, ob sie ihre Träume aus dem Wasser, der Erde oder der Luft beziehen. Alle drei Möglichkeiten bergen Helles und Dunkles in sich. Aber wer nachts beispielsweise das bedächtige Stürzen auf den Grund von Ozeanen erfahren hat, bevorzugt es für gewöhnlich gegenüber dem Stürzen durch Wolkenbänke und Häuserschluchten. Auch sind die Geschehnisse im Wasser von kräftigeren Rottönen begleitet, die besonders unentschlossenen Charakteren nach dem Erwachen für ein oder zwei Stunden einen gewissen Antrieb verleihen.)

Fremde wirkten hier außerhalb der Saison ein wenig

misstönend, und man hätte sie, wenn an nichts anderem, an ihren Augen erkannt, die interessiert umherblickten, während die Einheimischen unzweifelhaft nach innen schauten, was ihren Gesichtern das Irritierende von fröhlichen Blinden gab. Julian hatte sich, ob er wollte oder nicht, die Augen des Fremden bewahrt, und eines Nachmittags bemerkte er unweit von sich ein Individuum mit einem zierlichen weißen Sonnenschirm, das aussah, als wäre es soeben dem geschickt gefalteten Papierflugzeug eines exzentrischen Kindes in einem Märchenbuch entstiegen. Die Erscheinung hatte eine derart altmodische Anmut, dass Julian sich augenblicklich vorstellte, wie in ihrem Elternhaus seinerzeit noch der Brauch gegolten hatte, zu Vater und Mutter Sie zu sagen, und dass man sie gezwungen hatte, eine Tasse auf dem Kopf zu balancieren, um das Aufrechte ihres Ganges zu üben.

In San Celeste di Sotto gab es ein Grand Hotel, dessen Name übertrieben wirkte, weil es weit und breit das einzige war und gar kein kleineres übertrumpfen konnte. Es war um diese Jahreszeit nur geöffnet, weil es einer Gruppe mafioser Geschäftsleute gehörte, für die Verluste keine Rolle spielten und die den Betrieb vor allem deshalb ganzjährig am Laufen hielten, um jederzeit über einen komfortablen und repräsentativen Schauplatz zur Befriedigung ihrer erotischen Notdurft zu verfügen. Auf dieses Grand Hotel bewegte sich das Sonnenschirmgeschöpf zu. Aber Julian wusste, dass es unmöglich aus dem Dunstkreis der Mafiosi stammen konnte, es sei denn, einer von ihnen frönte der speziellen Perversion, seiner Haltung des Groben und Grellen eine Antithese feingesponnener Noblesse ge-

genüberzustellen. Mit einem engen, knielangen, von der Hüfte abwärts plissierten, taubengrauen Seidenkleid war sein Blickfang bekleidet, und Julian glaubte zu erkennen, dass die Person darunter tatsächlich ein Korsett trug, das ihre Taille schmäler modellierte. Er zögerte den Augenblick hinaus, da er sie überholen würde, um ihr Gesicht zu sehen, weil er fürchtete, dass dieses weniger gelungen sein könnte als die Schultern, der Rücken oder der Allerwerteste. Aber zwei Minuten später wusste er, dass die einzige Überraschung, die sich ihm enthüllte, die war, dass er es mit keinem Mädchen, sondern mit einer etwa vierzigjährigen Frau zu tun hatte. Julian wendete am Ende der Promenade, um das Objekt seines Interesses noch einmal genauer betrachten zu können. Jetzt blieb sie stehen, schloss den Schirm und drehte sich ein wenig nach links und rechts, als würde sie sich in einer, nur für sie sichtbaren dreiteiligen Psyche spiegeln. Dann ging sie direkt auf Julian zu und ohne Interesse an ihm vorbei. Sie war schön, ein wenig rundlicher und vollbusiger, als es der Zeitgeist forderte, und mit sportlich zu nennenden Waden. Ihr slawisches Gesicht mit den ausgeprägten Backenknochen und der gewiss nicht korrigierten Nase (die aber wie das Vorbild vieler Eingriffe plastischer Chirurgen wirkte), den sehr großen smaragdgrünen Augen, dem tiefschwarzen Haar mit dem Bubikopf-Schnitt, der geschickt die hohe Stirn kleiner wirken ließ, verursachten eine Anziehungskraft, die für Julian, dessen äußerem Ideal eher lange entschwundene Stummfilmstars wie Louise Brooks und Asta Nielsen entsprachen als die Geheimnislosigkeit der aktuellen Hollywooddiven, gemacht zu sein schien. Ein Parfüm hatte sie verströmt, das auf merkwürdige Weise an ein Odaliskenbild von Matisse erinnerte. Julian dachte: ein wenig süßlicher, und sie würde nach Makart riechen, und alles wäre aus, bevor es begonnen hat. Dann schaute er der Dame nach, und ihre Art zu gehen glich der seiner Mutter, die beim Spazieren immer den Eindruck vermittelte, sie erfülle gerade unbeirrbar einen wichtigen Auftrag. Dies war das Erste, was ihm an ihr nicht gefiel, denn er war ein überzeugter Schlenderer und zielstrebig nur angesichts sehr verlockender Ziele.

Am folgenden Tag hatte er über den Portier des Grand Hotels, der ein Cousin seines Gärtners war, in Erfahrung gebracht, dass die Dame unbegleitet in Zimmer 114 mit Blick auf den See logierte und dass sie Aimée Milton hieß oder sich zumindest unter diesem Namen ins Fremdenbuch eingetragen hatte. Da er nun auch wusste, dass sie bereits in drei Tagen wieder abzureisen gedachte, blieb ihm nicht allzu viel Zeit, sie kennen zu lernen. Sein Interesse für Frau Milton hatte etwas ungewöhnlich Drängendes, als erwarte seine Seele sich von ihr Nahrung zur besseren Bewältigung einer schwierigen Strecke. So sammelte Julian im Eidechsengarten Blätter in den berückendsten Formen und Farben, arrangierte sie in einer mit gelbem Samt ausgeschlagenen Wellkartonschachtel und legte zuoberst Walnüsse und Haselnüsse sowie ein Kinderfoto, das ihn als etwa Vierjährigen in der Pelzbekleidung eines Eskimo zeigte, die ihm sein Vater von einer Kanadaexpedition mitgebracht hatte. Auf eine Visitenkarte schrieb er auf Englisch: »Es gibt mich!«, dann hinterlegte er Paket und Kuvert für den Gast in Zimmer 114 im Grand Hotel.

Eineinhalb Tage geschah nichts, was Julian Anlass zu Hoffnungen geben konnte. Er begegnete Aimée zwar mehrmals auf der Strandpromenade und trank wenige Tische von ihr getrennt Cappuccino, während sie bei einem Amaretto in Architekturzeitschriften blätterte. Aber sie schien ihn nicht zu bemerken.

Dessen ungeachtet begann Julian ihr in Gedanken Geschichten zu erzählen. Zunächst redete er von den widersprüchlichen Eigenschaften Wiens und dem verlässlichen Trost, welcher Schubertscher Musik innewohnt. Danach von seinen Eltern, den Spielerabenteuern sowie den Marotten einiger seiner bisherigen Liebhaberinnen. Bald darauf sprach er bereits von seinen tiefsten Abgründen und wen er, gäbe es hierfür nicht allzu unangenehme Strafen, in manchen Stunden leichten Herzens ermordet hätte. Als ihn Aimée Samstag Nachmittag unvermittelt mit den Worten »Ich weiß ja gar nichts über Sie« in der Hotellobby, in der er lesend saß, ansprach, dachte Julian nur: Was meint sie denn, ich habe ihr doch schon so viel an Wesentlichem gesagt. Dann küsste er aber doch andeutungsweise ihre rechte Hand und antwortete: »Ich bin ganz gewiss der Richtige.«

»Was ist das Ihrer Meinung nach?«, fragte sie nur wenig erstaunt.

»Die liebevollste mögliche Ergänzung zu sich selbst.«

»Ist das denn erstrebenswert?«, lachte sie. »Zu mir ganz und gar Passendes ist eigentlich nicht, was ich in einem anderen suche. Etwas wirklich Fremdes, eine glaubhafte Gegenthese, darum würde ich bitten. Ich bin mir selbst nämlich, um Ihnen eine Wahrheit zu sagen, die Sie nicht im

Geringsten etwas angeht, im Großen und Ganzen eine ziemliche Enttäuschung.«

»Weil Sie sich wahrscheinlich selbst nicht genügend kennen. Ich nehme an, dass Sie die Türen zu den aufregendsten Zimmern in ihrem Wesen noch nicht geöffnet haben.«

»Und ausgerechnet Sie haben die Schlüssel dazu? Das wollen Sie mir doch sagen«, spottete Aimée.

»Genauso ist es, ob es Ihnen gelegen kommt oder nicht«, sagte Julian mit großem Ernst.

»Da trifft es sich ja gut, dass ich in zwei Stunden abreise.«

»Wohin denn, um Gottes Willen?«, erschrak er.

»An einen Ort, wo ich vor Verfolgungen durch Verrückte wie Sie sicher bin.«

»Aber Sie haben doch mich angesprochen! Ich war ja ganz brav.«

»Ich habe Sie angesprochen, weil Sie einige Male gelächelt haben, dass es schon nicht mehr nur unverschämt war.«

»Sondern?«, wollte Julian wissen.

»Sondern wie ein vertrauter Freund, den ich aus irgendwelchen Gründen nicht wiedererkenne.«

»Sie bringen es auf den Punkt, gnädige Frau. Ich habe Sie sofort erkannt und Sie mich noch nicht. Geben Sie sich die Gelegenheit zu erinnern.«

»Was zu erinnern?«

»Die Hoffnung, die Sie noch nie aufgegeben haben. Die Hoffnung, einem Mann zu begegnen, der einen, wie es der Dichter Peter Altenberg vor bald hundert Jahren in der Stadt Wien schrieb, für die vielen Liebhaber entschädigen wird, die man seinetwegen nicht erhört hat.«

»Sie sind ziemlich anstrengend«, flüsterte Aimée.

»Dann kann ich wohl davon ausgehen, dass die Audienz beendet ist«, sagte Julian, verabschiedete sich mit einer knappen Verbeugung und stieg in den Lift, dessen Türe ein Diener seit Minuten offen hielt. Dreimal fuhr er unschlüssig zwischen zweitem und viertem Stock hin und her, dann drückte er den Knopf für die Lobby und sah Aimée Augenblicke später an genau der Stelle, wo er sie verlassen hatte, in freundlichem Gespräch mit einem jungen Feschak, der in der Tanzbar des Hauses ab 22 Uhr mithilfe eines elektrischen Klaviers Schnulzen darbot. Er hörte tatsächlich, wie sie zu dem Mann sagte: »Ich will Ihnen schon seit Tagen für die originelle Schatulle mit den Blättern und der entzückenden Kinderfotografie danken.«

Julian war knapp daran, das erste Mal in seinem Leben eine Frau zu ohrfeigen, da retteten ihn die Ehrlichkeit und die Präpotenz des Angesprochenen. »Ich habe Ihnen gar nichts geschickt, Signora, und eigne mich auch kaum für Verwechslungen.«

Aimée errötete und schaute in Julians Augen. Dann sagte sie: »Falls es jemanden interessieren sollte, ich reise in zwei Stunden nach Paris.«

Wenige Abende später, am Palmsonntag, zeigte Julian Aimée den eindrucksvollen, auf einem Postament montierten bronzenen Frauenkopf am Eingang jenes winzigen Parks, der wie ein Materie gewordenes Orgelpräludium der benachbarten Kirche Saint-Germain-des-Prés wirkte. Er erklärte ihr, dass Pablo Picasso die Skulptur zur Erinnerung an seinen Freund, den Dichter Guillaume Apolli-

naire, gestiftet habe und dass es von Picasso und von Jean
Cocteau beinahe identische Zeichnungen aus dem Jahre
1915 gebe, die Apollinaire vor einem offenen Fenster sitzend zeigten, einen großen Wickelverband um die Stirne,
der seine Kriegsverletzung verbarg, jenen Kopfschuss, an
dessen Folgen er kurz darauf sterben sollte. Das besonders
Eindrückliche an beiden Zeichnungen sei aber des Dichters
angstvoller Augenausdruck, denn von der Straße her drangen gerade die wütenden »Mort à Guillaume!«-Rufe eines
Pariser Demonstrationszuges, die Apollinaire im Schmerz-
delirium auf sich bezog, obwohl sie Wilhelm, dem deutschen Kaiser, galten.

Aimée schien an derlei Geschichten interessiert und
wollte sich ihrerseits gerade mit einer Anekdote über die
nahe Place de Furstenberg revanchieren, als ein herrenlo-
ser Foxterrier ihr unvermittelt an den linken Stöckelschuh
pisste. Julian fand dies den richtigen Augenblick, um seiner
Angebeteten das Du anzutragen. »Sie wollen sich gewiss
nur den Bruderschaftschampagner ersparen, aber ich warne
Sie, die kleine, übelriechende Lacke zu meinen Füßen kann
ihn keinesfalls ersetzen«, sagte sie und lächelte nicht einmal andeutungsweise.

»Bei allen Heiligen, es geht keinesfalls um Bruderschaft,
sondern um Liebe. Ich meine das wirklich ernst, Frau Milton, um Liebe geht es. Um *tout ou rien* – wie in dieser Stadt
gesagt wird.«

»Schreien Sie mich bitte nicht an oder meinetwegen,
schrei mich bitte nicht an, du Idiot! Ich werde sehen, was
sich machen lässt in Sachen Liebe. Aber rasch geht da bei
mir gar nichts.« Jetzt lachte sie doch ein wenig, und Julian

berührte mit einer Hand vorsichtig ihre Nase, und dann zeigte er zum Himmel.

»Schau, gerade rechtzeitig eine Sternschnuppe!« Aber es war nur ein ferner Hubschrauber der Verkehrsüberwachung, der zur Landung ansetzte.

Nach zwei Pariser Tagen kam es während eines Besuches des Musée Grévin für Augenblicke zu einer Situation, in der Julian mit einem Teil seines wachen Geistes sich selbst verließ und von außen beobachtete. Dabei empfand er sein Verhalten Aimée gegenüber als weitaus weniger souverän, als es von innen gewirkt hatte. Sie war, bemerkte er aus der Vogelperspektive, keinesfalls erobert, vielmehr schien sich ihre Abwehr zu verstärken, und schuld mochte seine aufgeregte Bemühtheit sein.

Wieder ganz in sich sagte er laut: »Ich bin so ein linkischer Verehrer, Aimée, weil ich im Grunde selbst erobert werden möchte. Wenn du willst, dass wir vom Theoretischen der Liebe in ihre Praxis übergehen, gib mir ein Zeichen deiner Absichten.«

»Meine Absicht ist, dich zu beobachten und zu prüfen, bis du genügend oft nicht gehalten hast, was du mir und ich mir eventuell von dir versprochen hab'. Ich möchte dich so begründet vergessen können, dass du niemals als Sehnsucht in mir aufsteigst. All dies muss erreicht werden, ohne dass wir eine Affäre haben. Ich will nämlich auf keinen Fall mit dir ins Bett, um unter Umständen draufzukommen, dass ich nie im Leben mit dir ins Bett hätte dürfen.«

Julians Erstaunen war groß. Dies war eine Art von Verhalten, das keiner der zahllosen Kartenspieler, gegen die er im Laufe der Pokerjahre angetreten war, jemals zur Schau getragen hatte.

»Mach dir keine Hoffnungen. Ich werde dich nicht enttäuschen«, sagte er.

»Du Armseliger tust es doch bereits die ganze Zeit«, sagte sie. Er wusste nicht, ob solche Sätze Taktik oder Ernst waren, und bemühte sich, zumindest ein wenig Genuss aus dem Umstand zu gewinnen, dass er diese Frau nicht im Geringsten durchschaute.

Als Aimée zweieinhalb Monate später mit vier auf einem Schiebewägelchen übereinandergestapelten Lederkoffern aus dem Zollbereich des Flughafens von Verona in die Ankunftshalle trat, wusste Julian weder, ob sie einen Beruf hatte, noch was ihr genaues Alter war oder ob sie Mann und Kinder besaß. Er wusste nicht einmal, ob er sie umarmen sollte, denn am dritten Abend in Paris, wo sie in getrennten Hotels gewohnt hatten, war sie einfach abgereist, um – wie sie es ausdrückte – Verpflichtungen einzuhalten. Zum Abschied hatte sie ihm herablassend die Hand gereicht und sich seine Adresse und Telefonnummer notiert. »Man wird sehen«, bemerkte sie noch. Und was er dann zu sehen bekam, waren zweimal wöchentlich, zumeist dienstags und freitags, lange Telegramme. Es handelte sich eher um sündteure telegrafische Briefe, bar jeder Herzlichkeit und jedes Mal in einem anderen Stil gehalten, als stammten sie von gänzlich unterschiedlichen Absendern. Kurze Nacherzählungen von Gesprächen mit ihm Unbekannten waren es, Naturbeschreibungen irischer und schottischer Landschaften, Abschriften von Gedichten, Aphorismen und Lie-

dertexten, in für Julian besonders ärgerlichen Fällen sogar
Kochrezepte und Anleitungen für Tanzschritte. Manchmal
dachte er, Aimée sei ganz einfach verrückt, aber immer wieder kehrte er zu der Auffassung zurück, dass all dies Teil eines ihm bisher unbekannten Spiels sei und er es zumindest seiner Professionalität und dem Andenken seines vor
einem Jahr friedlich entschlafenen Meisters Ruhigblütl
schuldete, sich ihm aufmerksam zu widmen.

Nun stand die Absenderin der Telegramme vor ihm und
lächelte immerhin. Da salutierte Julian, als handle es sich
um eine militärische Begegnung. Nie zuvor hatte er auf
diese Weise gegrüßt, und doch schien es ihm in diesem
Augenblick das Natürlichste von der Welt. Aimée war damit zufrieden. »Stehen Sie bequem, Leutnant Passauer!«,
befahl sie im Tonfall eines freundlichen Vorgesetzten. Es
wäre ihr nicht in den Sinn gekommen, dass er von ihnen
beiden den höheren Rang hätte innehaben können.

San Celeste war am Tag von Aimées Ankunft regenversie-
gelt, und Julian fand es eine gute Fügung, dass sein Gast
zunächst unabgelenkt das Haus in sich aufnehmen konnte
und sich erst morgen oder übermorgen der Vorhang zu
dem prachtvollen Schauspiel der Landschaft heben würde.
Aimée betrachtete ein wenig ungläubig die Schönheit der
Räume, und nach kurzer Zeit tat sie etwas, das gewöhnlich
nur Männer, und zwar in unkommoden Umständen, tun:
Sie öffnete den Kragenknopf ihrer Bluse. Julian deutete dies
nicht zu Unrecht als Einleitung eines Machtausgleichs. Der
Verwirrung, die sie ihm bot, wuchs die Nachbarschaft einer
anderen, die offenbar er ihr zu bieten imstande war.

In der kleinen Bibliothek mit dem ovalen Grundriss tranken sie schließlich an einem Schachtisch sitzend Tee. Als Aimée die geleerte Porzellantasse in der Hand hielt, bemerkte sie, dass deren Boden so dünn war, dass Licht hindurchschimmerte und, ähnlich einem Wasserzeichen, das filigrane Porträt einer Chinesin freigab.

»Fangen wir noch einmal ganz von vorne an«, sagte sie.

»Einverstanden. Mein Name ist Julian Passauer. Ich bin so etwas Ähnliches wie ein fleißiger Taugenichts.«

»Damals im Grand Hotel hast du behauptet, du wärst der Richtige.«

»Wenn man von vorne anfängt, gibt es kein Damals«, lachte Julian und war sich seiner sicher, dass er jetzt aufstehen, einen Schritt auf Aimée zugehen, sie zu sich hochziehen und auf den Mund küssen konnte, wie er es sich seit langem gewünscht hatte. Und so geschah es, und sie umschlang ihn, wie eine aus großer Not Gerettete, und er wollte freudig ihr Retter sein, aber gleichzeitig selbst gerettet werden. Auf Mébrat, die eingetreten war, um Tee nachzuschenken, wirkte das Ganze wie ein Gerangel. Sie begriff erst nach einer Schrecksekunde, dass sie ein Liebespaar vor sich hatte.

In den folgenden Wochen gaben sich Julian und Aimée ganz jenen Seligkeiten hin, die glückliche Anfänge so verschwenderisch bereithalten. Sie redeten auch viele Stunden von ihren Befürchtungen und Hoffnungen, Zielen und Niederlagen. Wer die beiden im Gespräch beobachtete, mochte glauben, dass vor allem ihre Stimmen einander gefunden hatten. Ein Bariton und ein tiefer Alt. Wie zwei durch die Macht der Liebe oder der Wollust in Menschen verwandelte Celli klangen sie. Und tatsächlich war ihre Beziehung im Guten immer wie ein Musizieren. Sie verehrten einer im anderen den Virtuosen unvergleichlicher Stimmungen, die ein Wohlbehagen verströmten, worin es sich, zu ihrem nicht unbeträchtlichen Erstaunen, anscheinend erstklassig zu zweit leben ließ. Diese Stimmungen waren nichts Handfestes, und niemand hätte darauf ein Patent anmelden können. Aber Julian hielt sie für eine Art seelischer Homöopathie und wollte deren Ursache eigentlich gar nicht ergründen, solange die Wirkungen sich derart verlässlich einstellten.

Langsam begriff er zumindest in Umrissen, wer Aimée war oder behauptete zu sein: die Tochter des Protokollchefs des belgischen Außenministeriums und kinderlose Witwe eines bei einem Verkehrsunfall umgekommenen weißen Geschäftsmannes aus Simbabwe, der den Großteil seines Vermögens drei Söhnen aus erster Ehe bestimmt hatte. In London besaß sie eine Wohnung, deren Schränke eine Sammlung alter Modellkleider von Christian Dior füllte. So wirkte sie häufig wie einem jener berühmten Modebilder entstiegen, die Cecil Beaton in den Jahren 1942 und 1943 frivolerweise zwischen Bombenruinen fotografiert hatte. Sie übte, ohne dies je studiert zu haben, den Beruf einer Innenarchitektin für vorwiegend englische Aristokraten aus. Alles an ihr schien geschmackvoll zu sein mit einem Stich ins Extravagante, und sie genoss es, wenn er es genoss, gelegentlich das viele Edle ein wenig mit Deftigkeit und Vulgarität zu besudeln.

Aimée blieb, wie sie selbst formulierte, bis auf Widerruf in San Celeste. Man hatte nicht das Gefühl, dass sie als Hausherrin eingezogen war, aber sie benahm sich auch nicht wie ein Gast. Manchmal glaubte Julian, eine Art Lichtdouble der wahren Aimée vor sich zu haben, eine geduldige Person also, die während des langwierigen Einleuchtens einer Filmszene den Star ersetzt, der sich erst unmittelbar, bevor gedreht werden kann, dazu herablässt, selbst die Dekoration zu betreten. Aber auch diese unkapriziöse Aimée besaß einen schönen Zauber und konnte der kapriziösen durchaus das Wasser reichen. So genoss Julian das Geschenk, zwei begehrenswerte Frauen in einer zu erleben, und richtete sich im Grunde auf eine lange, wenn auch nicht gefahrlose Überfahrt aus seinem Egoismus und den bisherigen Rasereien des Flüchtigen in eine Beziehung ein, in der es – falls irgend möglich – keine Verlierer geben sollte.

Nach etwa fünf Monaten bemerkten die beiden, dass sie nachts häufig ähnliche Träume durchlebten. Als wären die Gleichklänge im Wachen nicht genug zur Bestätigung der Richtigkeit ihres Zusammenseins. Handlungen und vor allem Orte und Gegenstände fanden sich übereinstimmend in ihren Nachtgesichten. Zwar in unterschiedlichen Zusammenhängen, aber in etwa demselben Aussehen.

Sie wussten nicht, was dies zu bedeuten hatte. Es war allerdings so, dass Aimée nach derlei merkwürdigen Vorkommnissen geradezu lechzte, während sie Julian bald mit Unbehagen erfüllten und er bereit war, seiner Geliebten mitunter schwarzmagische Machenschaften zu unterstellen, deren Zweck nichts weniger als die dauerhafte Verschmelzung ihrer beider Körper und Seelen sein mochte. Sie befanden sich zwar noch eindeutig auf der Habenseite des Glücks, aber es war ein wenig wie bei den legendären Doboschschnitten der Konditorei Zauner in Bad Ischl: Man wurde zunächst danach süchtig, und der Graf Eltz aß davon während seiner sogenannten Entschlackungsaufenthalte in der Kurstadt nach Möglichkeit auch tatsächlich jeden Tag drei bis vier Stück, bis er sich allerdings eine Pause verordnete, um dem traurigen Augenblick zuvorzukommen, in dem einen, wie er es ausdrückte, »das Speiben eindrucksvoll an die Segnungen des Maßhaltens erinnert«.

Auf Julian übertragen hieß dies: Er liebte Aimée innig, aber er hielt ihre Anwesenheit nicht fortwährend aus. Gerade weil sie ihn interessierte und elektrisierte, musste er manchmal einige Schritte von ihr zurücktreten, wie es Maler vor der Staffelei tun, um ein Bild kritisch zu betrachten und dann nötigenfalls verbessern zu können. In diesem Sich-Entfernen verdichtete sich die Liebe zu größerer Klarheit und war in gewissem Sinn nachher mehr wert. Viele Frauen bemerken in solchen Vorgängen leider häufig nur das Abhandenkommen von Nähe und werden misstrauisch und ungerecht. Aimée war diesbezüglich keine Ausnahme. Sie befürchtete dann, mit Julian an einen jener Dummköpfe geraten zu sein, die etwas geringschätzen, sobald sie glauben, es sei ihnen zugehörig. In Wirklichkeit verhielt es sich eher umgekehrt. Julian überschätzte alle, die sich mit ihm einließen, denn er hielt sich für eine so kunstvolle Lektüre, dass sich ihr wohl nur die Feinsinnigsten genussvoll widmen konnten. (Der Graf Eltz sagte übrigens eines Abends in größerer Runde über eine Dame: »Die ist wie ein Roman von der Vicky Baum. Soll lesen, wer will, ich jedenfalls nicht.«)

Mébrat hatte das Auftauchen einer Frau an Julians Seite nicht irritiert. Vielmehr schien sie die neue Konstellation aufs Herzlichste willkommen zu heißen. Auch betrug sie sich in Aimées Anwesenheit mit nobler Zurückhaltung, die den idealen dienstbaren Geist beinahe unsichtbar macht. Dennoch hielten sie und Julian weiterhin ihre, wie sie es nannten, Séancen ab, jene intensiven Begegnungen der Buchnacherzählungen. Sie wählten allerdings nicht mehr die Bibliothek als Schauplatz, sondern einen Winkel des Eidechsengartens, der ganz den Rosen gehörte.

Mittlerweile hatte Julian die Mébrat darstellende Gedankenskulptur errichtet und war damit dermaßen zufrieden, dass er beschloss, weitere anzufügen. Als Erstes Arbeiten über die Mama und den Vater und dann einen Versuch über den Doktor Granda, vielleicht auch einen über Aimée und sogar ein Abbild Onkel Whistlers. Eine Galerie von Schlüsselfiguren konnte es werden, im weitesten Sinn Familienporträts. Der Eidechsengarten würde ihnen Obdach gewähren, und alle Personen, die für ihn Bedeutung hatten, müsste er fortan in San Celeste niemals missen, denn der Kern ihres Wesens im Guten wie im Schlechten wäre durchaus, so hoffte er, in den Skulpturen erhalten.

Der Kapitän, an Bord dessen Schiffes er, frisch maturiert, Afrika umrundet hatte, kam ihm manchmal als weiterer Kandidat für die Galerie in den Sinn. Jan Ruiter hatte er geheißen und war, wenn sich Julian recht erinnerte, ein indonesischer Holländer. Ein spindeldürres, verdrehtes Männchen, das wie ein riesiger Korkenzieher wirkte und mit einer Stimme, die manchmal vom Lauten ins Unhörbare wegrutschte, als ob auch im Inneren des Kapitäns ein Meer brandete, dessen Wellen für Augenblicke seine Stimmbänder überfluteten. Dieser Mann hatte Julian nächtelang von der *Geographie der Frauen* erzählt und ihm viele ihrer Körperlandschaften beschrieben. »Alle sind schön«, war seine Hauptthese. »Die Männer sind nur für gewöhnlich zu primitiv, um das Sanfte im Wilden, das Schwarz im Weiß, das Dünne im Dicken, das Große im Kleinen zu bemerken. Jede ist vollkommen auf ihre ganz persönliche Weise. Mein einziges Ideal ist die Abwechslung. Es gibt Fräuleins, die haben Zehennägel oder Achselhöhlen, vor denen man niederknien möchte, und solche, für deren Rückenlinie es zu sterben lohnt. Andere sprechen das Wort Suppe mit einer Grazie aus, die einen bannt, und selbst an die Schatten von Damen habe ich schon mein Herz verloren. Enttäuschungen entstehen nur dort, wo wir uns durch feste Erwartungen dem Überraschenden verschließen. Gott schütze alle Weibspersonen.« Dann fügte er auf Englisch hinzu: »And the men should jump in a river twice and only come out once.« So und so ähnlich redete der Kapitän Jan Ruiter. Und jetzt war er wahrscheinlich schon fünf oder zehn Jahre tot und seine Asche als armseliges Fischfutter über die sieben Meere verstreut.

Manchmal verspürte Julian auf Spaziergängen unbändige Lust, wildfremde Passanten in den Hintern zu treten. Dieses Sehnen konnte so stark werden, dass er eine Cafeteria aufsuchen musste, um sich mit einem Schnaps zu beruhigen. Aimée glaubte immer, dass es bloß eine Übertreibung sei, mit der ihr Geliebter sich interessant machen wolle, aber Julian wusste, dass ihm dieses Thema eines Tages noch beeindruckende Scherereien bringen würde, vielleicht sogar eine Verhaftung. Es lag in der Familie, denn sein Ururgroßvater mütterlicherseits, der Weingroßhändler Baron Di Pauli, war als Kaplanzüchtiger zu traurigem Ruhm gelangt. Kaum sah er nämlich irgendwo einen jungen Geistlichen, juckte es ihn, den Nichtsahnenden zu ohrfeigen. Bei der Polizei rechtfertigte er sich dann damit, dass er den Dienern Gottes Gelegenheit geben wollte, zumindest ein wenig dem Beispiel des Jesus aus Nazareth nachzueifern, der ja seinerzeit in der Via Dolorosa weitaus Härteres hatte erdulden müssen. Aber dies war nur die wahrscheinlich blödeste Ausrede, die ihm einfiel. In Wirklichkeit hatte er laut Lotte Passauer eine seltene, stets für Augenblicke aggressiv machende Allergie gegen Weihrauch, dessen Geruch sich ja häufig in den Talarfalten von Priestern festsetzt. Julian selbst vermutete stets, dass man bei sorgfältiger Recherche herausgefunden hätte, dass die Attacken des Barons in engem Zusammenhang mit jenen Berufsterminen standen, an denen er ausgiebige Weinverkostungen durchführen musste und der Ururgroßvater deshalb ganz einfach der Gruppe »Trunkenbolde mit Neigung zu antiklerikalen Ausfällen« angehörte.

Bei sich selbst führte Julian die Tretlust auf ein Gemälde im Arbeitszimmer seines Vaters zurück, dessen häufiger Anblick ihn sicherlich beeinflusst hatte. Es handelte sich nämlich um eine barocke Darstellung der berühmten Szene, in welcher der heilige Johannes in Trance einem

Bauern der Insel Patmos, wo ihn gerade die Vision der Apokalypse ereilt, mit beiden Füßen ins Gesäß springt.

Julian genügte allerdings weniger Grandioses als Auslöser: eine überbelebte Weihnachtseinkaufsstraße etwa, die Visage eines Politikers oder die aberwitzigen Farb- und Musterkombinationen, die bestimmte Menschen in ihrer Kleidung zur Schau stellen, waren angetan, ihm das Bein zucken zu lassen, wie einem Fußballer, der in Gedanken Elfmeterschüsse übt. Er konnte sich gut vorstellen, dass er, sollte es ihm nicht gelingen, die drei Forderungen Ruhigblütls nach Dankbarkeit, wenig Ego und bedingungsloser Liebe bald und immerzu zu beherzigen, im Alter ein rabiater Sonderling werden müsste, und das Alter war nicht mehr allzu fern. Seit längerem hatte er das Gefühl, auf einer atemberaubenden Zeitrutschbahn zu leben. Er hörte förmlich das Zischen der Sekunden und Minuten, als sei in seinem Kopf ein defekter Wasserhahn. (»Jeder Augenblick, den man älter wird als der Joseph Roth, ist eine veritable Großzügigkeit des Schicksals«, sagte der Graf Eltz. »Mit 44 ist der Roth gestorben, weil seine einzige sportliche Betätigung das Heben von Schnapsgläsern war, aber die 44 Jahre haben ihm genügt, die schönsten Geschichten zu schreiben, die es in der österreichischen Literatur gibt. Ein Schubert der Prosa war er. Wie kann irgendjemand mehr Jahre als der Roth verlangen, um aus sich einen gelungenen Menschen zu machen?« Und dann fügte er noch hinzu: »Und überhaupt, wenn man's genau nimmt, die Zeit vergeht ja gar nicht, sondern nur wir vergehen.«)

Seit er Herr der Villa Piazzoli geworden war, lag Julian mitunter frühmorgens wach in dem breiten ehemaligen Bett der Marchesa unter dem zerschlissenen chinesischen Damastbaldachin, der eine gestickte Fasanenjagd zeigte, und glaubte, aus großer Höhe auf eine Form von Scheitern seinerseits herabzuschauen, sodass ihn Schwindel erfasste. Er war sich dann sicher, irgendetwas Bedeutendes zu schwänzen, das er hätte tun müssen, um den für ihn richtigen Platz im Leben zu finden, aber er rätselte, was dieses sein konnte, und geriet dabei mehr und mehr in jene Wut, die Kinder erfasst, wenn sie ein für sie verstecktes Geschenk partout nicht zu finden imstande sind und aus Desinteresse oder Bosheit sich kein Erwachsener bereit erklärt, ihnen mit nützlichen Hinweisen zu helfen.

An solch einem Tag beschloss er, dem Himmel mit Aimée für einige Zeit zu entfliehen. Als er gerade überlegte, welchen Vorwand er für eine Abreise wählen sollte, teilte sie ihm ihren morgigen, unaufschiebbaren Aufbruch mit. Sofort unternahm er beleidigt alles, um sie zum Bleiben zu überreden. Sie aber sagte: »Es wird mir zu viel mit uns«, und dann zählte sie ihm etwa genau dies als ihre Gründe auf, was er sich doboschschnittenbezüglich seit längerem insgeheim gedacht hatte. Julian bekam einen roten Kopf, zerbiss ein wenig seine Lippen und fühlte sich blamiert.

Achtundvierzig Stunden später war sie auf und davon. Sie hatte sich noch vehement Julians Begleitung zum Flughafen verbeten und, wie damals in Paris, nur »Wir werden sehen« gesagt. Fast eine Stunde starrte er wie ein angezählter Boxer auf jene Stelle beim Gartentor, wo Aimée beim Abschied gestanden war.

Zunächst war Julian aus Sehnsucht nach der Abgereisten nur melancholisch. Einige Tage später schien ihm schon, dass alles Heitere über Nacht verdunstet sei, um weit oben als Wolke eine Schattenfinsternis in sein Leben zu werfen. Immer wieder ging er zu der alten Mauer, die das Haus der Signora Montevecchi zur Straße hin abschirmte, und lehnte sich daran. In solchen Stunden war diese sein Wundarzt, denn es schien, als ob die Erfahrung und Gelassenheit der Steine in ihn drangen und als Schild gegen die Gedanken wirkten, die ihm die Zufriedenheit rauben wollten. Vor Aimées Abschied war Julian nicht selten über längere Zeiträume ein in sich ruhender, zufriedener Mensch gewesen, was in seinem Fall aber keineswegs mit Einfalt, ausgeprägter Bescheidenheit oder mangelndem Ehrgeiz gleichzusetzen war. Österreich und noch mehr Deutschland waren ja förmlich überrannt von Grantscherben, die jeden Glücklichen für einen Deppen hielten und einem Kult der schlechten Laune huldigten, der am liebsten darin gegipfelt hätte, fröhliche oder selbstironische Menschen auf offener Straße zu verhaften. Julian war im Süden langsam bewusst geworden, dass man sehr wohl und viel besser durch Freude lernen konnte, und ebenso begriff er, dass der Religionsprofessor seiner Gymnasialzeiten, ein fischäugiger Doktor Spindler, mit seiner Verherrlichung des Schmerzensreichen als einzig sicherem Weg zur wahren Erkenntnis nichts darstellte als eine jener höchst wirksamen katholischen Leimruten, die Generationen von Kindern und Halbwüchsigen in der Angst festhalten sollten.

Die Mauer beim Haus der Signora Montevecchi bildete die Gegenposition zu den Einschüchterungen, Sünden-

und Verdammungstheorien des Doktor Spindler. Für den ungenauen Betrachter war sie ein starres Gebilde und barg doch in Wahrheit das Gedächtnis jener Myriaden scheinbar versteinerter Organismen, die von Verwandlung zu Verwandlung bis in das Bauwerk in San Celeste gelangt waren. Durch Flammen in Lüfte gestiegen, aus Gletschern zum Grunde des Ozeans gesunken, Licht und Nacht, weiblichen oder männlichen Prinzipien zugehörig. Die Erinnerungen der Steine milderten Julian zumindest für einige Stunden die Traurigkeit, und nicht selten verließ er die Mauer pfeifend, während ihm die Signora Montevecchi von einem der Fenster des ersten Stockwerks ihres Hauses nachblickte, als könnte er ihr heißerflehter Erlöser sein, dem es nur an Mut fehlte, den ein wenig gesprungenen, gelbstichigen Elfenbeinknopf der Türklingel am Gartentor zu drücken.

Julian sehnte sich in diesen Tagen auch oft nach Kemal, der ihn einst wirksam vor den Anfechtungen der Nöte beschützt hatte. Er ließ sich eine kleine, mit gezacktem weißem Rand versehene Fotografie vergrößern, die ihn mit Kemal im schwarzen Grubenarbeiterkostüm bei einem Besuch des Bad Ischler Salzbergwerks zeigte, und lehnte sie an die Leselampe seines Nachtkästchens. Manchmal legte er sie auch beim Versuch, einzuschlafen, unter seinen Kopfpolster. Wenn er gänzlich schlaflos war, spielte er Klavier und sang Couplets aus Stücken des Biedermeierdichters Ferdinand Raimund, die so wunderbare Titel trugen wie »Moisasurs Zauberfluch«, »Die gefesselte Phantasie«, »Der Barometermacher auf der Zauberinsel« oder »Der Alpenkönig und der Menschenfeind«. Julian hatte Raimund, seit er 1954 dessen Märchenspiel »Der Bauer als Millionär« im provisorischen Wiener Burgtheater im Etablissement Ronacher bestaunen durfte, immer als jemand Wahlverwandten empfunden, der auf der Suche nach einem für ihn Glaubwürdigen zuhause in die wuchernde Phantasie geraten war, wo sich mannigfaltige Türen in andere Wirklichkeiten öffneten, die hinter, unter, über und neben der irdischen Welt existierten. Feen, Genien und Geister bevölkerten diese Regionen, waren einander durch den Willen verbunden, sich und andere zu erstaunen, zu verderben oder zu retten. Sie benötigten, ähnlich den griechischen Göttern, das Menschengeschlecht als Spielmaterial zur Verleihung schöner Gnaden und bitterer Ungnaden. Nur dass bei Raimund die Götter und das Menschengeschlecht etwas absolut Wienerisches waren, immerzu rasch angerührt, raunzig und ein Schnoferl ziehend, dann wieder von überschwänglicher Sentimentalität oder ausgeklügelter Hinterfotzigkeit, auch amüsiersüchtig, im Guten wie im Bösen einfallsreich, oft einmal gemütskrank und niemals weltläufig, sondern ganz und gar im Lokalen verhaftet.

Julian dachte, dass er trotz aufwändigster Bemühungen dem Wienerischen auch in sich selbst nie ganz entfliehen hatte können. Dass es einem wie ein Brandzeichen anhaftete, von der Sprachmelodie bis zur lyrischen Erkenntnis des Dichters, Schwerstalkoholikers, Nazi-Sympathisanten und Selbstmörders Josef Weinheber: »War net Wien, wann net durt, wo ka Gfrett is, ans wurdt. Denn dås Gfrett ohne Grund gibt uns Kern, hålt uns gsund.« Dieses scheinbar grundlose, plötzlich in Fallgruben und Trübungen Stürzen oder in Unheil Verwickeltsein war auch eine Konstante seines Lebens. »Da hammas wieder«, hatte der Graf Eltz diesbezüglich häufig moniert, »der Pallawatsch ist pünktlich wieder da.« Und Julians Mama fügte dann gerne erklärend hinzu: »Es ist uns wohl wieder einmal zu lange zu gut gegangen.«

Als Aimée drei Wochen lang unauffindbar blieb, Julian kein einziges Telegramm oder anderes Zeichen von ihr erhalten hatte und auch jene ihrer Freundinnen, deren Adressen und Rufnummern ihm bekannt waren (eine Frankfurter Journalistin und eine Oxforder Bankiersgattin), ihm nicht mit Informationen dienen konnten oder wollten, bewahrte er zwar äußerlich noch die Nerven, aber die hierfür nötige Kraftanstrengung verzerrte sein Wesen derart, dass Mébrat eines Nachmittags zu ihm sagte: »Wenn Sie wollen, Herr Passauer, fahre ich Frau Milton suchen. Ich habe nämlich Angst, dass Durumeè Sie mit Haut und Haaren verspeist.«

»Wer um Gottes Willen ist Durumeè?«, fragte Julian.

»Der Geist der Herzzerreißung«, antwortete sie.

»Warum, Mébrat, tut eine Frau so etwas? Wofür will mich Aimée bestrafen?«

»Dafür, dass Sie sie unterschätzt haben, Herr Passauer.«

Julian wusste nicht, ob Mébrat eine Seherin war oder ob sie einfach auf gut Glück ins Schwarze getroffen hatte. »Was würdest du an meiner Stelle tun, Mébrat?«

»Ich würde Frau Milton durch Wünschen zurückholen.«

»Und wie?«, fragte er.

»Dreizehn Tage und Nächte muss man aus seiner Sehnsucht ein unsichtbares Seil drehen. Wenn es vollendet ist, wirft man es aus, und die Vögel Afrikas schlingen es um den Leib der Geliebten, wo immer sie auch sein mag, und holen sie heim. Das würde ich an Ihrer Stelle tun, Herr Passauer.«

Julian hielt diesen Ratschlag für nicht so absurd, wie er wahrscheinlich den meisten anderen Europäern erschienen wäre. Aber er wusste, wenn es auch nur einen einzigen Menschen auf Erden gab, der solche Zauberkraft mit Bestimmtheit abwehren konnte, dann musste es sich dabei um Aimée handeln. Denn wenn sie misstrauisch war, zog sie sich derart tief in sich selbst zurück, dass Signale von außen sie nicht erreichten. Dafür erschloss sie sich in Stunden des Vertrauens mit einer Großzügigkeit, die Julian vor allem deshalb erschreckte, weil er sie selbst niemals gewagt hätte.

Zwei Tage später begann der Kummer über Aimées Verschwundensein Julian körperliche Sensationen zu bescheren. Ein wiederkehrendes Schwindelgefühl, als habe er soeben nach langer Bootsfahrt festen Boden betreten, und Sehstörungen, sodass er häufig beim Essen mit der Gabel den Mund verfehlte und sich in die Wange stach, schienen ihm berechtigter Anlass zur Sorge, und er beschloss, im völligen Widerspruch zu seinen bisherigen Überzeugungen und Gepflogenheiten, Don Ignazio um Rat zu fragen.

Dieser riet dazu, mit ihm gemeinsam eine Tarantella zu komponieren, deren Wildheit die Dämonen der Sehnsucht in die Flucht schlagen würde. Julian willigte ein, da er mittlerweile wenig mehr als den Verstand zu verlieren hatte. Aber selbst die sechsmalige nachmittägliche Aufführung des Werkes, unter Ausschluss der Öffentlichkeit, durch den elfköpfigen Kirchenchor von San Celeste brachte keinerlei Milderung der seelischen und körperlichen Not, in die sich Julian durch die Macht, die er Aimée über sich gab, verirrt hatte.

Julians eindrücklichste bisherige Erfahrungen im Bereich des Absurden waren auf entgleiste Spiele und irrationale Spieler beschränkt gewesen. Aber dass eine, die sich seinetwegen bereits so tief in Gefühle und Gefühlstaten gewagt hatte wie Aimée, sich von einem Augenblick zum anderen ganz verweigerte und an Sieg oder Niederlage gleichermaßen uninteressiert schien, war Julian ebenso unbegreiflich und unerträglich wie die Möglichkeit, dass für diesmal nicht er seine Launen an jemand anderem ausleben konnte, sondern jemand anderer an ihm. Und er dachte, dass es zum Interessantesten in unserer Welt überhaupt zählte, wie rasch mitunter gerade das über einen hereinbricht, wovor man sich am sichersten geschützt wähnte. Julian wusste nicht mehr, was tun. Er betrachtete sich hundertmal am Tag in einem Vergrößerungsspiegel des ehemaligen Boudoirs der Marchesa Piazzoli, drückte an seiner Haut herum, schnitt sich Haare aus den Nasenlöchern, zupfte an den Augenbrauen und wartete.

Welche Nuancen das Warten bereithielt, war ergreifend. Manchmal dachte er, das Telefon müsste im nächsten Augenblick läuten und eine fremde Stimme würde von Aimées Tod berichten. Dann wieder war er gewiss, dass sie sich im Geräteschuppen des Eidechsengartens versteckt hielt; und er rief vor dessen Tür wirkungslos ihren Namen.

Einmal ging er ihr zwanzig Kilometer auf der Landstraße entgegen, weil ihm eine falsche Eingebung angezeigt hatte, dass sie auf dieser Strecke mit einem Motorrad unterwegs zu ihm sei. Vor dem metallenen Landesteg der Gardasee-Schifffahrtsgesellschaft in San Celeste hoffte er viele Male, dass sie unter den koffertragenden Passagieren sein könnte, die den Dampfern entstiegen. Sogar der Briefträger schien absichtlich Umwege zu nehmen oder kurz vor der Villa zeitraubende Gespräche mit Passanten zu suchen, um den ungezählten Foltern Julians weitere anzufügen und, wenn er dann endlich am Tor läutete, brachte er stets nur belanglose Post.

Zuletzt, nach etwa sieben Wochen, war Julian derart erschöpft vom Warten, dass ihn eine wunderbare Gleichgültigkeit erfasste und in deren Gefolge ein nie gekannter Heißhunger. Für mittags und abends erbat er sich von Mébrat die raffiniertesten Speisen und dies in Mengen, als logierten in seinem Inneren Schmarotzer von nahezu unstillbarer Gier. Was er zuvor aus Kummer abgenommen hatte, nahm er nun rasch und doppelt wieder zu, bis er eines Nachts träumte, dass ihn Aimée aus der Ferne mit einer komplizierten Schlauchleitung aufblies.

Am folgenden Morgen reiste er nach England, nicht allzu unernst entschlossen, die Oxforder Bankiersgattin als Geisel zu nehmen, um Aimées Erscheinen zu erzwingen, oder wenn dies erfolgversprechender war, als Rauchfangkehrer verkleidet durch den Kamin in die Wohnung seiner Geliebten einzusteigen.

In London herrschten an diesem Maitag, völlig unüblich, derart hochsommerliche Temperaturen, dass die Menschen in den Straßen eine unübersehbare Ratlosigkeit zur Schau trugen und sich nach Julians Meinung merkbar langsamer bewegten als gewöhnlich. So empfand er sich als den einzigen Hastenden, und dies war umso erstaunlicher, als er im örtlichen Sinn gar kein Ziel hatte. Er wusste nicht einmal, ob Aimée überhaupt in Großbritannien war. Und wenn, konnte sie sich, unter zahllosen Möglichkeiten, genauso auf irgendeinem Adelslandsitz zwecks Bestimmung von Möbelstoffen aufhalten wie im Liebesnest eines neuen oder alten Verehrers. In ihrer Wohnung jedenfalls schien sie seit Wochen nicht gewesen zu sein. Zumindest hatte sie nie das Telefon abgehoben. Er wählte von einer Zelle aus routinemäßig ihre Nummer und hängte sofort erschrocken ein, als ihre Stimme sich mit »Was willst du, Julian?« meldete.

Wieso wusste sie, dass er der Anrufer war? Wie war es zu erklären, dass ihm ausgerechnet hier in London erstmals nach so vielen Wochen der Kontakt gelang? Ein ihm in dieser Heftigkeit unbekanntes Bedürfnis nach einem Glas Grappa ergriff ihn. Aber welche Art von Gastwirtschaft er auch betrat, sie führte nichts außer Ale, Whisky, Gin, Brandy, Cognac und Rum. So trank er endlich ziemlich abwesend einen heißen Punsch, der ihm Augenblicke später in nur etwas gekühlter und salzigerer Form wieder von der Stirn rann. Julian kam sich ziemlich unzurechnungsfähig vor, und wie um diese Einschätzung zu unterstreichen, kaufte er von einem fliegenden Händler neunzehn gelbe Rosen für Aimée. Kaum fühlte er die Stiele in seiner Hand, stach er sich an zwei Dornen. Der Schmerz gab ihm die Klarheit zurück. Er hatte seine Geliebte wiedergefunden. Alles Weitere würde zu ertragen sein.

Das Erste, was Julian auffiel, als Aimée ihn in ihre Wohnung bat, war, dass dort mehrere Katzen lebten. Sie hatte diesen Umstand nie erwähnt, und er begriff, dass er wahrscheinlich noch immer fast gar nichts von ihr wusste.

»Also, was willst du?«, sagte Aimée.

»Ist es aus mit uns?«, fragte Julian, denn etwas anderes interessierte ihn nicht.

»Wie kommst du denn auf diese Idee?«, antwortete sie und küsste ihn beinahe mütterlich auf die Stirn.

»Weil acht Wochen vergangen sind, ohne dass wir ein Wort miteinander geredet haben.«

»Ich habe jeden Tag Dutzende Male etwas von dir gehört. Das hat mich beruhigt.« Und ehe er noch erstaunt sein konnte, fügte sie hinzu: »Die Nummer dieses Telefons kennst nämlich nur du. Wann immer es läutet, weiß ich, du bist es. Für alle anderen Anrufer gibt es einen zweiten Anschluss, von dem wieder du nichts weißt. Setz dich endlich.«

Julian blieb aber stehen und betrachtete den Salon. Grüntöne herrschten vor und wirkten wie Spiegelungen des Blattwerks der hohen Bäume im Vorgarten. Die Bäume waren Kastanien und blühten gerade so prachtvoll, dass Julian die neunzehn gelben Rosen, die er noch immer mit der Linken umklammerte, für ein ziemlich armseliges Präsent hielt. Er sagte: »Die Blumen sind für deine Katzen«, und legte den Strauß auf den Parkettboden vor einen der drei asthmatisch schnurrenden Angorahügel.

»Für mich war das auch nicht leicht«, sagte Aimée, als wolle sie alle noch gar nicht ausgesprochenen Klagen und Vorwürfe im Keim ersticken. Dann drehte sie den Ton eines Radiogerätes, das auf einem koreanischen Apothekerschrank stand und gerade die 16-Uhr-Nachrichten der BBC sendete, derart laut auf, dass die Fenster zu vibrieren begannen. Die Katzen wechselten panisch geduckt in das Nebenzimmer. Julian hielt sich die Ohren zu, und erstmals seit jenem unseligen Morgen, als er beschlossen hatte, dem Himmel mit seiner Geliebten ein wenig zu entfliehen und Aimée ihm mit diesem Wunsch zuvorgekommen war, spürte er wieder die vertraute Spielerruhe. Er wartete konzentriert auf den nächsten Zug Aimées und sah, dass sie sich zu dem Gebrüll des Rundfunksprechers bewegte, als ob sie Tanzmusik hörte. Jetzt bückte sie sich nach den Rosen, legte sie auf einen Fauteuil, und als sie ihm wieder das Gesicht zuwandte, bemerkte er, dass sie weinte. Noch nie hatte sie das in seiner Gegenwart getan. Julian dachte nach, wann er überhaupt das letzte Mal einen Menschen, der ihm nahe stand, in Tränen erlebt hatte. Es musste über ein Jahrzehnt zurückliegen, und es war seine Mutter gewesen, als sie ihm Vaters privates Mikroskop schenkte. Er schaltete das Radio aus, dann endlich küsste er die Frau, der er die bisher ausgeprägteste Bekanntschaft mit der Schlaflosigkeit verdankte. Und plötzlich, während des Kusses, schienen sich alle bang durchwachten Nächte der vergangenen Monate zu solch einer Müdigkeit zu addieren, dass Julian fürchtete, im Stehen das Bewusstsein zu verlieren.

Sechs Tage blieb Julian in London und reiste dann mit der Gewissheit heimwärts, dass Aimée ihn zwar auf ihre Art liebte, aber mit den Bocksprüngen ihres Eigensinns ein stetes Sicherheitsrisiko für seine psychischen Lebensgrundlagen darstellen würde. Die Macht, die er ihr über sich gegeben hatte, musste er sich ehestmöglich zurückholen. Ein »fleißiger Taugenichts« braucht ja alle Sprunghaftigkeit für seine eigenen Unternehmungen. Er verlässt sich auf seine Intuition und plant idealerweise niemals für länger als zwei Tage im Voraus. Wo er nicht froh wird, geht er ehebaldigst. Er weiß keine vernünftigen Gründe für jene Kompromisse, die den meisten Menschen unerlässlich erscheinen. Alles Fundamentalistische ist ihm zuwider. Er sieht sich außerstande, Mitglied bei Parteien, Vereinen oder Geheimbünden zu werden. Aber auch Orten, Frauen und Männern darf er nicht vollends zugehörig sein. Kreuz und quer könnte man sein Glaubensbekenntnis nennen, kreuz und quer seine Grundstimmung, kreuz und quer seine wahre Nationalität. Und jetzt geriet all dies durch Aimée ins Wanken, denn Julian befürchtete, dass ihn mit ihr auf einige Zeit ein unauflöslicher, innerer Kontrakt verband, wie jemand, der in die Fremdenlegion eingetreten war, und er fragte sich, was der genaue Inhalt dieses Kontraktes sein mochte.

Aimée hatte ihm bei einem ihrer nächsten Treffen immerhin gut aufgelegt und nicht nur ironisch erklärt, dass sie ihn manchmal als eine Art Moorlandschaft empfinde, durch die sie bedauerlicherweise unabwendbar hindurch müsse. Wenn schon das Risiko bestehe, darin durch Versinken zu Tode zu kommen, wolle sie daraus wenigstens im Flackern der Elmsfeuer für sich das Amüsanteste machen.

Für ihn war das Überzeugendste an ihrer Beziehung nach wie vor das große Wohlbehagen, das die Glücksmomente bereithielten. Wie einen jener Spatzen, die sich jubilierend in Pfützen baden, aufplustern und trocken schütteln, um Augenblicke danach wieder in das Nass zu hüpfen und weiter zu jubilieren, erlebte er sich, wenn er die Begegnungen mit Aimée richtig dosierte. Zumeist konnte er allerdings nicht richtig dosieren, denn die Dosierende war sie, und sie gehörte zur problematischen Rasse der entweder zu viel oder zu wenig dosierenden Menschen.

Ein kleineres, aber vorhandenes Problem war ihre immerwährende Appetitlichkeit. Sie putzte mehrmals am Tag im Badezimmer mit solcher Innigkeit an sich herum, als würde es nicht nur in ihrem Londoner Heim, sondern auch unter ihren Vorfahren Katzen geben.

Julian hätte sich häufiger etwas Schweißgeruch in Aimées Achselhöhlen gewünscht oder sichtbaren Rotz an ihrer Nase. Aber selbst wenn sie schlief, schienen Engel an ihrer Tadellosigkeit zu arbeiten. Sie erinnerte ihn allerdings dadurch auch an jene wunderbaren, nach Orangenblüten duftenden, täglich frisch leinenüberzogenen Betten des Grand Hotel des Bains am Lido, die ihm als Kind den nachhaltigsten Eindruck von Luxus vermittelt hatten.

Ab Mitte Mai schlossen die Bewohner von San Celeste tagsüber die schweren roten oder blauen Vorhänge aus Segeltuch, die außen vor den Balkontüren und Hauseingängen montiert waren. Im Halbdunkel ihrer Häuser und Wohnungen erwarteten sie die neunzehnte Stunde. Dann steckten die Hausfrauen den rechten Zeigefinger in die

Erde ihrer Geranienkästen oder Vorgärten und Gärten. War diese trocken, begann man zu gießen. Aus Krügen, Kannen, Flaschen und Kesseln oder mittels Schläuchen aus Regenfässern. Manchmal auch mit Bruchstücken von Autoreifen oder halben Kokosnüssen als Schöpflöffel. Die Wohlhabenderen bewässerten mit Spritzleitungen, Drehspuckern oder Sprinkleranlagen. Ein Plätschern, Rauschen, Tropfen und Schütten leitete den Vorabend ein und empfing diejenigen, die von der Arbeit nachhause eilten.

Zu dieser Stunde beschleunigt sich im Süden das meiste. Vom Ausbruch der Krankheiten über die Zärtlichkeiten Liebender bis zum Rhythmus der Sprache. Das Einzige, was das Tempo zu drosseln oder zum Stillstand zu bringen vermochte, war ab Anfang Juli bis Anfang September gelegentlich die knatternde Stimme des Gemeindesekretärs, der über einen Lautsprecherwagen das Benützen von Trinkwasser für Schwimmbäder, Autowaschungen oder zum Gartensprengen bei hohen Strafen untersagte, weil unter dem Brennglas einer auftrumpfenden Sonne die Bäche der Lombardei zu versiegen begannen und der Pegel des Gardasees bis zu eineinhalb Meter unter die Bretter der Bootsstege sank. Dann erfasste die Gärtner des Eidechsengartens eine Art Entrücktheit. In der Schwüle, die allen das Gefühl gab, sie bewegten sich inmitten eines gewaltigen, bis zum Äußersten mit Luft gefüllten Ballons, der jeden Augenblick platzen musste, machten sie über den Pflanzen Handbewegungen, die Julian während der anderen Monate bei ihnen nie beobachten konnte. Als wedelten sie den Blättern und Blüten Kühle zu oder träufelten etwas aus winzigen Regenwolken, die in ihren Handflächen schwebten. Es herrschte

Alarm, und jeder Mann und jede Frau aus der Gegend wusste, was zu tun war. (Man erzählte sich, dass es in San Celeste im August 1923 für drei Wochen so erbarmungslos heiß gewesen war, dass viele mit Hängeleitern in die Brunnenschächte gestiegen waren, um wenigstens halbstundenweise Erleichterung zu empfinden.)

Am zweiten Abend nach Bekanntwerden der Wassernot versammelten sich auf dem Hauptplatz alle Alteingesessenen ab dem vollendeten fünften Lebensjahr und sangen gemeinsam Lieder in der Nass-Sprache. Das heißt, jeder erfand spontan zu überlieferten Melodien flehentliche Lautmalereien, die an das Ohr der Wolkenschieber dringen sollten, jener himmlischen Beamten, die in der Überlieferung der San Celestianer für die Platzierung der Gewitter und Regengüsse verantwortlich waren.

Manchmal nützte es und manchmal nicht. (Das Ganze erinnerte an den Ausspruch des Grafen Eltz über seinen Setter Da Ponte: »Er ist wirklich das folgsamste Viecherl der Welt. Wenn ich schreie: ›Sapperment! Kommst du jetzt oder kommst du jetzt nicht?!‹, so kommt er oder er kommt nicht. Und, wohlgemerkt, mein Lieber, augenblicklich.«)

Der bedeutendste Befürworter und Förderer dieses heidnisch anmutenden Kults war übrigens Don Ignazio, den das Leben gelehrt hatte, dass die katholischen Weisheiten nicht ausreichten, um die Nöte des Südens zu bändigen. Ein Seelsorger, der die Macht der Dämonen und Quälgeister, die launenhaften Unternehmungen der Doppel- und Dreifach-Erinnyen, die Versuchungen durch Faune, Dschinns, Nixen und Dybbuks zu leugnen gewagt hätte, wäre in diesem Teil der Welt mit Sicherheit arbeits- und nutzlos gewesen.

Sie saßen nebeneinander auf einer blau gestrichenen Eisenbank am Oberdeck des Dampfers, der vorbei an der Isola del Garda von San Celeste nach Sirmione glitt. Die Luft hatte etwa dieselbe Temperatur wie ihre Körper. Ein Schwalbenballett flog Kunststücke in den Himmel, an dem eine einzige schmutzigweiße Wolke dahinirrte wie ein verloren gegangenes riesiges Schwanenküken. Julian betrachtete von der Seite her das Gesicht seiner Mutter: Etwas Verschmitztes war darin, aber der Ausdruck konnte auch Verlegenheit bedeuten, mit dem Hauch eines Lächelns und im starken Licht zusammengekniffenen Augen. Neben dem rechten Nasenflügel erinnerte eine schmale, etwa zwei Zentimeter lange Narbe an den Skiunfall von 1956 in Chamonix. Ihre Haut war gebräunt. Schon in Julians Kindheit hatte sie sich, wann immer es möglich war, bei gutem Wetter auf das Fensterbrett des Salons gesetzt, um in der Sonne zu baden. Die weißen Haare fielen ihr in Dauerwellen auf die Schultern, und um ihre vollen Lippen bildeten sich Dutzende Fältchen, die wie der Strahlenkranz aus einer Kinderzeichnung aussahen. Sie rückte mehrmals ihre Brille zurecht. Dann sagte sie nebenbei: »Ich habe deinen Vater sehr geliebt, aber wohl nie so, wie er es verdient hätte. Es war mit seinen Melancholien und Schmerzen auch nicht immer leicht. Aber wehleidig und jammervoll war er doch nie, eher ein sehr aufrechter, ganz und gar für sich und die Seinen einstehender Mann. Beizeiten durchaus humorvoll und nicht ganz unbegabt für Witz. Ursprünglich habe ich mich in seinen Körper verschaut. Sehr gut proportioniert. Keine einzige Flachse und von knabenhafter Geschmeidigkeit beinahe bis ins Alter. Gesund im medizinischen Sinn hat er natürlich nie gelebt. Aber er war sehr wach und so neugierig. Neugierig auf das Schwierige, Verquere und vor allem noch nicht Gelöste in der Wissenschaft und in den Fragen des Lebens überhaupt. Immer war er bemüht, geistig etwas aufzuknoten. Nie hätte er das Durchschneiden als Lösung anerkannt. Ich glaub', er war direkt süchtig nach Geduld. Wahrlich ein merkwürdiger Herr, dein Vater.«

Julian blickte auf die Ruinen der Thermen des Catull, die zur Linken auf einem Felsplateau am Ufer des Sees thronten. Einige Segelboote gaben sich schaukelnd der Flaute hin. Aus dem seichten Wasser winkten Kinder den auf der Reling stehenden Matrosen zu, die bereits Seile in den Händen hielten, mit denen sie den Dampfer an der Schiffsanlegestelle der Mole von Sirmione vertäuen wollten. Rechts, in einigen Kilometern Entfernung Richtung Verona, sah man auf einem Hügel den Spia d'Italia genannten Turm, der an die Schlacht von Solferino erinnern sollte. In dieser war am 24. Juni 1859 der junge Kaiser Franz Joseph mit seinem Heer von den sardinisch-französischen Truppen unter Napoleon III. in einer Weise vernichtend geschlagen worden, dass man in aller Welt von dem blutigsten Gemetzel seit Waterloo sprach. Österreich musste als Folge die Lombardei an die Sieger abtreten, und so öffnete sich der Weg für die Einigung Italiens. Zu Julians väterlichem Erbe gehörten auch Bilder, die der legendäre Fotograf Nadar damals, in einem Ballon über den kriegerischen Vorgängen schwebend, geschaffen hatte. Was in diesen ersten Luftaufnahmen der Geschichte studiert werden konnte, waren das Todesgewimmel, die Untergangsformationen, das

Grausamkeitsfanal im größeren Zusammenhang, und Julian wusste, dass diese von ihm oft betrachteten Darstellungen keineswegs unwirklich oder harmlos wie ein Zinnsoldatenspiel wirkten, sondern vielmehr als Flächenbrand völliger Sinnlosigkeit und äußerster Unvernunft. Dann dachte Julian an den Leutnant Trotta aus Joseph Roths »Radetzkymarsch«. In der Schlacht von Solferino befehligte Trotta einen Zug, und als er sah, dass der oberste Kriegsherr während einer Gefechtspause den Feldstecher an die Augen hob und sich damit dem Feind als Ziel zu erkennen gab, warf er sich auf ihn, riss ihn zu Boden und fing mit seiner Schulter die Kugel ab, die der Apostolischen Majestät gegolten hatte. Hauptmann Trotta von Sipolje, nach seinem Heimatdorf, hieß er per kaiserlichem Dankbarkeitsdekret kurz darauf, und der Maria-Theresien-Orden wurde ihm verliehen. Er und seine Nachfahren waren von Stund an nicht mehr nur Angehörige einer Familie, sondern ein Geschlecht.

»Wir müssen aussteigen«, sagte Julian und bot seiner Mutter die Hand.

»Hast du mir vorhin zugehört?«, fragte sie.

»Ja. Vielleicht sollten wir Vaters Urne vom Hietzinger Friedhof nach San Celeste bringen und an der Grenze zwischen meinem Grundstück und dem Eidechsengarten unter den drei alten Zypressen vergraben.«

»Wenn es dir etwas bedeutet, tu es. Mir ist es egal und dem, was der Papa jetzt ist, ist es auch egal. Aber, vergiss nicht, Friedhöfe und Grabmäler sind die besten und billigsten gesprächstherapeutischen Einrichtungen. Man schüttet den Toten sein Herz aus, und irgendetwas in einem antwortet, tröstend oder Rat gebend, und meistens gar nicht dumm. Um dir die Wahrheit zu sagen, ich hab' mit dem Papa nach seinem Sterben mitunter bessere Gespräche geführt als zu seinen Lebzeiten.«

Während Julian gerade an einem Fragment schrieb (er nannte seine Prosastücke so, weil er manchmal schon im Beginnen dachte, dass alles künstlerisch Getane Stückwerk bleiben musste und es kein wirkliches Gelingen, nur bestenfalls exzellentes Scheitern geben konnte), lösten sich von einem Augenblick zum anderen alle Bilder der rechten Seite seiner Wahrnehmung in oszillierende, gleißende Verzerrungen auf. Er erschrak mehr als jemals zuvor, und auch sein Gedärm krampfte sich unter der Angst zusammen und bescherte ihm wehenartige Schmerzen.

Ein Gehirnschlag, dachte er als Erstes, und dann: ein Tumor.

Es gibt ja nichts Erbarmenswerteres als einen Hypochonder, der reale Ursachen für seine schlimmsten Befürchtungen erhält. Alle unnötigen und von anderen oft verlachten Untergangshysterien verdichten sich dann augenblicklich zu solcher Aussichtslosigkeit, dass man wie ein frisch Eingemauerter agiert: Panik bis in das Innerste jeder Zelle. Da Julian sich aber immerhin frei bewegen konnte, lief er zum nächsten Spiegel und betrachtete sein zweigeteiltes Ich: links der Körper, der ihm bekannt war: jener treue, etwas abgekämpfte Reisebegleiter der vergangenen Jahrzehnte, und, nachbarlich bündig daran stoßend, das wie durch die Linse eines Kaleidoskops verfremdete Zitterfleisch mit dem Augengehusche und dem irrlichternden Mehrfachmund.

Wie die gleichzeitige Anwesenheit im Salon des Friedens und in der Rüstkammer des Krieges war es. Das, was die Menschen eine Zerreißprobe nennen. Julian dachte: Hilfe! Wer immer auf Erden oder im Himmel mir beistehen kann, soll es rasch tun. Ihr Sessel und Teppiche, Stuckleisten und Bilderrahmen, helft mir, wenn ihr könnt! Mächte des Südens, Kräfte des Stephansdoms, der Plejaden, der Milchstraßen und Schönbrunns, kommt, mich zu retten, ehe die Angst mich vernichtet! Ich flehe um Beistand.

Jetzt begann er zu schwingen, wie er es einmal in der Kinowochenschau bei einer zum Spielzeug eines Taifuns gewordenen Hängebrücke beobachtet hatte. Gleich dreht es mich ein, dachte er noch, und dann stürzte er ins Bildlose.

Als ihm drei oder vier Minuten später das Bewusstsein zurückkehrte, war er ganz ruhig, und die erschreckenden Phänomene hatten sich verflüchtigt. Er bemerkte einen starken Kirschenduft in der Nase, als ob er die Zwischenzeit in einem Obstgeschäft verbracht hätte. Aber es war der Geruch, der von Mébrats Fingerspitzen ausströmte; sie massierte ihm die Schläfen.

»Sie lachen zu wenig, Herr Passauer. Das Nichtlachen schafft träges Blut, das zu dick ist, um bis in den Kopf zu fließen. Die Blutleere im Kopf stößt Sie dann für Augenblicke aus der Welt.« Julian wusste nicht, welche Krankheit oder Heilung das hinter ihm liegende Erlebnis verkündete. Denn dass jeder innere Aufruhr genauso gut Erneuerung wie Abgesang bedeuten konnte, war schon für seine Mama eine Binsenweisheit gewesen, die Vaters Migräne stets als »Jetzt-macht-er-sich-wieder-besser-mit-sich-selbst-bekannt-Anfälle« bezeichnete.

»Lachen Sie mehr«, sagte Mébrat ein wenig herrisch.

Und Julian antwortete: »Halt deinen schönen Mund, Mébrat. Es gibt viel Lächerliches, aber wenig zum Lachen.«

»Über das Lächerliche kann man genauso gut herzlich lachen«, gab Mébrat nicht nach.

»Ich bin gerade von den Toten auferstanden, und du willst mit mir diskutieren.«

»Ich will nur, dass Sie kein Beet für die Angstgötter sind.«

»Kein Beet für wen?«

»Für die Angstgötter. Das sind Geschöpfe aus verborgenen Schichten. Von dort, wo wir nicht sind, von der Rückseite der Weltenmünze sozusagen. Die haben zwar mehr enträtselt als die klügsten Irdischen, sind aber zu keinerlei Gefühlen fähig. Sie ernähren sich nicht von Brot oder Fleisch, von Wein oder Wasser, sondern von der Angst der Menschen, und sie haben kein anderes Interesse, als uns in dieser Angst, die das Gegenteil von Liebe ist, festzusetzen. Wir können das aber auch abwehren. Es liegt letztlich an unserem freien Willen, ob wir den Qualen unser Sein aushändigen. Es ist nicht leicht, aber schon der Wunsch, es nicht zu wollen, ist der Beginn der Rettung. Wie soll ich Ihnen diese Wahrheit erklären, Herr Passauer? Einem Vogel sind ja Fische Wunder, und die meisten Fische rätseln über das Fliegen, und doch ist sowohl das Fliegen als auch das Schwimmen wahr.«

»Ruf endlich einen Arzt«, sagte Julian, der ein wenig den Verdacht hegte, dass er doch noch nicht vollends aus der Verstörung erwacht sein könnte.

»Sie sind ganz gesund, Herr Passauer. Ich sehe es an Ihren Augen.«

»Was siehst du und wieso?«

»Die Augen sind nämlich …«, begann Mébrat eine Erklärung. Aber Julian hörte ihr nicht zu. Er war plötzlich ausgefüllt von dem Gedanken, dass er alles Gute immer zu selbstverständlich und undankbar entgegengenommen hatte. Sein Leben kam ihm in diesem Moment und zu seiner eigenen Überraschung, im Großen als eine Abfolge von gelungenen und vom Glück begünstigten Ereignissen vor und die quälerischen Turbulenzen und Bedrohungen nur jeweils als Anläufe zu etwas, das sich schließlich als lichtvoll und gesegnet erwies.

»Sei still«, sagte er zu Mébrat. »Du hast Recht. Ich werde mich bemühen, keine Nahrung für die Angstgötter zu liefern.« Und dann sang er leise jenes Lied, das ihm vor langer Zeit bei den Maiandachten in der Schönbrunner Schlosskapelle das liebste war: »Meerstern, ich dich grüße. O Maria, hilf!«

In der folgenden Nacht träumte Julian, er sei eine Mischung aus Mensch und Schweizer Messer. Nach allen Richtungen konnte er nützliche Teile aus sich herausklappen: Scheren und einen Schraubenzieher, Säge, Feile, Stichel, Dosenöffner und sogar eine Lupe. Er fand sich bewundernswert. Aber dann begann ihm vor dem vielen Sinn, den er in dieser Verwandlung besaß, zu ekeln. So löste er sich ab von dem Messer und spiegelte sich noch für einen Moment in dem polierten Rot mit dem eingelegten weißen Kreuz, das die Oberfläche des Gehäuses bildete. Und zum ersten Mal sah er in dieser Spiegelung etwas, das er für die Physiognomie seines Innersten hielt, und es war das Gesicht jenes Buben im Schlafwagen auf dem Weg nach Venedig, dem gerade der Kondukteur den mit Schokoladesplittern und Zimt bestreuten Milchkaffee offeriert. Und Julian liebte dieses Kind unsäglich, und da ihm bewusst war, dass er träumte, wollte er es unter allen Umständen ins Erwachen hinüberretten. Er begann zu weinen und weinte mit solcher Innigkeit, als wären die Tränen das Schiff Exodus, das als Einziges ihn, den Erwachsenen, der er war, und dieses Kind, das er auch war, in ein Gelobtes Land retten konnte. Vom Schluchzen erwachte er.

Aimée, der er von dem gestrigen Schreckensvorfall in seinem Arbeitszimmer nichts verraten hatte, schlief neben ihm und atmete ruhig. Julian ging vorsichtig ins Badezimmer, wusch sich und zog sich an. Dann setzte er sich unter dem frühen Licht eines vollkommenen Augusttages in einen der geflochtenen Gartenstühle am Rand des kleinen Kräutergartens vor den beiden ebenerdigen Küchenfenstern. Er hörte dem Singen der Vögel zu, dann erhob er sich wieder und ging langsam in Richtung des Grandaschen Eidechsenrefugiums. Mébrat trat lachend aus dem Haustor und rief: »Heute wird es vielleicht geschehen, Herr Passauer. Ich wünsche es Ihnen so sehr!«

Julian dachte dasselbe. Aber er wusste nicht, was es war, das geschehen würde. Er hatte die gewisse Stelle im Pflanzendickicht erreicht und zwängte sich durch. Die Zweige schlugen hinter ihm wieder zusammen, als wären sie hölzerne Wellen.

In alten Märchen gibt es Figuren, die unterwegs sind, etwas zu rächen. Durch Wälder und Ortschaften, über Berge und durch Flüsse marschieren sie, unermüdlich und unaufhaltsam, leicht bekleidet und schwer bewaffnet. Auf der Suche sind sie nach einem Schuldigen, den sie für ihr Unglück verantwortlich halten. Wenn sie ihm endlich begegnen, köpfen sie ihn mit einem Streich und baden im Blut des Ungeheuers, und alles ist wieder gut. Julian dachte, dass es in seinem Leben nicht so einfach sein würde und dass es in Wahrheit keine Schuldigen gab und man sich immer selbst erlösen musste, und zwar ganz aus sich selbst heraus. Dann fielen ihm scheinbar grundlos einige der zahllosen Bezeichnungen ein, die es in Wien aus der Sicht von Männern für intime oder nähere Beziehungen mit Frauen gab:

Man hat eine Geliebte

oder

ein Gspusi

oder

eine Affäre

oder

eine leidenschaftliche Begegnung

oder

eine Mamsell Glück

oder

ein verschlepptes Kränk

oder

eine nahe Bekannte

oder

einen Lebensmenschen

oder

eine ewig gleiche Leier

oder

einen Trostversuch

oder

eine b'soffene G'schicht

oder

einen seelischen Überbrückungskredit

oder

eine unkluge Gewohnheit

oder

eine erotische Kümmerin

oder

eine Gefährtin

oder

eine Person, die ein Stück des Weges mithatscht

oder

einen Schmetterling

oder

eine Gespielin

oder

meine künftige Witwe

oder

ein Pantscherl

oder

ein Man-weiß-nix-Genaues

oder

ein schönes Missverständnis

oder

eine Verlegenheitslösung

oder

ein Als-ob

oder

eine Herzensangelegenheit

oder

ein schlampertes Verhältnis

oder

ein Betthupferl

oder

eine Gefühlssackgasse

oder

eine Mesalliance

oder

ein Techtelmechtel

oder

jemanden für gewisse Stunden

oder

ein Besser-als-gar-nix.

Bei einem ihrer Altweibersommerbesuche in San Celeste sagte Julians Mama: »Vater hat es vor den Nazis so gegraust, dass er regelmäßig einen Magenbitter nehmen musste, wenn er einen ihrer Aufmärsche sah oder die Stimme vom Hitler oder Goebbels aus dem Radio plärrte. ›Die Menschenfresser‹ hat er sie immer genannt. 1937 hat er sogar ernsthaft überlegt, Spanienkämpfer zu werden und mit dem Gewehr in der Hand in die Franquisten und die deutsche Legion Condor Löcher zu schießen. Ich habe es ihm natürlich ausgeredet, denn erstens standen wir zwei Monate vor der Verlobung und zweitens war der Papa für das Militärische eine monströse Fehlbesetzung, weil er zwar Kraft und einen festen Willen besaß, aber ihm jede Eignung zum Kameraden und für Kameraderien fehlte. Sich die Schulter amputieren lassen wäre ihm leichter gefallen als zu erlauben, dass ihm jemand draufklopft. Aber nicht aus Hochmut oder Dünkel, sondern aus Verehrung der Privatsphäre. Alle außer dir und mir haben mit ihm nur auf ausdrückliche Einladung verkehren dürfen.« Sie putzte sich mit einem monogrammierten Stofftaschentuch die Nase. »Was du nicht weißt, Julian, ist, dass ich einige flüchtige Liebhaber hatte während der Ehe und auch noch ein paar ganz Zerquetschte nach Vaters Tod. Nicht, weil ich den Papa nicht in fast jeder Hinsicht wunderbar fand, sondern weil einmal der Himmel über dem Belvederepark in der Dämmerung rot geflutet war oder weil einer so ein schmutziges Lachen hatte, gepaart mit einer Art, sich mit dem Daumen am Mundwinkel abstützend die Zigarette zu halten, die in gerade dieser Stunde unwiderstehlich war, oder wenn eine Amsel übermütig gepfiffen hat und es der erste warme Apriltag war, an dem der italienische Gefrorenen-Mann vor dem Schlosstor Eis verkaufte. Selbstverständlich hätte ich mich zwingen können zu widerstehen, aber welcher Gewinn wäre der Welt daraus erwachsen? Der Papa hat es natürlich nie gewusst, und mir schenkte es ein Gefühl von Freiheit, das man gerade in einer Liebesehe mit einem schwierigen Mann dringend zur Erholung braucht.«

»Warum erzählst du mir das?«, fragte Julian, der über das Geständnis einigermaßen erstaunt und etwas pikiert war.

»Weil ich gerade daran dachte und vor dir keine Geheimnisse hab'.«

»Aber eine Ewigkeit war es doch offenbar ein Geheimnis.«

»Vielleicht weil es eine Bedeutung hatte, eine Lebendigkeit wie ein Laib Brot, der frisch aus dem Backofen kommt und noch Wärme ausstrahlt. Jetzt und seit geraumer Zeit ist es aber tot und kalt und völlig bedeutungslos. Ich brauche die spezielle Freiheit nicht mehr, weil die Ehe verschwunden ist, die dieser Freiheit ihren Sinn gab. Seit der Papa sich verabschiedet hat, ist er mir alles, das Dauernde und das Flüchtige, die Liebe und die Verliebtheit. Die Verstorbenen haben ja keine Möglichkeit, das Bild, das wir uns von ihnen erschaffen, zu zerstören. Sie sind wehrlos dem Ideal ausgeliefert, das wir ihnen andichten.«

Vierzehn Tage später veranstaltete Matteo Chimini aus Lust an der Freude ein Fest im Park des Verwaltungsgebäudes seiner Mailänder Fabrik. In den Zweigen der Bäume hingen japanische Lampione, und an den Rändern der Kieswege tanzten die Flammen von Fackeln. Eine neapolitanische Combo spielte Melodien, die an ein originelles Duell zwischen Ziehharmonika und Mandoline erinnerten. Julian betrachtete die von der Ferne scherenschnittartigen Kellner, die nicht nur Frack, sondern auch schwarze venezianische Halbmasken trugen, als würde der volle Anblick ihrer Gesichter den Gästen den Appetit verderben.

Die angegraute, zu der chiminischen Blitztheatergesellschaft gehörende Geliebte des Waffenfabrikanten aus Brescia kam ein wenig schwankend auf Julian zu. An ihrer Seite eine junge Frau, die er nicht kannte. Gleich darauf stellte die Angegraute sie ihm wortreich vor. Alles, was Julian verstand, war, dass sie Sonja hieß, dann war er schon ganz damit beschäftigt, sich ihre Erscheinung anzuschauen, und das mit solcher Intensität, als ob es das Letzte wäre, das er in diesem Leben betrachten durfte. Als Folge davon warf ihm etwas Unbekanntes eine schmerzhafte Glut zwischen die Rippen, und er musste zweimal heftig durchatmen, um sich ein wenig Gleichmut zu verschaffen.

Das gibt es also tatsächlich, dachte er: eine Herausforderung, die sich unserer von einem Augenblick zum anderen ganz und gar bemächtigt, und alle vorherigen Entscheidungen und Gewissheiten stehen plötzlich zur Disposition. Die Wucht, mit der Sonja, die er vor fünf Minuten nicht gekannt hatte, sich in Julians Gemüt verankerte, war ihm bisher noch nicht untergekommen. (In den Groschenromanen, die seinerzeit den Freizeittrost der Passauerschen Bedienerin Frau Grienedl in Schönbrunn bedeutet hatten, gab es ständig derlei Szenen: Ein Mann und eine Frau begegnen einander, und wie ein Springteufel schießt ihnen Begierde hoch, sodass sie einander ohne Zögern verfallen.)

Julian hatte noch nicht richtig feststellen können, worin die genaue Ursache für seine Entäußerung bestand, da empfand er schon, dass ein Fremder mit ziemlich ungewöhnlichen Sitten an die Stelle des bisherigen Julian Passauer getreten war, und der bisherige war unbekannten Aufenthalts verzogen. Ob es Sonja genauso erging, wusste er natürlich nicht, und doch sagte ihm der Hausverstand des rätselhaften Fremden in ihm, dass diese alarmierende Reaktion nur durch den raren Zusammenprall zweier Menschen, die gewissermaßen auf wesentlichen ungenützten Leidenschaften saßen, entstehen konnte, und zwar durch eine Art von Zeitzünder, der bei Auftreten des richtigen Signals in beiden Beteiligten aktiviert wird und deren gewohnte Bahnen in die Luft sprengt.

Julian sagte: »Wo haben Sie bisher gelebt, gnädige Frau?«
Und Sonja sagte: »Offenbar am falschen Ort.«

Dann schrie sie leise auf wie jemand, dem eine lang-
gesuchte Rätsellösung einfällt. Und sie hatten eine solche
Freude aneinander, dass sie sich rasch abseits der anderen
Gäste auf eine hölzerne Gartenbank setzten und minutenlang nur ungläubig und ein wenig hysterisch lachten. Dann
fragte Julian: »Geht es Ihnen auch so?«

Und sie fragte gar nicht, was er meine, sondern antwortete mit fester Stimme: »Ja.«

Julian sagte: »War das jetzt das endgültige Jawort, und
wir sind Mann und Frau?« Und sie hörte seine Stimme und
wusste, dass die Frage kein Scherz war.

»Ja«, sagte sie noch einmal und nicht weniger fest als
beim ersten Mal. Auch Julian empfand, dass es kein Zurück
gab und er sich gerade vor einem Gesetz mit Sonja verbunden hatte, das schwerer wog als jedes von Kirchen oder Par-
lamenten geschaffene.

»Wie ist denn mein neuer Familienname?«, fragte sie
und öffnete wie nebenbei einige Knöpfe ihrer moosgrünen
Bluse. »Passauer Taugenichts«, sagte Julian. Sie zeigte ihm
für einen Augenblick lachend ihre linke Brust und wirkte
wie eine jener Renaissancemadonnen, die Anspruch auf
ewige jugendliche Schönheit erheben, weil sie wissen, dass
sie immerhin sich und der Welt den Messias geboren haben
und Gott in seiner Dankbarkeit ihnen dafür jeden Wunsch
erfüllen muss. Jetzt stand sie auf und ging, während sie im
Takt einer unhörbaren Musik ihre roten Locken wiegte, in
Richtung der Villa.

»Was tust du?«, rief Julian.

»Ich muss jemandem mitteilen, dass ich ihn verlasse!«, rief sie zurück, ohne sich umzudrehen.

So also verhielt es sich, und Julian hatte ganz schön den Scherben auf. Eigentlich liebte er Aimée und noch eigentlicher Mébrat oder den noch zu findenden vollkommenen Süden. Jetzt aber, eigentlicher als das Eigentlichste, Sonja mit den Locken. Das Unglaubliche erwartet ja nie weit vom Gewöhnlichen wohlvorbereitet seinen Auftritt, und viele sehnen es innig herbei. Kommt es dann aber endlich und illuminiert uns den Horizont mit Silberregen und Feuerwerksblumen, neigen wir oft dazu, in die Unterstände des Alltäglichen zurückzufliehen, weil wir dem Anblick des Wunderbaren nicht standhalten und es als nichts Geringeres als eine tödliche Bedrohung empfinden. Das kommt vom Kleinmut, der verkümmerter Mut ist. Ein Taugenichts allerdings braucht seinen Mut alle Tage und lässt ihm keine Chance auf Armseligkeit. Und so dachte Julian nicht an Flucht, sondern freute sich durchaus auf die Turbulenzen der kommenden Stunden, und der Scherben, den er aufhatte, schien ihm die königlichste aller möglichen Kopfbedeckungen.

Etwa fünfzehn Minuten lang. Dann geschah Folgendes: Sonja kehrte zurück, und Julian fragte: »Hast du dich von deinem Mann getrennt?«

Und sie antwortete: »Nein. Ich habe entschieden, ihm überhaupt nichts von uns zu erzählen. Ich will mit dir eine geheime Liebschaft.« Sie hatte dafür keine andere Begründung, als dass es so besser und noch aufregender wäre. Julian empörte dies, und er zeigte sich dennoch einverstanden. Es ersparte ihm immerhin den Abschied von Aimée.

249

Jetzt fand er endlich Zeit, Sonja ausführlich zu betrachten, und er sah, dass ihr Körper beinahe jeden Kompromiss wert war und dass er ihn, wenn sie es wünschte, schlagen würde. Und er war sicher, dass sie es wünschen würde.

»Erzähl deinem Mann, dass du Migräne hast oder finde eine andere Ausrede und lass uns in ein Hotel gehen«, sagte er so schroff, dass er selbst erschrak.

»Ich bin nicht mit meinem Mann hier, sondern mit einem Geliebten – und den habe ich gerade aus meinem Leben geworfen.«

Jetzt war Julian doch ziemlich erstaunt. An ein Luder war er also geraten. Das enttäuschte ihn keineswegs, sondern bedurfte nur schärferer Spielregeln. Ein Luder und ein fleißiger Taugenichts waren ja unter Umständen natürliche Partner und konnten einander ganz ohne Vorspiegelung falscher Tatsachen begegnen. Julian musste lachen bei dem Gedanken an eine Beziehung, in der die rücksichtsloseste Offenheit regierte. Es fiel ihm ein, wie viel an Halbwahrheiten in dem verblieb, was Aimée und er ein wenig ironisch ihre unverlogene Mesalliance nannten. Natürlich wusste er, dass er auf Dauer nichts anderes als eine gewisse Rücksicht und Güte von Seiten seiner Hauptbezugsmenschen ertragen konnte, aber er schloss nicht aus, dass ihn gelegentliche Aufenthalte in krasser Schonungslosigkeit erfrischen würden, wie etwa andere der hemmungslose Schrei, den sie unter Eisenbahnbrücken ausstoßen, wenn diese gerade von einer Zuggarnitur überrollt werden.

Sie nahmen ein Taxi zum Hotel Garibaldi und öffneten beide hinteren Autofenster, um dem Gestank des am Zigarettenanzünder befestigten Duftbaums zu entkommen.

Dann bat Julian den Chauffeur, doch das volkstümliche Gegröle aus dem Radio etwas leiser zu stellen, und schon herrschte zwischen ihm und dem mit einem rosa Jogginganzug bekleideten Mann ein schneidender, stummer Hass, der wie die Polarität jener Zuneigung schien, die er im ersten Augenblick für Sonja empfunden hatte. Als der Wagen vor dem Hotel anhielt, gab Julian seinem Feind ein ungewöhnlich hohes Trinkgeld, um ihm ein wenig hündische Devotion abzukaufen. Aber der Fahrer verweigerte mit einem höhnischen Kopfschütteln die Annahme. Durch die misslungene Demütigung selbst gedemütigt, verringerte sich Julians Gier auf Sonja. Sie steuerte sofort dagegen, indem sie ihn auf die Augenlider küsste, und dies war die erste innigere Berührung der beiden überhaupt.

Das Hotel Garibaldi war keine Luxusherberge, sondern eine Absteige, deren Zimmer etwas von der Ungeduld und Hastigkeit ihrer Gäste ausstrahlten. Man konnte glauben, die Wände arrangierten sich lediglich für ein paar Minuten zu einem Raum, und später würde man ihnen anderswo, andere Grundrisse und Raumhöhen bildend, wieder begegnen. Hier also liebten sich Julian und Sonja erstmals und waren außerstande, die cimborassohaften Erwartungen zu erfüllen, die sie ineinander gesetzt hatten. Julian dachte fortwährend, ich spüre sie nicht wirklich, und er fürchtete, dass Sonja das Gleiche dachte. Als ob sie in einem grandiosen Wäschehaufen nach etwas ganz Bestimmtem suchten, durchwühlten sie ihre Umarmungen nach unübertrefflicher, sättigender Lust, doch schien alles ziemlich übertrefflich und hinterließ sie hungrig.

Nun hätte man dies als Scheitern betrachten können und jenes anfängliche Erlebnis des großen, im Guten erschütternden Eindrucks dem Phänomen der Luftspiegelungen hinzuzählen, aber Julian wusste, dass es in Liebesgeschichten das Paradoxon gab, dass man sich auch das Geschenkte erarbeiten musste. Und so begann er, wie auch damals bei Aimée, so gut es ging, noch einmal ganz von vorne.

Er sagte: »Ich heiße Julian Passauer und glaube, dass du mich etwas angehst. Wieso, kann ich nicht genau sagen. Natürlich hat es etwas mit dem Animalischen und all den Wünschen nach ausgelebten Obsessionen zu tun. Aber da sind auch Feinheiten, die mich nicht ausschließen lassen, dass du eine Fährte bist, worin ich lesen kann, wie es beim Lernen weitergeht. Oder du bist ein paar Polka- oder Rumbaschritte, die mich näher zum vollkommenen Süden bringen. Da-ra-ta-ta, da-ra-ta-ta, da-ra-ta-ta. Mein Gott, Sonja, ich weiß es wirklich nicht.«

»Mach dir das Einfache nicht gar so kompliziert«, sagte sie. »Und vor allem, zerdenk nicht, was wir haben.«

»Was haben wir denn, du Neunmalkluge?«

»Uns und die Zeit, die gerade ist.« Dann packte sie ihn an den Schultern und schüttelte ihn, wie manche Eltern ungehorsame Kinder schütteln. Gleich darauf schlug sie ihm lachend mit der flachen Hand derart heftig auf den Brustkorb, dass Julian nach Luft rang und in Panik vom Bett aufsprang. Als er stand, bemerkt er sich zu seinem Entsetzen splitternackt in dem großen Spiegel, der an der Außentüre des Kleiderkastens befestigt war. Wie das Erscheinen eines Basilisken erschreckte ihn das eigene Bild. So viel Armseliges und Verbrauchtes hatte dieser Leib, Fettansätze,

Schlaffheiten und Altersflecken. Ein riesiges, jammervolles, unsportliches Kind sah er vor sich. Genau in diesem Augenblick sagte Sonja: »Du bist ja im ganz altmodischen Sinn ein schöner Mann.«

Julian hatte nur den einen Wunsch, allein zu sein. Es war nichts wirklich Großartiges geschehen, und doch schien ihm, als hätte er in den vergangenen Minuten seine ganze, in tausend schwierigeren Situationen unerschöpfte Kraft verbraucht. Die nächste Bemerkung, welcher Art auch immer, würde ihn zum Weinen bringen. Er kämpfte schon mit den Tränen. Irgendetwas besaß und verfremdete ihn bis zur Unkenntlichkeit. Er war sich nicht einmal mehr sicher, dass all dies mit Sonja zusammenhing.

Am folgenden Tag versuchte Julian zu entschlüsseln, wieso Sonja ihm vom ersten Augenblick an so vertraut erschien. Irgendwo in seiner Erinnerung musste ein Ereignis liegen, das sich mit ihr verband. Da sie ihm praktisch nichts über sich erzählt hatte, konnte sie freilich auch eine Schauspielerin sein, die er einmal im Kino oder Fernsehen gesehen hatte, oder eine Schriftstellerin, Musikerin, Wissenschaftlerin, Dame der Gesellschaft, vielleicht sogar Politikerin, deren Fotografie seinen Augen in Zeitungsberichten begegnet war. Aber so sehr er sich auch anstrengte, bei keiner Spur schlug eine Glocke an. Dann nachmittags, am zweiten Tag nach ihrer Begegnung, während er am Klavier den »Rosenkavalier«-Walzer spielte, stieg ihm wie ein Algenstückchen, das plötzlich vom Grund eines Teiches zur Oberfläche drängt, ein Bild auf, das er früher Tausende Male in den Händen gehalten hatte: die Karo-Dame auf den Spielkarten der Firma Piatnik & Söhne, die in den meisten Kasinos und Pokerrunden benützt werden. Sonjas Gesicht glich jener Darstellung frappant, und Julian musste laut lachen, so überraschend und originell fand er des Rätsels Lösung.

Bald darauf teilte Aimée Julian bei einem Nachtmahl in Verona mit, ihr Vertrauen in ihn und ihre Beziehung sei derart gefestigt, dass sie eine Freundin gebeten habe, ihr sechs Schiffskoffer voller Kleider und persönlicher Gegenstände nachzusenden. Sie wolle in San Celeste auch substanzielle Bausteine ihrer Welt um sich haben als Voraussetzung dafür, sich längerfristig in Julians Haus geborgen zu fühlen.

Es kam ihm nicht ungelegen. Er benötigte ein starkes und permanentes Gegengewicht, um den Versuchungen, die Sonja darstellte und die, wenn man die Wurzel aus ihnen zog, ein Wirbelsturm an Unruhe waren, nicht ganz zu erliegen. Ohne dass Aimée es ahnte, kämpfte er mit ihrer Hilfe um den Bestand seiner inneren Statik, und für diese Hilfestellung war er ihr dankbar und gewann sie dadurch noch lieber als zuvor. Über für ihn geistig Bedeutendes konnte er ausschließlich mit Aimée und Mébrat sprechen, und die erotischen Dimensionen mit Aimée unterschieden sich so grundsätzlich von denen mit Sonja, dass er nicht hätte sagen können, welche der beiden ihm unverzichtbarer erschien. Bei Aimée empfand er es als Reisen in die Tiefen und bei Sonja als solches in die Höhen. Nur dass interessanterweise die Tiefe Helles und die Höhe Dunkles bereithielt.

Noch öfter als sonst schlenderte Julian in diesen Tagen durch den Eidechsengarten, den er als den ihm gegenüber bedingungslosesten seiner Freunde empfand. Er war davon überzeugt, dass sie einander ausschließlich das Beste wünschten, selbst wenn dieses Beste gelegentlich nicht unbedingt den eigenen Wünschen entsprochen hätte. Denn er wusste, dass auch der Garten, wie alles Beseelte auf Erden, Wünsche und Hoffnungen, Enttäuschungen, Freude und Schmerz empfand. Bei einer dieser ziellosen Expeditionen kurz nach dem Mittagessen stieß er auf den schlafenden Nikos.

Mitten im Errichten von Moosstallungen für Weinbergschnecken musste ihn die Müdigkeit bezwungen haben, denn in der offenen rechten Hand lag noch ein beschnitztes Holzstückchen, und seine Linke umschloss ein Grasbüschel, von dem sich sein Unterbewusstsein wohl Halt versprochen hatte, als er im Sitzen umkippte. Nikos war von Ringelfarnen überschattet, die kaum merklich im Windhauch vibrierten. Seine Augenlider waren gerade so weit geöffnet, dass eine Spur Licht jenen Gewächsen Nahrung geben konnte, die er sich in seinen Träumen schuf. Denn Nikos hatte Julian oft von seinen Schlafarbeiten berichtet und dass es dort Bäume gab, die ihre Wurzeln in den Himmel schlugen und deren Geäst Blüten trug, die gleichzeitig Papageien waren. Es schien Julian, als markiere das Gesicht dieses Buben die Stelle, an der unsere problematische Welt in eine bessere überging. Alle Verkrampfungen und Launen, jede Missgunst und Habgier mussten sich auflösen vor der Anmut dieses jungen Menschen, und es hätte ihn nicht gewundert, wenn gleich die Gesänge von

Wallfahrern erklungen wären, die zur heilenden Macht des schlafenden Nikos pilgerten.

So begann Julian augenblicklich, an diesem Ort eine Gedankenskulptur von Nikos Granda zu schaffen, die das Vollkommene von dessen Wesen für immer im Eidechsengarten verankern würde, sodass sich eines am anderen erfrischen und erneuern konnte.

Wenn Julians Mama mit ihrem Peugeot in San Celeste eintraf, benahm sie sich mit jener Diskretion, die eine der Grundmaterialien ihres Charakters war. Die seltenen ausführlicheren Gespräche, die sie mit Aimée führte, erinnerten ein wenig an die zweier Damen, die sich berufsbedingt bei einem Kongress treffen, dessen Zweck die Erforschung des wissenschaftlichen Themas »Julian Passauer« darstellt.

Aber normalerweise ging sie spazieren, sonnte sich Kreuzworträtsel lösend oder Biographien lesend im Garten und unternahm allein oder in Mébrats Gesellschaft im Automobil Ausflüge nach Verona, Padua, Brescia, Mantua, Mailand oder Bergamo. Venedig hatte sie nach dem Tod ihres Mannes aus Pietät nie mehr besucht. An Sonntagen spielte sie Mahjong mit dem Apotheker, der auch noch einen erfolglosen, auf Art déco spezialisierten Antiquitätenhandel betrieb und mit seinen pomadigen Haaren und den doppelreihigen dunklen Anzügen aussah wie eine in hoher Auflage produzierte Tangotänzerskulptur. Alle Einheimischen grüßten Julians Mama, auch diejenigen, die für gewöhnlich wegblickten, wenn sie ihrem Sohn begegneten. Sie schien eine Macht zu verwalten, mit der es sich niemand verderben wollte. (Der Graf Eltz hatte einmal über sie gesagt: »Diese Gnädige ist eine Bürgerliche, die etwas derart Aristokratisches ausstrahlt, dass man meint, es gäbe über sie mindestens zwei Seiten im Gotha.«)

Nach dem Herztod ihres Mannes hielt sie an Wien als Hauptwohnsitz fest, weil sie dem, was seine Melancholien geschaffen hatten, treu bleiben wollte. »Ich würde mir so elend verräterisch vorkommen, dauerhaft, ohne ihn, im Süden zu leben. Es ist eine traurige Geschichte, Julian. Der Papa wurde ganz einfach im falschen Augenblick geboren. Gerade als er seine Heimat liebend begriff, hat man sie ihm sozusagen unter den Füßen weggezogen. Dann konnte er fast nur mehr in der Wissenschaft eine Orientierung finden. Die politische Welt mit ihren Systemen, Anmaßungen, Gesängen und Fahnen, Dokumenten und Verbohrtheiten empfand er als zu bekämpfendes Schreckenskabinett aus Irrwegen und Täuschungen. Das Forschen und später das Museum waren seine Arche. Rundherum nichts als Sintflut und Untergang. Du und ich haben zur Arche gehört. In gewissem Sinn hat er dich später vielleicht auch wie jene Taube mit dem Ölzweig im Schnabel empfunden, die Noah trockenes Land anzeigte. Er hat dich so lieb gehabt und war so sehr stolz auf dich, als wärst du eine neue, von ihm und mir geschaffene Spezies, die den Artenreichtum der Welt aufs Sinnvollste ergänzt.«

»Und wie heißt diese Spezies?«, wollte Julian wissen.

»*Mein Sohn* heißt sie«, antwortete seine Mama.

Manchmal streunten sie Hand in Hand durch den Eidechsengarten, und sie wusste die Namen vieler Pflanzen, die ihm unbekannt waren. Auch schlug sie ihm die ihrer Meinung nach für weitere Gedankenskulpturen besonders geeigneten Plätze vor, denn sie fühlte Erdstrahlungen. »Schaff dir einen unsichtbaren Palast der Erinnerungen, Julian. Den können die allgegenwärtigen Barbaren bei den kommenden Revolutionen und Raubzügen wenigstens nicht plündern und zerstören.«

Ein andermal erklärte sie: »In der Musik sind wir alle mit allem beinhaltet. Der Papa und du, das Damals, das Jetzt und das Demnächst. Das Beunruhigende und die Geborgenheit. Das Sparsame und der Überfluss. Ich, zum Beispiel, begegne meinem Gefühl und meinen Gedanken am wirksamsten und glaubwürdigsten in dem, was der Johannes Brahms geschaffen hat. Jeder einigermaßen empfindsame Mensch weiß um Musiken, die genau seinem inneren Grundmuster entsprechen. Die kann man dann wie Landkarten benützen, um sich selbst besser zu erkunden, und das Versteckte, Verdrängte oder noch Unentdeckte ebenso wahrnehmen wie das Offensichtliche, Vordergründige und Gewohnte. Ich also bin ein Brahms-Kind, und du bist, glaube ich, ein Schubert-Kind, und der Papa war ganz und gar Gustav Mahler.«

Über Sonja hatte Julian mit der Mama nicht gesprochen. Er sprach mit niemandem über sie. Ein- bis zweimal im Monat traf er sie in einem Mailänder Hotel, oder sie rief ihn ohne Vorwarnung aus dem Grand Hotel an der Strandpromenade an und sagte: »Falls du willst, ich will und bin da.« Wenn er ihre Stimme hörte, brauchte er alle Beherrschung, um nicht Reaktionen zu zeigen wie seinerzeit die schlechten Kartenspieler mit guten Blättern. Denn sie war unzweifelhaft eine Aussicht auf Gewinn: Lustgewinn und

Verwirrungsgewinn. In den Pausen zwischen ihren Begegnungen überlegte er sich gelegentlich durchaus, wie er sein Interesse an ihrer Person abschütteln könnte. Eine Einflüsterung aus der Herzgegend bedeutete ihm allerdings, dass diese Frau eine Meisterin war, die ihm gute Sichtmöglichkeiten auf ihn selbst schuf. Von der dunklen Höhe, die ihrer beider unstillbare Gier mittlerweile stets und rasch erreichte, sah er aus der Tiefe gelungene Formen und Bewegungen des Aiméeschen Lichts heraufstrahlen und wurde sich deren friedensgeladener Qualitäten vielleicht noch dankbarer bewusst. Vielleicht waren diese Beobachtungen und Erkenntnisse aber nichts als ein Selbstbluff zur Prolongierung der dunklen Höhen.

Julians Vorstellung vom Glück war zwar die baldige Auffindung des vollkommenen Südens, aber dieses Ziel und die höchstwahrscheinlich damit verbundene gänzliche Aufgabe Österreichs hielt mit Sicherheit einen Wermutstropfen bereit: die Abwesenheit des Stephansdomes. Als gäbe es für alle in Wien Geborenen eine schicksalhafte Symbiose zwischen dem gewaltigen Gebäude und ihrer eigenen inneren Stärke, spürte Julian, wie Mut und Tatkraft im Schwinden waren, wenn man allzu lange dem Dom entsagte. Manchmal ergriff ihn eine Art von Ruhelosigkeit, wie sie Zuckerkranke befällt, die dringend eine Insulinzufuhr benötigen. Dann reiste er, wo immer er sich gerade befand, so rasch wie möglich in den Ersten Bezirk der österreichischen Hauptstadt und eilte von der Oper über die Kärntner Straße zum Stock-im-Eisen-Platz. Sobald er den Nordturm der Kathedrale aufragen sah, beruhigte er sich. Dann schaute er das Riesentor mit seinen Reliefs lange an. Als Nächstes das Kirchenschiff, das ihn an einen großen Frachter erinnerte, der in einem Meer aus Orgeltönen vor Anker lag, um seine Ladung von Fürbitten und Danksagungen, Opferlichtern und Weihrauchdunst zu löschen. Julian atmete dann tief ein und erholte sich an der Schönheit, Wucht und Genauigkeit des steinernen Kunstwerks. Von seinem Vater wusste er, dass es in Tansania Stämme gab, die durch das konzentrierte Betrachten von Leoparden deren Geschmeidigkeit und Kraft auf sich übertrugen. In diesem Sinn war der Stephansdom wohl Julians Leopard.

Nach einigen Monaten bildeten die an vielen Stellen des Eidechsengartens errichteten Gedankenskulpturen ein System schützender Energien, in das Julian beinah tägliche Ausflüge unternahm.

»Wovor willst du dich denn eigentlich schützen?«, fragte ihn eines Tages Aimée, der er gelegentlich von seinem Werk Andeutungen machte.

Julian hatte die Antwort nicht parat, aber nach einigem Nachdenken sagte er: »Ich glaube, ich will mich davor schützen, mich zu veruntreuen und womöglich nicht der Julian zu werden, der ich unter guten Umständen durchaus sein kann. Und jede einzelne Gedankenskulptur stellt Maßstäbe dar, die mir Anregung, Mitarbeiter oder Warnung sind. Im Grunde bedeutet das Ganze so etwas Ähnliches wie unsichtbare Schleifsteine für meine Entwicklung.«

Aimée schaute ihn sorgfältig an, wie man ein teuer erstandenes Objekt nach dem Ankauf noch einmal begutachtet, um sich Richtigkeit oder Irrtum der Anschaffung zu bestätigen. Dann sagte sie: »Ich mag dich sehr, Julian Passauer. Du gibst dich selten zufrieden. Ich zum Beispiel bin im Grunde ein notorischer Feigling, der sich immer absichtlich in gefährliche Situationen bringt. Dort verbietet es mir dann mein Anstand, nicht mutig zu sein. Ich weiß, was es bedeutet, nicht den Kopf einzuziehen, und ich finde, dass du deine Sache gut machst.«

Julian sagte: »Ich bin auch ein notorischer Feigling, aber ich fürchte mich außer vor den gesundheitsbedrohenden vor anderen Dingen als die meisten, die ich kenne. Die Ordnung Onkel Whistlers macht mir Angst, oder dass die alte Signora Chimini womöglich nicht wirklich nachts im Dunkeln leuchten könnte. Oder dass ich eines Tages nicht geerdet werde, wenn ich dich berühre.«

Jetzt umarmten sie einander und trennten sich wieder und umarmten einander sofort noch einmal, und diesmal für Minuten. Und Julian meinte zu spüren, dass sich über ihnen wie ein Zauberkunststück von selbst der zierliche weiße Sonnenschirm öffnete, den Aimée gehalten hatte, als er ihr das erste Mal vor dem Grand Hotel auf der Seepromenade begegnet war.

»Woran denkst du?«, fragte Aimée.

»An das Sterben«, antwortete Julian.

»Himmel, darum wird so viel Getue gemacht, und dabei ist es die größte Banalität. Milliarden Volltrottel und unzählbar viele kluge Leute haben es letztlich geschafft. In Afrika habe ich bemerkt, dass sich eigentlich nur die Politiker vor dem Tod fürchteten. Fast alle anderen sind gut im Loslassen.«

»Ich fürchte mich nicht vor dem Tod, nur vor dem Leiden und vor dem Kontrollverlust. Dass eine mildtätige Krankenschwester meine Leibschüssel entsorgt oder mir einen Katheter setzt, ist eine mehr als genante Vorstellung.«

»Nimm dir, wie deine Mutter zu sagen pflegt, keinen Vorschuss auf Zores, vielleicht kommt das Ende ja ganz sanft im Schlaf, während du gerade träumst, dass dir Ava Gardner eine Schlammpackung gegen Rheumatismus verabreicht.«

»Kann es nicht wenigstens Pfefferminzöl sein?«

»Meinetwegen träum dir, was du willst, und sei noch mit dem letzten Herzschlag ein Snob.«

»Mein Vater ist abends von einer Sitzung nachhause gekommen, bei der die Neuordnung der Schmetterlingsschausammlung des Naturhistorischen Museums beschlossen wurde. Er hat sich mit einer Fotografie Kaiser Karls eine Virginia angezündet, den Radioapparat aufgedreht, um die Aufzeichnung eines Gesprächs zwischen Arthur Koestler und dem Philosophen Friedrich Heer, der auch Chefdramaturg des Wiener Burgtheaters war, zu hören. Dann hat ihm die Mama, wie immer um diese Zeit, einen Campari Orange serviert. Vater lockerte sich den Krawattenknoten und stieß plötzlich einen Schreckensschrei aus, so andauernd und markerschütternd, als wollte er alle Luft seiner Lungen dafür verbrauchen. Mama wird noch heute weiß wie Kreide, wenn sie davon erzählt, ›die Posaunen von Jericho müssen so geklungen haben‹. Dann hat er sich auf den linken Arm gegriffen, ist zusammengesackt, und es gab für Mama nicht den geringsten Zweifel, dass er tot war. Das jedenfalls ist keine Ava-Gardner-Version.«

»Aber eine prachtvoll schnelle. Ich würde diesen Tod ohne Zögern nehmen, würde er mir angeboten. Mich interessiert, worüber er so erschrocken ist. Glaubst du, dass sein Schreien nur von einem jähen Schmerz ausgelöst wurde?«

»Mama denkt, er ist unvermittelt, als ob die Erde doch eine Scheibe wäre, zum Rand der Welt gelangt, und stürzte, fassungslos, einige seiner festen Überzeugungen brüskiert zu sehen, in den bodenlosen Abgrund. De facto war es ein Herzversagen.«

»Meine Mutter wurde sechsundneunzig«, sagte Aimée. »Sie war eine Schönheit, die von ihren Freunden und Bekannten stets nur ›Brüsseler Spitze‹ genannt wurde, nicht im Sinne der Klöppelarbeit, sondern weil sie in Brüssel eine halbe Ewigkeit die Spitze an Eleganz und Vitalität repräsentiert hatte. Bis zum letzten Seufzer benötigte sie keine Brille und bewältigte, ohne sich anzuhalten, die Treppen. An ihrem dreiundneunzigsten Geburtstag verkündete sie uns, dass bis einundneunzig durchaus das Erfreuliche überwogen hatte, aber ab dann die Tage nur mehr mit äußerster Disziplin zu bewältigen waren. ›Man muss sich zu allem zwingen. Morgens zum Aufstehen, zum Waschen, zum Schminken, dann zum Spazierengehen, zum Besuch des Restaurants, zum Konzert und Theaterbesuch und vor allem zum Reisen, denn man lebt ja nur wirklich, solange man auch reist.‹

Dann kam ein Abschnitt, in dem sie noch regen Anteil nahm an den Vorgängen der äußeren Welt, aber sich nach dem Mittagessen in einen Fauteuil setzte, um eine Art Halbschlafsiesta zu halten, und diese Siesta dehnte sich schließlich von Monat zu Monat immer länger über viele Stunden bis zum Abend hin aus. ›Ich habe nie gewusst, welchen Zauber das Vor-sich-hin-Dösen haben kann‹, sagte sie. ›Eine Art sanftes Schaukeln ist es, wie bei den Papierschiffchen meiner Kindheit, die wir im Sommer dem Meer bei Ostende überließen und denen wir nachschauten, bis sie versunken sind. So wart' ich eben auch, bis es mich in die Tiefe zieht. Es gibt viel Schlimmeres.‹«

»Deine Mutter muss einen starken Zauber gehabt haben«, unterbrach Julian Aimées Schilderung. »Ich wäre ihr gerne begegnet.«

»Sie dir nicht. Sie wollte mich ganz für sich haben, als hätte sie mich nur zu ihrem Amüsement und ihrem persönlichen Vorteil geboren.« In diesem Augenblick brachte Mébrat eine Vase mit Strelitzien ins Zimmer, um sie auf einem Renaissanceschränkchen, dessen vier Laden das Silberbesteck der Marchesa Piazzoli bargen, abzustellen.

Julian fragte: »Mébrat, was ist deiner Überzeugung nach das Sterben?«

Die Angesprochene überlegte gerade so lange, um Julian begreifen zu lassen, dass sie dazu keine vorgefasste Meinung besaß. Dann sagte sie: »Herr Passauer, ich glaube, dass Sterben den Abschied von all dem darstellt, das man zutiefst nicht ist.«

An manchen Tagen im Oktober und November loderten an eigens dafür bestimmten Plätzen im Eidechsengarten große Feuer, in denen gejätete Pflanzen und Laub sowie Schnitt- und Bruchholz verbrannten. Hohe Säulen aus wohlriechendem Rauch erweckten den Eindruck, eine steinerne Kuppel zu tragen, die erst, wenn für Sekunden Vögel aus ihr hervorflogen, als Nebel zu erkennen war.

Die Stille, die gewöhnlich den Garten erfüllte und die alle Bewegungen der Zweige und Wipfel, Gräser und Blätter ebenso als Teile von sich erscheinen ließ wie das Sprudeln und Schleifen des Wassers und die Streifzüge des Windes und der Tiere, wurde von einem Prasseln überlagert, das halb gefährlich und halb heimelig klang. Julian dachte, es könnte eine Melodie in den Gedanken der Gärtner geben, für die dieses Prasseln den Grundrhythmus bildete und über deren Thema sie beim Arbeiten stundenlang improvisierten. Diesem Umstand ordnete er auch die merkwürdigen, wiegenden Kopfbewegungen zu, die sie schweigend vollführten, während sie mit Mistgabeln die Glut lockerten oder Scheibtruhen mit Flammennahrung herankarrten.

Manchmal hörte man vermeintliche Schüsse oder kleine Explosionen. Das waren berstende Bambushalme, die ja aus zahlreichen Röhrenkammern bestehen, worin Kondenswasser durch die Hitze des Feuers einen Überdruck erzeugte. Julian schaute oft ganze Nachmittage in diese Scheiterhaufen. Ähnlich dem ewigen Licht über den Tabernakeln der Kirchen vermochten sie dem Betrachter die Gedanken zu sammeln und schotteten ihn gegen Störungen ab. Einmal nahm er Aimée zu dem Ereignis mit. Da bemerkte er, dass sie die Eigenschaft besaß, Wärme zu speichern. Als er nämlich etwa zwei Stunden, nachdem sie am Rand der Flammengrube gestanden waren, und obwohl sie schon wieder eine Weile in der frischen Herbstluft spazierten, ihre Wangen berührte, strahlten sie immer noch wie mit Fieber geladen.

»Vielleicht, weil einer meiner Urgroßväter Bäcker war«, sagte Aimée.

»Aber er hätte Backofen sein müssen, damit deine These einen Sinn ergibt«, sagte Julian.

»Vielleicht existieren, ähnlich guten Futterverwertern, auch gute Hitzeverwerter«, bot sie eine zweite Erklärung an. »Mir geht es ja auch mit freudigen Eindrücken so; ich speichere sie in irgendeinem Winkel meines Wesens und benütze sie in kleinen Portionen als Ursache, später froh zu sein. Ich habe eine alte Dame gekannt, eine Norwegerin, die als Zwanzigjährige mehrere Gespräche mit Igor Strawinsky geführt hatte und noch mit siebzig davon beflügelt war, und zwar jeden Tag. ›Er hat mir ein Licht aufgesteckt, das wohl strahlt, solange ich bei Sinnen bin‹, sagte sie.«

Julian träumte von einer weiten Ebene, über die Menschen jeden Alters, weiß gekleidet, langsam in unterschiedliche Richtungen gingen, und er war einer von ihnen. Gleich darauf waren sie alle Schüler in ein und derselben Schule. Zahllose großzügige Klassenzimmer mit Fensterfronten, die Ausblick auf die unterschiedlichsten Gegenden boten, gab es. Man sah: Städte, Wälder, Wüsten, Gebirgsdörfer, Meere, Schnee- und Tropenlandschaften. Jede Gestalt, die er ansprach, schien ihm bekannt, aber in einem anderen Körper, als er zu deren Namen assoziierte. Und alle antworteten auf die entsprechende Frage, sie seien hier, um zu maturieren. Julian dachte verzweifelt, ich habe schon vor Jahrzehnten meine Reifeprüfung bestanden, und jetzt, wo der ganze Lehrstoff längst im Vergessen zuhause ist, muss ich es noch einmal tun, das ertrage ich nicht. Eine völlige

Trostlosigkeit nahm von ihm Besitz, und er zerfloss förmlich in Tränen. Dann fiel ihm die Not seines Vaters ein, und er beschloss, ihm den Vorschlag zu unterbreiten, dass sie gemeinsam aus dem Leben scheiden sollten. Aber da die Wesen nicht ihr ihm vertrautes Aussehen hatten, geriet er immer wieder an den Falschen, und nach stundenlangem Suchen begriff er, dass jeder und jede jeder und jede waren und er selbst ebenso alle, die hier studierten.

Als er aufwachte und nach rechts blickte, sah er Aimée, die ihn betrachtete, neben sich liegen. Sie lächelte ihm zu und sagte: »Ich kenne niemanden, der so ruhig und unbewegt schläft wie du. Wie festgenagelt in einer bestimmten Haltung.«

Am übernächsten Morgen trat Julian unmittelbar nach dem Aufwachen aus Gewohnheit an das Doppelfenster seines Schlafzimmers und öffnete den Vorhang, um sich mit einem Blick zu vergewissern, dass nicht nur er, sondern auch die Welt die Nacht überdauert hatte. Aber es war etwas so Unglaubliches geschehen, dass er aufschrie: Draußen lag Schnee. Die Palmblätter duckten sich unter dem Gewicht dicht gedrängt fallender Flocken. Der Rasen war bereits unsichtbar. Die Zypressen erinnerten an schwerverwundete, vollkommen mit Mullbinden umwickelte Riesen. Julian läutete Sturm nach Mébrat, aber im selben Augenblick sah er sie und Aimée wie Kinder durch den Vorgarten tollen und einander seelig lachend mit Schneebällen bewerfen. Eine große Wut über ihre Freude erfasste ihn. Wussten sie denn nicht, dass der Feind seinen Grund und Boden besetzt hatte? Dass im Schlepptau des Weiß das spezifische

Dunkel des Nordens und Ostens gekommen war, mit all seinen Einschüchterungen und Armseligkeiten?

Er riss ein Fenster auf und herrschte sie an, ins Haus zu kommen. Dann bemühte er sich angestrengt um etwas Gelassenheit. Aber die Empörung über das Geschehene und Geschehende behielt die Oberhand. Es war, als würden die Albträume seines Vaters das Netz nach ihm auswerfen. Als hätte ihn die Landschaft schäbig verraten, ihn um einen wichtigen Halt betrogen und für einen billigen Effekt verkauft. Er lief in das Badezimmer, füllte eine Vase mit heißem Wasser und schüttete es ins Freie, wo es die Flockendecke durchschmolz und eine hölzerne Sonnenliege zum Vorschein brachte. »Hau ab, Österreich!«, rief er. »Lasst mich in Ruhe, Adalbert Stifter und Peter Rosegger, Alfons Walde und Toni Sailer! Zur Hölle mit euch! Belästigt mich nicht in meinem Ausland!« Jetzt bemerkte Julian, dass Mébrat und Aimée im Zimmer standen und ihn anstarrten, wie mit Sicherheit auch er den grotesken hysterischen Ausbruch eines für gewöhnlich einigermaßen ausgeglichenen Vertrauten angestarrt hätte. Er versuchte zu lächeln und sagte: »Was zu viel ist, ist zu viel. Aimée, wir bringen uns noch heute in Sicherheit.«

»Du bist ja vollkommen verblödet«, antwortete Aimée, und auch sie lächelte, und Julian begriff, dass er niemandem erklären können würde, wie sehr ihn die Anwesenheit des Schnees kränkte, und so schlug er gewissermaßen innerlich die Türe zu und beschloss, ausführlich Klavier zu spielen.

Am darauffolgenden Morgen war die Katastrophe perfekt. In der Nacht hatte es heftig zu regnen begonnen, und die Masse der Feuchtigkeit bildete mit der Masse des Schnees ein derart großes Gewicht, dass im Eidechsengarten vier alte Nadel- und drei Laubbäume entwurzelt oder gebrochen lagen. Die wuchernden Blattkronen von Cykas ragten aus dem Matsch zu Füßen ihrer eigenen Stämme, als wütete im Pflanzenreich eine grausame Revolution, deren einziger Zweck die Anwendung der Guillotine darstellte.

Julian dachte, dass den Doktor Granda wahrscheinlich lediglich seine Kahlheit davor bewahrte, innerhalb weniger Minuten vor Kummer schlohweißes Haar zu tragen. Als eine etwas schiefe Säule von Schmerz stand dieser inmitten der Verwüstungen und war unfähig, den Gärtnern Anweisungen zu erteilen. Julian wartete hinter ihm, bereit, ihn aufzufangen, falls er ohnmächtig würde.

Nach etwa einer halben Stunde sagte der Doktor Granda mehrere Male mit immer lauterer Stimme: »Loslassen. Freigeben. Nicht klammern. Darum geht es.« Und dann lud er Julian zu sich in die nach Sandelholz riechende Villa und zeigte ihm Fotoalben seiner Kindheit. Auf vielen Lichtbildern war ein Knabe im Matrosenanzug zu sehen, mit Augen, die viel zu groß wirkten für das schmale Gesicht. Man konnte auch glauben, dass alle Teile des Körpers dieses Acht- oder Zehnjährigen hinter die Augen zurücktraten, um sie nicht in ihrer Konzentration zu stören, etwas außerhalb der Aufnahme Gelegenes, dem Ausdruck nach zu schließen, mit Sicherheit Unerhörtes zu fixieren. Als ahne er Julians Gedanken, sagte der Doktor Granda: »Ich habe mich damals immer vor der Zukunft gefürchtet. Wenn mir das Kindermädchen an Festtagen nach dem Morgenbad den Matrosenanzug bereitlegte, war mir, als müsste ich bei der Kriegsmarine auf Ozeanen aus Angst dienen.«

Aimées langer Aufenthalt in Julians Haus irritierte Mébrat nicht im Geringsten. Sie versah ihren Dienst mit der immer gleichen Hingabe, Sorgfalt und Heiterkeit, und die angedeutete Herablassung Aimées veredelte sie kraft ihrer Erinnerungstechniken mühelos zu etwas ganz und gar Erfreulichem. Mébrat war sehr bewusst eine Dienerin, aber mit dem Selbstwertgefühl einer, deren inneres Vaterland das Dienen zum guten Grundgesetz erhoben hatte und dessen Regenten nicht weniger Diener waren als die Regierten.

Aimée glaubte im Gegensatz dazu an eine Art Weltgeflecht, in dem alles davon bestimmt wurde, ob man drunter oder drüber zu liegen kam. Wie bei jedem Geflecht hatte das Drunter nicht weniger Anteil am Halt der Konstruktion als das Drüber, aber da in ihrer Theorie jeder Mitwirkende nur eine einzige Stelle in einem Flechtstreifen darstellte, waren den Unteren andere Aufgaben und Eigenschaften zugewiesen als den Oberen. Die einen waren erdnäher und die anderen himmelsnäher. Sie war sich sicher, den anderen zugehörig zu sein, und fühlte nicht, dass sie mit Mébrat wahrscheinlich ein ungeträumtes leibhaftiges Stück Firmament vor sich hatte. Denn wenn Gott es nach Auffassung der Katholiken für nötig erachtete, seinen eigenen Sohn auf die Erde zu schicken, warum sollte sich nicht auch der Äther gelegentlich in Fleisch und Blut im Irdischen materialisieren, um zur Läuterung der Menschen beizutragen?

Julian bezeichnete Mébrat insgeheim als »meine Wolke«, denn sie konnte Räume betreten, als würde sie schweben. Dies lag aber vor allem an den langen weißen Röcken, mit denen sie sich kleidete und die nur wenige Millimeter über dem Boden endeten, sodass man meistens weder ihre Beine noch ihre Schuhe sehen konnte. (In Choreographien kaukasischer Volkstänze gibt es manchmal Szenen, die mit ähnlichen Mitteln und blau beleuchteter Bühne geschickt den Eindruck erwecken, die Tänzer würden aus eigener Kraft Wasser überfliegen.)

Die Anwesenheit zweier so unterschiedlicher ungewöhnlicher Frauen in seiner Nähe empfand Julian als Glücksfall, der ihm zu den schönen Aussichten, die ihm die Landschaft bot, auch noch rare Einsichten in Strukturen des Weiblichen ermöglichte. Mébrat ruhte in sich selbst, und Aimée ruhte – wenn überhaupt – in seiner Zuneigung zu ihr. Solange sie nicht der Widerhall ihrer eigenen Wirkung machtvoll erreichte, versuchte sie, immerfort zu wirken und bediente sich hierbei vielfältigster Mittel, darunter einiger, die dem besten Taschenspieler zur Ehre gereicht hätten. Aimée war gefährlich durch ihre Stimmungsumschwünge und Mébrat durch ihre Unbestechlichkeit. Aber am gefährlichsten schien Julian nach wie vor Sonja.

Noch immer besaß er keinen Schimmer davon, wie ihr Denken und Leben tatsächlich beschaffen sein mochten. Immerhin hatte er es derzeit mit drei exorbitanten Gegenspielerinnen zu tun, und dies entsprach numerisch den Kartenrunden, in denen sich seine Könnerschaft früher am eindrucksvollsten entfalten konnte. So ordnete Julian seine Trümpfe und versuchte zu handeln wie jemand, der in einem verwunschenen Raum gegen Personen antritt, die nur ihn sahen, aber nicht einander. Das Kunststück war, jeder der Teilnehmerinnen das Gefühl zu vermitteln, sie sei der alleinige Mittelpunkt seiner Aufmerksamkeit, und gleichzeitig die hauptsächlichen Regungen aller drei im Auge zu behalten. Man musste aber auch merkbare Unaufmerksamkeiten zeigen, damit keine auf die Idee kam, man wäre aus schlechtem Gewissen, oder um etwas zu verdecken, überaufmerksam. Ein Quäntchen zu viel an Unaufmerksamkeit wiederum konnte als mangelndes Interesse aufgrund von Doppelgleisigkeiten gedeutet werden. Es war ein Leben auf der Waage, dessen geringste falsche Handhabung einen mit verräterischem Ungleichgewicht bedrohte. Im Grunde brauchte Julian solche Zustände wie einen Kropf. Sie verhöhnten seinen Taugenichts-Frieden, aber er schloss auch nicht aus, dass ihm Schicksalsengel den Schlamassel beschert hatten, um seine alten Spielerreflexe noch einmal auf ihre Wirksamkeit hin zu überprüfen.

Während das Venedig des Tages, wie oft gesagt wurde, stets etwas Schiffbrüchiges, Schwerverletztes und Versinkendes hat, wirkte die nächtliche Stadt auf Julian wie gerade erst neugierig der Lagune entstiegen. Spärliche Lichter legten funkelnde Bänder auf das Wasser, als umschlössen sie ungeöffnete große Pakete, in denen weitere Palazzi und Kirchen ihren Auftritt erwarteten. Die Gondeln konnte man für große Messer halten, unterwegs, diese Bänder zu zerschneiden. Innerhalb der Grenze der venezianischen Nacht erstreckte sich ein beinahe vollendetes Reich der Täuschungen, das die ideale Grundlage für jene Selbsttäuschungen darstellte, denen sich Frauen und Männer hier so häufig hingeben.

Die Hotels und Pensionen waren ja voll mit Paaren, die wenigstens einen Bruchteil der Herrlichkeit und Abenteuerlichkeit der Stadt in ihr eigenes Leben spiegeln wollten. Es schien, als versuchten sich mehr oder weniger ausgelaugte und mutlose Gestalten aus aller Welt hier wie in ein Lourdes für Seelenkranke zu retten, aber die Erweckung zu der Erkenntnis, inmitten von Wundern selbst ein Wunder zu sein, gelang ihnen, wenn überhaupt, nur in Venedig selbst und wich bei der Rückkehr nach Kassel, Pittsburgh oder Osaka einem Katzenjammer, der jenen vor Antritt der Reise bei weitem übertraf.

Julian hatte sich für diesen Ort als Spielbrett entschieden, worauf Sonja und er ihre entscheidende Partie wagen sollten. Er musste auf eine Lösung drängen, denn sooft er sich bemühte, über Sonja nachzudenken, verbarrikadierten ihm Wirrheiten regelrecht das Bewusstsein und verwehrten ihm den Zutritt zu jedweder Form von Klarheit. Wenn sie einander trafen und er niemals wusste, woher sie gerade kam und wohin sie von ihm gehen würde, sprachen sie in einer Fiebersprache obszöne Worte, stießen grundlos und lachend Beleidigungen aus und prahlten mit sinnlosen Grausamkeiten, die sie angeblich begangen hatten. Sie waren wie verdorbene, frühreife Kinder und schmiedeten vulgäre Pläne für eine gemeinsame Zukunft. In eine Folter aus Wollust waren sie geraten, die ihre Kräfte verzehrte und noch im erschöpftesten Zustand ein Bedürfnis nach mehr Folter schuf. Julian empfand sich manchmal als gierigen

Dreck, der sich an Sonjas gierigem Dreck aufreiben wollte. Sie wiederum – und er ahnte es – spann sich in eine kunstvolle Struktur aus Lügen, die letztlich das Zentrale war, das ganz allein sie geleistet hatte, und die sie deshalb liebevoll wie ein Erstgeborenes hätschelte.

Am Tag nach seiner Ankunft, als er aus dem geräumigen Mansardenzimmer auf der linken Seite des Hotels Londra Palace auf die kleine Insel San Giorgo schaute, hatte Julian einen Wachtraum. Er betrat die Metzgerei einer Witwe namens Ambrosi und sah sich selbst tranchiert auf großen Haken vor den grün gekachelten Wänden hängen. Seine Innereien lagen in der Kühlvitrine, seine Augen in einer Schale mit Wechselgeld neben der silbernen Registrierkasse. Es war ein Anblick, der ihn durchaus mit Stolz erfüllte, denn sein Fleisch war geschmeidig und von terrakottafarbener Schönheit. Die Blutreste an Stellen, wo das scharfe Beil dickere Adern durchtrennt hatte, glänzten wie Purpurstaub.

Er kaufte ein halbes Kilo seiner Lende. Die Witwe Ambrosi lobte seine kluge Wahl und gab ihm als Draufgabe ein Stückchen Leber. Nichts an den Vorgängen erstaunte Julian in diesem Zustand, vielmehr hatte er deren Eintreffen schon eher erhofft. Seit längerem wogte ja der Geruch eines Ermordeten über dem Viertel, das er bewohnte. (Die Ermordeten hatten einen weniger süßen Geruch als die an Krankheit oder Unfall Verstorbenen, auch das wusste er in seinem Tagtraum. Das kommt davon, weil die Todesengel Thymian, frische Minze oder Basilikum in die Wunden der Opfer legen.) Siebzehn Nächte nach der Tat begleiteten die Schatten zweier Ertrunkener den schlafwandelnden Metzgergesellen der Witwe Ambrosi zum Leichnam hin. Der Geselle hieß Tab und war über und über mit selbstverfassten, feinfühligen Naturgedichten tätowiert. Tab schulterte den Leichnam des Ermordeten und trug ihn über alle Hindernisse hinweg ins Schlachthaus. Dort weidete er die Beute aus und brachte sie, fachmännisch tranchiert, in die kühle Lokalität seiner Dienstgeberin.

Die Schwierigkeit eines geregelten Einkaufs bei der Witwe Ambrosi bestand darin, dass sie alle Stunden die Adresse wechselte. Dies geschah, um der Seele des Ermordeten das Auffinden seines Leibes zu erschweren. Julian jedenfalls hatte seine Chance genützt und war nach drei Wochen angespannten Ausschauhaltens nach seinen Knochen und seinem Fleisch in den verästelten Gassen des Viertels wieder ganz er selbst. Einmal, erinnerte er sich in seinem Wachtraum, hatte er das Ziel derart knapp verfehlt, dass er noch das Herabstürzen des Rollbalkens der Metzgerei wahrnahm, der jede Schließung besiegelte, während gleichzeitig andernorts das Hochschnellen ein und desselben Rollbalkens eine Neueröffnung des Geschäfts bedeutete. Jemand fragte Julian, wie der Name seines Mörders lautete, und er antwortete, dass derjenige, der ihn mit einem Stuhl erschlagen hatte, völlig unzweifelhaft der Doktor Granda sei, der wusste, dass Julian seinen Eidechsengarten liebte wie er selbst und der sich deshalb von Julians Übersiedlung in die nächste Dimension einen erstklassigen Fürsprecher zum Schutze seines Paradieses erwartete. Julian wäre diesem Wunsch eventuell auch ohne Groll nachgekommen, wenn nicht die Sehnsucht nach Aimée, die

Faszination von Mébrat und die Wollust mit Sonja seinen Hang zum Irdischen gefestigt hätten.

Julian hatte sich mit Sonja für sechzehn Uhr an einem diesigen Apriltag vor dem Café Quadri verabredet. Nun war es erst 15 Uhr 24, und er saß bereits bei einer heißen Schokolade in der Nähe des auf einem Podium befindlichen Stutzflügels, den ein fröstelnder Pianist mit einem Léhar-Potpourri malträtierte. Der Markusplatz bot von dieser Stelle Aussicht auf den Teil des Campanile, neben dessen Sockel Taubenfutterverkäufer einen eiskastengroßen hölzernen Verschlag errichtet hatten, der ihnen als Warendepot diente. An diesem Verschlag stützte sich gerade ein hochgewachsener, athletischer Mann ab, der Julian den Rücken zuwandte und mit seinem Becken nach links und rechts rhythmische Bewegungen vollführte. Jetzt brüllte er, riss den Arm in die Höhe, suchte in der Luft nach Halt und stürzte, als ob ihn jemand abgeschossen hätte, auf die Kiste, die unter seinem Gewicht zersplitterte. Julian sprang auf, um zu helfen. Da erklang von überall her ein Flügelrascheln, und Hunderte Tauben umkämpften die gewaltige Lache aus Maiskörnern, worin der Mann lag und die sich weiterhin aus dem zerstörten Behältnis auf ihn ergoss. Erregt flatternd und wütend gurrend, ineinander verkeilt und Federn lassend, trippelnd und die Schnäbel wie Klingen kreuzend, bildeten die Tiere eine hysterische graue Wolke, die schlecht roch und den reglosen Mann nach wenigen Augenblicken vollends verdeckte.

Die Geräusche von fotografierenden Touristen mischten sich in den Lärm, auch Rufe von Italienern und Fragen von Japanern und Franzosen. Es entstand ein Tumult, bei dem offenbar kaum jemand begriff, was eigentlich geschehen war. Julian versuchte die Vögel mit dem Borsalino zu verjagen, aber sie zeigten keine Angst vor seinen Bewegungen. Sie waren die Herren des Markusplatzes und wussten es und handelten danach. Mittlerweile zog eine zierliche blonde Frau den Mann an den Beinen aus dem Futterhaufen. Sie tat dies mit jener kühlen Unbeirrbarkeit, die Julian in kritischen Situationen auch bei seiner Mama zu bewundern gelernt hatte. (Während er und Vater einmal nach einem Autounfall minutenlang unter Schock gestanden hatten, war Mama, die als Einzige ernstlicher verletzt schien, ohne Zögern zum nächsten Haus gerannt, um Rettung und Polizei zu verständigen. Als Vater sich endlich aus der Tatenlosigkeit löste, hörte man schon das Folgetonhorn der Ambulanz. Der Graf Eltz pflegte über solche Situationen zu sagen: »In der Not sind Penisträger verzichtbar. Die Axt im Haus erspart den Mann.«)

Das Gesicht des reglosen Gestürzten zeigte ein Lächeln, das wie eine Verhöhnung der Situation wirkte. Seine Augen traten ein wenig hervor, als wollten sie einem ungeheuren Anblick so nahe wie irgend möglich sein. »È morto«, sagte jemand. »Er ist tot.« Und dann, nach einer Art von Generalpause, begann ein Kellner »bravo« zu rufen, und die umstehenden Italiener stimmten dem zu und redeten laut durcheinander: »Welch herrlicher Abschied«, »Gut gemacht, alter Freund«, »Von einem Himmel direkt in den anderen.« Und bald feierten etwa zweihundert Menschen, Julian inklusive, für einige Minuten den bravourösen Abgang des Verstorbenen.

Von einer Minute zur anderen löste sich die Versammlung auf und überließ das Weitere der Polizei und zwei Sanitätern, die mit einer Tragbahre aus der Basilika San Marco herbeigeeilt waren. Julian trank seine Schokolade aus und wartete auf das nächste Ereignis, von dem er hoffte, dass es Sonja sein würde. Ein rotes Transparent, das an der Fassade des Museo Correr mit goldenen Buchstaben auf eine Ausstellung des Malers Francis Bacon hinwies, knatterte im Wind. Ein älteres deutsches Paar, die Kopfhaare beider schlecht nussbraun gefärbt, beschwerte sich beim Oberkellner über die hohen Preise. Der klärte sie geduldig darüber auf, dass in Venedig jede Ware teurer sein müsse als anderswo in Europa, weil die Stadt über keine Keller verfüge und man deshalb fast nirgendwo Vorräte lagern könne.

»Alles muss bis zu dreimal täglich von außerhalb frisch geliefert werden.«

Der Deutsche antwortete: »Dann sollten sie die Dachböden wie Keller nützen.«

»Die Dachböden brauchen wir zum Hinausschauen, für die schöne Aussicht«, sagte der Oberkellner und machte eine Handbewegung, die hundert Jahre zuvor, zumindest unter Offizieren, zu einem Duell geführt hätte.

Aber der Deutsche seufzte nur: »Die Südländer kennen keine Ernsthaftigkeit.« Dann verfiel er in stummes Selbstmitleid. Wie Julian vermutete, darüber, dass er sich als eine Art Atlas dafür bestimmt sah, die ganze Last des Weltengebäudes allein tragen zu müssen. Seine Begleiterin tätschelte ihm währenddessen wie einem Hund den Hinterkopf.

Die Horndreiklänge eines jener Vergnügungsdampfer,

die zwischen Venedig und Dubrovnik verkehrten, waren aus der Lagune zu hören, und Sonja kam in einem olivgrünen, stark taillierten und tief ausgeschnittenen Kostüm sehr langsam und feierlich auf Julian zu, als wäre der Markusplatz ein Laufsteg. Ohne Verzögerung spürte er, was ihn vor allem an ihr faszinierte: Eine köstliche Frechheit war sie. Vom Scheitel bis zur Sohle nichts als dies. In der dritten Klasse Gymnasium hatte er eine Mitschülerin gehabt mit einer ähnlichen Wirkung auf ihn. Roxy mit Namen, und sie lächelte Julian damals, wann immer es ihr passte, in Grund und Boden. Niemand außer ihr löste in ihm solch eine Befangenheit und Ratlosigkeit aus. Aber bald erkannte er, dass auch er Macht über sie besaß, dadurch nämlich, dass sie über keinen anderen so viel Macht besaß wie über ihn. Einzigartig waren sie füreinander, aber nicht glückbringend, denn wenn sie zusammen spielten, hatte es für beide etwas Angestrengtes, als befürchteten sie unausgesetzt ein Nachlassen ihres Zaubers.

Was Roxys Lächeln gewesen war, war nun Sonjas Duft. Etwas Lockendes war es. Ein herbes Gewürz aus einem Land mit kurzen, sehnlichst erwarteten Sommern vielleicht, das ähnlich manchen Abschnitten des Eidechsengartens Julians Abwehr lähmte. Er war dann zu nichts anderem fähig, als sich für Stunden darin zu verlieren, und da das Lockende eines zu Lockenden bedarf, um sich zu erfüllen, waren Sonja und er in dieser Hinsicht füreinander geschaffen.

Sie setzte sich, und er stand auf und setzte sich wieder, und dann nickten sie einander zu. »Diesmal wird es ernst«, sagte Julian.

»Noch ernster als bisher?«, fragte Sonja.

»Ernstester Ernst«, beschied Julian. Er schob ein Stück Papier über den Tisch.

»Was ist das?«, wollte sie wissen.

»Ein Stimmzettel. Du kreuzt ›ja‹ an oder ›nein‹ und trägst dafür die Konsequenzen. Ich habe meinen bereits ausgefüllt.«

»Worum geht es?«

»Um ein einziges Gespräch ohne Lügen«, antwortete Julian. »Wenn du ›ja‹ ankreuzt und in dem darauffolgenden Gespräch bewusst etwas sagst, das nicht der Wahrheit entspricht, und ich bemerke es, werde ich die Konsequenz aufbringen, dich nie mehr zu sehen. Und wenn du ›nein‹ entscheidest, dich also weigerst, auch nur ein einziges Mal aufrichtig zu sein, kündige ich dir auf der Stelle die Macht über mich auf.«

»Du glaubst, das so einfach zu können?«, fragte sie spöttisch.

»Alles, was man tut, muss einen Sinn haben«, sagte Julian. »Ich will den Sinn unserer Beziehung erkennen. Werden wir durch unsere Begegnungen stärker oder anämischer? Sind wir unterwegs zu einer Qualität oder bedienen wir nur unsere armseligsten Schwächen? Ist alles nur Schlamperei und Mangel an Phantasie, sich die Folgen vorzustellen?«

»Die da sein könnten?«, fragte Sonja süffisant.

»Dass uns demnächst voreinander ekelt. Dass wir krank werden könnten an Leib und Seele.«

»Einverstanden, führen wir das Gespräch. Aber hoffentlich hast du die Nerven für Wahrheiten. Ich kreuze ›ja‹ an«,

280

sagte Sonja, und jetzt erst bestellte sie einen trockenen Sherry.

»Was soll übrigens geschehen, wenn du in dem Gespräch lügst?«

»Dann sollst du mir einen Finger abhacken«, sagte Julian und meinte es tatsächlich.

»Was willst du wissen?«, eröffnete Sonja das Spiel.

»Woher kommt dein Duft?«, sagte Julian.

»Ich rieche ihn nicht selbst«, antwortete Sonja mit einem Gesichtsausdruck wie ein Tormann, der einen leichten Schuss abwehrt.

»Was ist der Hauptgrund deines Interesses an mir?«

»Es gibt keinen Hauptgrund und keine Nebengründe, Julian. Der einzige Grund ist, dass du ein guter Liebhaber bist.«

»Aber hast du denn keine Sympathien für mich insgesamt?«

»Ich liebe es, mit dir ins Bett zu gehen.«

Julian wusste, dass sie nicht log und dass alles ganz einfach war. Für sie. Und wie um jedes Missverständnis auszuschließen, fügte sie hinzu: »Wenn ich das Essen in einem guten Restaurant liebe, muss ich deswegen doch kein gehobenes Interesse an dem Koch haben.«

»Für deine Hure bin ich aber reichlich unterbezahlt«, gab Julian Einblick in seine aufsteigende Wut.

»Ich habe ja befürchtet, dass du keine Nerven für die Wahrheit hast«, lachte Sonja.

Aus! Es gibt keine Unklarheiten mehr, dachte Julian.

»Was kränkt dich denn an dem Gesagten so?«, fragte Sonja.

»Gar nichts. So einfach bin ich nicht zu kränken«, sagte Julian.

Sonja rief: »Erwischt!«, erhob sich, ging hinter seinem Rücken einige Schritte zu einem Tisch, an dem sich Gäste gerade anschickten, aufzubrechen.

Julian drehte sich nicht um. Das Nächste, was er deutlich wahrnahm, war das Einschlagen eines gottlob ziemlich stumpfen Messers in seinen rechten Daumen. Er schrie auf und sah aus einem Riss unterhalb seines Nagels Blut spritzen. Sonja schlenderte gleichmütig fort, und in all seiner Verstörung bemerkte Julian noch, wie sie sich die Stöckelschuhe auszog, um barfuß weiterzugehen. Dann wickelte er sich mehrere Papierservietten um die Verletzung. Es war nichts wirklich Schlimmes, nur eine Fleischwunde. Diesen Nachmittag hatte er sich anders vorgestellt. Aber auch nach langem Nachdenken fiel ihm nicht ein, warum eigentlich.

Als Julian sich die Reisetasche aus dem Hotel holte, verarztete ihn der Portier, ohne nach der genauen Ursache des Missgeschicks zu fragen. »Offenbar eine unerfreuliche Geschichte«, war alles, was er sagte. Julian bejahte diese Bemerkung und machte sich auf den Weg, um so schnell wie möglich nachhause und zu Aimée und Mébrat zu gelangen. Die Route führte vom Bahnhof Santa Lucia mit der Eisenbahn über Padua und Verona nach Desenzano. Dort würde er das Fährschiff besteigen, dessen siebente Station San Celeste hieß.

Im Zug herrschte eine ausgelassene Stimmung. Zwei Waggons waren übervoll mit grölenden Burschen, die abgerüstet hatten und das Ende des Drills feierten. Im Speisewagen fand Julian einen freien Zweipersonentisch. Er überlegte, ob durch den heutigen Vorfall seine Spielerehre nachhaltig verletzt war oder ob das Messer wegen seiner Lüge tatsächlich jenen Knoten durchschnitten hatte, der Sonja und ihn bisher verband. Aber der Gedanke, der ihm übermächtig einschoss, war, dass er von all den Scherereien genug hatte und dass er augenblicklich beginnen müsse, vieles in seinem Denken und Verhalten zu ändern. Das Beschämendste und Selbstbeschädigendste war wohl die Kluft zwischen seinen Erkenntnissen und den daraus resultierenden Konsequenzen. All das Wissen darüber, wie man am klügsten sein Dasein zu gestalten habe, ein Wissen, das ihm zweifelsfrei wichtig erschien, und gleichzeitig diese quälende Trägheit und Zögerlichkeit, das als richtig Erkannte in wirksame Taten zu verwandeln.

Ich glaube mittlerweile zweifelsfrei, beschwor er sich, dass unser Bewusstsein die Realität bestimmt und dass die wahrscheinlich größte irdische Macht unsere Gedanken sind. Unsere Ängste wirken als negative Prophezeiungen, die sich selbst erfüllen, und häufig sind wir in Geiselhaft von Bedrücktheiten über Unabänderliches, das war, und Befürchtungen über Unvorhersehbares, das kommen wird. Darüber versäumen wir das Beste, das wir haben, unser Jetzt. Julian verspottete sich selbst: Ja, wissen tu' ich wahrscheinlich nicht allzu wenig, aber tausendmal kommen die Rückschläge, wo man sich wieder als pfauenhaften Dummkopf, wehleidigen Hysteriker oder bibbernden Trau-mich-nicht erlebt.

Er schaute aus dem Fenster seines Abteils und dachte, angeregt durch die vorbeiziehenden Häuser und Ortschaften, wie viel Hässlichkeit, Gemeinheit und Verletzung die Architekten und Baumeister den Landschaften dieser Welt angetan haben und antun. In seiner Kindheit hatte man noch in vielen Gegenden Österreichs und Italiens stundenlang unterwegs sein können, ohne ein einziges für die Augen beleidigendes Gebäude zu sehen. Damit war es seit Ende der fünfziger Jahre vorbei.

Gewisse Architekten träumen wahrscheinlich oft vom Krieg, der viel vom Alten zerstört und Platz schafft für Taten ihrer gerade aktuellen Anmaßung und Ignoranz, dachte Julian.

Ich bin ein Glückskind. Ich habe keine Minute Krieg erlebt, kein Gemetzel auf dem Schlachtfeld, kenn' die Angst nicht, wenn Bomben fallen und ganze Stadtviertel in Schutt und Asche legen, oder wenn man in Gefahr ist, verhaftet zu werden, das völlige, rechtlose Ausgeliefertsein an Sadisten, Folterer und Mordhungrige in Gefängnissen oder Lagern musste ich nie erdulden, und doch weniger als ein Jahr vor meiner Geburt hat es all dies in Wien und Umgebung noch gegeben. Ja, ich bin ein Glückskind. Aber weshalb ist es mir so selten möglich, glücklich zu sein? Vielleicht bin ich ja das, was ein intelligenter Trottel genannt wird: fähig für vieles Überflüssige und unfähig für das Essenziellste, den Selbstschutz vor den häufig aberwitzigen oder gefährlichen Weichenstellungen meines Egos oder endlich die Schaffung eines Selbstwertgefühls, das aus Souveränität und Gelassenheit auf masochistische Abenteuer, wie jene mit Sonja, lachend verzichten kann. Dann kam ihm ein Satz in den Sinn, den er niemals zuvor gedacht hatte. Eine Bitte war es: »Hilf mir, mich von Grund auf zu heilen, durchdringe mich mit deiner Liebe, lass mich Freude von deiner Freude sein.« An das Universum insgesamt sandte er diesen Wunsch. An alles, das weiser und bewusster war als er, und bis zur Ankunft des Zuges in Desenzano wiederholte er immer wieder diese wie einen Rettungsring gefundenen Worte: »Hilf mir, mich von Grund auf zu heilen, durchdringe mich mit deiner Liebe und lass mich Freude von deiner Freude sein.«

Nach Julians Rückkehr aus Venedig war Aimée alarmiert. Sie spürte sehr richtig, dass er von einer Frau kam, die ihm etwas bedeutete, aber sie glaubte, er bringe einen Anfang nachhause, und wusste nicht, dass es ein Ende war.

Gleich führte sie die Art von Angriff aus, die jede Gegenwehr unmöglich machte: »Ich weiß genau, du Schuft wirst es nie zugeben und alle Schweinereien abstreiten. Sag, was du willst, spiele das Unschuldslamm. Ich glaub' dir kein Wort«, rief sie. Julians Möglichkeiten, Attacken und Monologe von weiblichen Personen zu ertragen, waren für diesen Tag erschöpft. Er lächelte hilflos und bewegte sich mit einigen ebenso erbärmlichen Tanzschritten aus dem Haus.

In den Eidechsengarten und zu den Gedankenskulpturen rettete er sich und schmiegte den Körper an ein Rasenstück, das, völlig umwachsen von Rhododendronbüschen, ungestört ein verwildertes Dasein führte. Dann öffnete er in Gedanken unsichtbare Klappen, die er über seinen ganzen Körper verteilt glaubte, und lud die heilenden und unbestechlichen Möglichkeiten der Steine, Pflanzen, Wasserläufe und Tiere ein, ihn zu betreten. Vierzig Minuten später war er immerhin zu ausreichend inneren Kräften gelangt,

um in die Küche gehen zu können. Dort fand er die Haus-
angestellten in einer Stimmung, als wüssten sie eine unangenehme Nachricht, die ihm niemand zu überbringen
wagte. Als Julian fragte, was los sei, erklärte ihm Mébrat,
dass es am Vormittag ein leichtes Erdbeben gegeben habe.

»Die Lustersteine im Esssalon musizierten wie ein Glo-
ckenspiel. Es war sehr schön, Herr Passauer. Wir Menschen
bewegen uns fast den ganzen Tag, aber wenn sich einmal
die Erde bewegt, sind wir ohne Verständnis.« Das Stubenmädchen und der Gärtner verurteilten Mébrats heitere
Furchtlosigkeit auf das Heftigste. Immerhin sei die nahe-
gelegene Stadt Salò durch drei Stöße am 30. Oktober 1901
vollkommen zerstört worden, und dieser Katastrophe, von
der ihre Großeltern immer wieder berichtet hätten, seien
auch kleinere Beben vorausgegangen.

»So wie heute. Als ob sich ein Riese im Bett wälzt«, rief
das Stubenmädchen. Julian dachte, dass es wahrscheinlich
nicht viele Menschen gab, die durch Hysterien hübscher
wirkten und dass die kleine, knabenhafte Person mit den
rissigen Lippen erstaunlicherweise eine davon war.

»Uns geschieht nichts«, versuchte er die Wogen zu glät-
ten. »Wir stehen unter dem Schutz des Eidechsengartens.
Kein Gott zerstört etwas, das dermaßen sein Lob verkündet.« Dann ging Julian zu Bett, und alles, was er heute noch
hören wollte, war das leise ächzende sich Wiegen der Zypressen vor seinem Schlafzimmerfenster.

Am darauffolgenden Morgen hatte sich Aimée beruhigt.
Das heißt, sie hatte das Vertrauen in ihr Misstrauen verloren. Wohl aus keinem anderen Grund, als dass nicht mehr

gestern war und ihr Gemüt heute eine andere Stimmung für richtig hielt. Julian wiederum begegnete ihr mit dem schlechten Gewissen, für das ihm am Vortag die Kraft gefehlt hatte. Aber als er darüber nachdachte, was das eigentlich für eine Sorte von schlechtem Gewissen war, bemerkte er, dass es insbesondere jener Verbohrtheit galt, die ihm nach all den Jahren gelegentlich immer noch einflüsterte, dass er und jeder andere nicht das Recht besaßen, den Bedürfnissen ihrer Seele zu entsprechen, indem er zum Beispiel mehrere Menschen zur selben Zeit begehrte, genauer erfahren wollte oder, im gesegnetsten Fall, liebte.

Es herrschte makelloses Wetter mit einem blauen Himmel, dem Schäfchenwolken einen Sinn gaben. Das gänzlich Wolkenlose empfand Julian nämlich als unangenehm, wie einen ungenutzten Tisch. In seiner Hosentasche befanden sich auch stets einige Flusskiesel, die er auf leere Tische legte, wo immer ihm solche unterkamen. Die Luft hatte eine Temperatur von 22 Grad Celsius und wurde von schwachen Fallwinden aus der Gegend des Monte Spina in Bewegung gehalten. Die Sittiche und Kakadus in der ausladenden Voliere am Fuße jenes Hügels, der Julians kleinen Park bildete und ein wenig wie das grobe Modell des unmittelbar anschließenden Eidechsengartens wirkte, sangen, als drohte ihnen für auch nur einen einzigen Augenblick der Stille der Tod. Julian dachte an die Vögel in den weißen Käfigen im Schönbrunner Palmenhaus, die Mama und er so oft gefüttert hatten, und jetzt erinnerte er sich an Mamas Meinung, dass die wichtigsten aller Gebete die Danksagungen waren. »Bitten tut ja fast jeder, aber im Danken liegt die weitaus reinere Energie, und als Zeichen des Vertrauens danke auch, wann immer es dir möglich ist, für das Gute, das die Zukunft noch bringt.«

So flüsterte er: »Danke für das Ende mit Sonja, und danke, dass Aimée zwar besitzergreifend, aber vor allem loyal ist. Danke auch, dass die mit Ziegenfleisch gefüllten Ravioli, die Mébrat für heute Mittag kocht, so wundervoll schmecken werden.« Dann zeichnete er sich selbst mit dem rechten Daumen ein kleines Segenskreuz auf die Stirne, wie es sein Vater bei allen Abschieden getan hatte. Julian glaubte an den Gott seiner Kindheit, der die Eisblumen an den Gangfenstern des Schlosses Schönbrunn zu verantworten hatte, und den gehauchten Atem, der die Eisblumen zum Schmelzen brachte. Aber er gehörte keiner Glaubensgemeinschaft an, und den vatikanischen Katholizismus lehnte er als Irrweg ab und war sicher, dass der eines nicht allzu fernen Tages vom Kirchenvolk ebenso hinweggefegt werden würde wie jüngst der europäische Staatskommunismus und dessen verhängnisvolle Führer von der Wucht des gerissenen Geduldseils ihrer Untertanen.

Nach dem Frühstück telefonierte Julian mit dem seismographischen Institut in Brescia, um etwaige Erdbebenprognosen zu erfragen. Ein Tonband beschied ihm, dass man die Außenstelle Brescia in das Mailänder Universitätsinstitut rückverlegt habe. Als er die angegebene Mailänder Nummer wählte, meldete sich ein Pelzgeschäft in der erlesenen Via Monte Napoleone.

Daraufhin erklärte er dem Stubenmädchen, dass sämtliche Erdbeben mangels Nachfrage und aus Einsparungsgründen von der Regierung abgeschafft worden seien. Sie verzog keine Miene, aber vier Tage später kündigte sie mit hochrotem Kopf, und der Gärtner, als dessen Geliebte sie sich bei dieser Gelegenheit endlich offiziell zu erkennen gab, sagte bedauernd: »Ich gehe mit ihr, aber suchen Sie bitte keinen Ersatz. In spätestens zwei Wochen stehen wir, wenn Ihre Güte es zulässt, wieder in Ihren Diensten. Die Kündigung ist nur die Aufwallung eines interessanten Charakters, Herr Passauer, und gibt ihr ein Gefühl von Freiheit, das wie eine Erholungskur wirkt.« Julian ließ es gut sein und wünschte den beiden ruhige Tage.

Nachts gegen ein Uhr, wenn Julian schlafen ging, stellte er sich stets vor, das Bett wäre ein komfortables wattiertes Kuvert, in das er sich als Brief, der von seinen Hoffnungen und Wünschen erzählte, legte. An die Hüter der Träume adressierte er sich und hoffte, dass sie ihn zu Orten und Geschehnissen geleiten würden, die für Menschen in wachem Zustand unzugänglich blieben. Tatsächlich hatte die Macht der Wünsche häufig Einfluss auf sein Traumerleben. Den Großeltern mütterlicherseits, die lange vor seiner Geburt gestorben waren, begegnete er zum Beispiel in wechselnden Wohnungen, auf öffentlichen Plätzen oder besonders häufig unter einer gewaltigen Platane, und an all diesen Schauplätzen veranstalteten sie ein Picknick. Auf einem englischen Plaid waren Teller und Tassen sowie eine große Etagere mit Trzesniewski-Brötchen ausgebreitet. Tee mit Milch und Honig wurde gereicht, und jeder erzählte, wovor er Angst hatte. Bei seiner Großmutter waren es Bisse von Kreuzottern, auch die Wutanfälle ihres Mannes und das Abbrechen von Balkongeländern, an die sie sich zwanghaft lehnte. Der Großvater fürchtete nicht weniger als die Zukunft die Gegenwart und die Vergangenheit, und Julian schämte sich stets, dass es ihm in dieser Situation vollkommen unmöglich war, auch nur ein einziges Wort zu sprechen. Ja, dass gerade dieses Stummsein seine größte Angst bedeutete und die Großeltern ihn neugierig anstarrten und ermunterten, doch endlich sein Geheimnis preiszugeben. Er versuchte durch Handzeichen die Ausweglosigkeit zu erklären, aber sie schüttelten nur den Kopf. Am Ende jedoch streichelte ihn die Großmutter an der Schläfe, und das Wohlbehagen und die Freude, die sich auf Julian übertrugen, waren alle vorhergegangenen Qualen wert und ließen ihn noch minutenlang nach dem Aufwachen lächeln.

Einmal begegnete Julian Friedrich Nietzsche. Es war in Cremona vor einem Kaffeehaus hinter dem Dom. Am Boden sah man Phänomene, die an Wasserlachen erinnerten, obwohl es seit Wochen nicht geregnet hatte. Große Hitze und besondere Sonneneinfälle schufen diese Fata Morgana. Nietzsche, mit einem weißen Leinenanzug bekleidet, pfiff die Melodie eines Schlagers, den Adriano Celentano berühmt gemacht hatte. In seiner rechten Hand zerrieb er ein kleines Stück Papier und warf die Schnipsel anschließend in die Luft, von wo sie auf das Steinpflaster flatterten. Alles an Nietzsche, von der Schnurrbartkaskade bis zur Nase, vom Gesichtsschnitt bis zur Körperhaltung, schien authentisch. Wahrscheinlich handelte es sich um einen Schauspieler, der im nahen Stadttheater die Probenpause eines Stückes über Lou Andreas-Salomé in voller Maske zum Flanieren und Durchlüften nutzte. Als sich für Momente ihre Blicke streiften, hoffte Julian vergeblich, Nietzsche würde sagen:

»Licht bin ich: ach, dass ich Nacht wäre! Aber dies ist meine
Einsamkeit, dass ich von Licht umgürtet bin.«

An einem Donnerstag gegen Abend zog der Doktor Granda
Julian in einen abgelegenen Teil des Eidechsengartens. Dort
wuchsen äußerlich weniger spektakuläre Pflanzen, die inmitten der sie zahllos umgebenden Raritäten wie der Besuch armer Verwandter wirkten. »Das ist der Judenwinkel«,
sagte der Doktor und fügte hinzu: »Etwa ab dem Jahr '35 in
Deutschland und später in Österreich habe ich die zurückgelassenen Zimmerpflanzen von Freunden und Bekannten gesammelt, die ihrer Bleibe beraubt wurden oder vor
den Nazis flohen. Da haben sich Szenen zugetragen, die in
keinem Geschichtsbuch aufgezeichnet sind, lieber Julian.
Menschen, die von Zyklamenstöcken oder Kakteen Abschied nehmen mussten, die sie jahrzehntelang liebevoll
aufgezogen hatten und die ihnen fast wie Kinder nahestan-
den. Es war bald bei vielen Betroffenen bekannt, dass ich
ihre botanischen Besitztümer übernehmen und sie ehren
und pflegen würde. Hier in unserem Familienbesitz in San
Celeste. In den schlimmsten Zeiten übersiedelten wir zweimal pro Monat mit Hilfe eines kleinen Lieferwagens Dutzende große und kleine Topfpflanzen. Das braune Gesindel
warf bei den Arisierungen der Wohnungen und Geschäfte
die Ziergewächse von Juden häufig in einer Art Sippenhaf-
tung auf den Müll, und einmal habe ich zitternd zugesehen,
wie ein SA-Mann die Katze der Tochter eines Kantors der
Moabiter Synagoge vor den Augen des wie irrsinnig schrei-
enden Kindes mordete, indem er mit einem Ligusterbäum-
chen auf sie eindrosch. Es wurde mir dann eine fixe Idee,

Gewächse, aber auch Haustiere dem Zugriff dieser Verbrecher zu entziehen. Wir beherbergten während des Krieges schließlich gut hundertfünfzig Katzen und zwölf Hunde im Park, und es gab gewaltige, notdürftig hergestellte Volieren für Kanarienvögel und Papageien, von denen einer, unvergesslich, immerfort sang: ›Es wird ein Wein sein, und mir wern nimmer sein.‹ Noch im Grab werde ich das hören. Und als 1943 der andere Dreckskerl, der Glatzkopf, im Schutz der SS-Truppen sich ausgerechnet in unserer Gegend seine letzte Bananenrepublik anmaßte, war ich sicher, dass meine illegal eingebürgerte Fauna und Flora ein unüberwindliches Bollwerk gegen die niederträchtigen Energien der Schwarzhemden darstellte. Ich weiß, dass Mussolini tatsächlich einmal mit großem Gefolge inklusive dem grotesk-lächerlichen japanischen Botschafter bei der Republik Salò auf unser Grundstück zuging, um den Park, von dessen Schönheit man ihm erzählt hatte, unangemeldet zu besichtigen. Aber knapp davor überkam ihn eine derartige Übelkeit, dass er mit dem Motorrad einer Begleitordonnanz raschest nachhause in die Feltrinelli-Villa nach Gargnano gebracht werden musste. So blieb uns diese Entehrung erspart. Zweifellos durch die Macht der Pflanzen und Tiere.« Julian umarmte den Doktor Granda etwas linkisch, und der ließ es sich gefallen, und in dieser Umarmung bemerkte er, dass sich der Oberkörper des alten Herrn derart weich anfasste, dass man glauben konnte, er wäre aus Gras oder Moos.

Julian zog sich morgens nach der Hose stets zuerst am linken Fuß Strumpf und Schuh und dann am rechten Fuß Strumpf und Schuh an, er wusste selbst nicht, wie diese Gewohnheit entstanden war. Vielleicht taugte aber auch hier eine Erkenntnis des Grafen Eltz als Erklärung: »Je seltsamer und unverwechselbarer ich bin, desto leichter finde ich mich wieder, wenn ich mich einmal in der Menge verliere.«

Julian erinnerte sich an ein tschechisches Fräulein, das beim Orgasmus immer geflüstert hatte: »Mir ist sooo kalt, mir ist sooo kalt.«

Und die Englischlehrerin seiner Mama habe angeblich tatsächlich ein falsches Gebiss für wochentags und ein anderes für die Feiertage besessen. Der Unterschied bestand darin, dass Letzteres jenes war, das sie im Mund trug, als sie einmal in Rom bei einer Generalaudienz dem Papst den Ring hatte küssen dürfen.

Die Welt war voller Narren, und Julian empfand sich durchaus als einer von ihnen. Aber der vollendetste, der ihm bisher begegnet war, hieß Commendatore Frapp und badete Morgen für Morgen im Gardasee nahe dem Ufer von Fasano. Dieses Bad beschäftigte die Neugierde vieler, weil Frapp dabei in einem schillernden Forellenkostüm steckte. Ein Schneider der Mailänder Scala hatte ihm aus Seidenfetzen, Pailletten, Spiegeln und Bordüren, die allesamt lange ausgemusterten Bühnenkleidern der heiligen Maria Callas entstammten, einen Fischleib geformt, der Öffnungen für Beine, Arme, Augen, Nase und Mund besaß und mit dem Frapp die Wassertiere erstaunen wollte. Von der Muttergottes persönlich, behauptete er, sei der Auftrag gekommen, während einer Fastenkur im Herbst 1967.

Und seit damals entsprach er tagtäglich, ohne zu murren, dem Wunsch der Madonna und hatte trotzdem sein Chemiestudium abgeschlossen und handelte erfolgreich mit Düngemitteln, Pumpen und Kaffeemaschinen. Bei reichen Leuten spricht man in derartigen Fällen bekanntlich von Exzentrikern mit einem Spleen, während die gleiche Tat oder das gleiche Verhalten arme Leute in geschlossene Anstalten zu bringen pflegt. Wenn Julian keinen anderen Grund als diesen gewusst hätte, um Wohlstand anzustreben, wäre sein diesbezüglicher Ehrgeiz mit Sicherheit schon aufs Äußerste aufgestachelt gewesen.

Julian saß mit Aimée im Billardcafé am Lungolago. Sie hatten die Hände auf die runde Plastiktischplatte gelegt und berührten einander an den Fingerspitzen, als handle es sich um eine Séance. Zwanzig Meter entfernt auf dem See übten drei vor Gesundheit strotzende Burschen in einem schmalen Holzboot für eine Regatta. Völlig synchron tauchten sie die Ruder ins Wasser und zogen sie durch. Aimée sagte: »Das Gefühl, unbesiegbar zu sein, hat man nur in diesem Alter und weiß es nicht zu schätzen, weil man nicht ahnt, dass es einen bald verlassen wird. Eines Morgens – so ab dem achtunddreißigsten Geburtstag – wacht man auf und hat im Gemüt einen Untermieter, der dauernd von der Endlichkeit spricht.«

»Das ist doch ein Glück,« antwortete Julian. »Es lässt einen bewusster und sorgfältiger mit der Zeit umgehen.«

»Vielleicht sind wir in Wirklichkeit unsterblich, und nur der Untermieter mit seinen Befürchtungen lässt uns einen Geruch ausströmen, der die Todesmotten anzieht. Über riesige Distanzen hinweg fliegen sie zu uns. Jeder Mensch hat, glaube ich, seine ganz persönlichen. Manchmal brauchen sie fünfzig, sechzig oder achtzig Jahre, bis wir ihr Kommen bemerken. Aber in besonderen Fällen sind sie auch in wenigen Monaten oder gar Minuten da. Wenn es uns nicht gelingt, den Untermieter zu delogieren, ist der Vorgang irreversibel.«

»Was wäre denn der Gewinn der Unsterblichkeit?«, fragte Julian. »Hätten wir dann auch ewige Jugend? Oder ewiges älter und älter und älter Werden? Beides ist ein schrecklicher Gedanke. Du überschätzt die Interessantheit der Welt und ihrer Bewohner. Selbst das irdische Schöne beginnt nach Jahrzehnten schal zu schmecken.«

»Bist du schon so blasiert?«, fragte Aimée.

»Ganz und gar nicht, aber ich hab' ein gewisses Talent für treffsichere Prognosen.«

»Bei mir zum Beispiel bist du mit deinen Vorahnungen und Vorhersagen immer falsch gelegen.«

Julian wollte nicht zugeben, dass Aimée mit dieser Äußerung völlig Recht hatte, und begann leise das Lied »Volare« von Domenico Modugno zu singen, das die besondere Sympathie seines Vaters genossen hatte.

Eines Mittags händigte der Postbote Julian einen Expressbrief mit österreichischem Poststempel aus. Auf der Rückseite des Kuverts befand sich als einzige Information ein grünes Siegel. Er brach es auf und hielt ein erstaunliches Schreiben in Händen: »Mein lieber Julian, wir haben lange, sehr lange, nichts voneinander gehört und gesehen. Ich bin mittlerweile ein völlig überwuzelter Greis; das, was man in Wien einen Friedhofskrauterer nennt. Und im Spiegel schaut mich ein mir Fremder an, mit dem ich weder verwandt noch befreundet sein möchte. In sechs Wochen werde ich angeblich hundert, und ich glaube, der Tod hat auf mich im Unterschied zum Alter vergessen. Also werde ich mir, wie der kluge Nestroy gesagt hat, einen Strick kaufen und mich damit erschießen. Nicht aus Verbitterung, Krankheit, Armut oder Liebeskummer, sondern weil es einfach reicht. Das Leben war per saldo à la bonne heure. Ich hab' wirklich genügend gestaunt, gelacht und geweint. Ich habe den extravaganten Weibsbildern, auch dem einen oder anderen bakschierlichen Kuchelmensch, und mit Verlaub, auch einigen feschen Zapfen tief in die Augen geschaut, und jetzt, Pfiat euch Gott, ihr Glücks- und Missgeburten, i foa in Himmel. Von einigen wenigen will ich mich verabschieden. An fünfter Stelle auf meiner Liste steht dein Herr Vater. Aber weil er ja schon jahrzehntelang im Anderswo Flugdinosaurier und Kondore auf Engel für die Cherubimparaden umschult, schreibe ich ersatzweise dir und hoffe, dass du kein Sosolala-Wesen geworden bist, sondern etwas ganz und gar Eindeutiges, das seine wahren Interessen nicht verraten hat. Dein Plan, wenn mich das Hirn nicht im Stich lässt, war ja, im Hauptberuf ein Taugenichts zu sein. Ich habe das bei Ziehung all meiner Zylinder, Steirerhüte, Tropenhelme und Badehauben sehr begrüßt. Diejenigen, die sich für nützlich halten, sind oft eine Pest für die Menschheit und machen das Einfache mit Leidenschaft kompliziert. Die Taugenichtse, zu denen auch ich mich, mit Stolz, zähle, hinterlassen keine Kriege und andere Tragödien, sie spazieren im Dasein herum und kön-

nen genießen, was es gerade im Angebot gibt. Sie kennen
den Wert des vermeintlich Wertlosen und sehen das Talmi-
hafte der Kronjuwelen der Weltenlenker, oder so ähnlich,
oder was weiß ich. Schluss also. Die einzige wirkliche Weisheit, die ich dir als Bilanz meiner Tage und Nächte übermit-
teln kann, lautet: dass man sich unter keinen Umständen
ein Gspusi mit jemandem anfangen soll, der Susi Kheven-
hüller heißt und in Wien auf der Dominikanerbastei Nummer 7 logiert. Adieu, lieber Freund und Zwetschkenröster,
Dein Eltz.«

Zwei Wochen später erhielt Julian einen Anruf seiner
Mama, die ihm mitteilte, dass der Graf Eltz vier Tage vor
seinem hundertsten Geburtstag Selbstmord begangen habe
und seine Asche wunschgemäß nachts heimlich über den
Rosenbeeten im Wiener Volksgarten, nahe dem Theseus-
tempel, zur Düngung der Pflanzen ausgestreut worden sei.

Julian schnitt gerade mit einer großen Schere welke Zweige
aus den Lorbeerbüschen seines Gartens, als er Matteo Chimini am schmiedeeisernen Tor stehen sah. Von einem Fuß
tänzelte er auf den anderen, bewegte wippend den Oberkörper wie ein betender Jude und strahlte insgesamt eine
panische Unentschlossenheit aus. Julian ging auf ihn zu
und bat ihn, einzutreten. Chimini folgte stumm der Einladung und räusperte sich und zupfte nervös am Revers seines Sakkos und hockte sich auf die Wiese und riss einer
Margerite den Kopf ab und sank in den Schneidersitz und
schloss die Augen, wie einer, der völlig erschöpft sein Ziel
erreicht hat. Julian war konsterniert und betrachtete den
Gast, als hätte sich ein Pelikan in seine Welt verflogen. Er

wartete. Eine Minute. Eine zweite. Matteo Chimini räusperte sich noch einmal, dann setzte er zu einem Wort an, das er aber nach den ersten beiden Buchstaben, G und L, verschluckte. Pause.

Endlich begann er zu sprechen: »Verzeihen Sie, mein Freund, ich muss auf Sie wirken wie ein Verrückter, aber ich besitze keine Erfahrung mit derlei Geständnissen.« Wieder schwieg er, und Julian fragte nichts und wollte nicht in den Ablauf eingreifen.

Jetzt erhob sich Matteo Chimini und sagte: »Lassen Sie uns bitte im Garten spazieren gehen. Es fällt mir wahrscheinlich leichter, wenn wir uns nicht gegenübersitzen, sondern nebeneinander schlendern. Sie sind der Richtige, dachte ich vergangene Nacht, als ich wieder einmal schlaflos neben meiner Frau lag. Dem Herrn Passauer will ich mich anvertrauen, dachte ich. So sei es denn, wenn Sie mich nicht zurückweisen. Wollen Sie mein Beichtvater sein?«

Julian sagte nicht ja, sondern machte lediglich eine Handbewegung, die von Matteo Chimini ohne Zögern als Zustimmung gedeutet wurde. »Ich sage es rundheraus: Es ist mir unmöglich, mit meiner Frau Geschlechtsverkehr zu haben. Ich liebe sie, ich bewundere sie, ich begehre sie sogar, aber mein Körper gehorcht meinem Begehren nicht und wendet sich brüsk von mir ab, sobald mein Geist ihm mit solchen Ansinnen kommt. Zwischen mir und mir scheint ein Kampf stattzufinden, in dem jede Seite ihren Willen durchzusetzen versucht, und der Körper triumphiert jedes Mal und, wie mir scheint, höhnisch. Ja, ich bilde mir direkt ein, ihn lachen zu hören, aus Vergnügen über die In-die-Schranken-Weisung meines Willens und meines Gefühls.

Die Angelegenheit ist mit den Diagnosen der Fachärzte, die ich eingeholt habe, nicht zu erklären. Mich plagen keine Erschöpfung, kein Überdruss, kein Ekel, keine Versagensängste und weiß der Teufel, was die Quacksalber und Bader noch an möglichen Ursachen bereithalten. Ja, ich beginne diesen Vorgang optimistisch auch nach der 110. Niederlage. Jedes Mal ohne die Befürchtung, es würde sich unausweichlich wiederholen, was sich tragischerweise offenbar immer wiederholt. Durchaus mutvoll und hoffnungsfroh male ich mir die zärtlichste und ausschweifendste Wollust mit Fleisch und Seele meiner Frau aus und wäre manchmal bereit, mein halbes Vermögen auf das Eintreffen des Glücks zu verwetten, aber zehn Minuten später werde ich vom Unglück auf meinen trostlosen Platz verwiesen.«

Jetzt fragte Julian: »Liebt und begehrt Ihre Frau denn Sie?«

»Aber ja!«, schrie Matteo Chimini. »Sie trifft wahrlich keine Schuld. Dreizehn Jahre erlebten wir die seligstmachenden Vereinigungen, und mein Jauchzen war ihres und ihres das meine. Es ist eine Heimsuchung, eine Infamie, ein Teufelswerk, ein Fluch, der mich ereilt. Und ich weiß, dass es meine Frau quält, wie es mich quält, und jeder sucht die Wurzel des Übels bei sich und findet nichts und gräbt weiter und weiter ohne Erfolg. Ach Julian, mein Freund. Was für eine bittere Erfahrung, was für eine Ratlosigkeit, tiefer als der Grund der Ozeane. Jeden haltlosen Kretin, jeden Straßenköter beneide ich um seine Fähigkeit zur Erektion, und manchmal sehe ich in Gedanken aus allen Windrichtungen selbstbewusste, brünstige Bataillone voll der Manneskraft auf jene Festung zurücken, die den Namen meiner Frau trägt. Sie erbitten von ihr die Schlüssel zum Festungstor, um sie mit furioser Erlösung zu versorgen.«

Julian empfand großen Respekt vor dem Ausmaß und dem Pathos Matteo Chiminis, aber er wusste nicht im Geringsten, was er ihm als Trost anbieten konnte. So schwieg er, und Matteo Chimini schwieg auch.

Dann schnitt Julian mit der Gartenschere weiße Rosen für ein prächtiges Bouquet, schenkte es, nicht ohne vorher die Dornen entfernt zu haben, seinem ratlosen Gast und geleitete ihn auf die Gasse. Beim Abschied sagte er: »Danke, dass Sie mir so vertrauen.«

Und Matteo Chimini sagte: »Danke, dass Sie mir zugehört haben. Ich musste es einmal aussprechen.« Und mit seltsam schleifenden Schritten, das weiße Rosenbouquet wie ein Zeichen der Kapitulation hochhaltend, entfernte er sich.

Sieben Monate nach dem jähen Ende der Beziehung mit Sonja und in einer Phase friedlicher Unentschiedenheit mit Aimée, die neuerdings beschlossen hatte, immer jeweils zweiundzwanzig Tage in San Celeste und dann elf Tage ohne nähere Angaben an einem anderen Ort oder auf Reisen zu verbringen, sagte Mébrat, die jetzt auch noch freiwillig und hingebungsvoll die Arbeit des nie mehr zurückgekehrten Stubenmädchens und des Gärtners verrichtete, zu Julian: »Haben Sie wieder einen Kopf für andere Dinge, Herr Passauer? Ich hätte nämlich eine Frage, die mir bisher niemand beantworten konnte.« Julian nickte nur. »Wo sind all die toten Vögel? Es gibt doch Millionen und Abermillionen lebende, und mit Sicherheit sterben davon jede

Stunde Tausende. Man sieht aber höchstens vier oder vielleicht sechs Kadaver im ganzen Jahr. Wo bleiben die Hunderttausende, die man nie sieht?«

Julian dachte, dass Mébrat Recht hatte und dies ein interessantes Rätsel war, doch auch ihm fiel keine schlüssige Lösung dafür ein. So fragte er seinerseits die Klügeren unter den Bekannten, denen er an diesem Tag auf der Strandpromenade begegnete, aber auch sie wussten nicht mehr als er. Am Abend schlüpfte er durch den Zaun zu Nikos, der gerade am Rande eines der Teiche prüfte, wie viele kleine Steine ein Seerosenblatt tragen konnte, ehe es unterging.

»Wohin ziehen sich die Vögel zum Sterben zurück? Kennst du die Antwort darauf, Nikos?«

Und Nikos antwortete: »Der größte Teil von ihnen stirbt doch nicht. Schau genau. Sie fliegen und steigen immer höher und höher, bis sie unsichtbar sind. Sie übersiedeln vor unseren Augen vom Sichtbaren in das Unsichtbare.«

Als Julian diese Information Mébrat überbrachte, sagte sie mit großem Ernst: »Ich wusste nicht, dass Vögel das Privileg der kaiserlichen Löwen besitzen. Die Raubkatzen in den silbernen Käfigen des Gartens beim Palast der alten Hauptstadt Gondar erhielten nämlich dereinst von Kaiser Fasilidas das Recht, am Ende ihrer irdischen Zeit direkt in den Himmel aufzufahren. Und ich habe die Hoffnung, Herr Passauer, dass meine Mutter, am lichtvollen Ort, bei dem ehrwürdigen Negus der Wolkenheerscharen, auch für mich diese Gnade erbittet.«

»Was redest du da, Mébrat«, sagte Julian, dem gerade ein starker Rückenschmerz jede Laune für derlei abgehobene Gespräche nahm.

»Ich rede von den Bräuchen im Land der Nachfahren des Königs Salomo und der Königin von Saba, die wir Herrin des Südens nennen. Zu uns, zwischen die Paradiese des Tigre und Amhara, ist ja das Firmament herabgestiegen, damit der Fürst aller Fürsten allzeit ein weiches Lager habe. Wen immer der Fürst aller Fürsten jedoch geruht, mit der abnehmenden Mondsichel zu berühren, der ist vom Tod befreit und wird nicht verfaulen wie die gewöhnlichen Leute, sondern tut es den auserwählten Löwen gleich.«

»Mébrat, ich wünsche dir so sehr, dass du nicht enttäuscht wirst«, sagte Julian. Dann streichelte er ihre Wange, und sie schmiegte sich in seine Handfläche.

Aber dann sagte sie: »Seien Sie nicht so sehr von dieser Welt, Herr Passauer.« Und sie sagte dies gerade mit so viel Mitleid in der Stimme, dass Julian sofort beleidigt war.

In San Celeste, und dies war das schöne Verdienst Don Ignazios, wurden die meisten Alten noch bis zum Lebensende in ihren Familien belassen. Krankheit, Verfall und Tod waren noch kein Tabu, und die Reise in die große Ermüdung schien niemandem als anrüchig. Einmal im Monat trafen sich die Greisinnen und Greise in einem Heustadel, der sich an der höchsten Stelle des Ortes befand, zur sogenannten »Jammerrunde«. Da durfte jeder klagen und wimmern, schluchzen, fluchen und wehleidig sein. Sie schrien und flüsterten sich ihre Not zu, und am Ende fing jemand zu lachen an, und bald stimmten alle ein und trieben ihr Unglück durch Heiterkeit aus, kicherten und grinsten es in die Flucht.

Julian bedauerte an diesen gewissen Tagen den Teil sei-

ner Wiener Kinderjahre, der ihm ein scheinbar unverlierbares Quantum an Pessimismus ins Gemüt geworfen
hatte, als ob jedem innerhalb der dreiundzwanzig Bezirke
der ehemaligen Residenzstadt per magischem Gesetz die
Flügel gestutzt würden, damit nichts und niemand aus dem
Bann der Herbststimmungen entweichen konnte.

Allerdings war Julian dabei, in sich einen Verbündeten
zu entwickeln, der mehr noch als die Mauer der Signora
Montevecchi den inneren Nöten die Stirn bieten würde.
Eine unsichtbare Hyäne glaubte er durch seinen Willen zu
züchten, die imstande war, jederzeit und schnell alles zu
vertilgen, was sein Dasein an Verbrauchtem, an überhol-
ten und ausgemusterten Gedanken, an nicht Verziehenem,
an Sprachunrat, Wortfetzen, Schuldzuweisungen, verlore-
ner Liebesmüh' und anderen vergeblichen Anstrengungen
hinter sich ließ. Denn er hatte geträumt, dass die wahre Ursache aller Melancholien und Einengungen der fehlende
oder zu langsame Abtransport der negativen Erinnerungen
sei. Sie lagen abgehalftert im Jetzt herum und begannen zu
faulen und raubten einem mit ihrem Gestank den Genuss
der Gegenwart. Die Hyäne würde die Kadaver des Vergangenen hygienisch und spurlos entsorgen, und ihr Lachen
entstammte der Schule der greisen Herrschaften der Jammerrunde. Wenn es stimmte, was ihm immer eindringli-
cher zu Bewusstsein kam, dass Gott in uns und wir in ihm
sind, dachte Julian, dann müssen wir kraft des Gottes in uns
auch selbst Wesen schaffen können, und so mag die Hyäne
Wirklichkeit werden.

Julian dachte in diesen Wochen oft an den Grafen Eltz. Und immer wieder, wie das Echo eines Echos, hörte er in seiner Erinnerung die wienerisch aristokratische Stimme des alten Herrn, mit den zahlreichen Redewendungen und Wörtern, die mittlerweile aus der Mode oder überhaupt völlig aus dem Gebrauch gekommen waren. Sätze wie: »Auf den Herrn hat sie Fiduz« oder »Ich werde sie tourmentieren« oder »Einen abominablen Brief hat er erhalten«, hatte er ihn sagen gehört. Auch: »Meiner Tante Helene Nostitz, die im Laufe ihrer vielen Leben wahrscheinlich mit jedem großen Künstler befreundet war, hat der René Rilke einmal den konkurrenzlosen Satz geschrieben: ›In der Ehe muss jeder Teil Wächter der Einsamkeit des anderen sein.‹ Das dürfte der Wahrheit ziemlich nahe kommen.«

Die jahrzehntelange große Zuneigung zwischen dem Grafen und Gottfried Passauer wurzelte in dem gewaltigen Erdreich einer versunkenen und zerfallenen Welt, die zum nährenden Humus ihrer Trauer und Wut über den Fluss der Zeit geworden war. Jenen Fluss, der so unendlich viele liebgewonnene Versatzstücke des Alltäglichen auf Nimmerwiedersehen mit sich gerissen hatte: Privilegien und Pflichten, Ordnungen und Regelwerke, Berufe und vererbte Tätigkeiten, Vernetzungen und Freiräume. Was für ein seltsames Paar: der Graf, Spross eines Geschlechts, das bis zum Jahr 1918 wie selbstverständlich in Jahrhunderten dachte und fühlte, in Schlachten, Siegen und Niederlagen, Dynastien und Papstzyklen sowie Gottesgnadentum. Unter den Blutsverwandten gab es viele mit reichen Besitzungen in Übersee, in Indien, Brasilien, Kenia, Nigeria, der Karibik. Und saß man auf Schulden, raubte dieser Umstand einem kaum den Schlaf, denn letztlich stand die Sippe füreinander ein.

Der andere, ein geborener Triestiner, Wissenschaftler, Forscher und hoher Beamter, dessen Vater, der Ingenieur Anselm Passauer, im dortigen Technischen Institut der Handelsmarine für Kaiser und Vaterland an Verbesserungen der Metalllegierungen für Schiffsschrauben geforscht hatte. Zu seiner Pensionierung war ihm vom Institutsdirektor jener goldene Siegelring mit dem in Lapislazuli eingravierten Anker verliehen worden, den er und später Gottfried als eine Art Familienwappen in Ehren hielten, und der seit seines Vaters Leichenbegängnis den linken Mittelfinger Julians zierte. Anselms Enkel mochte es, wenn sich das Licht in dem Halbedelstein fing, und wenn er nervös war, drehte er an dem Schmuckstück, und gelegentlich drückte er einen Klumpen Weißbrot in die Gravur, sodass der Anker darauf als Relief erschien.

Einen Anker und die Beschwörung »Contre vents et marées« trug auch das Proszenium des Handwerkswunders als Motto, das der Graf Eltz eines Abends bei sich im Palais der Familie Passauer präsentierte: ein einzigartiges Marionettentheater, mit Hunderten Figuren, Kulissen und Verwandlungen, als verkleinertes Spiegelbild der österreichisch-ungarischen Monarchie und ihres Personals auf allen Ebenen: der Militärs, der Edelleute, der Dienerschaft, des Klerus, der Künstler und Gelehrten, der Zünfte, der Arbeiter und Angestellten, der Bürgerlichen, des Bauernstandes und der Knechte, bis hinunter zu den Taglöhnern und Liebesdienerinnen. All dies von seiner Mutter zwischen 1919 und 1922 mit großer Hingabe und überaus geschickten Händen geschnitzt, gedrechselt, geleimt, bemalt und genäht. Ein- bis zweimal im Monat feierte das habsburgische Reich in diesem Theater spurenweise Auferstehung, indem der Graf, mithilfe eines Dieners und des Chauffeurs, Szenen zur Aufführung brachte, die die Existenz der Republik negierten und grelle und sentimentale Schlaglichter auf Gespräche und Vorfälle des Ancien Régime warfen.

Das Programm, dessen Zeugen die Passauers wurden, bot als Erstes einen Feldmarschallleutnant, der mit der Hofschauspielerin Charlotte Wolter poussierte. Danach besprach die Fürstin Pauline Metternich mit ihrer Kammerzofe, welche Robe sie beim Blumenkorso im Prater zu tragen gedenke, und schließlich hielt die Puppe des Aquarellisten Rudolf von Alt einen Monolog über die Schönheit des Prager Hradschin und fügte noch, ohne nähere Begründung, Bemerkungen über die Lasuren auf den Gemälden des Malers Anton Romako an.

Julian erinnerte sich, dass sein Vater sich an diesem Tag beim Rasieren geschnitten hatte und auf dem Kinn eine apfelkerngroße Blutkruste trug, die er sich in der Angespanntheit, die ihm das Schauspiel bereitete, aufkratzte, sodass einige Blutstropfen auf seine Krawatte fielen. »Der Blutzoll für Kaiser und Vaterland hört offenbar in unserer Generation nie auf«, bemerkte der Graf Eltz amüsiert, und Gottfried Passauer ergriff die in einer Schachtel obenauf liegende Marionette der Kaiserin Elisabeth und malte ihr aus seinem Blut mit dem Finger einen roten Punkt auf die Stirne, als wäre sie die Maharani von Jodhpur.

Eines Abends läutete gegen Mitternacht in der Bibliothek das Telefon. Als Julian, der gerade eine Südsee-Novelle von William Somerset Maugham las, abhob, hörte er die schwache Stimme seiner Mutter: »Du weißt, ich verbreite nie Panik. Aber ich glaube, du solltest so rasch wie möglich zu mir nach Wien kommen.«

»Was ist denn um Gottes willen passiert?«, fragte Julian.

»Ich fühle, dass dies mein letzter Herbst ist und wahrscheinlich auch mein letzter Monat. Frag nicht lange, ich warte auf dich.« Dann legte sie einfach auf.

Julian rief sofort und mehrmals in der Schönbrunner Wohnung zurück, aber niemand meldete sich. Morgens um acht Uhr zwanzig flog er von Verona nach Wien und gegen elf Uhr sperrte er mit dem Schlüssel, den er immer noch besaß, die elterliche Wohnung auf. Sofort kam ihm die in eine blaugetupfte Kleiderschürze gewandete Nachfolgerin der Frau Grienedl entgegen und sagte: »Ihre Frau Mutter will keinen Doktor sehen, sondern nur Sie!«

»Aber was fehlt ihr denn?«

»Das wird sie Ihnen sicher selber sagen wollen«, antwortete die Blaugetupfte. Im Elternschlafzimmer waren die Rollos herabgelassen, und die Luft roch vertraut nach Kampfer und Lavendel. Seine Mutter schlief in dem arabeskenbeladenen, ärarischen Doppelbett aus dem Besitz des Prinzen Eugen. Ihr rechtes Bein war sichtbar und etwas über die Bettkante geglitten, und an den Knöcheln und am Rist waren Ödeme zu sehen. Sie trug ein ärmelloses, langes, halbdurchsichtiges graues Seidenkleid. Die Arme lagen außen auf der weißen Bettdecke, die eine Hand geöffnet, die andere zur Faust geballt. Ihr Gesicht grimassierte leicht,

als ob sich darin ein Widerhall unbequemer Vorgänge ausdrückte. Julian räusperte sich zweimal. Seine Mutter schlug
die Augen auf und betrachtete ihn ohne das geringste Erstaunen. Stumm schauten sie einander eine kleine Ewigkeit
an. Dann, es mochten fünf Minuten vergangen sein, sagte
sie: »Es kommt früher, als ich vermutet hätte, aber doch
wieder nicht so früh, dass man sich beschweren könnte.
Interessant, Julian. Alles sehr interessant. Auch, dass man
so über jeden Zweifel erhaben weiß, woran man ist.«

»Wovon sprichst du, Mama?«, sagte Julian, der genau
wusste, was sie meinte.

»Stell dich nicht dumm«, antwortete sie. »Das Sterben
ist da. Große Vorwarnungen hat es nicht gegeben, nur dass
sich alles, was früher Stärke war, ziemlich rasch in Schwäche verwandelt. Wie ein innerer Dominoeffekt kommt es
mir vor. Jeden Augenblick kippt ein Steinchen mehr aus
dem Plus ins Minus. Ich habe keine Schmerzen. Ich weiß
auch nicht, welche letzte Krankheit dem zugrunde liegt,
und ich will es ehrlich gesagt auch nicht wissen. Erspar mir
bitte die Ärzte. Mir fehlen keine Erklärungen, die ohne-
dies niemals den Kern der Dinge berühren. Der Zustand
ist nicht ungemütlich, und ich kann kaum glauben, dass ich
angstlos bin, aber es ist wahr. Was macht man sich nicht
ein Leben lang für Vorstellungen vom Tod, und plötzlich
ist es so weit, und zumindest bei mir führt er sich ganz mit-
fühlend und mit Delikatesse ein. Kein Zuviel und kein Zuwenig hat er. Gewissermaßen gänzlich im Lot.«

Julian rückte einen Sessel ans Bett, setzte sich und streichelte die offene Hand seiner Mutter: »Wieso bist du dir so
sicher?«, fragte er.

»Weil ich keinen Zweifel hab'. Eine gescheitere Antwort kann ich dir nicht bieten. Glaub mir einfach. Selbstbetrug ist ja keine von meinen Spezialitäten.« Wieder schwiegen beide für eine Zeit. »Ich werde also bald Gott wiederbegegnen. Einmal hatte ich ja schon die Ehre.«

»Wann denn?«, fragte Julian.

»Im Winter 1927. Damals hat das russische Ballett des Sergej Diaghilev mit dem ›Dreispitz‹ von de Falla im Bühnenbild von Picasso in der Staatsoper gastiert. Ich war noch ein Mäderl. Meine kluge Großmutter hat mich mitgenommen – sechste Reihe Parkett, Platz 13 und 14 –, ich werd's nie vergessen. Der Haupttänzer hat Serge Lifar geheißen. Zu ihm hab ich dann jahrelang vor dem Einschlafen, als meinem jungen schönen Gott, gebetet.« Noch einmal wiederholte sich das lange Schweigen, das sie mit den Worten unterbrach: »Das Publikum in der Staatsoper hatte an diesem Abend eine Eleganz, als handelte es sich nicht nur um den Auftritt der ersten Ballettkompanie der Welt, sondern im Zuschauerraum auch noch um jenen der ersten Gesellschaft von London und Paris. Ach, Julian, die Eleganz ist aus der Mode gekommen. Das ist ärgerlich und unsympathisch.« Dann sagte sie noch etwas, aber es blieb unverständlich, weil sie sich erschöpft hatte.

Julian beobachtete ihr rasches Einschlafen. Auch die Haut ihrer Arme war von Blutergüssen gezeichnet, und die Adern traten hervor und bildeten ein abstraktes rotblaues Relief. Er ging in sein Zimmer. In dem englischen Bibliothekskasten standen immer noch Bücher seiner Kindheit aufgereiht: Andersens Märchen, der »Robinson Crusoe«, die Geschichte von Tom Sawyer und Huckleberry Finn, das »Dschungelbuch«, Erich Kästners »Pünktchen und Anton«, Lewis Carrolls »Alice im Wunderland«, »Der kleine Prinz« und einige Bände Jules Vernes. Dann berührte er das Tritonshorn, mit dem ihm sein Vater das Rauschen des Meeres geschenkt hatte. Vor dem Fenster trumpften das Blumenparterre, der Neptunbrunnen und die Gloriette auf wie eh und je. Ein Wind trieb buntes Laub umher, damit auch der Ahnungsloseste begreifen konnte, dass Herbst war. Julian dachte: Wenn die Mama sagt, dass sie stirbt, dann stirbt sie hundertprozentig. Es war immer Verlass auf ihre Einschätzungen von Situationen. Er legte sich auf das schmale Bett und reiste mit seinen Augen entlang der Stuckleiste, die dem Plafond eine barocke Begrenzung gab. Szenen seiner Kindheit besuchten ihn: wie der Graf Eltz einmal beim offenen Küchenfenster hinaus das Lied »Ciao, Ciao, Bambina« auf der Trompete gespielt hatte, sodass Hunderte Touristen zu ihm nach oben blickten und verwundert innehielten. Als Nächstes, wie der jugoslawische Marschall Tito anlässlich eines Staatsbesuches im Kronprinzengarten an einer gelben Rose gerochen hatte und der Portier des Schönbrunner Schlosstheaters, den alle für einen Kommunisten hielten, diese Blüte am selben Abend gepflückt, getrocknet und anschließend gerahmt und als einzigen Wandschmuck in seiner Arbeitsloge angebracht hatte. Auch seinen Vater sah er, wie er jeden Morgen vor dem Frühstück Gymnastik trieb und bei durchgestreckten Beinen mit den Fingerspitzen seine Zehen berühren konnte.

Als Julian aufwachte, war es drei Uhr nachmittags, die Blaugetupfte hatte ihm auf die Türschwelle eine Thermoskanne mit Kaffee und zwei Stück Marillenstrudel gestellt. Ein Zettel lag dabei: »Ihre Frau Mutter hat ein paar Schluck Rindsbouillon zu sich genommen. Ich sitze bei ihr und beschäftige mich mit einem Kreuzworträtsel, bis Sie mich ablösen. Sie können sich aber ruhig Zeit lassen. Ernestine Smejkal.« Er aß die zu süße Mehlspeise, und am Gaumen blieb ihm ein Stück Marillenhaut kleben, das er einigermaßen mühsam mit der Zunge entfernte. Dann ging er ins grün gekachelte Badezimmer, duschte und sah, dass Gottfried Passauers Eau de Cologne, vierundzwanzig Jahre nach seinem Tod, immer noch neben seinem Rasierpinsel stand. Auch der Bademantel seines Vaters hing immer noch an dem mittleren der drei Messinghaken neben dem Durchlauferhitzer. Julian zog sich den Bademantel aus weißem Waffelpiqué an und ging zu seiner Mutter. Sie schlief mit halb geöffnetem Mund, und ihr Atem pfiff leise. »Sie können nachhause gehen, Frau Erni, vielen Dank für alles, was Sie an Gutem tun«, verabschiedete er die Blaugetupfte.

Sie sagte: »Ich geh' noch in die Schlosskapelle und zünd' ein Kerzerl an, damit alles besser wird.« Als Julian hörte, wie die Wohnungstür ins Schloss fiel, setzte er sich auf den noch warmen Stuhl der Haushälterin und summte die Melodie von »Schlaf, Kindlein, schlaf«, die ihm die Mama oft nach dem abendlichen Lichtauslöschen vorgesungen hatte. Immer und immer wieder summte er die Melodie, und plötzlich sprach seine Mutter langsam wie ein Hypnotiseur die Worte: »Schlaf, Kindlein, schlaf! Die Mutter hüt' die Schaf', der Vater ist im Pommerland, Pommerland ist abgebrannt. … Schlaf … Kindlein … schlaf …«

Am Himmel vor dem Fenster, dessen Rollos mittlerweile

hochgezogen waren, um zu lüften, jagten einander Wolken in einem merkwürdig schwefeligen Farbton. Julian dachte: Das ist der Park, das ist die Gloriette, das ist die Wienerstadt, das sind die alten Wege, das ist das Elternschlafzimmer, das ist die Mama, die sagt, dass sie stirbt. Er ergriff ihre rechte Hand, war erstaunt, dass sie nicht kalt, sondern sehr heiß war, und bedeckte sie mit Küssen. »Ich bleibe jetzt bei dir, so lange du möchtest.«

»Lass die Aimée ruhig nachkommen. Ich hab' sie gern.«

»Vielleicht später in einigen Tagen.«

»Du nimmst mich nicht ernst. Glaub mir, höchstens übermorgen Nacht bin ich pfutschigato.« Das war ein Wort aus Julians Kindheit. Wann immer etwas auf Nimmerwiedersehen verschwand, nannten die Passauers es pfutschigato.

»Willst du nicht doch, dass der Doktor Ploderer dich untersucht?«

»Nein, Julian, in unserer Familie können wir selber sterben, wir brauchen dazu nicht die Hilfe der Ärzte.«

Julian fand seine Mutter unglaublich und ganz und gar bewundernswert. Aber unter dieser Bewunderung meldete sich ein kleiner Zweifel, ob sie nicht eventuell dabei war, ihren Verstand zu verlieren. Sie begann jetzt wieder über das russische Ballett des Sergej Diaghilev zu sprechen: »Als eine holländische Prinzessin den großen Nijinsky nach einem seiner triumphalen Tanzauftritte gefragt hat, ob es nicht schwierig sei, quasi zu schweben, lautete seine Antwort ganz ernsthaft: ›Nein, nein, nicht schwierig. Man muss nur hochspringen und oben in der Luft ein bisschen warten.‹« Sie lachte und wiederholte sehr leise: »Oben in der Luft ein bisschen warten.« Dann sagte sie: »Jetzt endlich werde ich mich enthüllen«, und war drei Augenblicke später eingeschlafen. An diesem Freitag erwachte sie nicht mehr und öffnete erst gegen sechs Uhr am nächsten Morgen die Augen. Aber sprechen wollte oder konnte sie nicht, und alle Fragen und Mitteilungen Julians, der die ganze Zeit neben ihr im Prinz Eugenschen Prunkbett wach oder im Halbschlummer gelegen hatte, blieben unbeantwortet. Nur ihr Atem wurde immer pfeifender, und der Brustkorb wogte unregelmäßig. Immer vier oder sechs oder sieben tiefe Atemzüge, dann eine längere, schon das große Ende suggerierende Pause.

Als um neun Uhr vormittags die Blaugetupfte zum Dienst erschien, drängte in ihrem Gefolge der Schlosspfarrer in die Wohnung. »Gelobt sei Jesus Christus. Ich will nur einmal nach dem Rechten sehen, Herr Passauer. Ihre gnädige Frau Mama gehört ja schließlich zu meinen Schäfchen. Es ist meine Pflicht, ihr bei der Heimkehr zum allmächtigen Vater mit Gebeten und den Sakramenten beizustehen.«

Julian fühlte Zorn in sich aufsteigen: »Hochwürden, wenn wir den Trost der Kirche benötigen sollten, werde ich um Sie schicken. Aber auf eigene Faust sind Sie hier nicht besonders Willkommen.« Und dann setzte er den Soutane tragenden Herrn stante pede vor die Türe.

Die Blaugetupfte fing zu schluchzen an und stammelte: »Ich wollt' nichts falsch machen. Der Herr Pfarrer hat mich gestern Abend in der Schlosskapelle angesprochen, und ich hab' halt erzählt, was ich weiß. Da hat er mir aufgetragen, ihn heute Morgen abzuholen und zu Ihnen zu führen.«

»Ist schon in Ordnung, ich weiß ja, dass Sie es gut gemeint haben«, versuchte Julian zu beruhigen. Und plötzlich
murmelte seine Mama mehrmals etwas Unverständliches.
Er beugte sein Ohr zu ihrem Mund und bat sie, die Sätze
noch einmal zu wiederholen.

Sehr stockend und mit größter Anstrengung sagte sie:
»Die Smejkal ... ist halt ein bisserl ... ein Trampel ...
aber ... das macht nix.«

Dies waren die letzten Worte der Lotte Passauer, und
sechs Stunden später war sie ganz friedlich in Julians Armen hinübergedämmert in die andere Wirklichkeit, und all
dies hatte weder für ihren Sohn noch für sie den geringsten Schrecken gehabt, sondern durchaus etwas Festliches
und von überzeugender Könnerschaft Bestimmtes. Als sie
so dalag mit einem verschmitzten Gesichtsausdruck, wie
ein Kind, das sich tot stellt und gleich lachend losprusten
wird, spielte Julian am Grammophon das dritte der »Vier
Letzten Lieder« von Richard Strauss, gesungen von Gun-
dula Janowitz, »Wenn der Tag sich neiget«, und das Gebet,
das er dazu wie ein Mantra sprach, war, eins ums andere
Mal: »Die Smejkal ist halt ein bisserl ein Trampel. Aber das
macht nix.«

An der höchsten Stelle der steil ansteigenden Maxingstraße, gegenüber der parkummantelten Residenz des
amerikanischen Botschafters, erstreckt sich über Hügel und
Mulden der Hietzinger Friedhof.

Er gilt als feine Adresse für die letzte innerwienerische
Übersiedlung und besitzt im Unterschied zum Zentralfriedhof keine einschüchternde Größe.

Gustav Klimts von einer Birke überschattetes Grab ist hier ebenso zu finden wie jenes von Kaiser Franz Josephs jahrzehntelanger, geldgieriger Herzensvertrauter, der Hofschauspielerin Katharina Schratt, auch das mit einem schlichten Holzkreuz versehene des an Sepsis verstorbenen Komponisten Alban Berg. Franz Grillparzers prosaische Gallensteine haben sich hier mit Staub vermischt, in Rufweite davon ruhen die Knochen des Baukünstlers Otto Wagner, dessen orientalisch-aufprunkende Palastkirche für die Nervenheilanstalt am Steinhof in der Ferne glitzerte. Fanny Elßler, die bedeutendste Tänzerin des neunzehnten Jahrhunderts, hat ihre Gruft fünfzig Meter von jener des treuen Cléry, des letzten Kammerdieners des guillotinierten Ehepaares Ludwig XVI. und Marie Antoinette.

Es handelte sich um eine äußerst pittoreske Versammlung, der es am Tag der Auferstehung nicht an Gesprächsstoff mangeln wird, und Lotte Passauer fügte sich als weiteres Mosaiksteinchen erstklassig in das Panorama, das die Tragik und Gelungenheit österreichischer Schicksale zwischen dem ermordeten zwergenhaften Diktator Dollfuß und der 104jährig verlöschten Hausbesitzerswitwe Amalia Wurmser, dem Librettisten der »Lustigen Witwe«, Victor Léon, und einem der unseligen Hauptschuldigen am Untergang der Monarchie, dem Feldmarschall Conrad von Hötzendorf, durchaus gültig abbildete.

Julian, der bei seiner übereilten Abreise aus San Celeste die eventuelle Notwendigkeit einer Trauerkleidung nicht bedacht hatte, war eine halbe Stunde vor dem angesetzten Begräbnistermin mit einem nach Mottenpulver miachtelnden, etwas zu großen, dreiteiligen dunkelblauen Anzug seines Vaters, darüber dessen grauen Dufflecoat, erschienen. An seiner Seite die am Vorabend angereiste Aimée.

Es war ein Vorwintertag. Ein leitender Herr der Städtischen Bestattung mit Schneidezähnen, die, offenbar aus Pietätsgründen, schwarz waren, erklärte Julian vieles, das diesen nicht interessierte.

In der Kapelle stand auf einem Piedestal der schlichte Holzsarg, darauf ein Kranz gelber Rosen mit einem Kuvert, das Lotte Passauers Abonnementbestätigung für die Philharmonischen Konzerte enthielt.

Zwei hohe Kandelaber mit dicken, bunten, von Julian ausdrücklich so bestellten Osterkerzen bildeten die Ehrenwache.

Nach und nach trudelten einige Damen und Herren ein und hängten ihre mitgebrachten Bouquets und kleinen Kränze, die wirkten wie dekorierte Kinderwagenräder eines Blumenkorsos, an die seitlich neben der Aufbahrung postierten, hakenübersäten Eisengestelle.

Allzu viele waren nicht erschienen, denn Julian hatte keine Partezettel verschickt, sondern nur in zwei bürgerlichen Zeitungen viertelseitige Trauerannoncen geschaltet.

Manche flüsterten untereinander und nickten Julian daraufhin zu.

Er wiederum wähnte sich, bis auf die versteinert wirkende, hochelegante Aimée und die schluchzende Blaugetupfte, von lauter Fremden umgeben, aber dann dämmerte ihm, dass ein älterer kahlköpfiger Mann mit abgewetztem Anorak und brauner Schnürlsamthose der ungarische Musiker sein mochte, der an jenem Weihnachtsabend Anfang der fünfziger Jahre die herzzerreißende Geschichte von sei-

ner und seines jüngeren Bruders Flucht vor den Nazis erzählt hatte. Julian trat auf ihn zu. Der Mann reichte ihm
die Hand und sagte mit unpathetischer Stimme: »Lieber
Herr Passauer, ich bin ein armseliger Schatten aus der Vergangenheit. Ihre Frau Mutter hat mir seit Jahrzehnten verlässlich geholfen. Mit Gesprächen, mit Spaziergängen,
auch gelegentlich – ich will das keinesfalls verschweigen –
finanziell. Ich wiederum konnte leider kaum etwas für
sie tun, nur ab und zu als bescheidenstes Gegengeschenk
Kolophonium für ihre beiden Cellobögen.«

Julian antwortete: »Sie hatte ja alles Benötigte im Überfluss. Zuletzt sogar die Fähigkeit, im richtigen Augenblick
loszulassen.«

»Sie war rundum imponierend«, sagte der Mann. »Meine
Tante Zippa nannte solche Menschen allerbestes Kraut für
Krautfleisch, wenn Hochzeit ist.«

Julian lachte laut auf, was ihm einen strafenden Blick des
leitenden Pompfüneberers eintrug; dann bat er den Ungarn um dessen Adresse, denn er hatte entschieden, ihm
gelegentlich im Gedenken an seine Mutter etwas Geld zu
schicken.

Da keine Musik spielte und kein Priester bestellt war,
standen die Anwesenden unschlüssig herum. Auch die
Sargträger warteten auf ein Zeichen, mit den Abläufen beginnen zu können.

Julian machte Handbewegungen, wie ein Hirte, der seine
kleine Herde versammeln möchte. »Bilden wir bitte einen
engen Kreis um den Sarg«, sagte er, und als seine Bitte erfüllt war: »Danke, dass Sie den Weg hierher nicht gescheut
haben. Den Körper meiner Mutter werden wir in wenigen

Minuten in seine letzte Ruhestätte betten, neben die sterblichen Überreste meines Vaters. Dieser Körper mit den Armen, die mich und andere so oft tröstend umfasst haben, die Beine und Füße der Lotte Passauer, die schlafwandlerisch die Figuren des Rumbas, des Tangos, des Paso Doble und des Cha Cha Cha beherrschten, die Augen, die immerzu auf der Suche nach Schönheit, Anmut und Beflügelung gewesen sind. Mir geht gerade der Gedanke durch den Kopf, dass ich jetzt eine Vollwaise bin und keines Lebenden Kind mehr, den ich anrufen kann, um seine Stimme zu hören. Das Verschwinden der Stimme meiner Mutter empfinde ich in diesem Augenblick als das Schmerzlichste. Ich möchte dieser ungewöhnlichen Frau für vieles die Reverenz erweisen. Sie hat mich geboren, und bei immer weiteren Geburtsvorgängen in meiner Entwicklung war sie mir Beistand. Ihre Hauptkönnerschaft war etwas Musikalisches. Ihre Art, Menschen und Dinge wertzuschätzen, ihre Art zu gehen, etwas zu beobachten, zu erklären, zu genießen, zu bedauern, auch ihr großes Mitgefühl und ihre Hilfsbereitschaft nahm ich immer als ein Musizieren wahr. Liebe Freunde und Bekannte von Lotte Passauer, lasst uns jetzt zum Passauerschen Familiengrab gehen. Ich werde dort als Einsegnung etwas tun, das mir selbst ein wenig peinlich ist, aber wenn Sie sich überwinden können, tun Sie es bitte auch. Nämlich laut das liebste Wienerlied meiner Mutter singen: ›Sag beim Abschied leise Servus‹. Ich glaube, das würde die alte Dame amüsieren und rühren.«

Jetzt gab Julian den vier Pompfüneberern das Zeichen, mit der Prozession zu beginnen. Sie hoben den Sarg auf eine hölzerne, schlampig mit schwarzem Samt drapierte

Rollplattform und schoben den Wagen ins Freie. Zunächst durch eine Kastanienallee, von dort in die sogenannte Gruppe B, in die neunte Reihe zum Grab Nummer 16.

Julian schritt dahinter, Seite an Seite mit Aimée, daneben der Ungar und die schluchzende Blaugetupfte. Hinter ihm, nach den zwei Dutzend bedächtig Marschierenden, die den Kies zum Knirschen brachten, ahnte er die unsichtbaren Adieusager: die Wasser des Neptunbrunnens, den Tropensaal des Schönbrunner Palmenhauses, das Marionettentheater des Grafen Eltz, die beigen, graugrünen und roten Seidenkleider, das Grand Hotel des Bains, die Tunnel der Südbahn und Frühling, Sommer, Herbst und Winter all ihrer Jahre.

Julian steckte die Hände in die Dufflecoattaschen und fand in der Linken einen alten, zerdrückten Straßenbahnfahrschein, auf dessen Rückseite sich in der Handschrift seines Vaters die Worte: Sylvia Hortensis befanden, und er wusste, dass dies der lateinische Name des Vogels Orpheusgrasmücke war, der in den Orangen- und Olivenhainen Siziliens und Umbriens die fröhlichste Leichtigkeit und den Übermut verkündete. Immer wieder, wenn Gottfried Passauer gedankenverloren oder beim Telefonieren etwas auf Notizzettel kritzelte, waren es die Worte Sylvia Hortensis gewesen. Wohl als eine Art im Unbewussten verankerte Anrufung des Südens.

Zwischen Julian und seiner Mutter diente Sylvia Hortensis sogar eine Zeit lang als geheimer Deckname für den Vater, wenn sie ihn betreffende Gespräche mit einem Hauch von Lästerlichem führten.

Die Blaugetupfte konnte nicht aufhören zu weinen, und

der Ungar steckte ihr bereits zum dritten Mal ein Papiertaschentuch zu. Julian fragte sich, ob sie eventuell den Anlass nützte, um endlich alle Tränen, die sie im Laufe von Jahrzehnten über die Ungerechtigkeit und Miserabilität ihres Schicksals zurückgehalten hatte, freizugeben. Denn sie schien durch das Abfließende eine Erleichterung zu erfahren, die sie von Minute zu Minute aufrechter gehen ließ, als ob das Gewicht des gestauten Leids sie niedergedrückt hätte.

Ein Windstoß ließ die breiten, bis zu den Schultern abfallenden, schwarzen, lilageränderten Kragen der Pompfüneberer-Talare flattern.

Die Prozession kam vor dem offenen Grab zu stehen, der Sarg wurde an zwei Seilen behutsam in die Grube gesenkt, und jetzt stimmte Julian das Lied an: »Es gibt ka Musi ewig und ka Gspusi ewig, darum kann's auch im Leben ew'ge Lieb ned gebn ...«

Und plötzlich, als hätte sich ein Bann der Geniertheit gelöst, sang die Trauergemeinde mit kräftigen Stimmen: »Sag beim Abschied leise Servus, nicht Lebwohl und nicht Adieu, diese Worte tun nur weh! Doch das kleine Wörterl Servus ist ein lieber letzter Gruß, wenn man Abschied nehmen muss. Es gibt jahraus, jahrein an neuen Wein und neue Liebelein.«

Und nach dem letzten Ton herrschte einige Augenblicke Stille, und dann begann der Ungar zu applaudieren, und Julian klatschte, und auch die Blaugetupfte folgte ihrem Beispiel und riss die anderen mit. Und so erhielt die Lotte Passauer an diesem 17. November 1995 am Hietzinger Friedhof die begeistertste Ovation ihrer Erdenzeit.

Eine halbe Stunde später ging Julian schweigend und Hand in Hand mit Aimée die Maxingstraße hinunter bis zur Hietzinger Pfarrkirche. In deren Innerem zeigte er ihr das rote Marmorbecken, in dem er getauft worden war, dann besuchten sie den Schönbrunner Schlosspark und das Palmenhaus. Er löste für seine Geliebte ein filigranes Blatt vom mittlerweile beinah dreihundertjährigen Myrtenbaum, den Sultan Mahmud I. 1736 Maria Theresia als wohlriechendes Brautgeschenk für ihre Heirat mit Franz Stephan von Lothringen gesandt hatte.

Als Nächstes führte er sie zum auf vier goldenen Schildkröten fußenden monumentalen Obelisken, dessen Hieroglyphen vorgaben, die Dynastie des Kaiser- und Königshauses zu rühmen, obwohl sie, lange vor Entschlüsselung der ägyptischen Schriftzeichen, reine Erfindung eines Wiener Architekten und amüsantes, sündteures, vordadaistisches Blödsinnskunstwerk waren.

»Vielleicht war ja im Selbstverständnis der Habsburger eine existente Sprache nicht glanzvoll genug, ihnen und ihren vermeintlichen Heldentaten für die Ewigkeit Ausdruck zu geben«, sagte Aimée.

Julian antwortete: »So originell waren die Damen und Herren leider nicht. Phantasie war keine ihrer Stärken, und dieser Mangel trug ja auch entscheidend zu ihrem Untergang bei. Hätte Franz Joseph bildhaft vorausdenken können, wäre ihm bewusst geworden, dass seine altmodische, desolate Armee nicht die ernsthafte Möglichkeit besaß, einen gewaltigen Krieg zu gewinnen.«

Anschließend erklommen die beiden den Gloriettehügel und setzten sich auf eine Steinbank. Der Park, das Schloss und dahinter, gegen den Horizont zu, das Panorama von halb Wien lagen vor ihren Augen. Der sträflichste Schönheitsfehler waren unzweifelhaft die monströsen grauen Riegel des Allgemeinen Krankenhauses. (Es war schwer vorstellbar, dass sie dem Überleben und der Gesundung dienen sollten, denn sie wirkten wie todbringende Baugeschwüre, in denen die Trostlosigkeit höchstpersönlich residierte.) Rechts davon, in gebührendem Abstand, ragte als eiserne Pusteblume das mit den Jahren durch die hochgeschossenen Architekturgebilde der Umgebung immer kleiner wirkende Riesenrad auf. (Dort hatte Julian als Sechsjähriger bei einer Gondelfahrt eine derart heftige Höhenangstattacke erlitten, dass er sich auf Geheiß seines Vaters bis zum Ende der etwa zwanzigminütigen Rundreise auf den Holzboden der Kabine legen musste, um nicht mehr durch die Fenster in das weit unter ihm stattfindende Getümmel von Amüsierwilligen und Vergnügungsattraktionen blicken zu können.)

Es begann leicht zu nieseln. Aber Aimée und Julian blieben gebannt von den Tausenden Nuancen der Silhouette Wiens auf der Bank sitzen. Julian sagte: »Wie viele Liter Regen wohl auf Mama im Laufe ihrer Jahrzehnte gefallen sind und von ihrer Kleidung abtropften? Und wie viele Kilo Fuß- und Fingernägel sie sich abgeschnitten hat oder von ihrer Manikürfachkraft, der Frau Kanter, entfernen ließ? Die Frau Kanter hat es in meiner Erinnerung immer gegeben. Und es würde mich nicht wundern, wenn sie unsterblich wäre. Interessanterweise ist sie nicht beim Begräbnis erschienen, obwohl die Blaugetupfte sie mit Sicherheit verständigt hat, weil ja beide gemeinsam bei der monatlichen

Bezirkskollekte der Herz-Jesu-Mission für Schwarzafrika mitwirken.«

Aimée sagte: »Als ich mit meinem Mann in Simbabwe lebte, waren unsere besten Freunde ein protestantisches Missionarsehepaar aus Kopenhagen, das im Grunde alles unternahm, um keine Eingeborenen zu bekehren. ›Wenn wir sie christianisieren, dann verliert mindestens die Hälfte ihrer großartigen Kultur ihren lebendigen Sinn‹, war ihre Überzeugung. Für die Erfolgsstatistik, die sie alljährlich zur Kirchenleitung nach Dänemark zwecks Verlängerung ihres Arbeitsauftrags senden mussten, führten sie eifrig Scheintaufen durch, beschworen aber ihre Schützlinge, dem Glauben ihrer Ahnen treu zu bleiben. Der Verlust an spirituellem, afrikanischem Heimatgefühl sei nämlich mit Sicherheit viel höher zu bewerten als die Anbindung an das Gedankengewebe eines in Jerusalem gekreuzigten, einigermaßen weißen Herrn.«

So redeten und redeten die beiden, dann trat eine junge Frau mit einem schwarzen Lackmantel und Schnürstiefeln auf sie zu, die etwas Desorientiertes ausstrahlte. Ihre Haare waren lila gefärbte Rastalocken. Sie streckte die Hände nach Aimées Gesicht aus, gab ihr eine sanfte Ohrfeige und lief lachend davon in Richtung Tirolergarten. Aimées Erstaunen hielt sich in bescheidenen Grenzen. Sie sagte nur: »Das scheint das Zeichen zum Aufbruch zu sein.«

Am Lungolago bewegte sich eine Art Zeitlupenprozession alter Leute. Es mussten italienische Touristen sein, denn Italiener waren die Einzigen, die um diese kühle und regnerische Jahreszeit San Celeste einen Besuch abzustatten gewillt oder gezwungen waren. Insassen von Altersheimen etwa, die mit kleinen Bussen anreisten und vorangemeldet im Billard-Café von der alterslosen mürrischen Kellnerin einen Espresso und ein Stück Panettone serviert bekamen. Julian zählte sieben Frauen und vier Männer, die allesamt hoch in ihren Achtzigern sein mochten, und vermutete, dass sie untereinander durch unsichtbare Gängelbänder verbunden waren und nur als Pulk die Energie generieren konnten, überhaupt von A nach B zu gelangen. Schon der Ausfall eines einzigen Gruppenmitglieds hätte die anderen womöglich zum völligen äußeren Stillstand gebracht. Bis auf drei, die Spazierstöcke benutzten, hielten sie einander an den Händen oder waren im Arm des Nachbarn untergehakt wie brave Schüler am Wandertag. Greisenkinder waren es, die nichts sprachen; nur ein Murmeln platzte gelegentlich aus ihrer Selbstvergessenheit und versickerte bald wieder.

Julian dachte: Ich muss mich vorbereiten. Vielleicht wartet auch auf mich ein langes Leben, und ich ganz allein bin doch für meine körperliche und geistige Geschmeidigkeit verantwortlich. Das Alter gibt es ja wirklich, und so viel Imagination, sich in aller Klarheit bewusst zu machen, was es dereinst bedeutet, die Muskeln und Sehnen, die Leistung der Organe, die Venen und Arterien nicht mehr in guter Form zur Verfügung zu haben, kann man doch wirklich von sich selbst verlangen. Ich möchte in Würde und ohne Qualen die Jahre nützen können, in denen ich das meiste Wissen besitze und mir die umfangreichste Erfahrung zur Verfügung steht. Die kluge Vorbereitung auf das Alter schuldet man seinem Hausverstand, seiner Selbstachtung und seiner Lust am sinnlichen Dasein. Nur Masochisten und totale Ignoranten behandeln diese Thematik schlampig. Diese hilflose Halbverlöschtheit, die ausgemergelten Körper, die häufig überbordende Hässlichkeit sind nicht gottgegeben, sondern über Jahrzehnte hinweg von den Menschen, die sich, umnebelt, womöglich für unsterblich oder die Physis für ein Perpetuum mobile gehalten haben, erarbeitet. Abgrund für Abgrund wird selbst herbeigeschafft, durch falsche und gefährliche Gedanken, Worte und Taten.

An den Schönbrunner Schlosskaplan erinnerte er sich jetzt, der im Religionsunterricht nicht müde wurde, von Sünden in Gedanken, Worten und Werken zu sprechen. Aber er hatte Unrecht, dass man damit, so es ihn überhaupt gab, den lieben Gott beleidigte. Man beleidigte sich selbst, und das schien Julian die weitaus schlimmere Verfehlung.

Am selben Tag, zwei Stunden später, sagte Mébrat: »Sie leben so sehr im Überfluss, Herr Passauer, und Sie sind so selten froh. Das ist eine Schande. Sie sind gesund, Sie haben Geld, Sie sind sehr gebildet, Ihre Gefährtin ist ein Glücksfall, und Sie besitzen ein großes Haus voll der kostbaren Gegenstände. Aus vielen Zimmern können Sie auf den See und in die Weite schauen, Sie sind von hilfreichen Pflanzen umgeben, Sie müssen gar nichts und dürfen viel, und trotzdem hüpfen Sie nicht vor Glückseligkeit. Ist Ihnen das bewusst?«

»Ja«, antwortete Julian. »Weißt du, die guten Dinge sind mir oft zugeflogen, und deswegen fehlt mir vielleicht die tiefe Wertschätzung dafür. Ich bin zwar kein reicher Erbe, aber manchmal habe ich doch das Gefühl, dass unsichtbare Gönner mir Vorteile gewähren, die verhindern, dass mich eine äußere Mühsal in heftiger Weise bedrängen darf. Mir ist das bewusst. Mébrat, ich bin ja kein Idiot. Die Not kommt bei mir allerdings von innen, als ob sie in meinem Körper von jeher ein Depot hätte. Schon als Kind war ich häufig ohne Vorwarnung in ihren Fängen. Wie ein Sturm auf offenem Meer ist sie, und das, was mir als mein Ich erscheint, sitzt dann zitternd vor Angst in einem erbärmlichen Segelboot, das ganz den Launen der Naturgewalten gehört. Mébrat, du Liebe und Weise, ich finde den Weg zu der Tür, die für immer aus diesem Schrecken herausführt, nicht und suche ihn doch schon seit Jahrzehnten. Bei meinem Vater war das ganz ähnlich. Vielleicht ist es ja ein Staffelholz, das er an mich weitergegeben hat.«

»Umklammern Sie das Holz nicht, als ob es ein Halt wäre, sondern werfen Sie es lachend weg. Ich glaube übrigens, der Weg zu Ihrer Freiheitstür ist Dankbarkeit«, sagte Mébrat, die Julians Lamento mit geschlossenen Augen angehört hatte. »Seien Sie dankbar für das Äußere, und es wird zum Inneren hin wirksam werden. Dankbarkeit ist wie Weihrauch, dringt in die verborgensten Ritzen und reinigt von bösen Hartnäckigkeiten.«

»Woher weißt du das alles?«, fragte Julian.

»Es ist in mir, wie die Not in Ihnen. In meinem Wesen und meinem Blut ist das Wissen um die Trugbilder der Fata Morgana, Herr Passauer. Ihre Nöte sind Luftspiegelungen, und Sie halten sie für Wirklichkeit. Gehen Sie zum vermeintlichen Kern der Not, und Sie werden erfahren, dass dort rein gar nichts ist. Haben Sie bitte den Mut!«

»Und wenn du Unrecht hast?«, trotzte Julian.

»Das werden Sie erst nach dem Wagnis wissen, aber ich verspreche, immer da zu sein und Sie zu ermutigen.«

»Liebst du mich denn so sehr?«, fragte Julian.

»Ja, aber auch nicht mehr als alles andere«, sagte Mébrat. »Nicht mehr als Feuer, Wasser, Erde, Luft und die Gestirne, die Künste und das Essen und das Staunen, das Lebendige und den Tod.«

Julian war fassungslos und schwieg. Nach zwei, drei Minuten stellte er eine Frage: »Wer oder was schafft die Luftspiegelungen?«

»Das wissen Sie doch: Ihre angstvollen Gedanken«, sagte Mébrat vollkommen selbstsicher, als ob es sich um eine Rechenaufgabe von einfachstem Schwierigkeitsgrad handle. »Die Gedanken sind sehr machtvoll und schaffen perfekte Illusionen und in den schlimmeren Fällen auch handfeste Tatsachen, wie Krankheiten, Unfälle andere Katastrophen.«

Julian schwieg wieder, und jetzt schloss er die Augen. Dann war ihm, als griffe er in den Leib von Mébrat und entnehme ihm ihr blutwarmes Herz und halte es mit beiden Händen und spüre zwischen seinen Händen dessen Pulsieren, und der ruhige Takt übertrug sich auf ihn, und nun schlug sein Herz im Einklang mit ihrem, das er wieder in ihre linke Seite fügte, wonach er die klaffende Wunde unter ihrer Brust mit einem Kuss versiegelte. Als er die Augen öffnete, stand Mébrat etwa drei Meter entfernt und lachte lauthals, als hätte Julian gerade einen besonders guten Witz erzählt, und er dachte, dass zumindest sie mit absoluter Sicherheit keine Fata Morgana war.

Am folgenden Nachmittag geschah etwas noch nie Dagewesenes: Der Doktor Granda stand unangemeldet vor Julians Haustüre. Von der Eidechsengartenseite her war er gekommen, durch die versteckte Lücke im Zaun, die Julian sich für seine Besuche beim Nachbarn geschaffen hatte. »Ich habe heute Nacht einen Traum geträumt, dem ich Folge leiste«, sagte er. »Kommen Sie mit mir, ich will ein Geheimnis mit Ihnen teilen.«

Julian holte rasch eine weiße Strickweste, die er um seine Schultern legte, fuhr sich mit den Fingern der rechten Hand durch seine einigermaßen grauen Locken, und schon stupste ihn der Doktor Granda in Richtung seines Paradieses. Gemeinsam schlüpften sie durch das Blätterwerk der Holundersträuche, und wieder stupste der Doktor Julian, wie man ein Kind, das vom Weg abzukommen droht, auf Kurs hält. Zu einem Zimmer seiner Villa führte er ihn, das er verschwörerisch als »Mein Allerheiligstes« bezeichnete. Er sperrte es nicht mit einem Schlüssel auf, sondern, als ob er ein Einbrecher wäre, mit einem Dietrich, und jetzt öffnete sich den Augen ein etwa fünf mal fünf Meter großer hoher Raum, der die Wände entlang mit auf Holzregalen arrangierten, gerahmten Fotografien und Fotoalben gefüllt war. »Das ist meine Jugend«, sagte der Doktor Granda, und tatsächlich sah Julian, der Mode nach zu schließen, vorwiegend Abbildungen von Kindern und Erwachsenen aus der Zwischenkriegszeit. Zusätzlich Landschaftsaufnahmen im Wechsel der Jahreszeiten und Ausflugserinnerungen, Erstkommunions-, Firmungs- und Geburtstagsjausen-Augenblicke, festliche Gruppenbilder vor Christbäumen, florettbewehrte Jünglinge mit Fechtmasken, die an riesige unappetitliche Fliegenaugen erinnerten, Lichtbilder von übermütigen Badefreuden, Radtouren, hochinteressanten frühen Impressionen des Eidechsengartens und seiner Teiche, das immer gleiche Motiv taubenumtoster Markusplatzbesucher, dreimal Personen, die sich vor dem Eiffelturm küssten, und andere Paare, Lippe an Lippe, vor dem römischen Trevi-Brunnen. Das meiste in Schwarzweiß.

»Setzen Sie sich, Passauer«, sagte der Doktor Granda, obwohl es weder Stühle noch Hocker, noch eine Bank gab. »Auf den Boden«, ergänzte er. »Wir sind ja Kinder, die tun derlei gern.« Die beiden nahmen auf dem blau-rot karierten Linoleumbelag Platz, und Julian trommelte mit den Fingerspitzen auf seinem rechten Knie den Radetzkymarsch. »Ich habe geträumt, mit Ihnen hier einen Averna zu trinken und Sie zu bitten, nach meinem Tod gelegentlich das Feuer meiner Tradition zu hüten, bis mein Enkel großjährig ist. Er, lieber Passauer, dürfte der Einzige aus meiner Familie sein, für den Hoffnung besteht, dass ihn die Zwischenreiche von Gefühltem und Erfundenem dereinst mit der Bürgerehre auszeichnen werden. Um uns herum sind über zweitausend Augenblicke aus meiner Kindheit und Jugend bis zum dreizehnten Jahr versammelt. Belege für Triumphe und Demütigungen, Lächerlichkeiten und unschuldiges Vergnügen. Allabendlich, zwischen zweiundzwanzig und dreiundzwanzig Uhr, sperre ich mich in diese Kammer ein und ziehe, wie bei einer Lotterie, einen der Augenblicke. Ich konzentriere mich, und seine Gerüche und Farben, die Klänge, die Lufttemperatur, die Brise, die Konversationen und Berührungen sind meist wieder da, und das weit Zurückliegende wird im Jetzt ganz und gar lebendig.«

Er angelte sich eine Flasche Averna, die halb versteckt hinter einer Art von japanischem Puppenhaus-Paravent zwischen Fotografien stand, dann schenkte er zwei schwere Schnapsgläser randvoll ein und schob eines davon, einige Tropfen verschüttend, zu Julian, während er das andere mit einem Schluck leerte. Julian ließ den Doktor Granda hochleben und versicherte ihm, alles in seiner schwachen Macht Stehende unternehmen zu wollen, dass diese Arche Noah der Erinnerungen dereinst unversehrt Nikos übergeben werde. »Falls ich zum Zeitpunkt Ihrer Heimkehr in die andere Dimension selbst noch in San Celeste Aufenthalt habe.« Und dies war die Stunde, in der ihm zum ersten Mal der Gedanke kam, dass eventuell sein baldiger Abschied von San Celeste bevorstand.

Am Himmel begann eine graugoldene Wolkenhetze, und Julian stand im schmalen Vorgarten seiner Villa. Trotzig sah er aus, und beide Hände bildeten in den Taschen seiner weiten Leinenhose Fäuste. Er hörte auf Laute, die der zunehmende Sturm entfachte: das Knistern und Knacken der Äste, dann jenes tausendfache Rascheln der Blätter, als würde mit großer Geschwindigkeit in einer riesigen Bibliothek in allen Büchern gleichzeitig nach etwas gesucht, das Pfeifen von Böen, die sich durch Büsche drängten, das Poltern von offenen Türen und aus der Verankerung gerissenen Fensterläden.

Die Gegend verwandelte sich in das Innere einer Trommel, auf die von überall her nuancenreich geschlagen wurde. Aber bald nahm Julian die Geräusche nicht mehr wahr, denn sie bildeten in ihrer Gesamtheit einen kuriosen

Schutz gegen sich selbst und wurden derart das Paradoxon einer dröhnenden Stille.

Wie geht mein Leben weiter?, dachte Julian. So vieles schien erreicht, aber so vieles, das wahrscheinlich noch zu erreichen war, kannte er nicht einmal im Umriss. Immer wieder trat etwas Unerwartetes in seinen Weg: eine Liebesgeschichte, ein Ort, eine Tätigkeit. Und er war nicht sicher, ob es das Richtige war, sich darauf einzulassen, und ob die Ereignisse annähernd den Wert hatten, den er ihnen beimaß. Das, was ihm ehedem als gewiss gegolten hatte, entwickelte immer häufiger eine Tendenz zum Ungewissen. Und wenn er auch lange angestrebt hatte, wie es in Wien hieß: weniger blöd zu sterben, als man geboren wurde, so dachte er jetzt manchmal, welch hohes Ziel das war, und dass die meisten im Gegenteil wahrscheinlich um vieles klüger geboren wurden, als sie starben. Weil sie ja von einer Verdummungsfalle in die nächste taumelten und das Selbstgerechte, gepaart mit der Sucht, andere zu bewerten, fortwährend jenen Typus schuf, der so viele Gesellschaften, als eine Art Amtsträger der Verbitterungen, dominierte. Manchmal konnte Julian hilflos nichts anderes mehr denken als Süden. Das Wort bedeutete ihm nach und nach alles Gelungene, das er sich vorzustellen imstande war: die höchste Qualität der Harmonie, des Lachens, der Sinnlichkeit, der Wollust, der Erkenntnis, des Mitgefühls. Und irgendetwas Gestaltloses, das aus der Richtung des Eidechsengartens herrührte, raunte ihm zu: »Verströme dich, gib dich hin, hier und jetzt.« Aber auch dieser Stimme misstraute er, obwohl sie noch von allen, die er wahrnahm, den freundschaftlichsten Klang besaß.

Seit einigen Tagen beobachtete Julian, dass er immer mehr in sich versank. Zuerst legte sich nur zwischen diesen Versinkenden und den, der er gewöhnlich war, eine Unschärfe. Er entfernte sich von der Synchronizität, die uns ICH denken lässt und in diesem ICH Körper, Geist und Seele sowie all deren Erfahrungen und Regungen zusammenfasst. Dann, mit steigender Geschwindigkeit, wuchs die Distanz zu seiner Seele auf der einen Seite, zu Geist und Körper auf der anderen. Dazwischen tat sich ein Abgrund an Traurigkeit auf, in den die Luftwurzeln seines Körpers und seines Geistes ragten und von nichts genährt wurden als von dieser Traurigkeit.

Als Nächstes rutschte er aber plötzlich derart rasch ab, dass ihm Geist und Körper vollends zu entgleiten drohten. Wie Passagiere eines Schiffes, das in die gekrümmte Weite des Meeres rast und vor deren Augen sich am Horizont die letzte Küstenlinie auflöst, sah Julian sich ohne jeden Kontakt zu dem, was ehedem sein ICH gewesen war, und er fühlte, dass es um Leben oder Tod ging. Jetzt zerstob die Anwesenheit von Körper und Geist, und als Nächstes, das wusste er, würde selbst die Erinnerung an sie zerstoben sein. Dann hätte ihn das Meer der Traurigkeit verschluckt, und wo immer es ihn hinspülen würde, könnte er sein fehlendes ICH nicht finden, weil er ja kein Bild und kein Bewusstsein mehr davon besaß. Er begann zu schreien und um sich zu schlagen, wie es Ertrinkende tun. Mébrat und Aimée waren in der Nähe und redeten etwas und gestikulierten, aber es entstand keine Verbindung zu seiner Not.

So also ist das, dachte er. Ganz auf sich geworfen, musste

er diesen Kampf allein bestehen. Wenn er ihn denn bestehen wollte. Sich hochziehen an dieser Luft aus Angst. Sich noch einmal selbst in die Welt bringen ohne Vater und Mutter und Hebamme. Blaugeschrien. Ohne Hoffnung auf Kaiserschnitt. Mit der einzigen Gewissheit, dass es sich nicht um einen Albtraum handelte, sondern um wirklichste Wirklichkeit. Dies war das Tor zum vollkommenen Süden! Und davor herrschte ein Sog. Und jetzt sah Julian, dass der Sog von winkenden Händen herrührte. Und es waren die Hände der Pflanzen und Gedankenskulpturen im Eidechsengarten. »Schau«, sagte er zu sich selbst, »schau, wie schön diese Hände sind. Und niemals zuvor habe ich sie bemerkt.« Und er streckte sich diesen Händen entgegen. Aber auch sie konnten ihn nicht berühren.

Er atmete tief ein und aus, und jetzt sah er sich, vor fünfzehn Jahren mit einem englischen Chauffeur und Wildhüter, in der Weite des Tsavo-Reservats in Kenia, und er nahm ein langsam anschwellendes Stampfgeräusch wahr. Nach mehr als zehn Minuten wurde am Horizont eine hohe, rote, sich ihnen nähernde Staubwolke sichtbar, die etwas umhüllte, das ein einziger gewaltiger, vorwärtsdrängender eiserner Leib, wie zahllose zusammengeschweißte Lokomotiven, zu sein schien. Nach weiteren drei oder vier Minuten begriff er sprachlos, dass eine rasende Herde Tausender schwarzer Büffel diese Urgewalt schuf. Der englische Lenker des Jeeps sagte nur: »Bleib ruhig, ich weiß, was ich tue«, und erhöhte die Fahrzeuggeschwindigkeit derart, dass sie gerade ein wenig langsamer als jenes des Tempos der Herde war. Dann, als das furchterregende Phänomen unmittelbar auf sie zukam, reihte er sich seitlich in die Herde ein und ließ sich über eine Strecke von etwa zwei Kilometer behutsam zurückfallen, bis die ohrenbetäubende, wie eine Windhose Staub und Gräser aufwirbelnde wilde Jagd sie an ihrem Ende wieder ausspie. Julian hatte bis zuletzt an der Überlebbarkeit des Manövers gezweifelt und erlitt eine Nervenentgleisung, die der lachende Engländer mit Whisky zu behandeln versuchte.

Jetzt, in San Celeste, schien er neuerlich in eine derartige Mutprobe geraten zu sein. Welche Macht diesmal aus der Staubwolke hervortreten würde und ob sie ihm Einschüchterung oder Erhebung bereithielt, stand kurz vor der Enthüllung. Julian atmete wieder mehrmals tief ein und aus und gab sich hin. Dann, weit vor ihm, bildete sich wie ein Vogelschwarm, der im Flug gänzlich untereinander abgestimmt wechselnde neue Formen schuf, eine Stadt mit Türmen. Die Türme waren Minarette, zerflossen in eine Landschaft und ordneten sich zu einer Masse, die Julian als ganzes, provinzenreiches Land wahrnahm. Er drehte sich um und sah, dass der kleine Wolfgang Amadeus Mozart in seinem Briefmarkenmantel mit den Lippen das Wort *Courage* formte, und Kemal warf ihm Kreuzkümmel und Thymianblätter wie Konfetti entgegen, und sein Vater stand umarmt mit ihm, einem Julian von etwa zehn Jahren, in der Stephanskirche, und durch die hohen Glasfenster fiel farbiges Licht, das auf ihren Schultern tanzte. Und Julian schaute nach oben und staunte über hoch im Himmel aus groben Brettern zusammengenagelte gewaltige Buchstaben, die das Wort Fès bildeten. Und er lag ganz ohne Furcht und auch ohne Gedanken auf einem Urgrund aus Vertrauen außerhalb von Zeit und Raum.

Und jetzt versammelte er allen verbleibenden Willen in einem Punkt, der zu einer leuchtenden Kugel aufschwoll. Und mit einer Kraftanstrengung, die schon Energien aus dem künftigen Julian benützte, rollte er über die Grenze und durch das Tor und war zuhause. Vielleicht.